U0090968

古典文學研究輯刊

九　編

曾 永 義 主編

第18冊

元明同題戲劇的跨文化比較研究

郝青雲、馬婧如 著

國家圖書館出版品預行編目資料

元明同題戲劇的跨文化比較研究／郝青雲、馬婧如 著 — 初版
— 新北市：花木蘭文化出版社，2014〔民 103〕
目 6+246 面；19×26 公分
(古典文學研究輯刊　九編；第 18 冊)
ISBN：978-986-322-550-8（精裝）
1. 元雜劇 2. 明代傳奇 3. 比較研究
820.8　　103000759

古典文學研究輯刊
九 編 第十八冊　　ISBN：978-986-322-550-8

元明同題戲劇的跨文化比較研究

作　　者　郝青雲、馬婧如
主　　編　曾永義
總 編 輯　杜潔祥
副總編輯　楊嘉樂
編　　輯　許郁翎
出　　版　花木蘭文化出版社
社　　長　高小娟
聯絡地址　235 新北市中和區中安街七二號十三樓
電話：02-2923-1455／傳眞：02-2923-1452
網　　址　http://www.huamulan.tw 信箱 hml 810518@gmail.com
印　　刷　普羅文化出版廣告事業
初　　版　2014 年 3 月
定　　價　九編 27 冊（精裝）新台幣 48,000 元

元明同題戲劇的跨文化比較研究

郝青雲、馬婧如　著

作者簡介

郝青雲，女，1968 年出生，蒙古族，內蒙古民族大學文學院教授，副院長，碩士生導師，中國古代文學學科帶頭人，內蒙古自治區教壇新秀，內蒙古民族大學示範課教師、科爾沁學者。主要從事中國古典文學和民族文學關係的教學與研究。發表學術論文近 20 篇，出版學術著作一部，編纂整理古籍一部。主編和副主編教材各 1 部。主持各級科研項目 6 項，其中國家社科項目 1 項，省級項目 2 項。先後畢業於西北民族大學文學院（本科）、東北師範大學文學院（碩士）、2002 年考入中國社會科學院研究生院攻讀博士學位，師從中國社會科學院民族文學所扎拉嘎先生，2005 年畢業，本書稿係博士論文。2008 年進入中國社科學院文學所博士後流動站工作 3 年，師從楊鐮先生。

馬婧如，女，1985 年出生，回族，內蒙古民族大學文學院 2012 屆碩士研究生，師從郝青雲教授。2005 年考入內蒙古民族大學文學院漢語言文學專業，2007 年至 2009 年在遼寧大學進修學習，2009 年順利畢業並獲得學士學位，同年 9 月考入內蒙古民族大學文學院中國古代文學專業攻讀碩士研究生，主要研究方向是元明清文學，曾發表學術論文 1 篇。

提　要

元代是由蒙古族建立的政權。蒙古族是來自北方草原的游牧民族，與中原農耕文化相比，蒙古文化具有典型的游牧文化特徵。蒙古族作爲統治民族，其游牧文化在與中原農耕文化發生近距離接觸的過程中，彼此發生相互影響是很難避免的，因而形成了元代文化的多元性。1368 年明朝建立，蒙古統治者撤到長城以北。在明朝開國之初，明太祖朱元璋就著手對蒙古游牧文化進行「清除」，因而，在明代與元代之間形成一道文化「分水嶺」，由此也就開始了元明兩代文化的趨異。

作爲元代文學之象徵，元雜劇是在多元文化中生成的，游牧文化對元代文化的影響使元雜劇中也留下了游牧文化的痕迹。但元雜劇多數是漢族作家的作品，所以孤立地看元雜劇，對其多元文化特徵的識別有一定局限。元雜劇在元末開始衰微，在戲曲舞臺上逐漸被明雜劇和明傳奇所取代。明代戲劇中有大量作品是由元雜劇改編而成的，在明代作家對元雜劇進行改寫的過程中，對元雜劇中不符合中原傳統禮教的內容進行了刪改。通過元雜劇與明代戲曲改寫本的比較研究，可以發現元明兩代的文化差異，進而證明蒙古游牧文化對元代文學的影響。

從元雜劇到明傳奇，是戲劇作品沿革的一條軌迹。通過《北西廂》與《南西廂》、《竇娥冤》與《金鎖記》、《青衫淚》與《青衫記》等一系列具有明顯改寫關係的作品對比研究，發現元雜劇與其明傳奇改寫本之間的確存在著明顯的文化差異。

從元雜劇到明雜劇，是戲劇作品沿革的另一條軌迹。元明出現了同名雜劇《曲江池》、元雜劇《漢宮秋》與明雜劇《昭君出塞》、元雜劇《千里獨行》與明雜劇《義勇辭金》、元雜劇《風花雪月》和明雜劇《辰勾月》等等，在諸多對應的改寫作品中也都帶有明顯的文化差異。

這些主要表現在：

在人物形象塑造上，明代戲劇作品不同程度地按照儒家傳統審美進行了人格重塑，突出了忠、孝、節、義等道德意識，使人物性格更符合儒家的傳統禮教。從元雜劇和明代戲劇在人物形象的差異，可以看出元雜劇在一定程度上偏離了儒家的文化傳統，因此間接地證明了游牧文化對元雜劇審美意識的影響。二、在故事情節上，元雜劇中一些情節帶有明顯的元代游牧文化特徵，明代劇作家按照明代的生活眞實，對不符合儒家傳統禮教和明代生活眞實的情節進行了改寫。三、在社會功能上，元雜劇偏重於娛樂功能。與元雜劇相比，明代戲劇作品更多地繼承了儒家傳統的「文以載道」，突出了戲曲的教化功能。通過比較，可以看出元雜劇與其明代戲曲改寫本之間存在著明顯的文化差異，造成這種差異的主要原因在於元代文化的多元性，其中主要是蒙古游牧文化對元代社會文化的影響。

元雜劇其明代改寫作品都是社會生活的反映，都是時代文化的折射和濃縮。作家在創作過程中都遵循了源於生活、高於生活的原則。元雜劇與其明代改寫本的文化差異，證實了蒙古游牧文化在元雜劇創作中的影響，也實證了多元文化對元代文學的影響，同時也證實了少數民族文化對中國古代文學的影響。

目　次

前　言……1

上　篇　同題元雜劇與明傳奇的跨文化比較研究……11

第一章　元明社會的歷史變遷及中國古代戲劇的沿革……13

第一節　元明社會的歷史變遷……13

一、蒙古族的崛起及元朝建立……13

二、元末農民起義及明朝的建立……15

三、元明兩代的文化差異……15

第二節　中國古代戲劇的沿革……19

一、中國古典戲劇的起源及元雜劇的興起……19

（一）元雜劇的產生是文學藝術發展的必然結果……19

（二）元雜劇也是時代的產物……20

二、元雜劇反映了元代廣闊的社會生活……24

三、明傳奇的產生與發展……24

四、元雜劇與明傳奇的關係……25

（一）元雜劇與明傳奇在藝術形式上的區別……25

（二）元雜劇和明傳奇在思想內容上的聯繫……26

（三）明傳奇與元雜劇之間存在不同的文化屬性……26
（四）元雜劇和明傳奇作爲比較文學的研究對象的可比性……26
（五）元雜劇與其明傳奇改寫本的對應關係……27
第二章　西廂記故事的演變及其文化背景透視……29
第一節　西廂記故事在不同文化形態中的演進……29
一、西廂記故事藝術形式的演進……30
二、西廂記故事思想內容的演進……33
（一）從《鶯鶯傳》到宋詞及說話的演進……33
（二）從《鶯鶯傳》到《董西廂》的蛻變……35
（三）從《董西廂》到《王西廂》的昇華……35
（四）宋元南戲中的西廂記故事……36
（五）《王西廂》在明代的改編……37
第二節　《鶯鶯傳》與《董西廂》之比較……39
一、《董西廂》對《鶯鶯傳》的改編……39
二、《董西廂》與《鶯鶯傳》的文化差異及背景分析……40
（一）人物性格和人物關係的轉變……40
（二）創作的主旨發生變化……45
（三）《董西廂》發生轉變的時代因素……45
第三章　《南西廂》與《北西廂》之比較……49
第一節　《南西廂》產生的背景分析……49
一、文藝形式發展的需要……49
二、大眾娛樂的需求……50
三、作家個人審美和時代精神的要求……51
第二節　南北西廂的文化差異……52
一、情與理的抗爭……52
二、挖掘崔張愛情婚姻發展的合理因素……60
三、儒家道德倫理觀念下的人格重塑……62

四、抑揚之間　儒釋之別 …………………………… 75
第四章　《竇娥冤》與《金鎖記》之比較 …………… 81
第一節　《竇娥冤》的故事源頭及流變 ………………… 82
第二節　《竇娥冤》與《金鎖記》的情節差異 ……… 84
第三節　《竇娥冤》和《金鎖記》主題之比較 ……… 85
一、《竇娥冤》與《金鎖記》的主題差異 ………… 85
二、《金鎖記》與《竇娥冤》價值取向和社會功能比較 ………………………………………… 87
三、對《竇娥冤》主題的再認識 ………………… 97
第五章　其他作品比較 ……………………………… 101
第一節　《青衫淚》與《青衫記》之比較 ………… 101
一、從戲劇中白居易被貶的原因看元代文人心態 ……………………………………………… 103
二、借蠻素之賢宣揚封建婦德 ……………………… 105
三、從裴興奴的地位變化看明代作家對女藝人的看法 ………………………………………… 106
四、茶客劉一郎的結局變化與理學思想 ………… 107
第二節　《伍員吹簫》、《疏者下船》與《二胥記》之比較 ……………………………………… 108
一、從覆楚與復楚看忠與孝的關係 ……………… 110
二、從龍神相救的原因看人倫觀念的差異 …… 113
第三節　《裴度還帶》與《還帶記》之比較 ……… 115
一、作品的主題有所不同 ………………………… 116
二、商人的人格不同 ……………………………… 118
三、還帶方式的差異 ……………………………… 119
第四節　《抱妝盒》與《金丸記》之比較 ………… 120
一、《金丸記》對妒婦形象進行了更深刻的揭露和批判 ………………………………………… 121
二、更加彰顯了陳琳與寇承御的忠義精神 …… 122
三、從皇帝對功臣的褒獎看作品的價值取向 ……………………………………………………… 124
結　語 …………………………………………………… 127
下　篇　元明同題雜劇的跨文化比較研究 ……… 131
第一章　元明雜劇的創作面貌 ………………………… 133

第一節　元明雜劇作品創作情況 …… 133
一、元明雜劇的沿革 …… 134
二、同類題材雜劇作品創作概況 …… 134
第二節　元明雜劇創作的整體差異 …… 137
一、創作主體：從市井文人到風雅貴族 …… 137
二、服務對象：從勾欄瓦肆的全民藝術到官府朝廷的宮廷娛樂 …… 139
第二章　元明同題材雜劇《曲江池》比較研究 …… 141
第一節　作者及創作背景比較 …… 142
一、石君寶：北方民族本眞性情 …… 142
二、朱有燉：皇族作家教化至上 …… 144
第二節　情節比較 …… 145
一、從個性張揚的愛到禮教規範的情 …… 146
二、從人性至上到父爲子綱 …… 147
三、從婚戀自由到門第束縛 …… 148
四、朱劇獨創情節突顯教化意圖 …… 149
第三節　人物比較 …… 150
一、李亞仙 …… 151
（一）對待禮教：從自我覺醒到理性回歸 …… 151
（二）對待愛情阻力：從決然反抗到屈從隱忍 …… 153
二、鄭元和 …… 157
（一）面對愛情：從感性到理性 …… 157
（二）面對父權：從叛逆到順從 …… 159
三、其他人物 …… 161
（一）鄭父：從封建家長意識的淡化到增強 …… 161
（二）虔婆：從醜惡的唯利是圖到更加醜惡的陰險狡詐 …… 162
第四節　價值取向比較 …… 165
第三章　《漢宮秋》與《昭君出塞》比較研究 …… 169
第一節　和親背景比較 …… 172
一、和親背景史實 …… 172

二、和親背景在兩部作品中的表現 …… 173
（一）《漢宮秋》：漢弱胡強體現元代文人思漢的心理 …… 173
（二）《昭君出塞》：漢強胡弱彰顯漢室威嚴 …… 175
第二節　人物形象比較 …… 176
一、王昭君：從大義淩然到怨氣重重 …… 176
二、漢元帝：從忍辱屈從到言出即行 …… 178
第三節　王昭君與漢元帝關係比較 …… 182
第四章　其他作品比較 …… 187
第一節　《千里獨行》與《義勇辭金》比較研究 …… 187
一、關雲長：從智勇雙全到忠肝義膽 …… 189
（一）《千里獨行》：重智重忠 …… 189
（二）《義勇辭金》：重義重勇 …… 193
二、曹操：從陰險狡詐到唯才是舉 …… 195
三、甘夫人：從秀外慧中到賢淑溫婉 …… 200
第二節　《風花雪月》和《辰勾月》比較研究 …… 202
一、報恩方式的改變體現元明情與理的側重傾向 …… 203
二、陳世英形象：從單純的等愛到老成的逐利 …… 205
三、明雜劇增設桃花精的現實意義 …… 208
結　語 …… 211
尾　聲 …… 215
附表一：存本元雜劇與明傳奇改寫本對照表 …… 219
附表二：存本同題元雜劇、南戲、明傳奇對照表 …… 221
附表三：同題元雜劇與南戲及明傳奇列表 …… 223
參考文獻 …… 237

前　言

一、比較研究元雜劇與其明代戲劇改寫本的意義

在中國歷史上，元代是第一個由少數民族爲最高統治者的特殊時期。同中原傳統的漢族統治者相比，作爲統治階級上層的蒙古族在生產方式和意識形態上都有很大差異。蒙古族崛起於北方草原，世代以游牧方式生產和生活，所形成的游牧文化與中原漢族的農耕文化有很大差異。蒙古族入主中原之後，其游牧文化與農耕文化發生了衝突與交融。兩種文化的差異在元代社會的各個層面都有所反映，在文學上也應如此。

（一）研究思路

在中國文學史上，元代文學通常只當作是漢族文學來學習和研究，其中的多民族文化屬性往往被忽略了。這其中的原因也是多方面的：首先，儘管元代的最高統治者是蒙古人，但主流文化依然是漢族農耕文化；其次，元代文學作品基本上都是用漢字寫成的，元代文學的絕大多數作家和受眾都是漢族人，元代文學的創作活動也主要發生在中原地區；再次，從元代的文學作品本身很難孤立地界定其中的少數民族文化影響。

在明代，很多文人發現並指出了元代文學的「特殊」之處，但由於當時正處於文化的「撥亂反正」時期，大多數文人的評論都帶有鄙薄和排斥的心理，因而，未能正面去發掘和研究這種「特殊」的文化內涵。清代對民族問題是很敏感的，因而，關注這一現象的人也很少。從近代以來，王國維等一些學者才指出了元代文學的多元性。之後的學者較多關注的是元代社會政治的特殊性對文學的影響，以及元代文學中外來語彙的大量存在，以此證實了

元代文學的多元文化屬性。這些固然已經邁出了很大的一步，但是在元代文學的內部，也就是文學作品本身，應該還存在著作爲統治階級主體民族的文化——蒙古游牧文化的更多影響。但多年來在元代文學的研究中，關於元代社會文化的多元性與文學的關係研究始終是一個薄弱環節。

2002 年 12 月，恩師扎拉嘎先生的著作《比較文學：文學平行本質的比較研究》付梓，先生在多年從事蒙漢文學關係研究實踐的基礎上，站在哲學的高度，從學理分析和價值判斷的雙重角度，指明了比較文學的研究範疇，即比較文學是研究文學平行本質的相互關係及其發展規律的一門學科。書中論證了文學平行本質的基本單元就是民族文學，並把各民族文化和文學放在一個平等的位置，對各民族的影響關係進行了進一步深入思索，從而突出了各民族文學的個性因素。蒙古游牧文化與漢族農耕文化屬於兩種文化體系，彼此之間構成了平行的關係。在金元時代，游牧民族南下，併入主中原，使兩種文化發生近距離接觸，並影響到彼此的社會文化和生活方式。在元代，作爲統治階級的主體，游牧民族的意識形態應該在當時的社會生活中產生一定的影響，進而也會對文學產生一定的影響。由於作家身份、生活環境以及接受群體的主體都是漢族，因而這種影響是通過蒙古族所代表的游牧文化與中原農耕文化的差異來體現的。但是單純就元代文學作品而言，很難證明這一點。如果將元代文學放置在中原文化背景下來觀察，用一個恰當的參照物來對比，那麼，其中的文化差異就比較容易被發現。雜劇是元代有代表性的文藝形式。一方面，元雜劇是漢語文學的一代之象徵，這是不爭的事實；另一方面，元雜劇的創作又是在一個多元的文化背景之下進行的，因而一定程度上偏離了中原的文化傳統。在中國文學史上跟元雜劇有承襲關係的是明代戲劇。

明傳奇和明雜劇中均有部分是改寫元雜劇的作品，這些改寫的作品皆是考察元雜劇的多元文化屬性的一個重要參照糸。明代正統文化的回歸勢必在戲劇的改寫過程中得以體現和主張，對元雜劇中的文化「偏離」也勢必得以矯正。在改寫過程中的刪節與增加之間，對蒙古游牧文化與中原農耕文化的差異性也應該有所體現，這也正是元代蒙古游牧文化對元雜劇產生影響的體現。基於上述考慮，本書將元雜劇曲文與其明代戲劇改寫本作爲研究的主要對象，通過比較，來探討蒙古游牧文化在元代文學中的影響。

（二）研究方向與方法

研究方向上，元雜劇與明代戲劇改寫本有多方面的可比性，如果能對元雜劇與明代戲劇進行全面的比較，將會得出更科學的結論。但是由於時間和篇幅的局限，本書只能選取有較強可比性的作品，即以現存有明確改寫關係的作品爲主要研究對象，通過分析研究明代戲劇改編元雜劇過程中對內容進行的刪節、增加和改寫，發現其中的文化差異，從而證明元雜劇中蒙古游牧文化影響因素的存在，進而更深層地揭示蒙漢文學之間的影響關係。

具體的研究方法：首先，以元雜劇爲基點，以明代戲劇改寫作品爲參照，相同之處找差距，不同之處找原因。在明代戲劇對元雜劇的改編中，找出其對不同民族文化因素的取捨，進而實證元雜劇所受到的外來文化影響。其次，宏觀理論與微觀實證相結合的方法，大時代與小細節相關照，通過個別來發現一般。

（三）研究的意義

首先，中國文學自古以來就是在多民族的環境中生成和發展的，各民族共同締造了中華民族的歷史文化，也締造了中華民族的文學。我們所從事研究的是各民族文學關係的研究，既包括少數民族文學之間的相互關係，也包括少數民族文學與漢族文學之間的相互關係。因而，多層面、多角度的文學研究有利於更深刻地揭示各民族文學之間的相互關係。

其次，用比較文學的一般原理和方法對中國各民族文學關係進行研究，有益於擴大比較文學的研究領域，豐富比較文學的研究內容，進而促進比較文學在中國的發展，推動國內各民族文學關係的研究。

第三，將同一文化系統內的兩個對象進行比較研究，從中發現另外一個文化系統的影響因素，這在以往的比較文學研究中尚不多見。元明戲劇同屬於漢族古典文學體系，由於歷史的原因，使元雜劇攜帶有不同民族的文化基因。通過對元雜劇與其明代戲劇改寫本進行跨文化比較研究，發掘蒙古游牧文化在元雜劇中的影響，以此來探求蒙漢文學之間的關係。這一實踐在比較文學研究中是帶有嘗試性的。將元雜劇與其明代戲劇改寫本進行比較研究，通過實證來探求蒙古游牧文化在元雜劇中產生的影響，求證元代文學發展中的多民族性，有利於擴展元代文學研究和蒙漢文學關係研究，發現少數民族在中國文學發展史上的地位和貢獻，彌補中國文學史研究中的不足，以促進各民族的平等和共同發展。

（四）研究難度和解決的辦法

首先，尋找可比較的材料有一定的難度。從根本上講，作爲比較文學的雙方，要有一定的可比性，而可比性的關鍵是發現能夠體現差異的材料。比較元雜劇與其明代戲劇改寫本，要同時觀照游牧文化與農耕文化的不同特徵，以此作爲識別元雜劇中游牧文化因素的依據。在這個過程中，對材料的查找和辨別都是有一定難度的。針對這一點，只有反覆閱讀文本材料，認眞思考兩種文化的區別和聯繫，才能更大限度地搜索和處理可靠材料。

其次，對材料的證明也是一項難度很大的工作。發現了體現元雜劇與其明代戲劇改寫本之間文化差異的材料之後，如何論證其反映了游牧文化在元雜劇中的影響，沒有旁證材料，單就文本差異便認定是游牧文化的影響因素，這樣做缺乏說服力。因而，找到可比較的材料之後，如何去證實這些材料，這是難度更大的工作。要解決這一難題，一方面要依賴於對材料的分析，更重要的是要找到歷史文獻等旁證材料加以證實。

二、元雜劇與蒙古游牧文化關係之研究

（一）古代戲劇理論中對南北曲差異的論述

1959 年 8 月，中國戲劇出版社出版了《中國古典戲曲論著集成》，集成中收錄了元明清幾代的戲曲論著。其中可以看到，明代的學者就已經注意到南北戲曲的差異，並也論及了北曲與少數民族文化的關係。相關的論述主要有：

1. 何良俊（1506～1573）在《曲論》中指出戲曲與正統儒家文化的矛盾，並且論及了古典戲曲發展的南北異流以及北曲衰微的原因；〔註 1〕

2. 王世貞（1526～1590）在《曲藻》中談到了南北曲的差異及元代北方民族音樂對北曲的影響；〔註 2〕

〔註 1〕何良俊在《曲論》中寫道：「祖宗開國，尊崇儒術，士大夫恥留心辭曲，雜劇與舊戲文本皆不傳，世人不得盡見，雖教坊有能搬演者，然古調既不諧於俗耳，南人又不知北音，聽都即不喜，則習者亦漸少，而西廂、琵琶記傳刻偶多，世皆快睹，故其所知者獨此二家。」(《中國古典戲曲論著集成》(第四卷)，中國戲劇出版社出版，1959 年版，第 6 頁。)

〔註 2〕王世貞在《曲藻》序言中寫道：「曲者，詞之變。自金、元入主中國，所用胡樂，嘈雜淒緊，緩急之間，詞不能按，乃更爲新聲以媚之。……但大江以北，漸染胡語，時時採入，而沈約四聲遂闕其一。凡曲：北字多而調促，促處見筋；南字少而調緩，緩處見眼。北則辭情多而聲情少，南則辭情少而聲情多。北力在弦，南力在板。北宜和歌，南宜獨奏。北氣易粗，南氣易弱。」(《中

3. 在相關的論著中，王驥德（？～ 約 1623）的《曲律》是涉獵較廣的一部，其中分析了南北曲的差異淵源，以及元雜劇與明傳奇（南曲）的不同、元曲不傳的歷史原因，同時還記錄了一些蒙古樂器和樂曲，並指出南北曲的各自特點和不同風格；〔註 3〕

4. 沈德符（1578～1642）在《顧曲雜言》中記載了當時何元朗家裏曾經養家僮唱北曲，同時也記載了在明末北曲還有傳唱，但已瀕臨失傳。〔註 4〕這些明代的學者已經關注到雜劇與南戲、明傳奇的不同風格，在他們的論著中也留下了很多珍貴的資料。

（二）近代以來學者的研究著述

近代以來的研究當以王國維爲發軔。建國以後，研究成果漸豐。其中著作主要有：

國古典戲曲論著集成》（第四卷），中國戲劇出版社出版，1959 年版，第 25～27 頁。）

〔註 3〕王驥德《曲律》寫道：「而金章宗時，漸更爲北詞，如世所傳董解元西廂記者，其聲猶未純也。入元而益漫衍其制，櫛調比聲，北曲遂擅盛一代；顧未免滯於絃索，且多染胡語，其聲近噍以殺，南人不習也。迨季世入我明，又變而爲南曲，婉麗嫵媚，一唱三歎，於是美善兼至，極聲調之致。始猶面北畫地相角，邇年以來，燕趙之歌童、舞女，咸棄其捍撥，盡效南聲，而北詞幾廢。……曲之有南、北，非始今日也。」（《中國古典戲曲論著集成》第四卷，中國戲劇出版社出版，1959 年版，第 55～56 頁。）「唐之絕句，唐之曲也，而其法宋人不傳。宋之詞，宋之曲也，而其法元人不傳。以至金、元人之北詞也，而其法今復不能悉傳。是何以故哉？國家經一番變遷，則兵燹流離，性命之不保，遑習此太平娛樂事哉。今日之南曲，他日其法之傳否，又不知作何底止也！爲慨，且懼。」（第 155 頁。）「北劇之於南戲，故自不同。北詞連篇，南詞獨限。北詞如沙場走馬，馳騁自由；南詞如揖遜賓筵，折旋有度。連篇而蕪蔓，獨限而跼蹐，均非高手。」（第 159 頁。）

〔註 4〕沈德符《顧曲雜言》：「嘉、隆間度曲知音者，在松江何元朗，蓄家僮習唱，一時優人俱避舍，以所唱俱北詞，尚得金、元遺風。」（《中國古典戲曲論著集成》第四卷，中國戲劇出版社出版，1959 年版，第 204 頁。）「自吳人重南曲，皆祖崑山魏良輔，而北詞幾廢，今惟金陵尚存此調。然北派亦不同，有金陵，有汴梁，有云中（大同）；而吳中以北曲擅場者，僅見張野塘一人——故壽州產也——亦與金陵小有異同處。頃甲辰（1604）年，馬四娘發生平不識金閶爲恨，因挈其家女郎十五六人來吳中，唱北西廂全本。其中有巧孫者，故馬氏粗婢，貌甚醜而聲遏雲，於北詞關捩竅妙處，備得眞傳，爲一時獨步。他姬曾不得其十一也。四娘還曲中，即病亡。諸妓星散。巧孫亦去爲市嫗，不理歌譜矣。今南教坊有傅壽者，字靈修，工北曲，其親生父家傳，誓不教一人。壽亦豪爽，談笑傾坐。若壽復嫁去，北曲眞同廣陵散矣。」（《中國古典戲曲論著集成》第四卷，中國戲劇出版社出版，1959 年版，第 212 頁。）

1. 王國維的《宋元戲曲史》。該書於 1913 年完稿，其中提及了元代戲曲音樂的多民族文化成份以及元代社會帶給戲曲創造的自然風格〔註5〕；

2. 建國以後，各種文學通史及斷代分體文學史中的有關論述開始關注元代社會文化在元雜劇創作中的影響。如游國恩等主編的《中國文學史》（1964年版），從民族矛盾和階級矛盾入手，肯定了元雜劇的人民性和現實主義創作手法。中國科學院文學所《中國文學史》（人民文學出版社，1962 年版）和袁行霈主編的《中國文學史》（第三卷），簡單闡述了元代社會與元代文學的關係。鄧紹基的《元代文學史》（人民文學出版社，1991 年版），分析了元代文學的若干歷史文化背景。李修生的《元雜劇史》（江蘇古籍出版社，1996 年版），肯定了元代社會文化在戲曲中的積極作用，等等；

3. 關於元代社會文化與元雜劇關係的專門論著。郭英德的《元雜劇與元代社會》（北京師範大學出版社，1996 年版），從元代民族關係及社會文化的特殊性入手，剖析元雜劇反映元代社會生活的廣度、深度；么書儀的《元人雜劇與元代社會》（北京大學出版社，1997 年版），深刻分析了社會文化變遷在元雜劇中形成的影響；方齡貴的《元雜劇中的蒙古語》（漢語大詞典出版社，1991 年版，後又增補出版了《古典戲曲外來語考釋詞典》，漢語大詞典出版社與雲南大學出版社 2001 年版），從元雜劇的外來語入手，分析了元雜劇使用蒙古及其他少數民族語言的現象，在蒙古文化對元雜劇的影響研究中，取得實證性突破。

此外，還有相當數量的相關論述文章：

1. 李春祥的《元人雜劇反映元代民族關係的幾個問題》（《河南師範大學學報》，1980 年第 2 期），認爲「元人雜劇反映的元代民族關係問題是比較全面而眞實的，它既反映了民族矛盾鬥爭的一面，也反映了民族融合的一面；」

2. 席永傑的《元曲描寫中蒙古族民風被忽視的原因》（《民族文學研究》，1996 年第 1 期），探討了元雜劇中蒙古民風長期沒有引起重視的原因；

〔註 5〕王國維在《宋元戲曲史》中寫道：「元劇之佳處何在？一言以蔽之，曰：自然而已矣。古今之大文學，無不以自然勝，而莫著於元曲。蓋元劇之作者，其人均非有名位學問也；其作劇也，非有藏之名山，傳之其人之意也。彼以意興之所至爲之，以自娛娛人。關目之拙劣，所不問也；思想之卑陋，所不諱也；人物之矛盾，所不顧也。彼但摹寫其胸中之感想，與時代之情狀，而眞摯之理，與秀傑之氣，時流露於其間。故謂元曲爲中國最自然之文學無不可也。若其文字之自然，則又爲其必然之結果，抑其次也。」（《宋元戲曲史》，上海古籍出版社，1998 年版，第 98 頁。）

3. 扎拉嘎的《接受群體之結構變化與文學的發展——論游牧文化影響下中國文學在元代的歷史變遷》(《比較文學——文學平等本質的比較研究》，內蒙古教育出版社，2002 年 12 月版)，從接受群體的變化論證元代文學發生的文化偏離，系統分析了多民族文化因素對元代文學的整體影響；

4. 扎拉嘎的《北方少數民族對中國文學的貢獻》(《社會科學戰線》，2003 年第 3 期)、楊義的《「北方文學」的宏觀價值與基本功能》(《民族文學研究》，2003 年第 1 期)，從宏觀上論述了北方少數民族對中國文學的貢獻；5. 劉禎的《元大都雜劇勃盛論》(《文藝研究》，2001 年第 3 期)、雲峰的《論蒙古民族及其文化對元雜劇繁榮興盛之影響》(《內蒙古師範大學學報》，2003 年第 4 期）分析了雜劇在元大都興起與蒙古族統治者的政治文化之間的聯繫。

三、元雜劇與明傳奇之比較研究

（一）古代戲劇理論著作中對元雜劇與明傳奇關係的評價

元雜劇在明代廣有影響，因而很多明代的學者也開始關注到明傳奇對元雜劇的改寫問題。相關的著述主要有：

1. 淩蒙初（1580～1644）在《潭曲雜箚》中指出了《南西廂記》改寫《北西廂》的失敗之處，並且分析了李日華和陸天池改寫《北西廂》的不成功的原因〔註 6〕；

2. 李漁（1611～1680）在《閒情偶記》中，談到了李日華《南西廂》的弊病，並指出改寫續寫舊有故事常常失敗的原因；〔註 7〕

〔註 6〕淩蒙初（1580～1644）在《潭曲雜箚》中寫道：「改北調爲南曲者，有李日華西廂。增損句字以就腔，已覺截鶴續鳧，如『秀才們聞道請』下增『先生』二字等是也。更有不能改者，亂其腔以就字句，如『來回顧影，文魔秀士欠酸丁』是也。無論原曲爲風欠而刪其『風』字爲不通，即玉抱肚首二句而強欲以句字平仄?，亦須云『來回顧影，秀文魔風酸欠丁』。蓋第二句乃三字一節、四字一節，而四字又須平平春平者；今四字一節、三字一節如一句七言詩，豈本調耶？今唱者恬不知怪，亦可笑也。至西廂尾聲，無一不妙，首折煞尾，豈無情語、佳句可採，以檃括南尾，使之悠然有餘韻，而直取『東風搖曳垂楊線，遊絲牽惹桃花片』兩詞語塡入耶？眞是點金成鐵手！乃西廂爲情詞之宗，而不便吳人清唱，欲歌南音，不得不取之李本，亦無可奈何耳。陸天池亦作南西廂，悉以己意自創，不襲北劇一語，志可謂悍矣，然元詞在前，豈易角勝，況本不及？」(《中國古典戲曲論著集成》第四卷，中國戲劇出版社出版，1959 年版，第 257 頁。)

〔註 7〕李漁在《閒情偶記》中寫道：「向有一人欲改《北西廂》，又有一人欲續《水

3. 張琦（明末人，生卒不詳）在《衡曲麈譚》中則認爲李日華《南西廂》的成功之處在於對《北西廂》中的游牧文化影響進行了「清洗」:「南襲北辭，殊爲可笑。今麗曲之最勝者以王實甫西廂壓卷，日華翻之爲南，時論弗取，不知其翻變之巧，頓能洗盡北習，調協自然，筆墨中之爐冶，非人官所易及也。」〔註8〕

（二）20世紀以來學者的著述

1.〔臺灣〕叢靜文的《南北西廂記比較》（臺灣商務印書館，1976年7月版），到目前爲止，這是對元雜劇和明傳奇改寫本進行比較的唯一專著。作品把比較的重點放在了藝術形式和藝術風格上，只是簡單地比較了人物和情節差異，沒有分析差異的原因，最後對兩部作品的藝術成就從不同角度分別給予了評價；

2. 么書儀的《銅琵鐵琶與紅牙板——元雜劇與明傳奇比較》（大象出版社，1997年4月版），該書以詳實的材料說明了元雜劇與明傳奇在藝術風格和藝術形式上的不同，分析了元雜劇與明傳奇作者的身份差異，同時也指出了元代與明代統治者對戲曲的不同態度和對策；

3. 在近代以來的學者的論文中，也有論及元雜劇與明傳奇改寫本之差異的文章：

（1）〔美〕西利爾·白之（Cyril Birch 1925～）的《明傳奇的幾個課題的幾種方法》〔註9〕（《白之比較文學論文集》，湖南文藝出版社，1987年8月版），

滸傳》，同商於予。予曰：『《西廂》非不可改，《水滸》非不可續，然無奈二書已傳，萬口交贊，其高踞詞壇之座位，業如泰山之穩，磐石之固，欲遽叱之使起而讓席於予，此萬不可得之數也。無論所改之《西廂》、所續之《水滸》，未必可繼後塵，即使高出前人數倍，吾知舉世之人不約而同，皆以「續貂蛇足」四字，爲新作之定評矣。』二人唯唯而去。……《北西廂》不可改，《南西廂》則不可不翻。何也？世人喜觀此劇，非故嗜痂，因此劇之外別無善本，欲?崔張舊事，捨此無由。地乏朱砂，赤土爲佳，《南西廂》之得以浪傳，職是故也。使得一人焉，起而痛反其失，別出心裁，創爲南本，師實甫之意，而不必更襲其詞，祖漢卿之心，而不獨僅續其後，若與《北西廂》角勝爭雄，則可謂難之又難，若止與《南西廂》賭長較短，則猶恐屑而不屑。」（李漁著，杜書瀛評點：《閒情偶記》，學苑出版社，1998年6月，第74～75頁。）

〔註8〕《中國古典戲曲論著集成》（第四卷），中國戲劇出版社出版，1959年版，第269頁。

〔註9〕原文刊於文集白之主編《中國文學文書研究》（Studies in Chinese Literary Genres），加州大學出版社，1974年版。

文章中有一個小節分析了馬致遠《青衫淚》與顧大典《青衫記》的故事情節和藝術手法比較，視角獨特。該文作爲比較文學的研究論文被譯成中文；

（2）金乃俊的《論〈竇娥冤〉改編中的幾個問題》（《戲曲研究》第 21 輯，文化藝術出版社，1986 年 12 月版），該文分析了《竇娥冤》自誕生以來被改寫的情況，較詳細地比較了從《竇娥冤》到《金鎖記》的情節變化和人物差異，並評價了二者在批判現實力度上的不同；

（3）王衛民的《〈竇娥冤〉與歷代改編本之比較》（《華中理工大學學報》（社科版），1994 年第 3 期），文章通過《竇娥冤》與《金鎖記》及清代《東海記》的對比，分析了各自的成就，認爲《金鎖記》情節安排更曲折，人物性格刻畫和創作筆法更細膩，但在批判現實的力度和作品的藝術感染力上卻退步了；

（4）毋進炎的《接受・揚棄・創造——〈竇娥冤〉與〈金鎖記〉戲曲藝術經驗傳承比較研究》（《貴州師範大學學報》，2002 年第 6 期），該文章分析了《金鎖記》對《竇娥冤》傳統道德觀念的接受，並且重點從藝術理論角度論證二者之間的「揚棄」關係。

四、元雜劇與明雜劇之比較研究

元雜劇的輝煌有目共睹，而對明雜劇的態度學界則各持己見。王國維對明雜劇持全盤否定的態度，他認爲：「元曲爲活文學，明清之曲乃死文學」〔註 10〕。他的《宋元戲曲史》中議論明人雜劇「徐文長渭之《四聲猿》，雖有佳處，然不逮元人遠甚。至明季所謂雜劇，如汪伯玉道昆，陳玉陽與郊，梁伯龍辰魚，梅禹金鼎祚、王辰玉衡、卓珂月人月所作，蒐於《盛明雜劇》中者，既無定折，又多用南曲，其詞亦無足觀。」〔註 11〕而吳梅則不然，他認爲「元劇排場至劣，明則有次第矣。然而蒼茫雄宕之氣，則明人遠不及元，此亦文學上自然之趨向也。」〔註 12〕不持褒貶，僅述事實，採取了一種客觀的態度。隨著戚世雋的專著《明代雜劇研究》和徐子方的《明雜劇史》的問世，對明雜劇主題取向、總體風格、創作觀念以及歷史發展等做了一系列的研究。這兩部專著的出現爲後來者研究明雜劇提供了許多可資借鑒的路徑和資料。

〔註 10〕青木正兒《中國近世戲曲史・原序》〔M〕，北京：作家出版社，1958 年版，第 1 頁。

〔註 11〕王國維《宋元戲曲史》〔M〕，上海：上海古籍出版社，1998 年，第 126 頁。

〔註 12〕吳梅《中國戲曲概論》〔M〕，上海：上海古籍出版社，2000 年，第 154 頁。

近些年來，很多學者把關注的目光投向元明戲曲的對比研究。隨著學術界對明雜劇的關注程度日益加深，關於元明雜劇的對比也漸漸受到了學術界的重視。

1、山西大學 2010 屆碩士姜濤的學位論文《古代戲曲同題材作品的文化嬗變與傳播接受》中，較為全面地對比了元明清戲曲同題材作品，在其所對比的作品中涉及到了部分元明雜劇。在文化思潮演變的大背景下，從戲曲形式的主題思想方面進行分析，從而研究同題材戲曲作品的文化嬗變和傳播接受；

2、陝西師範大學 2008 屆博士劉麗華的學位論文《元明雜劇文人形象與劇作家心態變遷研究》從文人形象入手，研究了元明歷史變遷對劇作家心態的影響，以及對整個雜劇創作的影響；

3、美國學者伊維德的《朱有燉的雜劇》一書中，提到了元代石君寶和明代朱有燉的同名雜劇《李亞仙花酒曲江池》，但並未進行太詳細的對比分析，他以一個外籍人士的眼光看待中國雜劇，認為石劇接近悲劇，而朱劇屬於大團圓的鬧劇，並不具有可比性。由此，我們可以看到因中西方文化差異而導致的看待事物的角度差異；

4、在 2008 年第 6 期的《太原城市職業技術學院學報》上，吳曉紅發表了學術論文《〈漢宮秋〉與〈昭君出塞〉比較》，對馬致遠的《漢宮秋》與陳與郊的《昭君出塞》這兩部不同時期的同題材雜劇作品進行了比較分析。通過對兩部戲曲故事情節及人物形象等進行比較，探討了不同時期作家創作思想的不同；

5、《西南交通大學學報》2011 年第 1 期趙紅發表了《「威人以法不若感人以心」——論元明間「辰勾月」系列雜劇的道德化展衍趨向》，該文中作者從道德化趨向的角度對「辰勾月」系列雜劇進行了分析，得出由元到明社會道德風化不斷加強的結論。

上述已有的研究成果對本書的選題具有一定的啓發意義和參考價值，本書將在前人的研究基礎上，採用比較文學的研究方法，從多元文化的視角來分析元雜劇與其明代戲劇改寫本之間的文化差異。

上　篇

同題元雜劇與明傳奇的跨文化比較研究

郝青雲

第一章　元明社會的歷史變遷及中國古代戲劇的沿革

對元雜劇與其明傳奇改寫本進行跨文化比較研究，瞭解元明兩代的社會、歷史及文化的變遷是非常必要的環節。因爲元代社會的巨大變革不僅是中國古典戲劇產生的巨大動力之一，而且也是形成元明兩代不同的文化特徵的重要因素。不同民族的不同文化統治，對元明兩代的文化與文學都發生了不同程度的影響，這是影響者與被影響者之間意識形態的差異造成的，而這種差異是在一定的社會歷史條件下形成的。

第一節　元明社會的歷史變遷

元明社會的歷史變遷是游牧文化與農耕文化衝擊的主要根源，也是游牧文化向中原滲透的重要前提。從成吉思汗統一蒙古各部，到蒙古族入主中原，再從元末農民起義到朱元璋建立明朝，蒙古族回歸草原，到漢族又重新統治中原，明朝開始清理蒙元文化的影響，等等。這一系列變遷使中原的文化與文學在元代受到了游牧文化的影響，在明代又重新回歸到儒家傳統。

一、蒙古族的崛起及元朝建立

蒙古族的崛起　蒙古族崛起於 13 世紀初，尼倫蒙古孛兒只斤・乞牙惕氏鐵木眞（成吉思汗）經過十餘年的戰爭，先後征服了蒙古「氈帳百姓」（如箚剌亦兒、篾兒乞惕、塔塔兒、斡亦剌惕、巴兒忽、豁裏、禿剌思、禿馬惕、汪古惕、克烈亦惕、乃蠻等），佔領了東自興安嶺、西迄阿爾泰山、南達陰山的廣大地區，統一了蒙古高原，結束了蒙古高原多年混戰的局面。鐵木眞於 1206 年春，通過貴族及諸那顏「忽裏勒臺」，即大汗位，號稱「成吉思汗」，建立了蒙古大汗國。蒙古高原各部族被統稱爲蒙古，蒙古由部落名稱變成了民族的名稱，統一的蒙古民族形成了。蒙古民族是自古以來生活在蒙古地區的各游牧部族和游牧部落的大集成。

蒙古族的對外擴張戰爭　建立蒙古汗國之後，成吉思汗及其子孫不斷進行對外擴張戰爭，征服「林木中百姓」、歸附畏吾兒、滅西遼、滅金、征高麗、滅西夏。蒙古人三次西征佔領中東、中亞、西亞、東歐、北歐等廣大地區，征伐地域遠及南高加索、裏海草原及歐洲大陸的波蘭、匈牙利。建立了包括四大汗國的橫跨歐亞兩大洲的蒙古大帝國。蒙古人對外戰爭聲勢之大，佔領地區之廣，在人類歷史上是空前的，蒙古軍被稱爲「世界的征服者」。

蒙古族入主中原　蒙古軍在西征的同時，也開始對西夏、金、南宋及高麗、日本的進兵。1218 年成吉思汗讓哲別出征滅掉了西遼。同年九月，成吉思汗爲追剿契丹叛軍，派哈眞征討高麗，1219 年兩國達成友好協議。1224 年命孛羅去征討西夏，1227 年西夏滅亡。1234 年蒙古滅金。1260 年忽必烈稱汗。1271 年 11 月忽必烈改國號爲「大元」，並遷都金中都（今北京），1272 年改稱「大都」。1279 年滅南宋。從此結束了自唐之後三四百年的分裂割據局面，建立了一個中國歷史上空前廣大的統一多民族國家。

元朝的政治、經濟及文化　早在 1251 年蒙哥即位後，忽必烈受命主管漠南蒙漢接壤區，從此他以漠南爲根據地，同漢族和其他各民族地主緊密地結合起來，並吸引了一大批漢族文人，爲其出謀劃策。忽必烈定國號爲「大元」，並傚仿漢法制定國策，與重用這些謀士有一定的關係。因而在元朝的政治、經濟及文化的管理上，基本上採用了中原傳統的管理模式，但在具體的操作上，很多都受到蒙古人傳統方式的影響。因而元朝的政治、經濟及文化體制都體現出多元性。

意識形態、民族文化、傳統習慣的轉變過程是漫長的。元朝蒙古人還依然保持著原有的生活習俗，包括皇家的日常生活依然按舊有的習慣來安排。比如，元朝皇帝還依然乘著「斡爾多」（帳車）出行；夏季要到上都去避暑；每年皇家都要舉行狩獵活動等等。作爲統治民族，蒙古民族的游牧文化精神在元朝的社會意識形態裏廣泛地存在，並且影響到了元代文化和文學。

二、元末農民起義及明朝的建立

1351 年，元末農民起義爆發，起義軍主要有三支：劉福通在潁州起義，徐壽輝在蘄水起義，郭子興在濠州起義。起義軍頭裹紅巾，被稱爲紅巾軍。紅巾軍起義後，各地紛紛響應，起義軍的活動遍及大半個中國。起義軍中以劉福通起義軍發展最快，影響最大。1357 年，劉福通派三路大軍討伐元軍，但劉福通在一次戰鬥中兵敗被俘。在起義軍發展過程中，朱元璋開始嶄露頭角。朱元璋在 1352 年加入濠州的郭子興起義軍，郭子興去世後，朱元璋成爲這支起義軍的首領。1356 年朱元璋攻佔集慶，改名應天府，勢力迅速發展。1368 年在應天稱帝，建立明朝。同年又派大軍北伐，攻克大都。元順帝及蒙古政權的核心北撤上都，元朝滅亡。

朱元璋從元末農民起義到明朝的鞏固和發展過程中，始終把反蒙元作爲統一士卒和號召人民的大旗。明朝在其治國方略上，很多方面考慮的是如何與蒙元相區別，如何用漢家治國方略來治理天下，並以此來鞏固其統治。朱元璋曾多次提出要恢復中原的漢家傳統，剔除蒙元的「不良」影響。統治民族的意識形態和文化差異直接影響元明兩代不同的文化精神和道德規範。

三、元明兩代的文化差異

從根本上講，元代社會依然是以漢族爲主體的社會，農耕文化依然是主流文化。但由於蒙古族的傳統游牧文化與中原的傳統農耕文化有著很明顯的差異。蒙古族作爲統治階級的主體，在蒙漢民族的近距離接觸中，兩種文化出現了一定程度的合流或相互影響的趨勢，於是造成了元代文化的多元性，這是元明兩代文化差異的主要根源。元代文化的多元性主要體現在蒙古游牧文化的影響，因此，要瞭解元明兩代的文化差異，首先要瞭解游牧文化與農耕文化的差異。〔註 1〕

雖然中國歷史上也經歷了幾次大的民族融合，但在南宋以前，北方游牧文化與中原農耕文化還是相對獨立的。儘管正史材料中關於游牧民族的歷史和社會生活的記載比較少，但在一些野史、筆記中，還是可以看到農耕民族眼中的游牧生活片斷。元代李志常在《長春眞人西遊記》中寫道：

> 俗無文籍，或約之以言，或刻木爲契，遇食同享，難則爭赴，有命則不辭，有言則不易，有上古之遺風焉。以詩敍其實云：極目

〔註 1〕這裡的游牧文化是指中國北方游牧民族的文化傳統，並非廣義的游牧文化；農耕文化是指以中原漢族農業文明爲基礎的文化傳統。

山川無盡頭，風煙不斷水長流。如何造物開天地？到此令人放馬牛。飲血茹毛同上古，峨冠結髮異中州。聖賢不得垂文化，歷代縱橫只自由。〔註2〕

這是站在中原農耕文化的視角對游牧生活的觀察，很顯然在文明進程、風土人情和文化傳統上，北方游牧民族與中原農耕民族的生活都有很大差異。由於蒙古游牧文化在元代的廣泛滲透，使中原地區的文化風尚偏離了儒家傳統。明代以朱元璋爲首的漢族統治者收回皇權，統治集團又對中原文化所受到的外來影響進行了「撥亂反正」，對游牧文化的遺風進行了多次清理，由此元代與明代有了一道文化「分水嶺」。

由於生產方式和生活方式的不同，北方游牧文化與中原農耕文化形成了明顯的差異，這些差異主要表現在：

第一，游牧文化崇尚武力，農耕文化崇尚文治。由於自然條件艱苦，強健的體魄是游牧民族生存的第一要素。在游牧生活中，無論是牧業生產還是狩獵活動，大自然是主要對抗的對象，加之游牧部落之間的掠奪戰爭頻繁發生，因而勇敢強壯是游牧民族的生存基礎，由此也就形成了游牧民族的尚武精神。在農耕生活中，無論是種植生產還是採集勞動，生產和生活都比較穩定，人與人的交往頻繁，因而對社會的管理和人倫關係的處理很早就已經開始引起重視。儒家學派的思想體系皆出於對社會的管理，因而早在戰國中期孟子就提出了：「勞心者治人，勞力者治於人」的觀點。春秋戰國時期士人階層是一個備受統治階級依賴的群體，諸侯們爭相養士，所謂「士隔三日當刮目相看」、「禮賢下士」、「士可殺不可辱」等成語都是這個時期的寫照。在諸侯紛爭中，往往一個人才就決定了一個國家的命運，一個傑出文士的重要地位遠遠要高於一個武將。自隋代科舉制度產生之後，在唐代又得到進一步發展完善。科舉制使中下層地主出身的讀書人有機會進入社會的管理層，因而中原農耕文化「重文」的傾向主要表現爲對科舉的熱衷。到了宋代，開國皇帝趙匡胤爲了避免武力對皇權造成威脅，江山剛一穩固，便解除了武將的兵權，同時推行重用文臣的政策，並加大了科舉取士的用人力度，從而使重文輕武之風更加盛行。

第二，人倫等級觀念差別。中原地區很早就進入了封建社會，農業生產

〔註2〕李志常著，黨寶海譯注：《長春眞人西遊記》，河北人民出版社，2001年9月版，第32頁。

人口集中，組織嚴密，等級森嚴。先秦時期就開始用禮制來約束人民。長期的禮制約束在農耕文化中形成了一系列的人倫等級規範，如三綱五常、三從四德、長幼有序、夫妻有別、君臣有義、父子有親、朋友有信等等諸多的人際等級規範。宋明兩代，理學的興起又使這些等級觀念上昇到天理。游牧生活受自然條件的影響，依賴於大自然的恩賜。逐水草而遷徙，沒有長期固定的居所，居住鬆散，人員流動性大，人與人之間相對較自由獨立。因而，很難形成森嚴的等級關係。正如項英傑所說的「游牧人在政治生活中，雖也有上下之別，但層次少，規範也不嚴格，重武功，以武功論貴賤。」〔註3〕朱元璋也曾經這樣評價元代的社會等級狀況：「貴賤無等，僭禮敗度，此元之失政也。」〔註4〕他把元朝等級不明看作是元代政治失誤的主要原因。

第三，倫理道德規範的差別。中原農耕文化倫理道德標準是個不斷升級的過程。從早期的儒家思想發展到宋明理學，已經形成了一個龐大的思想體系，包括「仁義禮智信，溫良恭儉讓，忠孝節義」等諸多的思想道德規範，成爲中原農耕文化所追求的人格標準。「農耕人以鄉村爲基本單位，以姻親爲紐帶，聚宗族、家族而定居。」〔註5〕爲了維護森嚴的等級制度，保證君權、父權與夫權的至上地位，保證家族血統的純正，中原農耕文化漸漸形成了一整套以「忠」、「孝」、「節」、「義」爲核心的道德規範和人格審美標準。而游牧文化所遵循的是「適者生存，優勝劣汰」的生存法則。游牧生活依賴自然，這種生存方式的本質特性塑造了游牧民族適應大自然的能力。惡劣的生產生活條件和游牧、狩獵及戰爭造就了勇敢頑強的民族性格。游牧民族「崇尚武力，貴壯賤老」是生存所需。趙珙在《蒙韃備錄》中說「韃人賤老而喜壯。」〔註6〕因而在倫理道德觀念和行爲方式上與中原有很多差異。蒙古游牧民族施行族外婚制，在游牧文化中沒有過分嚴格的貞節觀念。「男婚女嫁，都很隨便。性愛頗自由，嫁妝不苛求。」〔註7〕特定的生產和生活方式使游牧民族很難像

〔註3〕項英傑等：《中亞：馬背上的文化》，浙江人民出版社，1993年10月版，第16頁。

〔註4〕《明太祖實錄》（卷55），臺灣中央研究院歷史語言研究所，1950年影印，第2頁，總第1176頁。

〔註5〕項英傑等：《中亞：馬背上的文化》，浙江人民出版社，1993年10月版，第16頁。

〔註6〕陶宗儀：《説郛》（卷五十四），北京市中國書店，第20頁。

〔註7〕項英傑等：《中亞：馬背上的文化》，浙江人民出版社，1993年10月版，第11頁。

中原農耕民族那樣形成系統的社會倫理道德規範。

第四，對社會勞動價值判斷的差別。由於文化積澱的原因，中原農耕民族始終把農業當作「立邦之本」，重中之重，其他百工及商人則是抨擊和壓制的對象；蒙古游牧民族熱衷於游牧狩獵生活，但對百工及商人並不歧視和壓制。出於獲取生活必需物資的需要，對商人和手工業者格外重視和依賴。蒙古人在對外擴張戰爭中，把百工當作掠奪的對象之一。在攻打錦州叛軍時，「木華黎說：『此叛寇，存之無以懲後。』除工匠優伶外，悉屠之」。〔註 8〕

第五，對宗教信仰的態度差別。蒙古人對外擴張的過程中，接觸到了多種宗教。元朝是個多民族大融合的國家，出於統治需要元朝統治者實行宗教信仰自由的原則，對征服地依俗而治。由於在文字、醫學等方面的特殊原因，蒙古族統治者給予佛教特殊優待，將其定爲國教，但不排擠異教。中原地區儘管很早就傳入了佛教，但農耕文化所特有的封閉性和保守性以及受中原固有的道教思想的排擠，佛教並沒有被統治者過分地推崇，因而基本上還處在一個民間自由信仰的階段。明朝注重以儒家思想治理國家，佛教地位明顯下降，無法與元朝同日而語。

蒙古族入主中原後，成吉思汗黃金家族的君權上昇到神聖不可侵犯的神權。蒙古民族在接受漢法的過程中受到中原農耕文化的影響，因而蒙古族等級觀念、倫理道德等也發生了變化。與此同時，蒙古游牧文化對中原文化也產生了影響，尤其北方地區，經歷了女眞一百多年的統治，游牧文化已廣泛滲透。蒙古族作爲統治集團的主體，其文化雖不能算是元代的主流文化，但游牧文化對農耕文化的衝擊是必然存在的。在《明實錄・太祖實錄》中朱元璋曾這樣說道：

> 初，元世祖起自朔漠，以有天下，悉以胡俗變易中國之制，士庶咸辮髮垂髻，深襜胡俗。衣服則爲袴褶窄袖，及辮線腰褶。婦女衣窄袖短衣，下服裙裳，無復中國衣冠之舊。甚者易其姓氏，爲胡名，習胡語。俗化既久，恬不知怪。上久厭之。……其辮髮椎髻、胡服胡語胡姓一切禁止。斟酌損益，皆斷自聖心。於是百有餘年胡俗，悉復中國之舊矣。〔註 9〕

〔註 8〕宋濂：《元史・木華黎傳》列傳第六，中華書局，1976 年 4 月版，第 2932 頁。
〔註 9〕《明太祖實錄》（卷 30），臺灣中央研究院歷史語言研究所，1950 年影印，第 10 頁，總 525 頁。

這段話說明游牧文化已經使元代社會的習俗發生了很大變化。髮式、衣著、姓氏、語言等「俗化既久，恬不知怪」，中原人民對此已經到了渾然不覺的地步。顯然這種影響已經滲透到意識形態的內部，而這種對意識形態的影響必然會在文學作品中得以體現。

第二節　中國古代戲劇的沿革

一、中國古典戲劇的起源及元雜劇的興起

中國古典戲劇很早就出現了端倪，但完備的戲劇是從元代開始的。王國維曾說：「我國戲劇，漢魏以來，與百戲合，至唐而分爲歌舞戲及滑稽戲二種，宋時滑稽戲尤盛，又漸藉歌舞以緣飾故事，於是向之歌舞戲，不以歌舞爲主，而以故事爲主，而元雜劇出而體制遂定。南戲出而變化更多，於是我國始有純粹之戲曲。」〔註10〕他給戲劇下的定義是：「必合言語、動作、歌唱以演一故事，而後戲劇之意義始全。」〔註11〕從這幾話中可以看出：與其說元雜劇在藝術形式上具備符合成熟戲劇的標準，不如說是王國維按照元雜劇的特徵規範了成熟戲劇的定義。但元雜劇絕不是突然之間出現在舞臺上的，它的產生是文藝發展的必然結果，也是時代的產物。

（一）元雜劇的產生是文學藝術發展的必然結果

首先，中國很早就有舞臺表演，最早的舞臺藝術可以追溯到先秦，司馬遷在《史記・滑稽列傳》中記載了先秦時期楚國的優孟模仿孫叔敖以假亂眞的表演。可見，最晚在春秋時期的宮廷中就有了模仿表演。正如明人胡應麟在《莊岳委談》中所云：「優伶戲文，自優孟抵掌孫叔，實始濫觴。」到了漢代，有角觝和百戲，在漢代的文物中就有表演百戲的陶俑；魏晉南北朝時期由於大量外來文化的湧入，中國的音樂體系產生了變化，各類絲竹樂器開始參與到音樂歌舞之中，而各種參軍戲是當時較爲普遍的娛樂方式。唐代的參軍戲、變文以及宋代的雜劇、說話等市民娛樂，都爲戲劇舞臺表演的成熟奠定了藝術基礎和群眾基礎。

其次，中國的詩歌藝術是戲曲演唱的前提。中國古典詩歌始終是伴隨音樂一同發展的。原始歌謠作爲詩歌的源頭，從產生起就與音樂、舞蹈融混在一起

〔註10〕王國維：《宋元戲曲史》，上海古籍出版社，1998年12月版，第127頁。
〔註11〕王國維：《宋元戲曲史》，上海古籍出版社，1998年12月版，第32頁。

的；第一部詩歌總集《詩經》也是「弦而歌之」的；而《楚辭》在屈原的筆下「書楚語、作楚聲」，也是文學與音樂的結合體；到了漢魏六朝時期，最爲流行的詩歌是樂府民歌，樂府本身就是音樂官署，從樂府民歌中，可以享樂音樂，同時也能欣賞文學和考察時弊；唐代的律詩絕句儘管句式整齊、格律嚴謹，但和樂而歌依然是它的主要表現方式，王之煥、王昌齡、高適等的「旗亭畫壁」的故事就很好地說明了這一點；宋詞及元曲則是在一定的樂譜裏填詞演唱，更是離不開音樂。從《詩經》的「饑者歌其食，勞者歌其事」開始，經過漢樂府的「感於哀樂，緣事而發」，到唐代的詩言志、宋代的詞言情，中國的古典詩歌始終是以抒情言志爲宗旨，代代傳承。待到元雜劇的興起，戲劇演唱充分發揮了古典詩歌的抒情作用，這非常有利於人物心理的刻畫。因此，欣賞中國的戲曲，儘管節奏緩慢，但聲情並茂的表演並不使人覺得枯燥和乏味。

再次，中國傳統的史傳文學、筆記小說及宋代的說話藝術爲戲劇的創作提供了人所共知的故事情節和人物形象。戲劇雖然是一種綜合藝術，但從文學角度來看是屬於敘事文學的，因而一定的故事情節是必須的。戲劇要取得好的舞臺效果並與觀眾產生共鳴，就要在故事情節和人物塑造上下功夫，力求選取一些知名度較高或具有震撼力的人物和故事情節，將其搬演到舞臺。所以符合大眾審美和欣賞口味的故事和人物是戲劇作家的首選。

（二）元雜劇也是時代的產物

首先，元代城市經濟的繁榮及市民隊伍的壯大爲雜劇表演提供了一定數量的觀眾。在北宋時期，就開始大量出現大眾娛樂場所，如勾欄、瓦肆、棚等。元代，交通更加發達，商業、手工業經濟更加繁榮，因而市民隊伍也更加壯大了。戲劇是融「說、唱、科、諢」於一體的綜合性的表演藝術。欣賞方式的多樣性要求戲曲顧及各個層次觀眾的欣賞水準和習慣。城市居民「有錢」、「有閒」以及居住相對集中的特點，是戲劇表演的巨大市場，也是劇作家創作的巨大動力。

其次，元代的多元文化促成了戲劇藝術形式的完善。北方地區自古就是少數民族相對集中的地區。先秦時期的晉國基本上是由少數民族構成的；魏晉南北朝時期的北朝被稱爲「五胡十六國」，這次民族大融合使西域及北方少數民族的音樂和樂器傳入中原，使中原的音樂體系發生了重大的變化，燕（宴）樂的形成在詞和曲的產生與發展中發揮了巨大的作用；唐代，室韋、契丹、突厥及回紇等諸多民族活躍在北方，唐朝國內的少數民族也很多；宋代，北方民族相對明朗化，並且出現了遼、西夏、女真、蒙古等幾個大的政權。1127年北宋滅亡，北方乃至中原大面積的領土被女眞統治。女眞同蒙古一樣，是以游牧和狩獵爲主要生產方式的北方民族。1234 年蒙古滅金，統治了北方地區，直到 1368 年元朝滅亡，蒙古族統治者退回漠北地區，結束了對少數民族對中原的統治。從北宋滅亡到明朝建立，有近兩個半世紀的時間，長江以北地處於北方少數民族的統治之下。北方少數民族的文化滲透到社會文化生活的各個方面，其中，北方民族的樂曲是構成元曲曲牌的重要成份之一。明代曲論家王驥德在《曲律》中記錄了蒙古和回回的樂曲：「元時北虜達達所用樂器，如箏、秦、琵琶、胡琴、渾不似之類，其所彈之曲，亦與漢人不同。不知其音調詞義如何，然亦各具一方之制，誰謂胡無人哉。今並識於此，以廣異聞。」其中大麯包括：哈八兒圖、口溫、也葛倘兀等 16 種，小曲包括：哈兒火失哈赤（黑雀兒叫）、阿林捺（花紅）、曲律買等 12 種，另外還有回回曲三種。〔註 12〕同時他還指出：「北劇之於南戲，故自不同。北詞連篇，南詞獨限。」〔註 13〕而「北詞連篇」也反映出北方民族的講唱文學的演述形式。講唱文學是北方很多少數民族的民間文藝形式。金時開始流行的說唱諸宮調也於此有重要關係，這種說唱表演和戲劇都是以演唱爲主的敘事文藝形式。

再次，作爲接受群體的一個組成成份，蒙古統治者對戲劇繁榮具有促進作用。在中國歷史上元朝是疆域最大、民族最多的朝代。雖說元朝蒙古族人口相對數量少，蒙古族文化也不能成爲元代社會的主流文化。但是作爲統治民族，對元代社會的意識形態產生一定影響是必然的。在中國歷史及文學中「上有所好」的先導作用是自古就有的。「楚靈王好細腰，而國中多餓人。」漢武帝好辭賦，司馬相如得以成名；唐代皇帝喜愛詩歌，唐詩得以繁盛；蒲松齡筆下的「促織」之所以如此重要，也只是因爲「上有所好」。可見，統治者的興趣愛好有如引導社會風尚的風向標。「元代以前的中國文學屬於創作者欣賞者尚未分離的文人自足性文學，……寫作群體與接受群體都是同一個文人圈子」，〔註 14〕那時的文學基本上是以詩詞爲主的「雅文學」。蒙古族入主

〔註 12〕王驥德：《曲律》，《中國古典戲曲論著集成》（第四冊），中國戲曲出版社，1959 年 8 月版，第 156 頁。

〔註 13〕王驥德：《曲律》，《中國古典戲曲論著集成》（第四冊），中國戲曲出版社，1959 年 8 月版，第 159 頁。

〔註 14〕扎拉嘎：《比較文學——文學平行本質的比較研究》，內蒙古教育出版社，2002 年 12 月版，第 300 頁。

中原並參與到內地的文化市場中，受漢文水準限制，蒙古人在很短時間內難以接受這種文藝形式，但這並不影響他們欣賞雜劇和散曲。蒙古族自古以來就有愛好歌舞的習俗，加上雜劇和散曲是融演唱、說白和舞美於一體的綜合藝術，其中的造型藝術和旋律藝術同樣可以被不通漢文和漢語的少數民族所欣賞。正如扎拉嘎先生所言：

> 在元代這個特殊的環境中，能夠同時提供會話語言藝術和非會話語言藝術，這樣兩個既結合在一起又可以適當分離的審美欣賞系統，同時滿足接受群體中兩部分成員的審美需求：中原漢族和通曉漢語的少數民族觀眾，是將兩個系統合爲一個系統，既欣賞屬於會話語言系統的說話和唱詞，也欣賞屬於非會話語言系統的造型藝術和旋律藝術；而不通曉漢語的蒙古和其他北方少數民族觀眾，則主要欣賞屬於非會話語言系統的造型藝術和旋律藝術。〔註 15〕

可以說，元雜劇這種藝術形式顧及到了元代文化市場消費者的各種需求，爲其在元代這樣一個「創作者與欣賞者分離的社會消費性文學」尋求到了穩定的市場。文學市場化之後，觀眾的需求正是作家們創作的終級目標。

第四，科舉廢弛及自由的文化氛圍解放了戲劇作者的思想。中國的科舉制度開始於隋朝，在唐代興盛。由於宋朝注重文治，因而加大了科舉取士的力度，真正體現了儒家的「學而優則仕」。科舉制度取代魏晉時期的門閥制度，更有利於廣泛地選用人才，從而給很多中下層文人以晉紳的機會。所以在唐宋時代，讀書——科舉——仕宦是完美的人生三部曲，科舉也是很多讀書人學習的根本目的。由於生產方式的差異，游牧民族自古就有尚武的習俗，元朝蒙古族以武力征服天下，因而不理解科舉取士對治理國家的重要作用，所以在元朝開國之初沒有推行科舉制，直至延祐時（1313 年）才舉行第一次科考，而且時斷時續，「科舉規模，無論就取錄人數或進士的地位前途，與唐、宋相比都是很不足道的。元代後期五十多年，科舉取士共一千二百餘人，占當時相應時期文職官員總數的百分之四。按比例，只相當於唐代和北宋的十分之一強」。〔註 16〕從唐宋到元，中國的讀書人境遇形成了巨大落差，「讀書——科舉——仕宦」這個一貫的嫺熟路徑幾乎成了元代文人的「死胡同」。以

〔註 15〕扎拉嘎：《比較文學——文學平行本質的比較研究》，內蒙古教育出版社，2002 年 12 月版，第 306 頁。

〔註 16〕內蒙古社會科學院歷史所：《蒙古族通史》（上），民族出版社，2001 年 1 月版，第 238 頁。

往的自尊與清高都蕩然無存，生存問題擺在了面前，於是文人紛紛放下對科舉的訴求，逐漸學會了靠自己的學識和才藝來謀求生存與發展。科舉的廢止在一定程度上使文人在思想上獲得了解放。在以往的科舉制度下，讀書人的思想嚴重地受到儒家思想的束縛，「離經叛道」的文人是不會被科舉所錄取的。封建正統思想與市民大眾的思想是有差異的。一部分文人結成書會，依靠文藝創作來謀求生計。書會才人的創作不再去迎合統治階級的意志，而是盡量去適合市民觀眾的審美口味。對劇作家們而言，這無疑是一次思想上的解放。以往被科舉所摒棄的一些所謂「怪才」、「歪才」有了施展才華的機會，在戲曲創作中大顯身手。這樣從事雜劇創作的文人數量就大大地增加了。一個穩定的作家隊伍是元雜劇興盛的必要條件。元代相對自由的文化氛圍又給作家提供了廣闊的創作空間。蒙古統治者對佔領地區通常採用「依俗而治」的方略，對各地區各民族的文化、習俗、信仰等並不強行加以干預。蒙古族入主中原之後，對中原的文化和藝術也採取了任其自由發展態度。明代李開先在《西野春遊詞序》中說到：「元不戍邊，賦稅輕而衣食足，衣食足而歌詠作，樂於心而聲于口，長之爲套，短之爲令，傳奇戲文於是乎涉而可準矣。」〔註 17〕「樂於心而聲于口」頗帶有「感於哀樂，緣事而發」這樣一種漢樂府的現實主義風格，這是出自明人之口對元代文學的評價。元代科舉不興，文人組成書會，從事民間文藝創作。而書會非自元代始，宋朝已有書會，多由失意文人組成。「說話」這種民間文藝被當作「市井末技」，多爲士大夫所不齒，因而宋代的說話藝人沒有史籍可載，宋代的話本也幾乎找不到刊印的文本，現在見到的宋代話本最早也是元代刊印的。但宋人筆記中記載，兩宋的「說話」藝術是非常繁榮的，這和沉抑下潦的知識分子有十分密切的關係。元代科舉廢弛，的確堵住了很多知識分子的晉紳之路，但它對文學的推動作用是不容忽視的。很多文人在元曲創作中大顯身手，其中有很多戲曲作家本來也不能算是理想的「科舉之才」，如關漢卿等。從關漢卿的《南呂・一枝花》中就可以看出他與中國傳統儒士的不周之處。但他的戲劇作品不僅在元雜劇史上，而且在中國文學史上甚至在世界戲劇史上都佔有非常重要的地位。科舉廢弛客觀上對元雜劇的興盛是有積極作用的。胡適曾說：「科舉一日不廢，古文的尊嚴一日不倒。……南宋晚年……北方受了契丹、女真、蒙古三大征

〔註 17〕李開先：《西野春遊詞序》，轉引自程炳達，王衛民：《中國歷代曲論釋評》，民族出版社 2000 年 11 月版，第 75 頁。

服的影響，古文學的權威減少了，民間的文學漸漸起來。金元時代的白話小曲——如《陽春白雪》和《太平樂府》兩集選載的——和白話雜劇，代表這第四時期的白話文學。明朝的文學又是復古派戰勝了；八股之外，詩詞的散文都帶著復古的色彩，戲劇也變成了又長又酸的傳奇了。」〔註 18〕可見科舉的廢弛在客觀上對作家和文學都是一種解放。

二、元雜劇反映了元代廣闊的社會生活

元雜劇誕生在北方。「元初期（作家）並有雜劇流傳到今者，其籍貫或居留地均在淮河以北。……主要是今北京、河北、山西、山東，兼及河南、安徽等地。」〔註 19〕也就是說，元雜劇是在北方地區發源並發展的，北方的風土人情是元雜劇賴以存在的生活基礎。元雜劇的作家大多是書會才人，他們多是「沉抑下潦」的沒落文人，個別也有仕宦出身，但基本都是名不見經傳的刀筆小吏。可以說，元雜劇作家是跟人民生活得很近的，他們有機會接觸到元代最眞實的市民社會，能夠體察到人民的喜怒哀樂，因而他們的作品能夠反映出廣闊的生活畫面。元代政治的「疏闊」歷來是得到公認的。元代政治環境和文化環境的寬鬆爲作家提供了較自由的創作空間。他們可以在戲曲中宣洩情感，寄託思想，因而元雜劇也眞實的記錄了作家的個人情感。此外，「元雜劇的觀眾包括帝王、達官、文人、下層官吏、以及商、農百姓、引車賣漿者流」〔註 20〕，作家和演員要迎合社會各個階層的不同需求，因爲元雜劇這種藝術形式畢竟屬於「社會消費性文學」，要得到觀眾的認可，作家的勞動才能換來經濟收益。所以爲了適應不同的消費對象，元雜劇作家必須要豐富自己的創作內容。由此可見，元雜劇是能夠反映最廣闊的社會生活的一種藝術。它是在舞臺上演出的，所以必須與時代同步，才能與觀眾產生共鳴。因而，可以說元雜劇是元代社會生活的縮影。

三、明傳奇的產生與發展

元雜劇在北方興起的時候，在南方早已流行起一種戲曲藝術，那就是南戲。北宋無南戲可言，所謂宋元南戲，指南宋加元季南戲。南戲是從南方的

〔註 18〕胡適：《五十年來中國之文學》，《胡適說文學變遷》，上海古籍出版社，1999 年 8 月版，第 142 頁。
〔註 19〕李修生：《元雜劇史》，江蘇古籍出版社，2002 年 4 月版，第 62 頁。
〔註 20〕么書儀：《銅琵鐵琶與紅牙板——元雜劇與明傳奇比較》，大象出版社 1997 年 4 月，第 54 頁。

一種民間小調開始逐漸發展而成的，即溫州（或永嘉）雜劇，歷時約 240 年。明代魏良輔（嘉靖時人）在南戲崑山、弋陽、海鹽、餘姚四大聲腔的基礎上，改革了崑山腔。直至明嘉靖、隆慶之交，梁辰魚（1519～1591）創作《浣紗記》，將魏良輔改革後的崑山腔搬上戲曲舞臺，這便是通常意義上的明傳奇。〔註 21〕

與元雜劇比較而言，明傳奇的創作環境發生了變化。明朝秉承中原重文輕武的文化傳統，注重文治並宣揚儒家的倫理道德，朝廷對明代作家的創作進行了行政干預。在明洪武二年，朱元璋下了一道政令，規範戲曲表演不能涉及「帝王」、「聖賢」，鼓勵以孝子順孫、義夫節婦、勸人爲善爲內容創作戲曲，後來將這項規定寫進了《大明律》。由於行政的干預，作家所表現的生活空間變小了。明傳奇的作者文人居多，還有相當數量的士大夫、甚至皇室成員。明代文人的地位比較高，生存狀況要遠遠好於元代。他們大多處在社會的中上層，他們所體現的是上層社會的思想和利益。他們所站定的立場與市民作家是不同的，而且這些傳奇作家很多都是讀書科舉出身，受理學思想影響較深。因而，明傳奇在價值觀念和審美理想上基本與儒家傳統觀念保持一致。另外，明傳奇除了舞臺表演之外，還增加了新的欣賞方式——案頭閱讀。這使其在語言上更加文雅化，有時甚到古拗難懂，嚴重脫離市民觀眾。

四、元雜劇與明傳奇的關係

（一）元雜劇與明傳奇在藝術形式上的區別

元雜劇的篇幅較短，通常只有四折一楔子，容量很有限（《西廂記》和《趙氏孤兒》等作品則例外），但這也給元雜劇帶來了另外一種優點：情節簡單，結構緊湊，矛盾衝突集中。元雜劇通常只由一個主要角色演唱，其他角色只有說白和科範。按照主唱角色的性別，元雜劇可分爲旦本、末本。旦本即女主角演唱，末本是男主角演唱。但這種演唱方式極不利於劇團發展，因爲這是主角的天下。元末夏庭芝之所以能作《青樓集》，是因爲每個劇團都是以挑

〔註 21〕關於明傳奇的界定目前在學界還沒有完全達成一致。如果按聲腔劃分，專指《浣紗記》之後的以崑山腔體系創作的作品，而在梁辰魚《浣紗記》之後出現的非崑山腔南戲作品也不能算明傳奇；如果按時間劃分，只要在《浣紗記》之後，用其他聲腔創作的南戲作品，也都算是明傳奇。本書主要比較的對象是作品的思想內容和時代文化，所以，採用後一種觀點，把明代創作的南戲作品都併入明傳奇之列。

大櫟的幾個「明星」爲主角搭班子唱戲，而其他演員展示才藝的機會卻很少。待到元代中後期，南北戲曲出現合流的趨勢，雜劇的這種演出形式受到衝擊，這也應該是雜劇衰落的原因之一。

相對而言，明傳奇的篇幅較長，一般都在二十出以上，有的多達五十多出。所以傳奇的容量也比較大，可以展現更加豐富的內容。但同樣也帶來一些弊病：結構鬆散，情節冗雜，主題不鮮明。但在演唱方式上，明傳奇有更大的進步。明傳奇的演唱比較自由，臺上的演員都可以唱，而且有時一支曲子裏，可以有幾個人對唱，舞臺上的氣氛比較活躍，演員的負擔也不是太重。

明傳奇在演出上自由靈活的優點，加之元末雜劇的衰微，使傳奇逐漸成爲戲曲舞臺的新「盟主」，從而中國戲劇史上的一場革命也就在不知不覺中完成了。從藝術形式來看，明傳奇是更加完備的戲曲藝術。

（二）元雜劇和明傳奇在思想內容上的聯繫

首先，元雜劇與明傳奇都是中國文學藝術的表現形式，是中國戲曲的一對「並頭花」，他們都在中國歷史文化語境中生成的，它們有著共同的文化基因。其次，在某些題材的創作上，明傳奇是在元雜劇的基礎上加工改寫而成的，元雜劇在故事情節和主題思想上對明傳奇都有著一定的影響。

（三）明傳奇與元雜劇之間存在不同的文化屬性

元雜劇誕生並發展在北方地區，受北方游牧民族文化影響較深，在某種程度上，偏離了中原的文化傳統。明傳奇是在宋元南戲的基礎上演化而成。宋元時期的南方與北方的境況有很大差異，南方地區受到游牧文化影響的時間短，影響的程度也比較小，所以南戲生成的環境距離中原傳統文化更近一些。明傳奇誕生時，中原就已經是漢族皇帝的天下了，明朝統治者對文化的整頓也基本完成，這時的社會文化基本上又回到了中原傳統文化軌道。元雜劇所攜帶的游牧文化基因使其與明傳奇之間形成了一定的文化差異，這樣元雜劇與明傳奇就帶有了跨文化的屬性。

（四）元雜劇和明傳奇作為比較文學的研究對象的可比性

由於元明兩代文化的差異，作家的審美和時代的風尚都有所不同。在明傳奇作家對元雜劇進行修改時，必然會對其作品的故事情節和文化思想做適當的調整。明傳奇與元雜劇的這種區別與聯繫及其不同的文化屬性恰好構成了「文學的平行本質」的關係，因而可以作爲比較文學研究對象，而且這種比較具有非常大的實證意義。因爲，在以往的比較研究中，雖然也注意到了元雜劇與明傳奇的這些區別和聯繫，但並沒有深入探討其背後的文化根源。如果將元雜劇與明傳奇進行泛泛的比較，也很難找到實際的證據說明哪些是游牧文化，哪些是農耕文化。因此，本書將比較的對象定位在與元雜劇有改寫關係的現存明傳奇作品，並通過分析明傳奇作家改寫元雜劇作品時所進行的增加、刪減和改寫，對其不同的文化屬性進行梳理和分揀，從中就可以發現游牧文化影響元雜劇的證據。

（五）元雜劇與其明傳奇改寫本的對應關係

明傳奇對前代戲曲的改寫現象非常普遍，通過對存目和存本的作品進行全面梳理，將有改寫關係的作品進行比照列表，表格附在全文的最後。根據表格進行統計發現：在元雜劇、南戲及明傳奇存目作品中，同題現象的作品有 134 組，其中涉及到元雜劇作品 205 種，南戲 87 種，傳奇 200 種。但有劇本流傳的同題作品只有 35 組，其中涉及元雜劇 40 種，南戲 5 種，傳奇 40 種。現存明傳奇與元雜劇有明顯改寫關係的作品有 14 組，涉及到元雜劇作品有 19 種，傳奇作品有 17 種。在這些改寫作品中，改寫關係和發展脈絡非常複雜，比如說，元雜劇和宋元南戲中有大量反映同一題材的作品，有相當數量的作品很難鑒別誰先誰後。其後又出現了明傳奇的改寫本，有的傳奇作品很難鑒別是出自雜劇還是南戲。因此在比較過程中，疏理材料和論證文本系統是非常複雜的，而且最終的結果可能也不盡人意。雖然改本系統複雜，但存本數量卻很有限，所以這裡只選取其中有明顯改寫關係的幾組作品進行比較。這幾組作品的改寫關係中，有一對一的，也有一對多和多對一的情況。這裡只是選擇了改寫特徵明顯，而且研究價值較大的《西廂記》、《竇娥冤》等幾組作品進行了深入比較，其他作品有待進一步研究。

第二章　西廂記故事的演變及其文化背景透視

自從唐代元稹的《鶯鶯傳》〔註 1〕誕生以來，西廂記故事在每一種文藝形式中都以新的面貌出現。在中國古代文學史上，很少有哪一部作品產生過如此巨大的影響。西廂記故事誕生之後經歷了中國歷史上文化變遷較大的宋、金、元、明、清等幾個時代。文化的變遷與整合爲西廂記故事的形式和內容的演變提供了不同的文化語境，因而，每一次文化變遷都爲《西廂記》打上了時代的烙印。

第一節　西廂記故事在不同文化形態中的演進

西廂記故事最初源頭是唐代元稹的傳奇小說《鶯鶯傳》，小說描寫了一段淒婉的愛情故事：書生張生旅居蒲州普救寺，碰巧遇上了崔鶯鶯一家也住在這裡。時遇兵亂，幸有張生託友人保護，才使崔家人財兩安。崔母鄭氏與張生母乃同族，宴請張生，以示答謝。席間請女兒鶯鶯出來致謝，鶯鶯不情願地出來坐陪，也不多話。張生見鶯鶯貌美，很是動心。宴罷，張生懇請鶯鶯的丫環紅娘傳遞書簡，後鶯鶯感張生至誠，以身相許，來往數月。後張生西去，又歸來，復去趕考，落榜，再未歸。後有書信往來，但一年後鶯鶯別嫁，張生另娶。故事以「始亂終棄」爲結局。

〔註 1〕《鶯鶯傳》又名《會眞記》。元稹（779～831），唐代文學家。字微之，別字威明，洛陽人。8 歲喪父，少經貧賤。15 歲以明兩經擢第。21 歲初仕河中府，25 歲登書判拔萃科，授秘書省校書郎。28 歲列才識兼茂明於體用科第一名，授左拾遺，仕臣沉浮較大，逝於武昌軍節度使任上。元稹的創作，以詩成就最大。與白居易齊名，並稱元白，同爲新樂府運動倡導者。

在宋代，西廂記故事得到了發展。北宋文人趙令畤（1051～1134）曾根據《鶯鶯傳》的內容創作了《商調・蝶戀花》鼓子詞，共 12 首，多描述、感歎之語。在南宋時期還有話本《鶯鶯傳》。據南宋皇都風月主人的《綠窗新話》記載，宋代話本主要是本於元稹的傳奇小說。

在金代，也就是南宋時期的北方，董解元根據《鶯鶯傳》創作了《西廂記說唱諸宮調》（又稱《董西廂》），將故事的演述形式由書面閱讀轉變爲說唱表演，使西廂記故事從此走轉向大眾文學。《西廂記說唱諸宮調》從人物身份到故事情節都發生了變化，最主要的是結局由「始亂終棄」改變爲「有情人終成眷屬」，使作品由悲劇變成了喜劇。

元代，雜劇的興盛又使這個故事登上了戲曲舞臺，雜劇大家王實甫將董解元的《西廂記說唱諸宮調》改編成了舞臺劇——雜劇《崔鶯鶯待月西廂記》（又稱《王西廂》或《北西廂》）。《王西廂》繼承了《董西廂》的反封建思想，內容更加緊湊，結局由「私自出走」改爲「合法結合」。

西廂記故事在元代的演變還有一個環節是需要關注的，那就是南戲。據文獻記載，元代還有南戲《崔鶯鶯西廂記》。元末明初有李景雲同名作品，但全本均佚，只在一些曲譜等著述中留下殘曲 28 支，具體內容不詳。但從這些殘曲中透露了崔老夫人悔親等信息，說明故事也受到《董西廂》或《王西廂》的影響。

明代由於戲劇形式的演變，元雜劇的唱詞無法用南戲和明傳奇的聲腔來演唱，而《西廂記》這樣的作品又爲廣大觀眾所喜聞樂見，所以，明傳奇的改寫本便應運而生。在明代的諸多改本中影響較大的是崔時佩、李日華的《南調西廂記》（又稱《南西廂記》或《南西廂》）。《南西廂》的情節基本上同於《北西廂》，只對部分唱詞和說白做了調整和改寫。此外還有陸采的《陸天池合併西廂記》；佚名作者（一說是黃粹吾作）的《續西廂升仙記》；周公魯的《翻西廂》；佚名作者的《錦西廂》；佚失的作品有楊訥的《翠西廂》；屠本峻《崔氏春秋補傳》；卓人月《新西廂》；《王百戶南西廂記》等等，在明代形成了西廂翻改熱潮。

一、西廂記故事藝術形式的演進

在中國歷史上，唐宋金元明四個時期五個朝代的交替更迭，在文藝形式上也經歷了詩、詞、曲、小說的轉型。從《西廂記》藝術形式的演進來看，每當有一種新的藝術形式興起，《西廂記》很快就以新的面貌出現，西廂記故事的與時俱進也充分證明了這部作品的巨大生命力。

文藝形式的演進往往是以文化的整合爲契機的。在《西廂記》的演變史上，也經歷了幾個階段的文化整合。

第一階段：從唐到宋的演進。首先，詞在宋代得到了空前的發展。詞的產生和發展是以外來音樂的融入爲前提的。在魏晉南北朝時期，大量的北方民族及西域的音樂融入中原的音樂體系，豐富了音樂的表現力，促進了宴樂〔註 2〕的產生，而宴樂的產生是豐富詞的音樂體系的重要因素。在宋詞的廣泛題材中，西廂記故事也得到了吟詠。在秦觀（1049～1100）和毛滂（1055？～1120 年）的筆下，都用《調笑轉踏》對崔鶯鶯進行了描寫；趙令畤（1051～1134 年）創作《商調·蝶戀花》鼓子詞 12 首，算是詞中的「鴻篇巨製」了。其次，西廂記故事在說話藝術中也得到講述。由於宋代城市經濟的繁榮等原因，說話藝術以大眾娛樂的方式得以流行。據《東京夢華錄》記載，在北宋的都城開封說話藝術十分繁榮，著名的有說「三分」的霍四究、說五代故事的尹常買等等，都是演說歷史故事的。另外唐代的傳奇小說也成爲說話的重要題材，短小的《鶯鶯傳》也登上了說話藝術的舞臺。《綠窗新話》著錄有《張公子遇崔鶯鶯》，其故事梗概基本與元稹的小說內容基本一致的。

第二階段：在宋金對峙時期，文學在北方與南方之間發生了分化。北方地區由於女眞族南下，北方少數民族的文化與中原地區的傳統漢文化相融合。在北方民族樂舞和講唱文學的影響下，結合中原地區的詩詞藝術和舞臺表演藝術，產生了新的文藝形式——院本和說唱諸宮調。在諸宮調作品中，董解元的《西廂記說唱諸宮調》〔註 3〕成爲西廂記故事世代傳承的里程碑。《西廂記諸宮調》不僅將西廂記故事搬上了說唱藝術的舞臺，而且對這個故事做了進一步的加工，豐富了原有的情節，結局讓崔鶯鶯與張生一同出走，並在杜確的主張下終成眷屬。這樣，長久以來廣大讀者和觀眾的不滿和遺憾得到了撫慰。

〔註 2〕宴樂，又稱「燕樂」，魏晉南北朝時期的民族大融合使西域、北方少數民族以及高麗等音樂傳入中原，豐富了中原地區的樂器和音樂，在隋唐時期形成了由西域胡樂與民間里巷之曲相融而成的一種新型音樂，主要用於娛樂和宴會的演奏。

〔註 3〕但近世對《董西廂》的產生時間地點存有分歧，張炳森先生在 2002 年 7 月發表於《河北學刊》題爲《西廂記諸宮調究竟創作於何時》的文章，認爲《董西廂》產生於南宋，其證據不足以改變以往公認的定論。

第三階段：金元統治時期，政治上的巨變，在文化上產生了深刻的影響。女眞人於 1127 年建立金朝就開始統治北方地區。以女眞爲代表的北方游牧文化與中原的農耕文化相互交融，彼此產生影響。與此同時，南方地區依然處於南宋政權的統治之下，儒家的傳統文化傳承和保留得相對較好。金時的南北隔離使南方與北方文藝發展具有了相對獨立性。王世貞在《曲藻》序言中談到了南北曲的差異及元代北方民族音樂對北曲的影響：

> 曲者，詞之變。自金、元入主中國，所用胡樂，嘈雜淒緊，緩急之間，詞不能按，乃更爲新聲以媚之。……但大江以北，漸染胡語，時時採入，而沈約四聲遂闕其一。〔註 4〕

元代蒙古統治者入主中原，統一中國，結束了長期以來南北對峙的局面。在中國思想文化上也出現了中原農耕文化與蒙古游牧文化的碰撞與融合。元雜劇就在這種特定的情況下興盛起來的。元雜劇的興盛既是中國文學發展的必然結果，也是時代的產物。劇作家王實甫將西廂記故事搬上了舞臺，從此，元雜劇的不朽之作《西廂記》誕生了。但南方與北方在歷史上形成的文化差異卻一時難以消除，因而在宋、金、元時期，南方與北方的文學形成了不同的發展體系。正如徐渭在《南詞敘錄》中所言：「今之北曲，蓋遼、金北鄙殺伐之音，壯偉很戾，武夫馬上之歌，流入中原，遂爲民間之日用。」同時他還說到：「南戲始於宋光宗朝，永嘉人所作《趙貞女》、《王魁》二種實首之，故劉後村有『死後是非誰管得，滿村聽唱蔡中郎』之句。」〔註 5〕南戲的源頭未必一定如徐渭所言，但徐渭的話卻很恰當地點明了南北戲曲的不同源流，以及少數民族音樂對中原民間文藝的影響。

第四階段：明朝的建立使中原傳統文化得以回歸，漢族政權的北上也使南方文化北移。蒙古族多年的統治早已使中原儒士大感「禮崩樂壞」。因此，革除蒙元遺風是明朝建立之後的當務之急。開國之初，朱元璋曾對侍臣說：

> 禮以道敬，樂以宣和，不敬不和，何以爲治？元時古樂俱廢，惟淫詞豔曲更唱疊和，又使胡虜之聲與正音相雜，甚者以古先帝王祀典神祇飾爲舞隊，諧戲殿廷，殊非所以道中和、崇治體也，今所

〔註 4〕王世貞：《曲藻》，《中國古典戲曲論著集成》（第四卷），中國戲劇出版社，1959 年 7 月版，第 25 頁。

〔註 5〕徐渭：《南詞敘錄》《中國古典戲曲論著集成》（第三卷），中國戲劇出版社，1959 年 7 月版，第 240 頁。

製樂章，頗和音律，有和平廣大之意。自今一切流俗喧譊淫褻之樂，悉屏去之。〔註6〕

在中原傳統文化中，以「禮」來約束人的行爲，以「樂」來陶冶人的性情，中原傳統的禮樂具有重要的教化作用。「淫詞豔曲更唱疊和，胡虜之聲與正音相雜」也就是指北方民族的音樂打破了以往中原的音樂體系，並與中原傳統音樂相融合而建立起來的元曲音樂。明朝建立之後，南方的文化北上，使原本盛行於南方的南戲（後來發展爲明傳奇）也移居北方，並逐漸爲廣大觀眾所接受，因此開始了明傳奇的興盛和元雜劇的衰微。正如王驥德《曲律》中所言：「唐之絕句，唐之曲也，而其法宋人不傳。宋之詞，宋之曲也，而其法元人不傳。以至金、元人之北詞也，而其法今復不能悉傳。是何以故哉？國家經一番變遷，則兵燹流離，性命之不保，遑習此太平娛樂事哉。今日之南曲，他日其法之傳否，又不知作何底止也！爲慨，且懼。」〔註7〕而戲劇形式的變革促成了西廂記故事的又一次重生，也就是《南調西廂記》的誕生。此後出於不同作者的審美和不同欣賞者的需求，在明代又出現了諸多的《西廂記》改本和續本。由於南戲音樂的不同體系，在明代甚至出現了傳奇改本的改本。

從西廂記故事的演變過程來看，伴隨文藝形式的建構與解構，伴隨不同時代的精神追求，西廂記故事始終活躍在文藝舞臺上。

二、西廂記故事思想內容的演進

西廂記故事思想內容的演進是伴隨文藝形式的演進發生的。從《鶯鶯傳》到《南西廂》的演進，歷經了幾個朝代、幾種文化語境，從故事情節到人物形象的變化無不與時代緊密相關。無論哪一種新的文藝形式演義西廂記故事，都對其內容進行不同程度的改造。

（一）從《鶯鶯傳》到宋詞及說話的演進

這個時期的變化有以下特點：藝術形式的變化較大，但思想內容相對穩定。從《鶯鶯傳》誕生之日起，就以傳奇小說的形式把玩於文人墨客的股掌之間，在《鶯鶯傳》中就多次提到友人的評價及賦詩。到了宋代，《鶯

〔註6〕《明太祖實錄》（卷66），臺灣中央研究院歷史語言研究所，1950年影印，第6頁，總1245頁。

〔註7〕王驥德：《曲律》《中國古典戲曲論著集成》（第四冊），中國戲劇出版社，1959年7月版，第155頁。

鶯傳》在文人手中依然是個「尤物」，詞人們所詠所賦也依然沒有超脫元稹的本傳。

在秦觀的《調笑轉踏．鶯鶯》中寫道：

詩曰：　崔家有女名鶯鶯。未識春光先有情。
河橋兵亂依蕭寺，紅愁綠慘見張生。
張生一見春情重。明月拂牆花樹動。
夜半紅娘擁抱來，脈脈驚魂若春夢。

詞曰：　春夢。神仙洞。冉冉拂牆花樹動。西廂待月知誰共。
更覺玉人情重。紅娘深夜行雲送。困嚲釵橫金鳳。〔註8〕

毛滂也呼應秦觀寫下《調笑轉踏．鶯鶯》：

詩曰：　春風戶外花蕭蕭。綠窗繡屏阿母嬌。
白玉郎君恃恩力，尊前心醉雙翠翹。
西廂月冷蒙花霧。落霞零亂牆東樹。
此夜雲犀已暗通，玉環寄恨人何處。

詞曰：　何處。長安路。不記牆東花拂樹。瑤琴理罷霓裳譜。
依舊月窗風戶。薄情年少如飛絮。夢逐玉環西去。〔註9〕

這兩首詩詞都以詠物詠史的方式，吟詠了崔鶯鶯的不幸遭遇，同時也對張生的薄情予以了指責。應該說，秦觀與毛滂所表達的只是士大夫文人的閒愁而已。在秦觀、毛滂同元稹之間，沒有什麼本質上的區別，他們所代表的是同一種文化形態下的同一個社會階層，因而，他們也沒有超脫元稹的立場，去爲崔鶯鶯的不幸尋找解決的出路。對於他們而言，崔鶯鶯只是文學創作的一個素材，是文人的一個「尤物」，與功名仕途相比，是微不足道的。這一點同元稹是一致的。

南宋時期趙令畤的《蝶戀花鼓子詞》共 12 首，其序中寫到：

……至今士大夫極談幽玄，訪奇述異，無不舉此以爲美談；至於倡優女子，皆能調說大略。惜乎不比之以音律，故不能播之聲樂，形之管絃。好事君子，極飲肆歡之際，願欲一聽其說；或舉其末而忘其本，或紀其略而不及終其篇，此吾曹之所共恨者也。今於暇日，詳觀其文（指《鶯鶯傳》），略其煩褻，分之爲十章。每章之下，屬

〔註 8〕《全宋詞》（一），中華書局，1965 年 6 月版，第 466 頁。
〔註 9〕《全宋詞》（二），中華書局，1965 年 6 月版，第 690 頁。

之以詞。或全摭其文，或止取其意。又別爲一曲，載之傳前，先序全篇之意。〔註 10〕

這段序首先肯定了《鶯鶯傳》在當時傳奇小說中的地位和影響。同時也表明了作者是取《鶯鶯傳》的本意來進行演述。其中還說道：「惜乎不比之以音律，故不能播之聲樂，形之管絃。」由此可知在當時西廂記故事還沒有樂人吟唱，作者試圖塡補這個空白，但並沒有改編故事結局的意思。趙令畤乃宋朝皇室後裔，生活在北宋末南宋初，正當大宋面臨亡國滅種的危機時刻，很顯然《董西廂》還沒有誕生。就趙令畤而言，他與儒家的正統思想應當是一致的，因而他也不大可能改變故事的結局。

宋代的說話藝術中，雖沒有話本流傳，但在宋人筆記《綠窗新話》中著錄了一個題爲《張公子遇鶯鶯》的故事，略述其事，但無孫飛虎逼親、鄭氏賴婚之事，雖未詳說結局，但提到「數夕，忽紅娘斂衾攜枕，引崔氏至。斜月晶瑩，疑若仙降。自是歡好幾一月。」基本與唐傳奇《鶯鶯傳》是一脈相承的。

（二）從《鶯鶯傳》到《董西廂》的蛻變

在西廂記故事的演進過程中，《董西廂》是非常關鍵的一步，無論從形式上還是從內容上看，都是一次蛻變。《董西廂》的關鍵是在結局中讓「有情人終成眷屬」，但在故事形式演變過程中對細節的處理更顯其高妙與膽識。《董西廂》的改編不僅使這個故事煥發了新的生機，同時，爲以後的改編提供了基本框架。關於《董西廂》產生的特殊文化語境，本書將另立小節加以分析。

（三）從《董西廂》到《王西廂》的昇華

《王西廂》在內容上對《董西廂》繼承較多，但在形式變換和細節處理上要更加工巧。《王西廂》首先將諸宮調這種一人表演的講唱文本改造成多角色扮演和演唱的戲劇，建立了一個立體化的舞臺表演體系，而且這個體系還不同於通常意義的元雜劇表演形式。元雜劇通常是四折一楔子，主角演唱，其他角色只有說白，篇幅比較短，內容也很有限。但《王西廂》則是五本二十一折連演，多角色同臺演唱，這使《王西廂》在元代就是一部鴻篇巨製和演出特例。這應該得益於《董西廂》對故事情節的豐富，同時也得益於王實甫的個人創作才藝和敢於突破傳統的勇氣。在西廂記故事演變史上，《王西廂》

〔註 10〕《全宋詞》（一），中華書局，1965 年 6 月版，第 491 頁。

通過對《董西廂》的改寫，把西廂記故事推到了最高峰。

在故事內容上，《王西廂》和《董西廂》的差異主要有以下幾個方面：

1. 在《董西廂》中，張生已經把求救信送出，但並不告訴老夫人，等老夫人答應「繼子爲親」之後，才言明已經發出了求救信。《王西廂》中，老夫人先是懸賞（許親）退兵，後張生自告奮勇，寫信求救。前者是乘人之危，而後者是脫人之難。

2.《董西廂》中的「繼子爲親」也並不能完全理解爲招他爲婿的意思，因而老夫人「許親」的情節不明顯。所以後來張生又「自媒」求配，夫人不允，這時的老夫人也並不能完全算作是「悔親」。在《王西廂》中老夫人是許親之後反悔，這才是眞正的悔親。

3.《董西廂》中，鶯鶯和張生的私情被老夫人發現之後，由於鶯鶯的孝期還未滿，所以不能完婚，於是張生主動提出去科考。之後，因病又誤了一年，後來才得中探花。在這期間鶯鶯因思成病。在《王西廂》中，崔張的「私情」被發現之後，雖無婚禮，但老夫人也默認了這樁婚事。但條件是張生必須考取功名。張生無奈，只得進京趕考。

4.《董西廂》中，鄭恒以謊言破壞崔張的婚姻，張生不敢與之抗爭，認爲與尚書之子爭婚，有非禮之嫌。但與鶯鶯兩個人又覺得沒有出路，想以死了結。後經長老勸說，向杜確求助。二人連夜逃到杜確處，杜確爲其主婚。在《王西廂》中，張生除授回來，揭穿了鄭恒的慌言，並與鶯鶯正式結爲夫妻。

此外，《董西廂》中用大量的筆墨描述與孫飛虎作戰的場面，這與主要情節沒有多少的直接聯繫，在《王西廂》中，對此進行了刪減。

《王西廂》在情節上進行了完善，使故事發展更富有邏輯性。心理刻畫更加細膩，人物形象也更加豐滿。因此《王西廂》較《董西廂》前進了一大步，西廂記故事由此也基本定型。儘管明清時代又出現諸多改本和續本，但《王西廂》始終的地位始終沒有哪部作品能夠超越。

（四）宋元南戲中的西廂記故事

據文獻記載，宋元時期，在南戲中還有《崔鶯鶯西廂記》〔註 11〕傳演，但劇本現已失傳，只留下殘曲 28 支，與《北西廂》及各《南西廂》戲文均不相同。因而，可以得知宋元南戲《西廂記》與《北西廂》及其他明傳奇改本

〔註 11〕《南詞敘錄》中稱宋元南戲《崔鶯鶯西廂記》係元人李景雲著。

屬不同體系，因此孫崇濤先生說：「元代『南』、『北』《西廂》並行。」〔註 12〕但在南戲《西廂記》的殘曲內容中，出現了下面一些唱詞：

> 亂軍中許親。當時救活你一家命，很寧靜。你娘行反目不記恩，他失信，我們心下須準。……寬心待，不久時，定有個好消息。……方歎近來音信稀，長安此去千餘里。你道成名，誰知是非嗏，今番好個風流壻（婿）。〔註 13〕

從殘曲中可以看出在內容上已出現了老夫人悔親之事，顯然已掙脫唐傳奇的內容，與《董西廂》和《王西廂》很接近。

（五）《王西廂》在明代的改編

元代社會的複雜性主要表現在蒙古游牧文化與中原農耕文化的衝突。在兩種文化的撞擊與整合中所誕生、發展的元代文學也表現得極爲複雜。許多元雜劇作品，對中原農耕文化的傳統道德觀念進行極力宣揚，同時，不同程度地融入游牧民族的文化精神。

明代出於戲劇形式發展的需要，《北西廂》由崔時佩、李日華改寫爲《南西廂》。之後，一些文人不滿其多襲用《王西廂》的詞句，於是又出現了陸采的《南西廂》（以下簡稱《陸西廂》），《古本戲曲叢刊》第一集收錄此本。《陸西廂》在情節上沒有太大改變，但在語言上卻是獨闢蹊徑，但影響不大。明代道學者對《西廂記》將崔鶯鶯嫁給張生的結局不滿。如研雪子在《翻西廂》中，將張生刻畫成無賴之徒，最後讓崔鶯鶯嫁給了有情有義的鄭恒，而且二人婚前也沒有發生越軌行爲。因爲一直有《北西廂》是王作關續之說，所以明代還出現了幾種續西廂劇本。現存的有黃粹吾的《續西廂升仙記》和周公魯的《錦西廂》。無論怎樣，王實甫的《西廂記》是明代刊刻最多的一部戲劇作品，可證實的就有 68 次〔註 14〕，可見其影響之大。

明清的評論家對明代的諸多改本頗有微詞，公認較好的是李日華《南西廂》。《南西廂》的出現，使西廂記故事又得以在舞臺上傳演，並延續到當代的戲曲演出。《南西廂》在情節和文詞上很大程度地繼承了《王西廂》。但在

〔註 12〕孫崇濤：《南戲論叢》，中華書局，2001 年 6 月第 1 版，第 211 頁。

〔註 13〕王季思主編：《宋元戲文輯佚》，《全元戲曲》（第十二卷），人民文學出版社，1999 年 2 月版，第 528 頁。

〔註 14〕〔日〕傳田章（1933～）《增訂明刊元雜劇西廂記目錄》，日本：汲古書院，1979 年版。轉引自么書儀《〈西廂記〉在明朝的「發現」》，《文學評論》，2001 年第 5 期，第 122 頁。

一些細節問題的處理上，也留下了明代文化與元代文化差異的蛛絲馬蹟。對此本書將另立章節加以分析。

從西廂記故事在宋、金、元、明不同時代的演變情況來看，可以發現有以下幾個特點：

第一，演變方式是在文藝形式和思想內容兩個方面同時發生的。西廂記故事思想內容的演變，都是以文藝形式發展爲契機的，而文藝形式的發展又是以文化轉型爲重要前提的。唐代傳奇小說的興起使《鶯鶯傳》這樣的敘事文學得以誕生，宋詞的抒情功能又使其再次被吟詠，說話藝術也將這個故事搬上了大眾娛樂的舞臺。而金代說唱諸宮調的流行使這個故事又一次被改編，元雜劇和南戲的興盛又使西廂人物活躍在戲劇舞臺上，明代戲劇形式的改變使這個作品被改編之後又在舞臺上得以重生。兩次大規模的演變都發生在少數民族統治時期，如《董西廂》對《鶯鶯傳》的改編和元雜劇的再次改編。在金元時期，北方民族的外來文化介入中原，中原地區原有的思想文化體系發生了偏離，而這種偏離使文學藝術從形式到內容都發生了改變。在文藝形式上，金、元兩個朝代變唐宋時代的高雅文學爲大眾文學。唐傳奇和宋詞都是供文人玩賞的，而說唱諸宮調和元雜劇都是大眾娛樂的文藝形式，沒有文字功底的人也能欣賞，這比較適合少數民族觀眾和普通市民來欣賞。

第二，情節在演變中逐步完善，並基本定型。《鶯鶯傳》是傳奇小說，因而是敘事性質的文學作品。宋代的《蝶戀花》鼓子詞則是抒情和描述性的，而宋代話本《鶯鶯傳》和說唱諸宮調《董西廂》及後來的戲劇則都是敘事性的。《西廂記》雜劇中的演變，使其結構更加緊湊，敘事情節更加完善，人物形象越來越豐滿。其後的改本也基本都接受了大團圓這樣一個結局。

第三，每一次演變都打上了時代的烙印。西廂記故事在從唐到明的這五個朝代的演變過程中，無論在形式上還是內容上，每一個階段都明顯地打上了時代的烙印。在每一次改編中，都帶有其時代文化特徵。如金元兩代的改編都融入了少數民族思想文化的特徵，並使人物的性格及故事結局都得到了一次解放。明代的改編又使儒家傳統文化得以回歸，因而，《南西廂》更符合中原的審美傳統。

第四，西廂記故事始終活躍在文藝舞臺，顯示出其強大的藝術生命力。《鶯鶯傳》自誕生起就在中國文壇上佔領了一席之地，而後代文學對這一故事的不斷演義又為其增添了新的生命力和藝術魅力。尤其是《董西廂》對結局的修改，使作品深得人心。再加上王實甫的再加工，使廣大觀眾接受了一個嶄新的《西廂記》。從此這個故事便深深地植根於廣大戲曲愛好者的心中，成了一部百看不厭、世代傳承的偉大作品。

第二節　《鶯鶯傳》與《董西廂》之比較

鍾嗣成的《錄鬼簿》記載：「董解元，金章宗時人，以其創始，故列諸首。」〔註 15〕這是有關《西廂記說唱諸宮調》作者董解元的最早記載，《西廂記說唱諸宮調》被簡稱為《董西廂》。

從西廂記故事的思想內容和藝術形式的演變過程來看，《董西廂》的貢獻和作用超越了任何一個西廂記故事改本。在內容上它把一個「始亂終棄」的愛情小說，改編成情節豐富、讓有情人終成眷屬的愛情佳話；在形式上又把一個文人手頭把玩的傳奇小說改編成大眾娛樂的講唱故事，為後代戲劇的再加工打下了聲腔、音韻及篇章結構的基礎。並且為西廂記故事的普及推廣及後來的戲劇改編奠定了群眾基礎。然而《董西廂》的誕生不偶然的，它的問世要得益於北方少數民族文化對中原文化及文學的影響。

一、《董西廂》對《鶯鶯傳》的改編

《董西廂》中大量引用了「鶯鶯本傳」、「正傳」等《鶯鶯傳》的原文，並以此作為其有據可查的依託，因此可以肯定地說《董西廂》直接取材於《鶯鶯傳》。但作者並未局限於《鶯鶯傳》的情節和主題，而是在原有內容線索的基礎上，通過合理想像，對情節進行了豐富和修改，對人物和結局都進行了改造。

第一，人物的變化　在《董西廂》中，主要人物的身份地位較原來都有提高，人物關係也發生了變化：張生由一個普通書生躍為已故禮部尚書之子；而鶯鶯由普通的富家之女變成了相國千金，從待字閨中變成表兄鄭恒的未婚妻；老夫人也由一個有錢的寡婦變成了相國遺孀，而且治家嚴謹，原是張生的遠房姨母，這裡變成了萍水相逢的陌路人；另外又增加了鄭恒、孫飛虎、法本、法聰等幾個人物。

〔註 15〕鍾嗣成：《錄鬼簿》，上海古籍出版社，1978 年 4 月版，第 3 頁。

第二，情節的變化　在大背景沒有改變的前提下，《董西廂》的情節更加複雜化了。張生在普救寺對鶯鶯一見鍾情，於是藉故寓居僧舍，尋機接近。遇孫飛虎逼親，老夫人以「繼子爲親」做條件，讓張生搬兵救援，退兵後老夫人沒有像張生想像的那樣把鶯鶯嫁給他，很不滿意。張生在後花園對鶯鶯彈琴和詩，後相思成病，鶯鶯感動，以身相許。老夫人察覺，紅娘勸其息事寧人，老夫人思慮再三，許嫁張生，然孝服未滿，不能完婚。試期近，張生趕考，因病延誤一年，次年得中進士第三名，捎書信告訴鶯鶯，待御筆除授之後，告假完婚。鄭恒先至，詐言張生已娶衛吏部之女爲妻。老夫人惱怒，令鄭恒擇日與鶯鶯成婚。張生至，無力爭取婚姻，欲與鶯鶯同死，眾人勸阻，於是連夜攜往杜確處求助。眞相大白，鄭恒無顏，墜階而死。杜確主婚，張生與鶯鶯終成眷屬。

二、《董西廂》與《鶯鶯傳》的文化差異及背景分析

（一）人物性格和人物關係的轉變

在《董西廂》中，不僅增加了一些人物，而且主要人物的性格和人物關係也發生了很大的變化，而這些變化都與作品產生的時代有著直接的聯繫。

1. 老夫人的變化

《董西廂》中老夫人的地位上昇爲相國夫人，並與張生和崔鶯鶯的婚姻自由形成了對立關係。在《鶯鶯傳》中老夫人是個無關緊要的人物，作爲張生的遠房姨母，她的唯一作用就是強行將鶯鶯喚出來與張生相見，並導致了崔張關係的進一步發展，此後再沒有參與崔張之間的感情糾葛。但在《董西廂》中，老夫人的性格明朗化了。她很鮮明地站在了鶯鶯與張生的對立面，以封建家長的權威干預鶯鶯的婚姻自由，成爲鶯鶯與張生婚姻的巨大障礙。

《董西廂》首先在紅娘的口中交待了：

> 夫人治家嚴肅，朝野知名。夫人幼女鶯鶯，數日前，夜乘月色潛出，夫人竊知，令妾召歸。失子母之情，立鶯庭下，責曰：「爾爲女子，容豔不常。更夜出庭，月色如晝，使小僧、遊客得見其面，豈不自恥！」鶯鶯泣謝曰：「今當改過自新，不必娘自苦苦。」然夫人怒色，鶯不敢正視……。〔註 16〕

由此老夫人治家之嚴便顯露出來，這與鶯鶯對愛情自由的嚮往形成了矛盾。

〔註 16〕淩景埏校注：《董解元西廂記》，人民文學出版社，1962 年版，第 18 頁。

再加上後面「繼子爲親」的騙局，以及許親又悔親，導致了鶯鶯與張生無路可走，甚至產生輕生的念頭。至此，老夫人完全站在了鶯鶯與張生愛情自由、婚姻自主的對立面。從這兩點可以看出當時青年男女掙脫家長束縛、爭取婚姻自主的意識已經覺醒，但封建家長的權威還依然牢固。從文化背景上看，《董西廂》與《鶯鶯傳》頗有不同。在中原傳統習俗中，婚姻通常是由父母做主，但北方游牧民族的習俗卻與此有很大差異。女眞族原本以游牧狩獵的方式生活在北方的森林草原，傳統婚俗中，有「婚家富者以牛馬爲幣。貧者以女年及笄，行歌於途。其歌也，乃自敘家世、婦工、容色，以伸求侶之意。聽者有逑娶欲納之，則攜而歸，後方具禮偕來女家以告父母」。〔註 17〕可見在習俗上，女眞族的青年男女在選擇配偶時是有一定自主權的。金朝女眞人儘管很重視學習中原漢文化，但自己的傳統文化習俗還仍然保留著，他們不可能像宋朝人那樣強調儒家的傳統禮教。作爲統治民族，女眞人的文化習俗對北方地區的漢族也會產生一定的影響。

2. 張生的變化

《董西廂》結局發生變化的根本原因是張生形象的轉變。《鶯鶯傳》中張生是一個科場失意、不負責任的花花公子，在這裡轉變成爲一個有情有義、功成名就的讀書人。張生的變化是《董西廂》改變故事結局的前提條件，同時他的變化也體現了時代文化精神賦予青年男女追求愛情自由的勇氣和可能。

張生對鶯鶯從「改過」到衷情。在《鶯鶯傳》中，張生見到鶯鶯「顏色豔異，光輝動人」〔註 18〕，非常動心。於是想買通紅娘，以求私通其好。紅娘勸其「因德而求娶」〔註 19〕，而張生則答以「若因媒氏而娶，納采問名，則三數月間，索我於枯魚之肆矣」〔註 20〕。意即等不得明媒正娶，只想即刻私下來往。這時的張生能娶而不娶，這也爲後來的「終棄」結局埋下了伏筆。但在《董西廂》中，張生從「一見鍾情」到「花園窺視」、「搬兵解圍」、「北

〔註 17〕宇文懋昭著，崔文印校證：《大金國志校證》，中華書局，1986 年 7 月版，第 554 頁。
〔註 18〕元稹：《鶯鶯傳》，見王季思校注：《西廂記》，上海古籍出版社，1978 年 12 月版，第 199 頁。
〔註 19〕元稹：《鶯鶯傳》，見王季思校注：《西廂記》，上海古籍出版社，1978 年 12 月版，第 200 頁。
〔註 20〕元稹：《鶯鶯傳》，見王季思校注：《西廂記》，上海古籍出版社，1978 年 12 月版，第 200 頁。

堂負約」，再到「琴心寫恨」、「越垣遭斥」，再到「相思成疾」最後才是「西廂偷期」。經歷了一系列的曲折艱辛之後，兩人才私結連理。很顯然，《董西廂》中經歷了一個情感發展的過程，這個過程使他們有了良好的感情基礎。張生經歷了千辛萬苦才追求到鶯鶯，並對她始終如一。《鶯鶯傳》中張生和鶯鶯雖然互相愛慕，但他們這種才子和佳人之間的情感不是對等的，取捨的絕對主動權都掌握在張生手裏，雖然最終是鶯鶯拒絕張生而沒有重溫舊夢，但那也僅僅是一種防止再一次受到傷害的自我保護之舉。這種不平等的戀愛關係為張生的不負責任埋下了隱患。

在《鶯鶯傳》中，張生拋棄鶯鶯是為了「改過」，而這種「改過」完全是站在儒家正統文化的立場，把女人當作是「尤物」，認為她「不妖其身，必妖於人」。他為自己的捐棄行為找到了符合封建道德的理由。像張生這樣理智地「改邪歸正」，是一種封建道德約束下的選擇，是不符合人的本性的。

張生在「情」與「志」之間的選擇。在《鶯鶯傳》中張生與鶯鶯「朝隱而出，暮隱而入，同安於曩所謂西廂者幾一月」〔註 21〕之後，張生便去往長安，數月後又回到蒲州，後又去趕考，科場失意，再未歸。在情與志的關係中，他始終是重功名而輕別離。在《董西廂》中，張生則相反。見到鶯鶯之後，他便覺得「有甚心情取富貴？」〔註 22〕想著要在道場中與鶯鶯相見，便「悶如絲，愁如織，夜如年。自從人個別，何曾考五經三傳！怎消遣？除告得紙和筆硯」〔註 23〕。他對鶯鶯一見鍾情之後，便產生了放棄功名的想法。老和尚責怪他：「以一女子，棄其功名遠業乎？」〔註 24〕當老夫人答應嫁鶯鶯與他，並說：「然鶯未服闋，未可成禮。」張生此時才想到功名之事，於是統籌安排「今蒙文調，將赴選闈，姑待來年，不為晚矣」。此時的張生是在婚姻有了保障之後，才安心於功名，可見他是把感情放在第一位的。

《董西廂》的改編中，讓張生良心發現，最後與鶯鶯終成眷屬，其中也體現著人的本心的回歸。

〔註 21〕元稹：《鶯鶯傳》，見王季思校注：《西廂記》，上海古籍出版社，1978 年 12 月版，第 201 頁。

〔註 22〕淩景埏校注：《董解元西廂記》，人民文學出版社，1962 年 1 月版，第 16 頁。

〔註 23〕淩景埏校注：《董解元西廂記》，人民文學出版社，1962 年 1 月版，第 19 頁。

〔註 24〕淩景埏校注：《董解元西廂記》，人民文學出版社，1962 年 1 月版，第 100 頁。

3. 崔鶯鶯的變化

鶯鶯對愛情由被動承受到主動追求。在《鶯鶯傳》中，張生託友人護祐崔家，崔老夫人設宴答謝，席間老夫人強迫鶯鶯出來與張生見面。在《董西廂》中，張生遊普救寺，與鶯鶯偶然相遇，並一見傾心。在《鶯鶯傳》中，鶯鶯只是個小家碧玉，尙且羞見外人。而在《董西廂》中，她是個相國千金，卻私自外出遊殿。雖然此時鶯鶯的身份提高了，但她所受到的傳統禮教束縛卻寬鬆了。

《董西廂》還增加了張生與鶯鶯在西廂院的第二次相見。鶯鶯對張生甚是留戀，但被紅娘強行拉走，鶯鶯很是不滿：「這妮子慌忙則甚那？管是媽媽使來！」〔註 25〕回去之後，遭到老夫人的訓斥。從這裡也可以看出，鶯鶯內心對母親管束的不滿，及對與張生自由交往的渴望。

故事發展到這裡，鶯鶯一改先前那副「常服悴容，不加新飾，垂環接黛，雙臉斷紅」〔註 26〕逆來順受的柔弱之態。她對張生的好奇及對紅娘的不滿表明了她渴望與張生交往的心情。與此同時，老夫人則成爲她追求愛情自由的障礙，實現婚姻自主的絆腳石。鶯鶯最後衝破禮教和家規獲得婚姻自主，使這個形象有了更深刻的意義。在中國文學史上，有梁山伯與祝英臺、焦仲卿與劉蘭芝、董永和七仙女、牛郎與織女，等等，有太多太多的由封建家長釀成的愛情悲劇。他們或者以雙雙殉情同家長抗爭，或者以斷絕親緣關係爲代價，或者像牛郎織女一樣不得團聚。但在《董西廂》中崔鶯鶯和張生卻通過對愛情的執著追求獲得了美滿幸福的婚姻。

鶯鶯與張生之間的關係變化。在《鶯鶯傳》中，張生與鶯鶯的相遇帶有偶然性，他對鶯鶯一見鍾情，但這並不是相互的，鶯鶯並沒有對其表示出好感。後來張生一再挑逗，但鶯鶯也沒有響應。之後，張生應鶯鶯「明月三五夜」之邀，到花園相會，卻遭到鶯鶯的斥責，之後「張自失者久之，復逾（牆）而出，於是絕望。數夕，張生臨軒獨寢，忽有人覺之。驚駭而起，則見紅娘斂衾攜枕而至。撫張曰：『至矣！至矣！睡何爲哉？』遂設衾枕而去。張生拭目危坐，久之猶夢寐，然修謹以俟。俄而紅娘捧崔氏而至……」。〔註 27〕《鶯

〔註 25〕凌景埏校注：《董解元西廂記》，人民文學出版社，1962 年 1 月版，第 14 頁。
〔註 26〕元稹：《鶯鶯傳》，見王季思校注：《西廂記》，上海古籍出版社，1978 年 12 月版，第 199 頁。
〔註 27〕元稹：《鶯鶯傳》，見王季思校注：《西廂記》，上海古籍出版社，1978 年 12 月版，第 200 頁。

鶯傳》中，在張生沒有經歷多少感情折磨，鶯鶯也沒必要有過多的自責的情況下，鶯鶯便投懷入抱，所以張生自疑曰：「豈其夢耶？」〔註 28〕他也沒有料到鶯鶯會這麼主動。一個月後張生去長安，「不數月還蒲又累月」。張生因「文調及期，又當西去」，鶯鶯知道可能要徹底分手了，於是對張生說道：「始亂之，終棄之，固其宜矣，愚不敢恨。」〔註 29〕鶯鶯沒有理直氣壯地爭取自己的幸福，並且最終再未與張生會面。在《董西廂》中，在經歷許親、退兵、悔親之後，張生又應「明月三五夜」之邀，而被斥責，因抑鬱相思，而病得「骨消肉盡」、死去活來。鶯鶯看望張生自責道：「鶯之罪也！因聊以詩戲兄，不意至此。如顧小行、守小節，誤兄之命，未爲德也。」這時才讓紅娘持「藥方」見張生，張生見了「藥方」，知道鶯鶯已經決定眞心相許，頓時病症全無。在張生趕考期間，鶯鶯因思念張生病了一春。鄭恒詐稱張生別娶，鶯鶯痛苦得倒地氣絕。由此可見鶯鶯對張生的情眞意切。當老夫人將鶯鶯又許嫁鄭恒，後張生趕到，眞相大白，但張生和鶯鶯又覺得無力抗爭，便欲雙雙殉情，後法聰出主意讓他們二人去找杜確來主婚。至此，有情人才眞正爲愛情找到了出路。

在《董西廂》中突出了張生與鶯鶯的情感交流。張生與鶯鶯在平等的情感基礎上，經歷了是是非非的考驗，最後鶯鶯不忍看到張生在痛苦中掙扎，才避開母親的監視，與心上人私結連理。這是鶯鶯在愛情與家法之間做出的選擇。應該說鶯鶯是經過深思熟慮之後，才衝破母權、家法、禮教等重重障礙，得以和心上人結合。但在《鶯鶯傳》中，張生能娶時不娶，鶯鶯則不當「亂」而亂。原本是張生引誘鶯鶯失身，而對於張生的去留、親疏，鶯鶯也只有逆來順受，她從沒有正面地提出過自己的要求和主張。最終張生欲與鶯鶯決別，鶯鶯只能自怨自艾地說：「愚不敢恨」。而張生卻反而說鶯鶯是「妖」，拋棄鶯鶯的這種行爲竟然被時人稱之爲「改過」。這裡突出了張生對鶯鶯感情的不忠貞，也表明了作者元稹的女性觀。唐代雖不像魏晉時代那樣實行士族制，但士族制的遺風卻依然很頑固。在《唐律疏議・戶婚》中記載：「人各有耦（偶），色類須同。良賤既殊，何宜配合。」〔註 30〕可見婚姻關係中等級之

〔註 28〕元稹：《鶯鶯傳》，見王季思校注：《西廂記》，上海古籍出版社，1978 年 12 月版，第 201 頁。

〔註 29〕元稹：《鶯鶯傳》，見王季思校注：《西廂記》，上海古籍出版社，1978 年 12 月版，第 201 頁。

〔註 30〕長孫無忌等著，劉俊文點校：《唐律疏議》（第十四卷），中華書局，1983 年版，第 269 頁。

森嚴。科舉考試是中下層出身的讀書人進入上層社會的唯一途徑，而與上層社會通婚又是鞏固其社會地位的最佳方式。但唐代才子與上層社會女子的婚姻多是由父母做主的，高門深閨中更沒有相識、戀愛的可能。因而，唐傳奇中的愛情故事多是文人與妓女、鬼狐的戀情。以文人優越的社會地位和不可估量的仕途前景，他們與不能登大雅之堂的妓女和鬼狐儘管有濃情蜜意，但雙方在社會地位上顯然是不平等的。女子在追求愛情的過程中，自然也就失去了主動權。在唐代傳奇小說《李娃傳》中，滎陽公子玩物而喪志，後來李娃摯情相救，並幫助滎陽公子成就功名。而這時的李娃卻想到自己身份的卑賤，欲與公子分手，滎陽公子雖不捨，但也答應與其分手。李娃的思想應該是唐代士妓之戀中具有一定普遍意義的。後來公子的父親感激李娃讓兒子重獲新生，並且取得了功名利祿，積極主婚，才成就了二人。此時，李娃也被作爲烈女節婦的楷模而被歌頌了。

（二）創作的主旨發生變化

《鶯鶯傳》站在元稹這樣一個讀書士子的立場講述了一段花花公子的風流韻事，最後以張生「改過自新」拋棄鶯鶯爲結局。其創作主旨主要在勸誡讀書人專心功名學業，不要沉溺於女色。但在《董西廂》中則完全摒棄了《鶯鶯傳》的原創意圖，將敘事的重點放在了張生與鶯鶯爭取愛情自由與反抗封建包辦婚姻的過程和終成眷屬的結局上，堪稱是一部向封建婚姻制度挑戰的愛情宣言書。

《鶯鶯傳》中張生與鶯鶯難成眷屬的主要原因是張生對自身的思想約束。可以說，是儒家的齊家、治世理念讓張生放棄鶯鶯而求取功名，張生與鶯鶯的婚姻障礙在於思想觀念上。然而作者對張生的行爲卻給予了肯定。也就是說，鶯鶯的悲劇是因爲張生自身「情」與「志」的矛盾造成的，從這種矛盾的深處，我們看到張生和鶯鶯這兩個形象有根本的變化。但《董西廂》中張生和鶯鶯的婚姻障礙則在老夫人身上。作爲封建家長的代言人，封建包辦婚姻的執行者，她與青年男女之間構成了追求愛情自由與家長專制的對立關係。

（三）《董西廂》發生轉變的時代因素

《董西廂》中人物身份地位的提升，一方面對「有情人終成眷屬」的結局增加了難度，另一方面使故事情節的發展變化更加懸念迭生。首先，鶯鶯身份的變化使她所背負的禮教枷鎖更重了，她爭取愛情自由的路途也更加艱難。如果鶯鶯是一個平民的女兒，即使有些出軌的行爲，也不會產生太大的影響。但作爲相國千金，必然有良好的禮教家規，況且她的母親也是一個治家嚴肅的家長，禮法家規對鶯鶯行爲的約束要遠遠大於一個普通女子。其次，張生從一個無情無義的落第文人變成了尚書之後、新科進士，這種轉變使張生在擇偶中佔有更大的優勢。但作品能夠大膽地爲張生和鶯鶯的愛情婚姻做主，說明時代的文化精神已經今是而昨非了。按照《鶯鶯傳》裏張生的身份地位，將鶯鶯娶到手不是難事，但張生只是爲了個人欲望的一時滿足，使淒淒艾艾的鶯鶯自食苦果。但《董西廂》卻能夠衝破家長的阻攔，舊婚約的束縛及鶯鶯的心理防線等重重阻礙，使有情人終成眷屬。

結局的改變意味著改編者及接受者的審美思想和價值觀念也發生了變化。在唐宋時代，張生與鶯鶯是沒有獲得團圓的可能的。孟子曰：「不待父母之命，媒妁之言，鑽穴隙相窺，逾牆相從，則父母國人皆賤之。」〔註 31〕用儒家經典來衡量，張生與鶯鶯的行爲是不符合封建倫理道德要求的，如果給他們以幸福美滿的結局，就等於是對這種行爲的鼓勵和倡導，元稹之所以沒有譴責張生，是因爲他站在維護儒家傳統禮教的立場，肯定了張生的做法。這是符合那個時代的審美思想和價值觀念的。

《董西廂》的產生與時代背景發生變化有直接關係。北宋的滅亡使長江以北地區長期處於女眞人的統治之下。女眞原本是北方游牧狩獵民族，他們的生產方式和文化習俗與中原有很大差異，這種差異在婚姻關係上表現得更爲突出。對待婚姻問題，北方游牧民族並不像中原漢族那樣有過多的約束，更沒有中原那樣嚴格的禮教思想，所以在婚姻問題上比較自由。在金代歷史上，曾多次鼓勵女眞同漢族及其他少數民族通婚。金章宗時就有兩次下令允許通婚。明昌二年（1191 年）「齊民與屯田戶往往不睦，若令遞相婚姻，實國家長久安寧之計」。〔註 32〕又泰和六年十一月（1206 年）「詔屯田軍戶與所居民爲婚姻者聽」。〔註 33〕雖說其主要出於政治目的，但從另一側面體現出女眞人對待婚姻的自由思想觀念。民族雜居自然會產生通婚現象，再加上朝廷的鼓勵，金代的各民族通婚現象非常普遍。通婚是加快民族文化交流最快捷的方式，因此在女眞人與漢人通婚的過程中，女眞文化也對北方地區的漢族文

〔註 31〕劉方元：《孟子今譯・滕文公下》，江西人民出版社，1985 年版，第 116 頁。
〔註 32〕脫脫：《金史一・紀九 章宗一》，中華書局，1975 年版，第 218 頁。
〔註 33〕脫脫：《金史一・紀十二 章宗四》，中華書局，1975 年版，第 278 頁。

化產生了影響。女真族的女子不像漢族女子那樣有嚴格的禮教約束，在金朝早期的皇室中也是如此。第四任皇帝海陵王完顏亮在篡位後兩個月，即納昭妃阿里虎，昭妃到此已是三嫁，且帶前夫的子女同嫁。就是這位昭妃還常常酗酒，海陵王勸誡，她也不改，因此導致海陵王對她的疏遠。〔註 34〕與中原漢族相比，金代女真人的貞節觀念比較淡泊。中原的傳統禮教在後來才被女真人接受，但與中原地區的漢人相比，還要寬鬆得多。在與北方漢族通婚以及交往中，女真人對待婚姻的思想觀念對中原的婚姻觀念產生影響是必然的。而這種影響正是崔鶯鶯個性解放，並敢於追求愛情自由、婚姻自主的生活基礎。但在作品中兩種文化之間的對立衝突也體現了出來：鶯鶯自身的矛盾鬥爭、張生表現出來的懦弱以及最終團圓時對家長及封建權勢的依賴等等。《董西廂》不可能做到徹底反抗封建的婚姻制度，它能在北方游牧文化的影響下，使青年男女覺醒，去爭取婚姻自主的權利，這已經具有非常積極的意義了。

〔註 34〕脱脱：《金史一・傳一后妃上》，中華書局，1975 年版，第 1509 頁。

第三章　《南西廂》與《北西廂》之比較

元雜劇《西廂記》脫胎於《董西廂》。而《董西廂》則取材於唐代元稹的傳奇小說《鶯鶯傳》。從《鶯鶯傳》到《董西廂》主要是一次思想的蛻變，而從《董西廂》到元雜劇《西廂記》主要是一次藝術的昇華。在明代，由於戲劇藝術形式的演進，雜劇漸漸衰微，明傳奇主導戲劇舞臺，於是，元雜劇《西廂記》（相對於《南西廂》而言，以下稱之爲《北西廂》）被崔時佩、李日華改寫成傳奇劇本《南調西廂記》（俗稱《南西廂》）。《南西廂》是明代諸多改本中影響較大的一種，篇幅上與《北西廂》相當，在唱詞和說白上基本沿用了《北西廂》，只在細微之處做了改動。由於《南西廂》對《北西廂》的「忠實」，所以歷來對《南西廂》的獨創性關注較少。但是如果從《南西廂》對《北西廂》的細微的改動著眼，就能夠發現其中有明顯的差異。這種文學上的差異反映了文學產生所依託的社會文化的差異，既元代社會文化與明代社會文化的差異。兩種社會文化差異的根源是元代蒙古游牧文化對中原文化產生的影響，進而也影響到了文學。

第一節　《南西廂》產生的背景分析

《北西廂》不僅在元代廣有影響，在西廂記故事發展史上也佔有重要地位，可以說對《北西廂》進行修改帶有一定的風險性。但爲什麼還會有《南西廂》的出現呢？究其原因有如下幾點：

一、文藝形式發展的需要

元雜劇在元末逐漸衰微，南戲漸起。到了明代南方文化北移，南戲中的崑山腔異軍突起，奠定了明傳奇的聲腔系統。於是明傳奇就成爲明代戲劇舞臺的主力軍，元雜劇的表演漸漸遠離了觀眾。明傳奇在聲腔系統及結構形式上都與元雜劇有所不同。明代王驥德在《曲律》中談及了元雜劇與明傳奇的交替更迭：

> 金章宗時，漸更爲北詞，如世所傳董解元西廂記，其聲猶未純也。入元而益漫衍其制，櫛調比聲，北曲遂擅盛一代；顧未免滯於絃索，且多染胡語，其聲近噍以殺，南人不習也。迨季世入我明，又變而爲南曲，婉麗嫵媚，一唱三歎，於是美善兼至，極聲調之致。始猶南北畫地相角，邇年以來，燕趙之歌童、舞女，咸棄其捍撥，盡效南聲，而北詞幾廢。〔註1〕

明代何良俊的《曲論》也說到了元雜劇的衰微及明傳奇對雜劇的改寫：

> 祖宗開國，尊崇儒術，士大夫恥留心辭曲，雜劇與舊戲文本皆不傳，世人不得盡見，雖教坊有能搬演者，然古調既不諧於俗耳，南人又不知北音，聽者即不喜，則習者亦漸少，而西廂、琵琶記傳刻偶多，世皆快睹，故其所知者獨此二家。〔註2〕

在何良俊的眼裏，「留心辭曲」與「尊崇儒術」構成了矛盾，並由此導致了雜劇與舊戲文遭受冷落。同時也指出聲腔的變化是雜劇不傳的原因之一。戲劇聲腔的改變使元雜劇在明代逐漸失去了演員和觀眾，這種演出形式也漸漸遠離了戲劇舞臺。如此，《北西廂》等觀眾喜聞樂見的戲劇作品只有被「移宮換調」，改編成新的藝術形式，才能與觀眾見面。

二、大衆娛樂的需求

王實甫的《北西廂》一誕生在雜劇舞臺，就受到廣大觀眾的喜愛，也受到行家的好評。元代賈仲明在《錄鬼簿》中曾說：「新雜劇，舊傳奇，《西廂記》天下奪魁。」〔註3〕明代朱權也曾說：「王實甫之詞，如花間美人。鋪敘委婉，深得騷人之趣。」〔註4〕王世貞：「北曲故當以《西廂》壓卷。」

〔註 1〕王驥德：《曲律》《中國古典戲曲論著集成》（第四卷），中國戲劇出版社，1959年7月版，第55頁。

〔註 2〕何良俊：《曲論》《中國古典戲曲論著集成》（第四卷），中國戲劇出版社，1959年7月版，第6頁。

〔註 3〕鍾嗣成，賈仲明：《錄鬼簿》，上海古籍出版社，1978年4月版，第13頁。

〔註 4〕朱權：《太和正音譜》《中國古典戲曲論著集成》（第三卷），中國戲劇出版社，1959年7月版，第17頁。

〔註 5〕胡應麟也說：「今王實甫《西廂記》爲傳奇冠。」〔註 6〕何璧更是說出了當時《北西廂》的廣泛影響：「自邊會都鄙及荒海窮壤，寧有不傳乎？自王侯士農而商賈卒錄，寧有不知乎？然一登場即耆耋婦孺瘖聵疲聾皆能拍掌，此豈有曉諭之邪情也。」〔註 7〕歷代的評論家對《北西廂》都給予了很高的評價，可見《北西廂》的地位和影響。觀眾的喜好是戲曲作家和演員們把《北西廂》重新搬上了舞臺的巨大動力之一。明代《北西廂》的改本有很多，而以崔時佩首改、李日華續改的《南調西廂記》（又稱《南西廂記》、《南西廂》）在情節與曲詞上與《北西廂》最爲接近，並成爲明傳奇廣爲傳演的劇本。當代崑曲及地方戲多承襲《南西廂》的劇本，《南西廂》在西廂記故事的傳承上發揮了重要作用。

三、作家個人審美和時代精神的要求

在《南西廂》中，作者對《北西廂》做了「移宮換調」處理，也就是將唱詞進行調整，使其適合明傳奇的聲腔系統，並基本保存了作品的原貌。但在個別處對情節和說白也做了修改，而這種修改並不是完全出於演唱的需要。那麼，爲什麼作家還要對其進行改寫呢？這就要從作家和時代的審美追求上來查找原因了。

元雜劇誕生於北方，而北方從金代到元代經歷了一百多年的少數民族統治時期。尤其是元雜劇的欣賞者是多年受游牧文化影響的北方漢人以及少數民族。由於北方游牧民族統治者對意識形態的放鬆，以及對儒家傳統的倫理道德的輕視，因而導致了這個時期北方地區儒家禮教的鬆弛，從而使人的自由本性得以上昇。加之北方游牧民族的文化精神的滲透，使元代社會文化與中原傳統的封建倫理道德發生偏離。從《董西廂》對《鶯鶯傳》的改編上就能夠看到游牧文化精神對文學的影響。而《北西廂》對《董西廂》內容的延續也說明北方文化精神從金到元的傳承。1368 年明朝建立，後遷都於北京，蒙古統治者退居長城以北，南方文化也隨之北移，中原文化又回歸傳統，儒家的思想道德又重新得以伸張。同時明代理學思想的上昇又加劇了對異族文

〔註 5〕王世貞：《曲藻》《中國古典戲曲論著集成》（第四卷），中國戲劇出版社，1959 年 7 月版，第 29 頁。

〔註 6〕胡應麟：《少室山房筆叢》，轉引自王季思，張人和：《集評校注西廂記》，上海古籍出版社，1987 年 4 月版，第 215 頁。

〔註 7〕何璧：《北西廂記序》，轉引自蔡毅：《中國古典戲曲序跋彙編》（第二卷），齊魯書社，1989 年 10 月版，第 641 頁。

化的「排異反應」。元代文學作品中的一些情節放在元代社會背景下合情合理，但在中原傳統文化的背景下就未免「不合時宜」。明朝建立之初，明太祖朱元璋就曾指出：「禮者，國之防範，人道之紀綱，朝廷所當先務，不可一日無也。自元氏廢棄禮教，因循百年，而中國之禮變易幾盡。朕即位以來，夙夜不忘，思有以振舉之，以洗污染之習。」〔註 8〕明朝皇帝對「禮」的認識高度是金朝、元朝的皇帝不可能達到的。在明代統治者的眼中，元代對禮教的放鬆也就是禮教的廢棄，意識形態的自由發展導致了北方游牧文化對中原地區的「污染」。儒家的思想傳統在秦代被禁封之後，在漢代得到了空前的發展，如果從漢代算起，發展到宋代已經因襲了一千多年，尤其理學的興起，使儒家的禮教更加明確、嚴酷。「禮」是社會等級的標誌，所謂「國之防範，人道之紀綱」就是對人的等級約束。具體說來就是三綱五常，「三綱」即君爲臣綱，父爲子綱，夫爲妻綱；「五常」是指仁、義、禮、智、信，這些是等同於法律的基本行爲準則，具有強大的約束力。由於北方少數民族的文化基礎與中原不同，元代的蒙古族統治者無法深刻認識禮教的重要作用，因而造成「中國之禮變易幾盡」。明太祖爲恢復儒家的傳統禮教，洗除胡俗「污染」是當務之急。「恢復禮教」的活動也滲透到了明代的文化藝術領域。在明代戲曲對元代戲曲的改編過程中，在「移宮換調」的同時，對文藝作品的思想內容進行改造也是順理成章的事，由此也就形成了《南西廂》與《北西廂》之間的文化差異。

第二節　南北西廂的文化差異

與《北西廂》相比，《南西廂》的情節變化不大，可以說從元雜劇《北西廂》到明傳奇《南西廂》的修改是西廂記故事歷次變動中最小的一次。但仔細推敲這些細節的增加、刪減和改動，就能發現《南西廂》在一定程度上刪除《北西廂》中不符合中原傳統審美的內容，同時向儒家傳統文化回歸，從《南西廂》的回歸中，可以證實游牧文化在《北西廂》中的影響。

一、情與理的抗爭

王實甫的《北西廂》是一部公認的「言情」作品。何良俊曾說：「王實甫

〔註 8〕《明太祖實錄》（卷 80），臺灣中央研究院歷史語言研究所，1950 年影印，第 2 頁，總 1449 頁。

才情富麗，眞辭家之雄。但西廂首尾五卷，曲二十一套，終不出一『情』字。」〔註9〕何璧也說：「《西廂》者，字字皆砉開情竅，刮出情腸。」〔註10〕歷代的學者對此是肯定的。而且《北西廂》的情節發展就是以崔張的感情發展爲線索的。從鍾情到傳情、傷情、偷情、離情，最後到有情人終成眷屬，以「情」字貫穿始終，劇情的發展非常符合情感自然發展的邏輯性。在《南西廂》的改寫過程中基本上遵循了這個邏輯。但在細節問題的處理上，卻從「情」向「理」一步步地靠近，最後在禮教的框架內讓有情人終成眷屬。如在「賴簡」一節中，《南西廂》爲鶯鶯的詩簡加上了詩序：「忽睹佳音，荷蒙綣戀。既有再生之恩，寧無特地之約。聊奉新詩，伏惟見教。待月西廂下，迎風戶半開，隔牆花影動，疑是玉人來。」〔註11〕這個詩序所表達出來的意思非常曖昧，張生這樣的「猜詩迷的社家」〔註12〕自然不可能理解錯誤。但在張生赴約時鶯鶯卻當面撕信，並說道：「相國家聲世所誇，妾身端比玉無瑕。」〔註13〕從這個詩序到後來鶯鶯態度的變化中，可以看出《南西廂》中張生的赴約和鶯鶯的賴簡都是鶯鶯一手策劃的，而策劃的目的就是想規勸他「改邪歸正」。這一切都變成了非常理智的行爲，從中突出了鶯鶯這位大家閨秀的禮教修養。

在《南西廂》中還把《北西廂》原有的表現鶯鶯和張生「情欲」的情節剪裁了許多。如退兵之後，張生赴宴前幻想結親的情景：

> 紅娘去了，小生拽上房門者。我比及到得夫人那裡，夫人道：『張生你來了也，飲幾杯酒，去臥房內和鶯鶯做親去！』小生到得臥房內，和姐姐解帶脫衣，顚鸞倒鳳，同諧魚水之歡，共效於飛之願。覷他雲鬟低墜，星眼微蒙，被翻翡翠，襪繡鴛鴦。〔註14〕

鶯鶯也以爲是要給他們完婚，於是欣喜地唱道：

> 【喬木查】我相思爲他，他相思爲我，從今後兩下裏相思都較可。酬賀間禮當酬賀，俺母親也好心多。〔註15〕

〔註9〕何良俊：《曲論》，《中國古典戲曲論著集成》（第四卷），中國戲劇出版社，1959年7月版，第7頁。
〔註10〕何璧：《北西廂記序》，轉引自王季思、張人和《集評校注西廂記》，前引書，第228頁。
〔註11〕李日華：《南西廂》，《六十種曲》，中華書局，1958年5月版，第63頁。
〔註12〕李日華：《南西廂》，《六十種曲》，中華書局，1958年5月版，第63頁。
〔註13〕李日華：《南西廂》，《六十種曲》，中華書局，1958年5月版，第68頁。
〔註14〕王實甫：《西廂記》，上海古籍出版社，1978年12月版，第70頁。
〔註15〕王實甫：《西廂記》，上海古籍出版社，1978年12月版，第75頁。

在老夫人悔親之後，張生想用琴聲來打動鶯鶯，並埋怨道：

老夫人且做忘恩，小姐，你也說謊也呵！

鶯鶯聽後道：

（旦云）你差怨了我。【東原樂】道的是俺娘的機變，非干是妾身脫空；若由得我呵，乞求得效鸞鳳。俺娘無夜無明並女工，我若得些兒閒空；張生呵，怎教你無人處把妾身作誦。【綿搭絮】疏簾風細，幽室燈清，都只是一層兒紅紙，幾晃兒疏欞，兀的不是隔著雲山幾萬重，怎得個來信息通？便做道十二巫峰，他也曾賦高唐來夢中。〔註 16〕

鶯鶯派紅娘送了「藥方」之後，張生在等待鶯鶯到來時唱道：

【油葫蘆】情思昏昏眼倦開，單枕側，夢魂飛入楚雲臺。早知道無明無夜因他害，想當初不如不遇傾城色。人有過，必自責，勿憚改，我卻待賢賢易色，將心戒，怎禁他兜的上心來。【鵲踏枝】恁的般惡搶白，並不曾記心懷；撥得個意轉心回，夜去明來。空調眼色經今半載，這其間委實難捱。〔註 17〕

以上唱詞中的「顛鸞倒鳳」、「魚水之歡」、「於飛之願」、「效鸞鳳」皆指男女歡會交合。此時張生和鶯鶯的唱詞就是其情欲的眞實表露，是相愛中的青年男女對婚姻生活的眞心嚮往。這些原本是再自然不過的情感，是符合人物情感的發展邏輯的。但這樣的張生卻不符合儒家傳統的文人形象，這樣的鶯鶯也不符合一個相國小姐的內在修養。《南西廂》刪掉這些唱詞的道理也很簡單：這些唱詞直白的宣洩了青年男女的情欲，這種直白的表達也正是王國維所說的「思想之卑陋」。明代的作者也並非不支持崔張的婚姻自主，但認爲他們表達愛情的方式上缺少節制。如果把這些唱詞放在戲曲文學中，會產生「誨淫」的效果。正因如此，《西廂記》在明清兩代都遭到被封禁的待遇。《紅樓夢》中林黛玉在行酒令時，不自覺地吟誦出「良辰美景奈何天」、「紗窗也沒有紅娘報」這樣兩句詩，薛寶釵聽到後詫異地回頭看著她，事後又提醒她：「最怕見了些雜書，移了性情，就不可救了。」〔註 18〕林黛玉吟誦的這兩句詩的典故分別出自於《牡丹亭》和《西廂記》。這兩部戲曲都是文學藝術的精品，

〔註 16〕王實甫：《西廂記》，上海古籍出版社，1978 年 12 月版，第 88 頁。
〔註 17〕王實甫：《西廂記》，上海古籍出版社，1978 年 12 月版，第 136 頁。
〔註 18〕曹雪芹：《紅樓夢》（第二卷），人民文學出版社，1973 年版，第 514 頁。

就因爲其中有描寫男女情欲的情節，便被傳統封建禮教看成是洪水猛獸，在明清兩代長期將其列爲淫書、禁書，就連其中的優美詩句也無辜地被封禁了。

在傳統的儒家文化中，是不提倡男女之間愛情自主的。因而，在社會生活中，男女之間也很難自然地發生愛情。中國古代有「一日夫妻百日恩」的說法，夫妻性生活也要冠以「非爲色也，乃爲後也」這樣冠冕堂皇的理由。因爲「無後」爲不孝之大，爲了「有後」而夫妻相親則有「孝」作爲前提了。夫妻之間尚且如此，未婚男女之間更是「大防」了。所謂「非禮勿視，非禮勿聽」是對人從感觀到性情的約束。大家閨秀要足不出戶，不能見陌生男子，「七歲，男女不同席，不共食」。〔註 19〕因而女孩子在少年時代就與男性隔離，她們的天性被封鎖，青春被禁閉，她們戀愛的可能性太小了。元稹筆下的《鶯鶯傳》中的鶯鶯儘管是大家閨秀，但因張生有護祐之功，且是鶯鶯的姨表兄，他們才有接觸並發生戀情的可能。在明代湯顯祖的《牡丹亭》中杜麗娘是長在深閨中的千金小姐，她被花園中生機勃勃的景致所打動，春心萌動，產生了對愛情的嚮往。當她因思成夢，與柳夢梅相會時，又被母親驚醒，於是她異常苦悶，最後抑鬱而死。杜麗娘是中國古代深閨少女的典型，她們與外界隔絕，封建禮教的束縛使她們無法與男子自然地交往、戀愛及結合。作家湯顯祖在刻畫這個愛情故事的時候，也無法從生活中找到這樣一種可能，所以只有通過做夢這種超現實的方式，變不可能爲可能。

桑間蒲上是農耕文化的愛情原生地。在《詩經》和漢魏樂府中，對勞動人民純眞的愛情都做了生動的描述。其後唐宋文人筆下的愛情儘管悽楚動人，但大多表現的是士妓之情、人怪之戀。在正統文學之中，多是頌揚義夫節婦，極少有把男女愛情當作正面理由予以主張。在中國文學史上，《世說新語・韓壽偷香》敘述了賈充的女兒這樣一個門第之女與韓壽偷情的故事，但最後也是家長出於「家醜不外揚」而成就了他們的婚姻。樂府詩歌中的劉蘭芝與焦仲卿，民間傳說中的梁山伯與祝英臺等故事都是對封建家長專制的控訴，現實世界中陸游與唐婉這對恩愛夫妻也被陸母活生生的拆散，等等。在中國古代封建社會中，這樣的愛情悲劇不勝枚舉。但是在元雜劇中卻出現了很多描寫封建禮教下的貴族小姐的愛情故事，雖然多數也是遭到父母的反對，但最終多以團圓爲結局。如在關漢卿的《拜月亭》中，王瑞蘭和蔣世隆

〔註 19〕鄭氏：《女孝經》，見張福清：《女誡——婦女的枷鎖》，中央民族大學出版社，1996 年 6 月版，第 11 頁。

在患難中產生了愛情並私自結合，雖然也遭到封建家長的反對，但最終還是用巧合的方式成全了有情人。元雜劇中還誕生了《牆頭馬上》、《倩女離魂》等諸多描寫上層社會女子的愛情，通常也都是以團圓爲結局。游牧文化影響下產生的《北西廂》在談情說愛時相對更自然一些。而崔鶯鶯與張生的圓滿結合也不是偶然的，是符合時代精神的，在某種程度上，也是符合生活眞實的。受到明代正統的儒家文化影響的《南西廂》，雖然延續了這個結局，但崔鶯鶯與張生之間在表達情感時更加有節制，結合的過程也靠攏了儒家的傳統禮教，因而，作品也更符合明代的社會生活和審美追求。

關於《北西廂》表達情感的直白，明代的文人就有過批評。盤薖碩人在《增改定本西廂記》中就曾評論說：「實甫創調頗高，但間有未體貼處。如『鬧道場』一折，合宅哀慘而張生獨於老夫人前直以私情之詞始終唱之，此果人情乎？果禮體乎？又如餞別之時，鶯、生共於夫人、僧人之前，直唱出許多綣戀私情，其於禮體安在？」〔註20〕非常明確地批判了《北西廂》在抒情時有失禮體。難道張生與鶯鶯的情感不是眞實的嗎？但站在傳統封建禮教的立場做出的價值判斷結果就是這樣的，因爲表達情感要「發乎情，止乎禮義」〔註21〕。果然在《南西廂》中對上述「弊病」都做了修改：做道場時讓老夫人睡著了，然後張生唱出了「私情之詞」，並又增加了鶯鶯對紅娘說：「夫人勞倦打睡，和你佛殿上耍一耍去。」〔註22〕在餞別時也是由鶯鶯與張生先出場，唱完「綣戀私情」之後，才「遠遠望見老夫人來了」。〔註23〕如此，則迴避了老夫人，從而減少了有失禮體的嫌疑。從對「禮體」的不關注到關注，反映出元雜劇與明傳奇作者自身的禮教修養的不同，也反映了元明兩個時代的禮教約束程度的不同。

在情與理的衝突中，最重要的是如何讓鶯鶯的以身相許行爲與禮教家規相安無事。《北西廂》第三本第四折中，這樣敘述：

> （紅上云）老夫人才說張生病重，昨夜吃我那一場氣，越重了，鶯鶯呵，你送了他人。（下）（旦上云）我寫一簡，只說道藥方；著紅娘將去與他，證候便可。（旦喚紅娘科）（紅云）姐姐喚

〔註20〕盤薖碩人：《增改定本西廂記》，轉引自王季思、張人和：《集評校注西廂記》，上海古籍出版社，1987年第231頁。

〔註21〕孔穎達：《毛詩正義》，上海古籍出版社，1990年12月版，第19頁。

〔註22〕李日華：《南西廂》，《六十種曲》，中華書局，1958年5月版，第28頁。

〔註23〕李日華：《南西廂》，《六十種曲》，中華書局，1958年5月版，第85頁。

紅娘怎麼？（旦云）張生病重，我有一個好藥方，與我將去咱！（紅云）又來也！娘呵，休送了他人！（旦云）好姐姐，救人一命，將去咱！（紅云）不是你，一世也救他不得。如今老夫人使我去哩，我就與你將去走一遭。（下）（旦云）紅娘去了，我繡房裏等他回話。（下）〔註 24〕

在《南西廂》第二十四出「回春柬藥」中，對鶯鶯此時的心理刻畫得非常細膩：

【卜算子】懨懨瘦損，那值殘春時候。事往情難斷，恩深怨亦多，欲堅金石志，畢竟有差訛。老夫人聞知張生病體十分沉重，昨日著紅娘去看他，在紅娘跟前怨言怨語，句句聲聲只怨著妾身。我想起來，是我前日將他奚落那場，因此病越重了。本待輕身救療，只怕遺臭閨門。若有不測，乃吾母子害他性命，天理不容。如今暮春天氣，好困人也。【綿搭絮】落紅成陣，萬點正愁人，早是傷情，無語憑欄怯素春。困騰騰，情思沉吟，我有一腔春病，誰與我溫存。張君瑞，想是你分淺緣慳，雨打梨花深閉門。（貼）姐姐，說甚麼雨打梨花深閉門。（旦）紅娘，你這等年紀，不去做些女工針指，只管隨著我做甚麼？【前腔】時時刻刻不曾離身。（貼）非干紅娘之事，都是老夫人著我早晚跟隨小姐。（旦）好笑我的萱親，著甚麼來由防備著人。當日兵圍普救之時，是你口許爲親，今日身安事妥呵，背義忘恩。母親，人人都道你是女中丈夫。到做了言而無信，悔賴人婚姻。我若不守閨門時節呵，總有鐵壁銅牆，枉使機關拘禁得緊。（貼）姐姐，你這兩日形容憔悴，何不把花鈿重整一整。【前腔】（旦）花鈿慵整。（貼）我和你佛殿上耍一耍去。我也懶去登臨。（貼）姐姐身子不快，我把被兒薰得香香的，去睡了罷。總有蘭麝馨香，有甚心情捱著枕？我這幾日神思昏倦，坐不安睡不寧。（貼）姐姐，張生有甚麼好處，只管想他？（旦）我愛他風流才俊，貫世聰明。（貼）既愛他，何不成就了他。（旦）誰肯向東鄰，把做針兒將線引。〔註 25〕（貼）姐姐，我看你心事大不比往常了。【前腔】（旦）

〔註 24〕王實甫：《西廂記》，上海古籍出版社，1978 年 12 月版，第 125 頁。

〔註 25〕在《六十種曲》中，原文爲「既愛他何不成就了他，誰肯向東鄰，把我做針兒將約引。」語意不通。這裡依張樹英點校《南西廂記》（中華書局，2000 年 11 月版）改。

> 沒情沒緒，悶倚幃屏。（貼）姐姐，去繡房中做些針指罷。（旦）心在他行，交頸鴛鴦繡不成。眼睜睜，天也不從人，張君瑞，想是你前生負我，我負你今生，兩下裏影只形單，羞睹牽牛織女星。【前腔】思思想想，念念心心。普天下相思，是我和伊都占盡，休怪我萱親，自古道好事難成，東君有意，花也留情。（貼）老夫人寄書去叫鄭生去了。（旦）我豈肯惹浪蝶狂蜂，止許銜花美鹿行。【前腔】思思想想心不定，只為冤家病染成。恨殺萱親背舊盟。欲向花前尋舊約，雲迷霧鎖不堪行，張生病體沉重，不免寫個藥方送去與他，這病便好。紅娘將紙筆過來。（貼取紙筆介旦寫介）你將此藥方送去與他。（貼）我的娘，你又惹事，我不送去。（旦）為何不去？（貼）只怕像前番鬨他，那張生被你鬨得十生九死。（旦）今番不鬨他了。救人一命，勝造七級浮屠。須索替我走一遭。（貼）我也不信你，只要罰一個誓。（旦）若是鬨他，自有天理。（貼）不是這等閒誓。待我替你罰：若還這番說謊，姐姐那東西上生個腳盆大的疔瘡。（旦付貼書貼作難介）我不拿去。（旦）我的親親姐姐沒奈何。（貼）不是這等叫，待我坐了，深深拜一拜，叫一聲親親姐姐。（旦依貼叫介，貼）我的要老公的妹妹。〔註26〕

從使用筆墨的分量上就可以看出兩部作品對這一情節的重視程度，而從重視程度上也能看出鶯鶯衝破禮教的艱難程度。《北西廂》中鶯鶯很輕易地就寫了「藥方」，沒有表現出太複雜的心理鬥爭。但《南西廂》中則不然，鶯鶯在「情」與「理」的矛盾中艱難抉擇：「本待輕身救療，只怕遺臭閨門。若有不測，乃吾母子害他性命，天理不容，……愛他風流才俊，貫世聰明……救人一命，勝造七級浮屠」。〔註27〕鶯鶯在激烈矛盾鬥爭中終於找到了以身相許的「合理」依據，使這一「義舉」既合「天理」又順人情，同諸多的理由相比，「遺臭閨門」也就不可怕了。當紅娘表現出懷疑時，她很果斷地說「今番不鬨他了，救人一命，勝造七級浮屠」。為因相愛而結合的行為找到更符合禮教的理由，這也符合一個相國小姐的矜持含蓄。

為鶯鶯的「失節」找到合乎封建倫理道德的依據，是《南西廂》改編中的重要環節，此時鶯鶯形象的轉變恰好說明了《南西廂》對《北西廂》的「揚」

〔註26〕李日華：《南西廂》，《六十種曲》，中華書局，1958年5月版，第69頁。
〔註27〕李日華：《南西廂》，《六十種曲》，中華書局，1958年5月版，第71頁。

與「棄」。而在取捨之間，體現了作家個人的審美判斷，同時也映像出時代文化精神的差異。在北方游牧民族的文化傳統中，青年男女在生產勞動中相識、戀愛和結合都是很平常的事。直到清代，蒙古族依然是「寡婦可以改嫁，……無論已婚、未婚，一般在兩性關係上較隨便。」〔註 28〕而且未婚女子懷孕並生產，並不是什麼傷風敗俗的大事，並不因此受到歧視。歷史上成吉思汗的夫人孛兒帖曾經被篾兒乞人掠去，並被赤勒格兒．孛闊收娶。後成吉思汗攻打篾兒乞時，搶回了孛兒帖，成吉思汗並沒有因此而對她產生歧視。孛兒帖作爲成吉思汗的大妃，始終得到成吉思汗的寵愛，並在諸妃子中享有最崇高的地位。女眞族和蒙古族在游牧生活中形成了與中原不相同的戀愛婚姻習俗與觀念。在這種習俗和觀念的影響下，與宋明時代相比，金、元時代的青年男女沒有受到嚴格的禮教束縛。由此在北方地區生活的漢族作家、演員和觀眾也就很自然地受到薰陶和影響。誕生在這一時期的張生和鶯鶯身上也會因此帶有一些痕跡。所以在元雜劇中張生和鶯鶯能夠較充分地表露內心的情感，鶯鶯在危急時刻做出以身相許的決定也就沒那麼艱難。而《南西廂》中鶯鶯複雜的思想鬥爭也是一個封建禮教下的相國小姐的眞實寫照，是符合明傳奇時代的社會生活和作家的審美追求的。

在情和理的問題上，兩個時代的思想觀念發揮了巨大作用。元代雜劇誕生在文化統治意識淡泊的環境下，正如王國維所言：

> 元劇之佳處何在？一言以蔽之，曰：自然而已矣。古今之大文學，無不以自然勝，而莫著於元曲。蓋元劇之作者，其人均非有名位學問也；其作劇也，非有藏之名山，傳之其人之意也。彼以意興之所至爲之，以自娛娛人。關目之拙劣，所不問也；思想之卑陋，所不諱也；人物之矛盾，所不顧也。彼但摹寫其胸中之感想，與時代之情狀，而眞摯之理，與秀傑之氣，時流露於其間。故謂元曲爲中國最自然之文學無不可也。若其文字之自然，則又爲其必然之結果，抑其次也。〔註 29〕

王國維所說的「思想之卑陋」其實也就是指元雜劇中不符合封建倫理的情節和思想，這是站在儒家文化的立場對元雜劇的評價。但王國維肯定了元雜劇的「自然」精神。元雜劇能夠「但摹寫其胸中之感想，與時代之情狀」，讓「眞

〔註 28〕盧明輝：《清代蒙古史》，天津古籍出版社，1990 年 10 月第一版，第 420 頁。
〔註 29〕王國維：《宋元戲曲史》，上海古籍出版社，1998 年 12 月第 1 版，第 98 頁。

摯之理，與秀傑之氣，時流露於其間」。這得益於作者「自娛娛人」的無功名之累的平淡之心，同時也得益於蒙古游牧民族統治下元代自由的文化氛圍。在這種文化精神的影響下誕生的《北西廂》自然而然地削弱了封建禮教的約束力。到了明代，傳統的儒家禮教又受到重視，這必然要對意識形態中的游牧文化影響進行「撥亂反正」。在《南西廂》中甚至把《北西廂》結尾處「願天下有情的都成了眷屬」這樣至關重要、點明主題的話都刪掉不用，顯然作品還缺少大膽主張的文化背景。《南西廂》最後強調的是「五花官誥」、「鳳冠霞帔」、「金榜題名」、「夫榮妻貴」，這些同封建功名利祿捆綁銷售的人生「榮耀」，都是傳統儒家文化的價值標準，也是封建文人所追求的人生理想。

唐代元稹的《鶯鶯傳》是以「始亂終棄」爲結局的。董解元在《西廂記諸宮調》中將其改爲「有情人終成眷屬」，爲故事注入了新的生機。元代王實甫創作元雜劇《西廂記》時，很自然地接受了這個結局。明代，儒家傳統禮教的回歸，使《北西廂》合情合理的結局失去了其存在的文化語境，尤其是在道學者眼裏《西廂記》有「誨淫」的作用。明代汪棣香曾說：「《水滸傳》誨盜，《西廂記》誨淫，皆邪書之最可恨者。而《西廂記》以極靈巧之文筆，誘極聰俊之文人，又爲淫書之尤者，不可不毀。」〔註 30〕「誨盜」則生不忠不義，「誨淫」則生不貞不節，「忠孝節義」是中國傳統封建倫理道德的基本人格要求，這些禮教的約束在南北西廂作者心中必然存在差異，《南西廂》在道德倫理上的強化充分說明了這一點。在翻改過程中，對崔張從戀愛到結合，都做了一系列符合生活眞實的處理。

二、挖掘崔張愛情婚姻發展的合理因素

在崔張愛情婚姻發展過程中，之所以能夠終成眷屬，鶯鶯衝破封建禮教是關鍵所在。老夫人在無奈的情況下把鶯鶯嫁給了張生，否則同鶯鶯結婚的就會是鄭恒。《南西廂》中讓鶯鶯下決心的原因還有兩個：一是鄭恒要來，鄭恒與鶯鶯有婚約在先，他們又是姑表兄妹，她自然很清楚鄭恒的品行。鶯鶯孝期已滿，鄭恒的到來勢必要談論婚嫁大事。而鶯鶯的心早已在張生的身上，如不早決斷，那麼只能是委身鄭恒。二是紅娘的話讓鶯鶯下定了決心。紅娘道：「姐姐，張生有什麼好處，只管想他？」鶯鶯唱道：「我愛他風流才俊，

〔註 30〕梁恭辰：《勸誡錄》，轉引自王季思，張人和：《集評校注西廂記》，上海古籍出版社，1987 年版，第 250 頁。

貫世聰明。」紅娘道：「既愛他，何不成就了他。」〔註 31〕她對張生是眞心喜愛的，爲了不嫁給鄭恒才不得不「鋌而走險」。這樣決策在傳統封建文化中也是可以理解的。

《南西廂》爲了給喜劇結局做鋪墊，從多角度醜化了鄭恒，並用法律否定了鶯鶯與鄭恒的婚約。首先，對鄭恒這一形象進一步醜化，以此證明鄭恒與鶯鶯的不配。對鄭恒這個人物的改造，《南西廂》的作者也動了很大心思，一方面把鄭恒塑造成品行不端、爲人詭詐的反面人物。鄭恒自唱道：「心性嚚，慣使風流鈔。柳陌花街常時樂，偎紅倚翠追歡笑。只愁易老。」〔註 32〕此處的鄭恒是個尋花問柳的浪蕩公子。《北西廂》中鄭恒則強調自己「自小京師同住，慣會尋章摘句，姑夫許我成親」〔註 33〕，他應該也是個讀書之人。《北西廂》中鄭恒來遲，是因爲「家中無人」〔註 34〕，而《南西廂》則是因爲「一向在京院子裏嫖耍，整整住了一年以上」〔註 35〕。接下來又在老夫人面前謊稱張生已招贅於衛尚書家，以此來騙娶鶯鶯，種種醜行與張生形成巨大反差。另一方面，在鄭恒的結局處理上也動了手腳。《北西廂》中杜確指責鄭恒：「誑騙良人的妻子，行不仁之事，我根前有甚麼話說？我奏聞朝廷，誅此賊子。」要捉拿鄭恒，鄭恒：「不必拿，小人自退親事與張生罷。」崔老夫人：「相公息怒，趕出去便罷。」鄭恒云：「罷罷！要這性命怎麼，不如觸樹身死。（誦詩）妻子空爭不到頭，風流自古惜風流。三寸氣在千般用，一日無常萬事休。」〔註 36〕觸樹而死。於是崔老夫人爲他收屍。無論用哪一朝代法律來量刑，鄭恒都罪不至死。但這裡鄭恒的死是出於欺詐行爲敗露而無顏苟活，說明此人「羞惡之心」尚存。在《南西廂》中杜確斥責鄭恒：「你不仁不義，誆騙人妻，奏過官裏，明證其罪。……既是姑舅之親，律有明條，豈做得夫妻，左右與我押送官司，明日問他。」鄭恒：「大人不必發怒，小人情願退親便了，只是怎生回去見人？（誦詩）妻子空爭不到頭，風流自古惜風流。假饒掬盡湘江水，難洗今朝一面羞。」〔註 37〕然後下場。從最後鄭恒苟活這一點，更加顯

〔註 31〕李日華：《南西廂》，《六十種曲》，中華書局，1958 年 5 月版，第 70 頁。
〔註 32〕李日華：《南西廂》，《六十種曲》，中華書局，1958 年 5 月版，第 99 頁。
〔註 33〕王實甫：《西廂記》，上海古籍出版社，1978 年 12 月版，第 183 頁。
〔註 34〕王實甫：《西廂記》，上海古籍出版社，1978 年 12 月版，第 178 頁。
〔註 35〕李日華：《南西廂》，《六十種曲》，中華書局，1958 年 5 月版，第 99 頁。
〔註 36〕王實甫：《西廂記》，上海古籍出版社，1978 年 12 月版，第 192 頁。
〔註 37〕李日華：《南西廂》，《六十種曲》，中華書局，1958 年 5 月版，第 107 頁。

現出人格上的缺陷。其次，否定鄭恒與鶯鶯婚姻的合法性。作者拿出律令中「姑舅不能通婚」這一條款，用法律的手段保護了崔張的婚姻。可見《南西廂》的作者也是同情鶯鶯和張生的，他爲二人的婚姻自主找到了一條符合封建禮法的途徑，從而使之既獲得了美滿的結局，又走上了傳統禮教的軌道。最後作爲封建家長代表的老夫人甚至也開始寄希望於張生：「求得一官半職，是我老身之幸也。」〔註 38〕

三、儒家道德倫理觀念下的人格重塑

戲劇藝術是通過舞臺形象展現主題思想的，而舞臺形象往往是從生活中提煉出來的。儘管有些是歷史人物或已經定型的藝術形象，但依然能從人物身上折射出作者的人生理想和時代的精神追求。在明傳奇對元雜劇的形象改造中，也體現了文學藝術發展的這一規律。《北西廂》所反映的是元代的社會生活和精神風貌，人物形象也帶有其時代文化的特徵。在明代的社會條件下，審美追求和價值判斷發生了變化，所以《南西廂》在對《北西廂》的人物形象進行改寫時，不同程度地按照明代的生活和審美進行了重塑。

1. 老夫人形象的轉變

在《北西廂》中，老夫人是典型的封建家長，始終站在婚姻自主的對立面，是崔張愛情自由的主要障礙。但在《南西廂》中，突出了她治家有方、重義守節的一面，並使之成爲封建社會官婦的典型形象。

作爲中國封建社會「典型」的家長，老夫人的所作所爲都是「無懈可擊」的。在對老夫人的塑造上，《南西廂》對其治家和爲人給予了肯定。在第三齣通過崔家院子之口交待了「老夫人治家嚴肅，不用雜人。」〔註 39〕待老夫人出場後就告訴女兒：「汝父存日，將你許與侄兒鄭恒，以此附書回去，著他來搬喪就親。」〔註 40〕看得出老夫人對家事安排得體，進退有致。《北西廂》中老夫人告訴紅娘：「你看佛殿上沒人燒香呵，和小姐閒散心耍一回去來。」〔註 41〕在《南西廂》中刪掉了這句話。這是非常關鍵的一個環節，因爲後面的所有故事都是從「遊殿」引發出來的，所以這句話的刪除開脫了老

〔註 38〕李日華：《南西廂》，《六十種曲》，中華書局，1958 年 5 月版，第 83 頁。
〔註 39〕李日華：《南西廂》，《六十種曲》，中華書局，1958 年 5 月版，第 5 頁。
〔註 40〕李日華：《南西廂》，《六十種曲》，中華書局，1958 年 5 月版，第 6 頁。
〔註 41〕王實甫：《西廂記》，上海古籍出版社，1978 年 12 月版，第 2 頁。

夫人治家不嚴的責任。金聖歎的評價非常切中要肯：「蓋雙文不到前庭即何故為遊客誤見。然雙文到前庭而非奉慈母暫解，即何以解於女子不出閨門之明訓乎。故此處閒閒一白，乃是生出一部書來之根，既伏解元所以得見鶯豔之由，又明雙文眞是相府千金秉禮小姐。蓋作者之用意苦到如此。近世忤奴，乃云雙文直至佛殿，我睹之而恨恨焉。」〔註42〕金聖歎把鶯鶯和張生一見鍾情的責任歸於老夫人的「暫解」。「近世忤奴」當是批判那些修改《北西廂》中這一情節的人，《南西廂》也許就在其中。《南西廂》中又一個重大的情節改動是：在做道場時老夫人睡著了。「做道場」是崔張二人近距離接觸的開始，此處張生表達了愛慕鶯鶯的心聲。老夫人的昏睡表明她的不知情，因而也就造成崔張關係進一步發展的可能。封建禮教下的母親在女孩子的成長過程中，是格外注意防範的。在《牡丹亭》中，杜麗娘的母親看到女兒衣裙上繡著一對花鳥，感到非常吃驚。〔註43〕作為封建家長，眼看著張生在女兒面前百般挑逗，而不加干預，這是不符合明代的生活邏輯的。所以安排老夫人睡著，既符合生活眞實，又按照新的時代精神，為崔張的戀愛找到了合理的方式。

老夫人之「治家嚴肅」也在《南西廂》中有了更多的體現。當老夫人發現女兒「紅杏出牆」之後，先是找來紅娘，並對其進行三次拷打，每一次拷打都折射出家法之嚴酷。在「餓死事小，失節事大」的時代，鶯鶯的行為不僅關係到她自身的幸福，同時也關係到家族的聲譽。出了這等「家醜」，老夫人認為一定是紅娘「失職」。澄清事實並認可了紅娘「息事寧人」的建議之後，老夫人首先找來張生責問：「我怎麼相敬你來，如何做出這等勾當？」〔註44〕這是發自心底的怒火，這是出於對家族聲譽的維護。顯然她認為鶯鶯「失節」的責任在於張生的引誘和紅娘的「失職」。而在《北西廂》中老夫人對紅娘的拷打只提到了一次，並且也沒有責問張生，而是責問鶯鶯：「我怎麼擡舉你來，今日做這等勾當，只是我的孽障，待怨誰的是，……誰似俺養女的不長進。」〔註45〕說明老夫人已經確認是鶯鶯沒有守住節操。從老夫人譴責對象的變化

〔註42〕金聖歎著，傅曉航校點：《貫華堂第六才子書西廂記》，甘肅人民出版社，1985年6月版，第59頁。

〔註43〕湯顯祖：《牡丹亭》（第十齣）：「怪他裙衩上，花鳥繡雙雙。」《六十種曲》（第四卷），中華書局，1958年版，第29頁。

〔註44〕李日華：《南西廂》，《六十種曲》，中華書局，1958年5月版，第82頁。

〔註45〕王實甫：《西廂記》，上海古籍出版社，1978年12月版，第145頁。

可以看出她對事件責任者的判斷。《南西廂》把這句話刪掉了，因爲老夫人認爲以鶯鶯的禮教修養，她不可能主動做出這樣的事情，其責任必定在張生和紅娘。爲了掩視這樁「家門大醜」，保全女兒的名節，老夫人在當天就安排鶯鶯和張生完婚，整飭宴席，叫來賓相贊禮，讓二人拜了天地，然後拜了老夫人。《北西廂》中雖然是得到了家長的認可，但沒有明顯的完婚情節。《南西廂》這樣做既掩蓋了老夫人的「治家不嚴」，又爲崔張的婚姻找到了一條符合封建禮法的途徑，同時也減輕了作品「誨淫」的不良影響。

無論怎樣改寫，老夫人也會背上背信棄義的壞名聲，但《南西廂》中盡量將她的失信行爲解釋爲一種無奈，甚至是無私。退兵之後，張生歡天喜地過來赴宴。老夫人首先就說明「寧可負妾今日之言，莫違先夫存日之約」，表明她是在捨棄做人的誠信，以此來成就已故丈夫的諾言，這尤其突顯了她對「三從四德」的遵循。《北西廂》中張生問起爲什麼悔親，她才說明原由，似乎自己並不在乎失信和張生的不滿。如此一改，把《北西廂》中專橫跋扈的封建家長，改造成了封建禮教下的「女中丈夫」。〔註 46〕

放在儒家傳統文化的背景下來觀察，老夫人的所作所爲都符合封建家長的行爲準則，因而《南西廂》並沒有否定這個人物。在孫飛虎逼親時，爲了保全相國的家聲、女兒的名節及廟宇的安全，在不得已的情境之下，違背丈夫的諾言，將女兒又許給了張生。但兵退之後又使她覺得對不起死去的丈夫，最終只得出爾反爾，使自己背上了背信棄義的惡名。她對女兒的嚴格管制也是出於對家庭聲譽的保護，同時也是對女兒的負責，因爲一個女孩子的名節是關係到她終身幸福的頭等大事。在她的主張之下，張生進京趕考，並中得探花，使女兒封五花官誥，帶鳳冠霞帔，一生有託。她所做的都是關係家門及兒女終身的大事。在丈夫離世，子幼女弱的情況下，老夫人維護這樣一個門第之家是何等之艱難，這樣一個女人當之無愧地成爲封建家長的楷模，這在儒家傳統文化中是值得肯定的。對老夫人的改寫並非單純是爲了美化這個人物，而是因爲現實生活中的相國夫人就應該是這個樣子，這也是作品遵從生活眞實的一種表現。

恰恰相反，在《北西廂》中，老夫人卻沒有這樣的殊榮，儘管上上下下都懾於老夫人的家威。在追求愛情自由、婚姻自主的立場上，鶯鶯、張生和紅娘是一致的，因而在人物關係上，都是與老夫人對立的。鶯鶯、張生和紅

〔註 46〕李日華：《南西廂》，《六十種曲》，中華書局，1958 年 5 月版，第 70 頁。

娘是作者肯定和讚賞的人物，相反老夫人則是被否定和指責的人物。她如同是一塊「絆腳石」，是不受歡迎的。從老夫人形象的轉變可以看出作者的立場定位。《北西廂》對老夫人的否定體現了對封建家長權威的懷疑；而《南西廂》對老夫人的肯定則從另一個側面肯定了封建家長的權威。

2. 鶯鶯的禮教包裝

崔鶯鶯是西廂記故事的關鍵人物。在金聖歎眼中，整部《北西廂》「止（只）爲寫得一個人——一個人者，雙文（鶯鶯）是也，《西廂記》寫紅娘，止爲寫雙文，寫張生，亦止爲寫雙文。」〔註 47〕的確，《北西廂》的每一個情節都是圍繞鶯鶯來展開的。幾百年來，對《北西廂》的評價也基本是用一定的標準衡量鶯鶯的所作所爲得出的。認爲《北西廂》「宣淫」的，自然是根據鶯鶯與張生的自由戀愛和結合，認爲其是「妙文」的，自然又是從其文情與深情而言。總之，人們總是在用自己和時代價值觀來觀察和欣賞這個人物，並以此對《北西廂》做出評判。

在《南西廂》第一齣「家門正傳」中，作爲引子，對明朝皇帝進行了一番歌功頌德之後，唱道：「遇高人論心事，搜古今，移宮換調，萬象一回新。惟願賢才進用，禮樂詩文。一腔風月事傳與世間聞。」〔註 48〕這段話道出了改編《北西廂》的原因：首先是「惟願賢才進用，禮樂詩文」，標明這是出於「教化」的需要；其次是「一腔風月事傳與世間聞」，說出了《西廂記》的娛樂功能。這也算得上文學藝術的「寓教於樂」了。要想實現《南西廂》的教化功能，最關鍵是解決如何避免「誨淫」的問題，而避免「誨淫」的關鍵又在鶯鶯身上。所以《南西廂》在接受這個人物時，對其內心和言行都做了重新「包裝」，使鶯鶯更具有儒家禮教下的淑女氣質，更符合傳統觀念下大家閨秀的行爲範式，因而努力避免其「誨淫」的負面影響。

中原傳統道德規範與審美標準對婦女的要求涉及到很多方面，但最基本的可以用「三從四德」來概括。「三從」即「在家從父、出嫁從夫、夫死從子」；四德即「婦德、婦言、婦容、婦功」。再具體解釋則涉及到婦女生活的各個方面。鶯鶯是相國的千金，除了皇家的公主、郡主之外，當屬國中「第一小姐」了。她所受到的應該是最正統的儒家倫理道德教育，她的言行修養應該能代

〔註 47〕金聖歎著，傅曉航校點：《讀第六才子書西廂記法》，《貫華堂第六才子書西廂記》，甘肅人民出版社，1985 年 6 月版，第 22 頁。
〔註 48〕李日華：《南西廂》，《六十種曲》，中華書局，1958 年 5 月版，第 1 頁。

表這個時代女子教育的「最高水準」。

《南西廂》中鶯鶯身上的「美德」得到放大，而「缺陷」則被縮小。

首先，《南西廂》突出了鶯鶯的「孝」。

在《北西廂》的第二本第三折中，退兵之後，請張生赴宴，紅娘和鶯鶯都以爲老夫人要給他們完婚，紅娘奇怪爲什麼不大宴親朋，鶯鶯說：

> 你不知夫人意。【攪箏琶】他怕我是賠錢貨，兩當一便成合，據著他舉將除賊，也消得家緣過活。費了甚一股那，便待要結絲蘿；休波，省人情的奶奶太慮過，恐怕張羅。

後來才得知這並不是結婚喜宴，老夫人悔親了。這時她又說道：

> 俺娘好口不應心也呵！【喬牌兒】老夫人轉關兒沒定奪，啞謎兒怎猜破；黑閣落甜話兒將人和，請將來著人不快活。【江兒水】佳人自來多命薄，秀才們從來懦。悶殺沒頭鵝，撇下陪錢貨；下場頭那答兒發付我！【殿前歡】恰才個笑呵呵，都做了江州司馬淚痕多。若不是一封書將賊兵破，俺一家兒怎得存活。他不想結姻緣想甚麼？到如今難著莫。老夫人謊到天來大；……〔註49〕

這些唱詞很自然地發泄了鶯鶯對母親悔親的強烈不滿，並且在一定程度上也表明了對婚姻自主的主張，尤其是最後一句明顯是在指責老夫人不信守諾言。《南西廂》中只有最後一句保留下來，但改由張生說出：「天殺的老夫人，說謊話比天來大」。「誠信」是做人的基本要求，老夫人失信是她的缺陷，儘管如此，做爲女兒指責母親的缺點就是「不孝」的行爲。按照鶯鶯的禮教修養，她應該懂得爲長者隱過的道理，不應該指責母親的過錯的，所以在《南西廂》中，讓張生說出這句話。

悔親後，紅娘叫鶯鶯到後花園燒香。《北西廂》中鶯鶯道：「事已無成，燒香何濟！」〔註50〕似乎燒香只是爲了祈求自己的婚姻幸福。在《南西廂》中則改爲燒香禱告：「願先考逍遙，母親康泰，及早還鄉，存亡均感。」〔註51〕紅娘接道：「要知小姐幽懷事，盡在深深兩拜中。」這裡則突出了鶯鶯對亡去的父親和在世的母親的由衷祝福，但她的內心世界紅娘是最清楚的。

在《北西廂》中，崔鶯鶯所嚮往和追求的愛情與母親的專制是相衝突

〔註49〕王實甫：《西廂記》，上海古籍出版社，1978年12月版，第77頁。
〔註50〕王實甫：《西廂記》，上海古籍出版社，1978年12月版，第86頁。
〔註51〕李日華：《南西廂》，《六十種曲》，中華書局，1958年5月版，第51頁。

的。在家長的強權之下，她只能依順了母親，這就要放棄自己對愛情的追求，這是她所不情願的，但內心對母親的不滿是存在的。《北西廂》中鶯鶯也僅僅是表達了這種不滿，因爲讓她做到對母親的徹底叛逆也是不可能的。她終究是漢族作家筆下的鶯鶯，不可能做到徹底地反抗。然而，按照封建禮教的傳統，作爲相府千金，鶯鶯應該受到良好的家教，對父母應以「順」爲孝，所以她表現出來的不滿在《南西廂》中被改動了。改編之後，鶯鶯就變成了一個對亡父恭敬，體諒母親苦衷，以家庭的利益爲重，能夠獨自忍受人生痛苦的孝順女兒。這樣的鶯鶯向中原的傳統「美德」更靠近了一步。

其次，鶯鶯的形象更加典雅化

《南西廂》對鶯鶯的心理刻畫也進行了適宜的修改。如前面《北西廂》第二本第三折中，退兵後紅娘去邀請張生赴宴，鶯鶯表達喜悅心情的大段唱詞都被刪掉了。因爲鶯鶯對自己的情感不加掩飾被視爲不守禮法，缺乏「女德」的行爲；同時張生對新婚生活的幻想也在《南西廂》中閉口不提了。顯然張生關於「顛鸞倒鳳」、「魚水之歡」、「於飛之願」的想像既有失于謙謙君子之德，又對鶯鶯缺乏尊重。在《北西廂》第二本第一折中，鶯鶯在前一天晚上跟張生和詩，第二天便嫌紅娘跟得太緊，紅娘說：「不干紅娘事，老夫人著我跟著姐姐來。」鶯鶯云：「俺娘也好沒意思。這些時直恁般提防著人；小梅香伏侍得勤，老夫人拘繫得緊，只怕俺女孩兒折了氣分。」〔註 52〕鶯鶯的這段話是在埋怨母親看得緊，同時也表達了她對愛情自由的渴望。這是一個青春少女很自然的情感。但在儒家禮教之下，有教養的鶯鶯是不應該有這樣的想法的，所以《南西廂》中刪掉了這一情節。

第三，鶯鶯對張生的要求寄託著更多的儒家思想傳統

在《北西廂》第三本第二折，鶯鶯看到張生的書簡之後，很生氣，說：「我寫將去回他，著他下次休是這般。」〔註 53〕僅此而已。但在《南西廂》中卻說道：「只教他縛住心猿，意馬且牢拴，把病體扶持，經史相親，做個好人家風範。」〔註 54〕所謂「好人家風範」也就是「經史相親」，實際也就是農耕文化所倡導的「萬般皆下品，唯有讀書高」。讀書知禮是儒家思想傳統中理想的

〔註 52〕王實甫：《西廂記》，上海古籍出版社，1978 年 12 月版，第 47 頁。
〔註 53〕王實甫：《西廂記》，上海古籍出版社，1978 年 12 月版，第 105 頁。
〔註 54〕李日華：《南西廂》，《六十種曲》，中華書局，1958 年 5 月版，第 61 頁。

人格。同樣，在對張生求取功名這件事上，鶯鶯的表現也有所不同。在《北西廂》第四本第三折「長亭送別」中，鶯鶯唱道：「年少呵輕遠別，情薄呵易棄擲。全不想腿兒相挨，臉兒相偎，手兒相攜。你與俺崔相國做女婿，妻榮夫貴，但得一個並頭蓮，煞強如狀元及第。」〔註 55〕表達了對夫妻相守的渴望，同時對張生遠別求取功名表示擔心和不滿。《南西廂》卻把這些話都刪改了。顯然，鶯鶯一是無力抗爭，二是也盼望張生能科場得意，夫貴妻榮，自己一生有託。此時的「南鶯鶯」和「北鶯鶯」就如同《紅樓夢》中的薛寶釵和林黛玉對賈寶玉一樣，對張生有著不同的人生寄託和要求，這也是兩種文化所賦予女孩子對人生的看法及對婚姻的訴求。

第四，《南西廂》中還通過對側面描寫的修改，使鶯鶯這一形象更接近其身份和修養在《北西廂》第四本「楔子」中，寫紅娘催促鶯鶯去赴約，鶯鶯先是推脫，紅娘一邊勸其不要再害人，一邊與鶯鶯往張生那裡走。紅娘說道：「俺姐姐語言雖是強，腳步兒早先行也。」〔註 56〕也許紅娘最能理解鶯鶯的內心，因而說出了鶯鶯想見到張生的急迫心情。此外，在「生米已煮成熟飯」的情況下，老夫人不得不將女兒嫁給張生。《北西廂》中並沒有提到婚禮儀式，但《南西廂》中特別強調當晚結婚。有了婚禮儀式就等於是明媒正娶，也就保全了鶯鶯的名節。雖始亂，但終不棄，在崔張愛情的結局上也算是有始有終。在鄭恒謊說張生招贅在衛尚書府時，曾說鶯鶯是「先姦後娶」的，這句話《南西廂》中也沒有再提。通過上述這些修改，使鶯鶯和張生既獲得了美滿的婚姻，又遵循了封建禮法。

此外，在《南西廂》的改編中，還強化了鶯鶯身上大家閨秀氣質，同時，還表現出她的節義精神。當鶯鶯感於張生的恩與情，決心以身相許時。在《南西廂》中，爲鶯鶯找到「捨己救人」這樣一個堂而皇之的理由，並把她的以身相許歸於佛家「救生」理念。此外，在孫飛虎逼親之時，《北西廂》中，鶯鶯在情急之下想出了三條計策：第一是「將我與賊漢爲妻，庶可免一家兒性命。」接下來陳述了這一行爲的五大好處。但被老夫人用「辱沒了俺家門」否定了。第二是「白練套頭兒尋個自盡」。第三是「不計何人，建立功勳，殺退賊軍，掃蕩妖氛；倒陪家門，情願與英雄結婚姻，成秦晉。」〔註 57〕而在

〔註 55〕王實甫：《西廂記》，上海古籍出版社，1978 年 12 月版，第 152 頁。
〔註 56〕王實甫：《西廂記》，上海古籍出版社，1978 年 12 月版，第 134 頁。
〔註 57〕王實甫：《西廂記》，上海古籍出版社，1978 年 12 月版，第 48 頁。

《南西廂》中只剩下最後兩條計策。顯然，在儒家傳統觀念下，嫁給賊漢是比懸梁自盡更不可行的辦法。鶯鶯是相國之女，應該與相國一樣有忠於皇上的理念，嫁給「賊漢」就等於是背叛朝廷，這種行爲不僅無君，而且無父，會背上不忠不孝的罪名。鶯鶯是相國之女，理應明白這個道理，所以不應該有嫁給孫飛虎的想法。

《南西廂》以其時代的文化風尚和生活眞實爲參照，對崔鶯鶯這一形象進行重新塑造。在塑造過程中，遵循了「藝術源於生活」的原則，把游牧文化影響下塑造的帶有一絲坦率和直白的鶯鶯，改造成一個從言行舉止到道德修養都符合中原文化傳統的相國小姐。既維護了鶯鶯與張生的婚姻自主，又體現了時代的審美追求。

相比較而言，《北西廂》中的鶯鶯性格潑辣、言詞率眞，敢想、敢愛、敢怨，內心世界表現得更加眞實。當然鶯鶯的性格跟眞正的游牧民族的女子還相差很遠，但同農耕文化中的傳統淑女也有了一定的距離。她是一個受北方游牧文化影響的中原女子形象。故此，她的身上帶有兩種文化因素和個性特徵，因而「北鶯鶯」是農耕文化與游牧文化融合的產兒。從她在南北西廂中的性格變化，可以看到北方游牧文化對中原文學影響的痕跡。與「北鶯鶯」相比，「南鶯鶯」則更接近儒家禮教下的傳統女子的修養，她更符合明代的社會生活和審美理想。

3. 張生形象的「完美化」

在《鶯鶯傳》中，張生把自己的捐棄行爲解釋成「補過」，並得到時人的認可。《董西廂》和《王西廂》讓張生良心發現，中了狀元之後又回來娶親，徹底改變了張生的形象，似乎這個人物已經夠完美了。金聖歎這樣評價：「《西廂記》寫張生便眞是相府子弟，便眞是孔門子弟。異樣高才，又異樣苦學；異樣豪邁，又異樣淳厚。相其通體，自內至外並無半點輕狂，一毫奸詐。」〔註 58〕金聖歎的評價背後很顯然是有一個參照。「異樣苦學」當指張生高中探花而言，「異樣豪邁，又異樣淳厚」當指張生對鶯鶯的大膽追求，「無半點輕狂，一毫奸詐」當指張生的執著與忠貞。此時張生的這些優點都是在《鶯鶯傳》中的張生所缺少的，所以金聖歎是以《鶯鶯傳》爲參照，肯定了張生的轉變。從《南西廂》對《北西廂》的修改中，則能夠發現張生形象的

〔註 58〕金聖歎著，傅曉航校點：《讀第六才子書西廂記法》，《貫華堂第六才子書西廂記》，甘肅人民出版社，1985 年 6 月版，第 23 頁。

進一步「完美化」。

《南西廂》在張生身上又突出了儒生的品德修養。在第四齣「上國發軔」中，張生來到河中府，店主人向他介紹遊玩去處時說道：「官人是讀書君子，料不到花街柳陌中去。」〔註 59〕這是世人對讀書人的普遍認識，因而張生也應當不例外。因此這裡通過店主人的口肯定了張生這樣的儒生的人格修養。相反，在刻畫鄭恒的時候，則說他「一直在京院裏嫖耍」〔註 60〕，與張生的品格形成鮮明的對比。對《北西廂》中有損儒生形象的部分也都作了相應刪改。如紅娘來詢問做道場的準備情況時，法本帶紅娘去佛殿中驗收。張生打趣法本：「過得主廊，引入洞房，好事從天降。我與你看著門兒，你進去。」法本怒斥張生：「先生，此非先王之法言，豈不得罪於聖人之門乎？」〔註 61〕張生拿一個本分的出家人開這樣的玩笑，顯示出張生身上與正統讀書人身份不符的一絲「玩劣」，法本斥責的也入情入理。退兵之後，張生要赴宴之前對與鶯鶯結親的想像，是張生本性欲望的流露，也刪而不用。這些刪掉的情節也正是正統儒家文人所不提倡的心理活動。從元雜劇中的張生身上能夠看到元代文人的整體風貌。由於元代科舉的廢弛，文人也不再受到關注，因此導致元代社會對讀書人的行爲約束比前代降低，儒生失去了科舉入仕的機會，其社會地位也降低了，由此也導致了元代文人的行爲失範。南宋遺民鄭思肖在《心史》中曾描述：「韃法：一官、二吏、三僧、四道、五醫、六工、七獵、八民、九儒、十丐，各有所統轄。」〔註 62〕這句話，通常被當做元代儒士社會地位低下的一個證據，雖然從元代的正史中沒有看到相關規定，但元代儒生的地位較前代要低得多。元代雖然科舉不興，但儒學教育卻非常普及，中央及地方官學、私學及民間的社學都以講習儒家經典爲教學內容，元代的儒生隊伍是非常龐大的，但入仕機會的減少使儒生的謀生手段極爲複雜，儒生及市民大眾對讀書人的期望值降低了，同時儒生的角色自識也淡泊了。因而元代儒生不是完全按照儒家的正統禮法標準打造出來的，在元雜劇中就經常表現出這類人物的反傳統性格特徵。

在《北西廂》中張生還流露了厭棄功名的思想。在老夫人的逼迫之下，張生不得不舍下鶯鶯，進京趕考。草橋店驚夢之後，張生感歎到：「都只爲一

〔註 59〕李日華：《南西廂》，《六十種曲》，中華書局，1958 年 5 月版，第 9 頁。
〔註 60〕李日華：《南西廂》，《六十種曲》，中華書局，1958 年 5 月版，第 99 頁。
〔註 61〕王實甫：《西廂記》，上海古籍出版社，1978 年 12 月版，第 19 頁。
〔註 62〕鄭思肖：《鄭思肖集》，上海古籍出版社 1991 年 5 月版，第 186 頁。

官半職，阻隔得千山萬水。」〔註 63〕爲追逐功名而舍下鶯鶯，張生對這一行爲的得失產生了疑問。在儒家文化中，功名利祿是人生追求的終極目標，十年寒窗也就是爲了金榜題名，金榜題名之後，也就是功名利祿，這是實現人生價值的思維定式。一個正統的讀書人應該醉心於科舉，放棄兒女情長，像《鶯鶯傳》中的張生那樣「補過」，這才是儒家正統思想下合格的讀書人。但《北西廂》中張生厭棄功名思想的表露反映出科舉考試在元代社會文化中的分量，因爲在元代科舉考試長期被廢弛，文人對這條出路已經不寄託過高的人生理想。《南西廂》並沒有採用這句話，說明作者是不同意這樣說的，因爲明代的社會狀況發生了變化，科舉復興，儒生的傳統地位又恢復了。所以，最後張生以暫時的犧牲換回了金榜題名及鶯鶯的五花官誥，這是儒生在科舉社會實現人生價值最理想的方式。

張生在《北西廂》中所表現出來的一些不符合傳統禮教的行爲，也在《南西廂》中得到了糾正。如在第一本第二折中，張生對鶯鶯一見鍾情之後，又從紅娘那裡瞭解到老夫人的家教甚嚴。於是產生了與鶯鶯私下來往的想法：「小姐年紀小，性氣剛。張郎倘得相親傍，乍相逢厭見何郎粉，看邂逅偷將韓壽香。才到得風流況，成就了會溫存的嬌娘，怕甚麼能拘束的親娘」〔註 64〕。「韓壽偷香」是出自《世說新語》裏的典故，敘述的是韓壽與賈充之女兩情相悅並私通，後被賈充發覺，最後爲了維護家庭的聲譽，無奈將女兒嫁給韓壽的故事。可見張生對鶯鶯一見鍾情之後，便設法與鶯鶯發展感情，並且在一步步地去實踐這個計劃。所以在他參與做道場時只是假做祈禱，並非追念父母，而是在默默禱告：「只願得紅娘休劣，夫人休焦，犬兒休惡！佛囉，早成就了幽期密約！」〔註 65〕第四本第一折中，將要與鶯鶯「偷期」時唱道：「人有過，必自責，勿憚改，我卻待『賢賢易色』將心戒，怎禁他兜上心來。」〔註 66〕張生明知自己的所作所爲與聖人之言相悖逆，但卻做不到以好賢之心改易好色之心。這是對儒家禮教的明知故犯，是「人欲」對「天理」的公然挑釁。張生的這些言行，從儒家傳統的視角來觀察，都具有「誨淫」的嫌疑。《南西廂》改掉了這些細節，從而迴避《鶯鶯傳》中崔張悲劇的陰影。把張生這些言行改掉，才能樹立了一個儒生的良好形象。

〔註 63〕王實甫：《西廂記》，上海古籍出版社，1978 年 12 月版，第 161 頁。
〔註 64〕王實甫：《西廂記》，上海古籍出版社，1978 年 12 月版，第 21 頁。
〔註 65〕王實甫：《西廂記》，上海古籍出版社，1978 年 12 月版，第 39 頁。
〔註 66〕王實甫：《西廂記》，上海古籍出版社，1978 年 12 月版，第 136 頁。

通過對比，可以看出張生在《北西廂》中帶有生動鮮活的特點，他大膽追求喜歡的女子，直率地表達自己的思想感情，敢愛敢恨、敢喜敢怒。元雜劇中的「風流浪子」是男子的一種美，《北西廂》中也多次提到張生「忒風流，忒浪子」〔註 67〕、「風流隋何，浪子陸賈」〔註 68〕、「浪子官人，風流學士」〔註 69〕。「風流浪子」的含義非常豐富，它既有多才多藝的一面，又有風流多情的一面，更有倜儻灑脫的一面。這樣的審美標準與傳統的儒家思想所追求的人格有很大差異，傳統儒家文化所欣賞的是溫良恭儉的謙謙君子，《南西廂》則向儒家的詩書禮義一步步地靠近，努力把張生改造一個規規矩矩的讀書人。

在《鶯鶯傳》中，崔鶯鶯與張生只是一般家庭背景下的才子佳人，所以發生了那樣一段淒美的愛情故事。董解元賦予了他們幾乎是最高地位的階級出身，一個是尚書的公子，一個是相國的千金，在這種社會地位和社會背景下，要想自由戀愛幾乎是不可能的。但在金元時代，由於北方民族的文化習俗的滲透，男女之大防鬆弛，崔張身上沾染了諸多「北習」，但在金元時代卻渾然不覺。明代在儒家正統文化背景之下重新審視這兩個人物時，他們身上的「北習」便異常明顯，於是出現了《南西廂》中對這兩個人物的重塑。重新塑造之後，他們更符合明代的生活眞實，也更符合儒家傳統文化的審美追求。

4. 紅娘形象及其在人物結構關係中的作用

在崔張愛情從發生、發展到結合的過程中，紅娘都是功不可沒的人物。從《鶯鶯傳》到《董西廂》再到《王西廂》，這個人物漸漸明朗起來，在情節發展中的作用也越來越重要。在《董西廂》和《王西廂》中，作者都充分肯定了她的作用和地位。是她安排聽琴、傳書遞簡、暗中鼓勵，最終張生與鶯鶯才能私結連理，又是她在關鍵時刻在老夫人面前據理力爭，老夫人才答應讓張生和鶯鶯結爲連理。她是鶯鶯的貼身丫環，因而也最瞭解鶯鶯的內心世界。她是崔家的下人，因而不受太多禮教的約束。當她看到鶯鶯和張生因情所困時，幫助他們成就了婚姻。紅娘是西廂記故事中一個至關重要的人物，在這個故事的傳承過程中，她的作用和地位呈逐漸上昇趨勢。在《南西廂》

〔註 67〕王實甫：《西廂記》，上海古籍出版社，1978 年 12 月版，第 98 頁。
〔註 68〕王實甫：《西廂記》，上海古籍出版社，1978 年 12 月版，第 108 頁。
〔註 69〕王實甫：《西廂記》，上海古籍出版社，1978 年 12 月版，第 175 頁。

中，紅娘的性格更加鮮明；在人物結構關係中，她的作用和地位也更加突出。紅娘的這些變化恰好配合了其他角色的轉變。

首先，重新塑造的過程中，突出了紅娘的性格和身份

在《南西廂》第七齣增加了「對謔琴紅」這一情節：張生的琴童與紅娘鬥牌，這是兩個「下人」鬥智的遊戲。雖然紅娘的語言有些粗俗，但她口齒伶俐，反映敏捷，始終都占居上風。這與後面的「堂前巧辯」相得益彰。紅娘是一個丫環，是屬於下層人民，因而她不可能有鶯鶯那樣的禮教修養。所以這個人物的性格十分鮮活，並具有機智勇敢、熱情潑辣的特徵。

南北西廂都有「拷紅」這一情節。在《北西廂》中，紅娘聽歡郎說：「奶奶知道你和姐姐去花園裏去，如今要打你哩！」紅娘馬上說：「小姐，你帶累我也！」〔註 70〕說明事情是鶯鶯做的，紅娘受到了牽連。在《南西廂》中，強調老夫人三次打紅娘，紅娘並未責怪鶯鶯連累了她。通過這三次拷打，更突出紅娘在鶯鶯「失節」這一事件中的作用。

《北西廂》中，用大量的筆墨正面描寫了鶯鶯與張生私自結合的場景。在《南西廂》中，這一場景則是通過紅娘想像來完成的。紅娘想像完他們結合的情景之後，不無失落地唱道：「不管紅娘在門外待，教我無端春興請誰排，只得咬定羅衫耐。」〔註 71〕沒有正面描寫張生和鶯鶯的床第之歡，是因爲這些情景與他們的身份和教養不相適宜，同時也可以使作品減少「宣淫」的作用。通過紅娘的想像來展現這些情節，表明了紅娘在禮教上的無拘無束，而這樣的紅娘恰好配合了其他角色的在禮教上的加強。

其次，紅娘形象在人物結構關係中的作用發生了變化

《南西廂》突出了紅娘的身份，她是崔家的丫環，她沒有受到過鶯鶯那樣的女德教育。她與鶯鶯在道德觀念和行爲準則上是不同的。因而，當鶯鶯處在思想矛盾中時，紅娘總是在關鍵時刻推波助瀾，幫助她衝破禮教的束縛，一步一步走近張生。張生「生命垂危」的時候，也是鶯鶯思想鬥爭最激烈的時候。當鶯鶯徘徊在「親身救療」和「遺臭閨門」這種兩難境地時，紅娘的話起到了決定性的作用。紅娘先勸鶯鶯「愛他何不成就了他」〔註 72〕，接著又告訴鶯鶯：「老夫人寄書去叫鄭生去了。」於是鶯鶯才下定決心與張生私下

〔註 70〕王實甫：《西廂記》，上海古籍出版社，1978 年 12 月版，第 142 頁。
〔註 71〕李日華：《南西廂》，《六十種曲》，中華書局，1958 年 5 月版，第 78 頁。
〔註 72〕李日華：《南西廂》，《六十種曲》，中華書局，1958 年 5 月版，第 70 頁。

結合。前一句使鶯鶯讓禮教屈從了感情，後面一句話使鶯鶯認識到不及時決斷的後果。因爲鶯鶯的孝期已滿，鄭恒的到來勢必要談婚論嫁，到那時她與張生就沒有機會了。紅娘在鶯鶯衝破禮教、大膽地去追求婚姻自主的過程中發揮了關鍵性的作用。

「紅娘」在中國文化中已經演變成「媒人」、「媒介」的代名詞，主要原因是由於她在崔張故事中發揮的「橋梁」作用。鶯鶯是一個大家閨秀，受過良好的女德教育，因而她儘管喜歡張生，但讓她大膽與張生交往，並私自結合還是有相當難度的。一方面受到客觀條件的限制，另一方面她自身的心理防線成爲更大的障礙。而這兩個障礙靠鶯鶯自己是很難衝破的。這個過程中，紅娘的媒介作用就顯得格外重要了。

紅娘的作用還體現在其他角色的變化上。相比較而言，在《南西廂》中，老夫人治家也更嚴謹，鶯鶯的禮教約束更大，張生的行爲也更加儒家禮義化。這幾個人物的變化都給主張鶯鶯與張生的婚姻自主帶來了難度。老夫人管制得緊使鶯鶯與張生接觸的可能變小，鶯鶯的轉變也使她衝破禮教的過程更加艱難，張生的禮教束縛也使他追求愛情的勇氣下降。這些人物的變化都爲作品的圓滿結局增加了更大的障礙。在這種情況下，要想實現有情人終成眷屬，必得有一個外部的力量來促成。在《南西廂》中，這個外部力量就是紅娘，只有紅娘這樣一個不受禮教約束的「下人」才能把前面三個人物的禮教束縛打破。只有紅娘才能幫助鶯鶯衝破禮教，與老夫人據理力爭，爲張生牽線搭橋。這個「世俗」的紅娘在《南西廂》的人物結構關係中，發揮了重要的作用。同時《南西廂》也使紅娘這個人物更加富有光彩。在後代的戲曲中，紅娘的形象進一步引起關注，很多現代戲種裏都有《紅娘》傳演，這其中《南西廂》紅娘形象的突出是功不可沒的。

戲曲藝術是以舞臺形象爲載體的。無論是唱、念、做、打，都是表現戲劇主題思想的方式，因而舞臺形象是作者創作思想的集中體現。文藝作品的創作思想通常是時代精神和個人經歷的結合體，因此文學作品既是反映時代生活的鏡子，也是作家個人生活的體驗。從以上諸多人物的重新塑造中，可以看到：由於《南西廂》與《北西廂》產生的時代文化的差異，導致了西廂記故事從內容到形式的改編，而在改編過程中，兩部作品分別打上了不同時代文化的印跡，從中可以發現元代游牧文化對中原文學創作產生的影響。在寬鬆的文化環境中，元雜劇創作受到的制約較少，其功能主要體現在大眾娛樂。與宋明時代相比，作家和觀眾的傳統禮教思想都比較淡泊，這在《北西廂》的人物形象塑造上得到了一定的體現。在明傳奇的改編中，由於儒家傳統禮教的上昇，《南西廂》也承載了較多的教化功能。時代文化的差異使作家及觀眾的人生觀與價值觀也發生了變化，而這些變化通過舞臺形象的改造表現了出來。在對《北西廂》人物形象進行一番改造之後，人物身份、地位及性格特徵更符合儒家傳統標準，也更符合明傳奇產生時代的社會生活。

四、抑揚之間　儒釋之別

元代和明代對待文人和僧人的態度是截然相反的。元代信奉藏傳佛教，喇嘛教被尊爲國教，僧人享有很高的地位和特權。相形之下，由於蒙古民族一向是崇尚武力，所以對儒家傳統的統治思想不夠重視。元朝儘管重用了幾個文人，但科舉廢弛使大多數文人的入仕理想化爲泡影。元代的選吏渠道很多，「既有世襲，又有存薦，既有蔭敘，也有科舉。授官有出身於宿衛、勳臣之家者，有出身於學校者；有因捕盜而以功敘，有因入粟而進貲，還有政府通過訪求隱逸而得者」。〔註73〕因此，同唐宋兩代相比，元代科舉入仕的機會比較少。儘管元代的儒學教育規模擴大了，但蒙古族統治者對於「學而優則仕」的傳統並沒有完全認同，選吏途徑的多元化就可以證明這一點。明代則相反，恢復了科舉制度，儒家的傳統文化又上昇到唐宋時期的高度，甚至高於原來的高度。讀書人的社會地位又回歸到元代以前的狀況。因而，在《南西廂》中，張生身上比《北西廂》中更多了幾分讀書人的自信。但在明代佛教的權威卻下降了。在《西廂記》的改編中，也體現出「儒」、「佛」在不同時代的社會地位變化。

「儒」的變化主要體現在張生身上。《北西廂》中的張生很寒酸，也很怯儒，從中可以反映出元代儒生地位的下降。元雜劇的一些作家原本就不是科舉之材，科舉廢弛恰好給了他們提供了放棄功名，施展才藝的機會，如關漢卿等。在唐宋時代，儒生靠讀書可以修身、齊家、治國、平天下，但元代的文人除修身以外，連齊家都難以做到了。在《北西廂》中張生還多次遭到紅娘的搶白和斥責，這一方面顯示了元代社會的「上下無等」，同時也說明張生這些讀書人的地位在下降。但在《南西廂》中，張生的境況卻有所不同。紅

〔註73〕孔令紀等：《中國歷代官制》，齊魯書社，1993年5月版，第278頁。

娘搶白了張生，鶯鶯就說了這樣一句話：「他是讀書人，你不要搶白他也罷。」〔註 74〕顯然在這裡讀書人是應受到尊重的；紅娘把張生的書簡傳與鶯鶯，鶯鶯生氣地說：「教他……經史相親，做個好人家風範。」〔註 75〕「經史相親」也就是親近聖人經典，讀這些書才能做得「好人家風範」。同時店小二在介紹普救寺時也說：「官人是讀書君子，料不到花街柳陌中去。」張生說：「然也。」〔註 76〕《南西廂》增加的這些對白，在客觀上體現了讀書人的社會地位、品行修養的回升，也體現出社會對讀書人的認同。

在南北西廂中，僧人的表現及劇中人物對僧人的態度都有所不同。在《南西廂》中，法聰一出場便唱道：「假持齋做長老，經卷那曾曉，每日吃葷腥常醉倒，眞個快活無煩惱。」〔註 77〕張生去普救寺拜訪，法聰說師父不在，「方才辦了八個盒子，望丈母去了。」後來才改成「徒弟家裏去了」。又說師父曾有一首詩：「獨坐禪房靜，忽然覺動情。」又引用法本的話：「出家人皆如此，休要假惺惺，開了聰明孔，好念法華經。」〔註 78〕這與佛家弟子出家修行的身份很不相符。在元代和明代，佛教信徒的地位是不同的。元代喇嘛教被尊爲國教，不僅在精神上得到民眾的崇敬，而且在政治及經濟上也享有一定的特權。明代太祖朱元璋對元代的佛教地位頗爲不滿，他認爲：「務釋氏而能保其國者，未之見矣。」〔註 79〕於是他開始用行政力量整頓佛教，洪武十五年五月下詔：「佛寺之設，歷代分爲三等，曰禪、曰講、曰教。其禪不立文字，必見性者方是本宗；講者務明諸經旨義；教者演佛利濟之法，消一切現造之業，滌死者宿作之愆，以訓世人。」〔註 80〕「關於教寺、教僧的劃分，是明初佛教政策有關禪、講、教界劃方面最爲特別的一點。劃出來的這種教僧，就是專門用來應付世俗佛事需要的『應赴僧』。像這樣由朝廷來制定明確規範圈定應赴僧的做法以前沒有，自此這種應赴僧被正式地歸類爲僧人的一種專門類型。……使這一類寺僧比較多地接觸世俗而爲世俗方面視之爲佛教的代

〔註 74〕李日華：《南西廂》，《六十種曲》，中華書局，1958 年 5 月版，第 23 頁。

〔註 75〕李日華：《南西廂》，《六十種曲》，中華書局，1958 年 5 月版，第 60 頁。

〔註 76〕李日華：《南西廂》，《六十種曲》，中華書局，1958 年 5 月版，第 9 頁。

〔註 77〕李日華：《南西廂》，《六十種曲》，中華書局，1958 年 5 月版，第 9 頁。

〔註 78〕李日華：《南西廂》，《六十種曲》，中華書局，1958 年 5 月版，第 10 頁。

〔註 79〕《明太祖實錄》（卷 46），臺灣中央研究院歷史語言研究所，1950 年影印，第 1 頁，總第 908 頁。

〔註 80〕《金陵梵剎志》卷二。轉引自周齊《試論明太祖的佛教政策》（《世界宗教研究》，1998 年第 3 期，第 60 頁。）

表，可是教寺教僧泛職業化嚴重，佛寺和僧人崇高清淨形象受損，尤其是醜陋弊端叢生，原爲清理敗壞現象的手段卻再成爲導致敗壞佛教口實的重要方面。」〔註 81〕明太祖原本是爲了整頓佛教，結果卻導致了對明代佛教及僧人形象的破壞。

在《北西廂》中，則只有張生打趣法本，送信的法聰和尚也當作英雄來對待。但在《南西廂》對送信的惠明表現出蔑視「言不出眾，貌不驚人」。〔註 82〕孫飛虎稱惠明爲「禿子」，杜確也稱他「這禿廝」。這些都反映了兩個時代僧人的地位及人們對僧人的態度。蒙古族原本對宗教信仰不加干預，對所征服地區的居民也「依俗而治」，所以各類宗教門派得以自由發展，但藏傳佛教以其在文字、醫學等領域的重大貢獻而受到格外的尊崇。但到了明朝，開始重新重視禮制，且中原漢族固有的重視道教等原因，對佛教進行了行政上的干預，降低了佛教尤其是喇嘛教的特殊地位，因而造成了兩個時代僧人的形象和地位差異。

《南西廂》不僅使西廂記故事能夠繼續在舞臺上傳演，而且在有限的創作空間內，實現了對故事情節和人物形象的改造，從而使作品更符合時代精神，更迎合作家以及觀眾的審美需求。雖然《南西廂》自產生之日起就背負了諸多非議之詞，但依然不失爲一部好戲，儘管囿於明代封建禮教的束縛對情節和人物做了修改，但仍然具有反封建反禮教的作用和價值。在藝術形式上也得到明代戲曲評論家張琦的肯定：「南襲北辭，殊爲可笑。今麗曲之最勝者以王實甫西廂壓卷，日華翻之爲南，時論弗取，不知其翻變之巧，頓能洗盡北習，調協自然，筆墨中之爐冶，非人官所易及也。」〔註 83〕「北習」實際就是指游牧文化在戲曲中的影響，當然張琦所說的「北習」多指聲律而言，但對《北西廂》內容上的「北習」也很巧妙地進行了「翻改」，並因此造成了南北西廂的文化差異，而《北西廂》中的「北習」也恰恰表明了蒙古游牧文化對元代文學產生了實實在在的影響。

西廂記故事經歷了唐、金、元、明幾個朝代的加工，故事情節發生了很大的改變，而每一次改變都打上了時代的烙印。劉勰所言「文變染乎世情」

〔註 81〕周齊：《明代佛教禪、講、教之界劃》，引自國學網：http：//www.guoxue.com/www/xsxx/txt.asp 敍 id=822
〔註 82〕李日華：《南西廂》，《六十種曲》，中華書局，1958 年 5 月版，第 35 頁。
〔註 83〕張琦：《衡曲麈譚》，《中國古典戲曲論著集成》（四），中國戲劇出版社，1959 年 7 月版，第 269 頁。

〔註 84〕在西廂記故事的演變中得到了很好的驗證。在唐代，多情的崔鶯鶯遭受了始亂終棄的命運結局，而在金、元時代，使其與有情人終成眷屬。也正是北方游牧民族的文化自由精神，使《西廂記》走出《鶯鶯傳》的涅槃，蛻變爲世代流傳的愛情佳話。金元時代的北方游牧民族的文化精神的參與，使崔鶯鶯改變了不幸的命運。明代的劇作家立足於中原的傳統文化，一方面努力靠近大眾已經接受的基本結局，另一方面又將傳統倫理道德予以伸張，在儒家傳統文化中，爲崔鶯鶯和張生的婚姻自主找到一條出路。

外來游牧文化的自由精神，啓動了元代作家、演員與觀眾的自由本心，從而折光反射在《北西廂》中。在明代，同樣具有轟動效應的《牡丹亭》儘管也表達了愛情，而且似乎更解放一些，但仔細推敲，它體現男女愛情自由的方式與《北西廂》有很大差異。眾所周知，《牡丹亭》的作者湯顯祖深受晚明王學左派的影響，不否認《牡丹亭》具有反抗「理學」的偉大意義。《牡丹亭》與《西廂記》同樣是以愛情爲題材，並且在主題上也同樣是主張愛情自由，但二者表現主題的方式卻有本質的不同。杜麗娘雖不是相國小姐，做太守千金也算上層社會的女子。作品格外強調了她所受到的儒家傳統教育，但杜麗娘對愛情的渴望並沒有因此而泯滅。她感於春天的景致，產生了對愛情的渴望。但是在儒家的禮教傳統中，「父母之命」、「媒妁之言」是組合婚姻家庭的一般方式，這使好多青年男女在結婚時才能見到自己的配偶，因此現實生活中找不到讓杜麗娘戀愛的可能。於是作者把杜麗娘和柳夢梅的戀愛過程描繪在夢境中。幾次在夢中相會，人鬼結合，最後杜麗娘起死回生，柳夢梅考中狀元，並在皇帝聖旨的主張下，封建家長才承認了這樁親事。這種超脫現實的筆法，可以歸於「浪漫主義」，但實際上卻是對現實的無奈抗爭。《牡丹亭》積極地主張青年男女的婚姻自主，但在現實中卻找不到可行的依據。相反在金元時代，崔鶯鶯與張生由戀愛到結合，再到終成眷屬，都是在現實世界中完成的。這是在北方游牧文化的影響下，對人的自由本性的主張。雖然兩部作品的主題都是主張男女愛情自主，但由於社會文化的差異，使兩部作品在實現戀愛的方式上有很大的差異。

《南西廂》對《北西廂》的改編較一般的文學創作有所不同：一方面，《南西廂》作者的創作活動受到自身的生活體驗和時代精神的制約；另一方面，

〔註 84〕劉勰：《文心雕龍注釋》，周振甫注，人民文學出版社，1981 年 11 月版，第 479 頁。

還要受到《北西廂》的制約。對《北西廂》的再加工既受到原作者的創作意圖的影響，同時也包括改編者對《北西廂》的解讀和評價，而這個解讀和評價的標準則來自於改編者自身的生活體驗和時代的精神追求。無論是《南西廂》還是《北西廂》，都是與其時代精神相統一的，也就是說，它們都是時代的產物，無論是人物性格還是情節發展，都有遵循生活眞實的一面。「南鶯鶯」和「北鶯鶯」都是時代女性生活的寫照，她們的性格都是符合當時的審美標準的。「北鶯鶯」是按照元代的女子生活狀況進行刻畫的，因而她在《北西廂》中是符合元代的生活眞實的，也是符合作家和觀眾的審美的。但是到了明代，由於儒家傳統禮教的回歸，社會生活和意識形態都與元代有所不同。在元代作家和觀眾的眼中，「北鶯鶯」是美的；但在明代的作家和觀眾的眼中，她的身上就有了很多與時代生活和審美判斷不相適宜之處，於是按照明代生活中大家閨秀的樣子對其進行了改造。在刻畫人物的過程中，南北西廂都遵循了生活眞實的原則，是社會生活的變化導致了人們審美追求的變化，從而也導致藝術形象的改變。

由此可見，《南西廂》對《北西廂》的改編，是一個用明代的文學價值標準衡量《北西廂》的過程，也就是儒家傳統文化對受游牧文化影響的文學作品進行矯正的過程。從這個過程中，我們看到了北方游牧文化在元雜劇《西廂記》中產生的影響。

第四章 《竇娥冤》與《金鎖記》之比較

關漢卿〔註1〕的《竇娥冤》是元雜劇中最具有震撼力的作品之一。它不僅在元代產生巨大的轟動，而且對後代的戲劇文學也有著深遠的影響。由於雜劇在元末開始衰落，明代的演員和作家大都從事傳奇的創作和演出，元雜劇漸漸地離開了舞臺。出於娛樂的需求，一些元雜劇作品又被改編爲傳奇劇本，有的被搬演到戲劇舞臺。《竇娥冤》就曾被葉憲祖首次進行了傳奇劇本改寫，後又經袁于令再次改寫爲《金鎖記》，葉憲祖的改本現已失傳，現存《金鎖記》爲袁于令的改本。〔註2〕經過葉憲祖和袁于令的改編，使這個故事又得以在舞臺上演出。《金鎖記》是明傳奇對元雜劇改本中較有影響的篇目，也是被認爲較成功的作品。但作爲舞臺劇而言，《金鎖記》一方面改編了元雜劇《竇娥冤》的唱腔體系及結構方式，一方面也進行了從形象到情節、結局乃至主題的修改。《金鎖記》與《竇娥冤》產生的時代文化有較大差異，通過比較可以發現《竇娥冤》和《金鎖記》帶有不同時代的文化特徵，從中可以找到游牧文化在《竇娥冤》中的影響。

〔註 1〕關漢卿，大都人。約生於13世紀初，卒於元成宗大德元年（1297）之後，太醫院户（一説尹）。關漢卿係元代前期雜劇界領袖人物，不僅從事創作，而且有時粉墨登場，與雜劇女藝人珠簾秀等均有交往。著有雜劇60多種，現存18種，今存套曲十多套，小令約四十首。

〔註 2〕關於《金鎖記》的作者，有人認爲是葉憲祖，有人認爲是袁于令，有不同説法。李復波曾在《袁于令生平及其作品》（《文史》第二十七輯）考證出確係袁的早年作品，但可能是在葉本的基礎上改寫。本書依此説。

第一節　《竇娥冤》的故事源頭及流變

很多元雜劇作品都是取材於中國文學及歷史的舊有題材，關漢卿的《竇娥冤》也不例外。在《竇娥冤》第四折中竇天章說道：「昔日漢朝有一孝婦守寡，其姑自縊身死，其姑女告孝婦殺姑，東海太守將孝婦斬了。只爲一婦含冤，致令三年不雨。後于公治獄，彷佛見孝婦抱卷哭於廳前，于公將文卷改正，親祭孝婦之墓，天乃大雨。」〔註3〕說明作者是知道東海孝婦之事的，而與東海孝婦相似的古代女子還大有人在。

東海孝婦的故事最早源於西漢劉向的《說苑・貴德》〔註4〕，東漢班固的《漢書・于定國傳》中的記錄大至與此相同。此外在南朝范曄的《後漢書・循吏列傳・孟嘗傳》中，記錄了孟嘗同于公相似的經歷。東晉干寶在《搜神記・東海孝婦》中的記錄是關於東海孝婦最完整的故事：

> 漢時，東海孝婦，養姑甚謹。姑曰：「婦養我勤苦。我已老，何惜餘年，久累年少！」遂自縊死。其女告官云：「婦殺我母。」官收繫之，拷掠毒治。孝婦不堪苦楚，自誣服之。時于公爲獄吏，曰：「此婦養姑十餘年，以孝聞徹，必不殺也。」太守不聽。于公爭不得理，抱其獄詞，哭於府而去。自後郡中枯旱，三年不雨。後太守至，于公曰：「孝婦不當死，前太守枉殺之，咎當在此。」太守即時身祭孝婦冢，因表其墓，天立雨，歲大熟。長老傳云：「孝婦名周青。青將死，車載十丈竹竿，以懸五幡，立誓於眾曰：『青若有罪，願殺，血

〔註3〕關漢卿《竇娥冤》，《全元戲曲》（第一卷），人民文學出版社，1990年10月版，第207頁。

〔註4〕《說苑・貴德》中記載：「丞相西平侯于定國者，東海下邳人也，其父曰于公，爲縣獄吏決曹掾；決獄平法，未嘗有所冤，郡中離文法者，于公所決，皆不敢隱情，東海郡中爲于公生立祠，命曰于公祠。東海有孝婦，無子，少寡，養其姑甚謹，其姑欲嫁之，終不肯。其姑告鄰之人曰：『孝婦養我甚謹，我哀其無子，守寡日久，我老，累於壯奈何！』其後，母自經死，母女告吏曰：『孝婦殺我母。』吏捕孝婦，孝婦辭不殺姑，吏欲毒治，孝婦自誣服，具獄以上府。于公以爲，養姑十年之孝聞，此不殺姑也。太守不聽，數爭不通得，於是于公辭疾去吏，太守竟殺孝婦。郡中枯旱三年，後太守至，卜求其故，于公曰：『孝婦不當死，前太守強殺之，咎當在此。』於是殺牛祭孝婦冢，太守以下自至焉，天立大雨，歲豐熟，郡中以此益敬重于公。于公築治廬舍，謂匠人曰：『爲我高門，我治獄未嘗有所冤，我後世必有封者，令容高蓋駟馬車。』及子封爲西平侯。」（劉向：《說苑》，天津古籍出版社，1988年5月版，第149頁。）

當順下；青若枉死，血當逆流。』既行刑已，其血青黃，緣幡竹而上標，又緣幡而下云。」〔註 5〕

此外在南朝王韶之的《孝子傳》中也記錄了周青行孝蒙冤的故事：

本月刑青於市，青謂監殺者曰：『乞樹長竿繫白幡，青若殺翁姑，血入泉；不殺，血上天。』既斬，血乃緣幡竿上天。〔註 6〕

可以看出，《竇娥冤》與《搜神記》中的「東海孝婦」有比較密切的聯繫。

由於文獻的缺乏，《竇娥冤》的作者關漢卿的生卒年月至今也沒有定論。有說是出生於金末，先人仕於金，通常認爲他出生於 1230 年前後。從他的作品內容來看，關漢卿的主要戲曲創作活動是在元代前期進行的。因爲關漢卿的散曲作品中有《大德歌》十首，元成宗大德是在 1297～1307 之間。《竇娥冤》的題目和正名是「秉鑒肅政廉訪史，感天動地竇娥冤」，元世祖二十八年（1291 年）提刑案察司改爲肅政廉訪司，因此《竇娥冤》應當作於 1291 年之後，屬關漢卿晚年的作品。

袁于令（1592～1674），是明末清初戲曲作家，原名晉，後改名于令，字令昭、韞玉，號凫公、籜庵、白賓、幔亭仙史、幔亭歌峰者、吉衣道人等，江蘇吳縣人。明末應歲貢，入國子監讀書。清兵入關後降清，任工虞衡司主事、營繕司員外郎等職，曾爲蘇州士紳代寫降表進呈，因此升任荊州知府。清順治十年（1653）因得罪上司遭罷官，仕清不足十年。晚年僑居會稽（今浙江紹興）。有資料證明《金鎖記》是袁于令青年時代的作品。〔註 7〕袁于令一生交遊甚廣，曾從葉憲祖學曲，與馮夢龍、祁彪佳、沈自晉、卓人月、吳偉業、洪昇、李玉等戲曲家交往甚密。《劍嘯閣傳奇》著錄其傳奇有九種，今存《西樓記》與《鷫鸘裘》兩種，《金鎖記》未著錄其中，其雜劇《雙鶯傳》今亦存。《金鎖記》及《西樓記》在崑曲中有摺子戲流傳。

關漢卿通過改造和加工歷史素材，將東海孝婦的故事搬上舞臺，從此元雜劇《竇娥冤》誕生，使竇娥這樣一個普通勞動婦女成爲不朽的舞臺形象。通過葉憲祖和袁于令的改編，使含冤九泉千餘年的東海孝婦有了幸福的人生結局，這對於善良的觀眾來說是莫大的慰藉。而且由於二人的改編，使竇娥

〔註 5〕干寶：《搜神記》，中華書局，1979 年 9 月版，第 139 頁。

〔註 6〕《太平御覽》（卷 415，人事部 56），中華書局，1960 年 2 月影印，第 1914 頁。

〔註 7〕袁園客增訂《南音三籟》是經由他的伯父袁于令審閱，其中收有《金鎖記》「私奠」整齣套曲，注明「擇庵家伯少年之作」。引自《金鎖記》前言，中華書局，2000 年 11 月版。

這一形象又重新活躍在戲劇舞臺。

第二節　《竇娥冤》與《金鎖記》的情節差異

《竇娥冤》四折一楔子，是標準的雜劇結構模式。在短小的篇幅中，作者獨具匠心地展開矛盾衝突比較集中的幾個場景。開篇是楔子，介紹書生竇天章因爲借貸，將七歲的女兒竇娥抵給蔡家做童養媳，並因此得到蔡婆的資助，進京赴考。第一折，十三年後，竇娥已經守寡，蔡婆依然以放貸爲生計，蔡婆去賽盧醫處討債，賽盧醫欲勒死蔡婆以了賬，幸被張驢兒父子衝見溜走，蔡婆才得以全命。但張驢兒又以雙雙招贅他們父子爲條件，否則照樣勒死蔡婆。無奈蔡婆只得將他們帶到家裏，但遭到了竇娥的堅決反對。蔡婆於是讓張驢兒父子留在蔡家等待時機。第二折，蔡婆因受到驚嚇病倒，想喝羊肚湯，在遞湯時，張驢兒將毒藥放進碗裏，蔡婆噁心不想喝，張驢兒的父親喝了湯，結果被毒死。張驢兒想以此要挾竇娥與之成親，勸其私了。竇娥自知無罪，決意不從。張驢兒因此告到官府，楚州太守桃杌沒有詳察案情，對竇娥酷刑逼供，見竇娥不認罪，又要對蔡婆用刑。竇娥怕年老的婆婆受苦，便招認了毒死公公的罪名，結果被處以斬刑。第三折，行刑時，竇娥呼天搶地鳴冤叫屈，但太守並沒有理會，最後竇娥發下三樁誓願：六月飛雪、血灑白練、三年大旱。前兩樁誓願當場應驗，但竇娥還是被斬了。第四折，楚州果然大旱三年，這時竇天章因爲官清正，被任命爲兩淮提刑肅正廉訪使，隨處審囚刷卷，體察濫官污吏。來到了楚州，翻閱卷宗時遇到了竇娥的案子，本想迴避，但竇娥的靈魂出來向竇天章伸冤，竇天章重審此案，竇娥的冤魂也對簿公堂。眞相大白之後，張驢兒被淩遲處死，賽盧醫被充軍，前任太守桃杌與該房吏典，各杖一百，永不敘用。最後又在竇娥靈魂的懇求下，竇天章收養了蔡婆。

《金鎖記》共三十三齣，在情節上與《竇娥冤》有很大差異：第一，竇天章欠蔡家的債是早年蔡本端借給他的，而非高利貸，蔡婆也不曾催逼索要。第二，竇天章將女兒嫁給蔡家是因爲蔡婆是守節之人，蔡昌宗（蔡婆之子，竇娥的丈夫。）是讀書之子。第三，竇娥嫁到蔡家的當天，還未與蔡昌宗見面，蔡就溺水「身亡」。第四，蔡婆借給賽盧醫的錢是幫其解決官司的，而不是高利貸。因生活困窘蔡婆去討舊債時，賽盧醫卻欲將其害死，碰巧張驢兒母子路過，衝走了賽盧醫，蔡婆出於感激，將他們母子請到家裏。第五，在蔡婆沒有許親的情況下，張驢兒欲對竇娥非禮，遭到拒絕後，又用竇娥失落的金鎖換來毒藥，本想毒死蔡婆，結果卻毒死了自己的母親。第六，張驢兒見竇娥還不順從，便將其告到官府。竇娥忍受不了酷刑，想要招認，但蔡婆告訴她：「寧可杖下亡，勝似刀頭死。」但爲了不讓婆婆受酷刑，竇娥招認了罪名，被判了斬刑。第七，竇娥的節孝行爲感動了上帝，行刑時，派神仙降雪，爲其鳴冤。行刑官見六月飛雪，認爲必有冤情，取消了斬刑，將竇娥關押候審。第八，三年之後，竇天章官居肅政廉訪史，巡案至此，竇娥母親的靈魂向他講述了竇娥的冤屈，並提示他尋找破案線索——金鎖。竇天章重審此案，眞相大白，父女團聚。第九，蔡昌宗當年溺水後，與龍宮三公主馮小娥完結了三年的情緣，直赴科場，並狀元及第，榮歸途中，龍宮公主安排他的船與竇天章的船相撞發生口角，因此夫妻相認、母子相逢，一家團圓。

《金鎖記》的情節更爲複雜，角色也增加了許多。原本在《竇娥冤》中無關緊要的蔡昌宗成爲故事結局由悲劇轉爲喜劇的關鍵環節，與此相關的又增加了龍女、諸神以及竇娥母親的靈魂等。經過《金鎖記》的改寫，使竇娥的故事從人物到主題都發生了變化，而透過這些變化，可以看出《竇娥冤》與《金鎖記》的文化差異，在這些差異中則體現了元明兩代的社會文化差異，也反映了元代北方游牧文化對《竇娥冤》的影響。

第三節　《竇娥冤》和《金鎖記》主題之比較

《金鎖記》直接取材於《竇娥冤》。《金鎖記》最大的改動是結局的改變，即由悲劇到喜劇的變化。如此巨大的改動，直接影響到作品的主題。

一、《竇娥冤》與《金鎖記》的主題差異

《竇娥冤》中竇娥的冤案最後雖然得到了昭雪，惡人張驢兒、賽廬醫也得到了懲罰，但竇娥這個善良女子無辜被斬，其悲劇色彩依然是作品的主流。《金鎖記》中儘管竇娥也經過了種種不幸，但她不僅沒有被斬，反而最終獲得了幸福的結局，應該說《金鎖記》是一部悲喜劇。結局的改變使兩部戲劇的主題也發生了變化。

《竇娥冤》中造成竇娥悲劇命運的原因主要有四點：

其一，封建家長專制和買賣婚姻制度

竇娥年僅七歲就被賣到蔡家做童養媳，蔡家的兒子又是個先天不足，他

十七歲與竇娥成婚，二年後便害弱症死了，因而竇娥還不到二十歲就守了寡。蔡婆的兒子從小就應該身體不好，家長專制使竇娥沒有機會成年之後選擇理想的丈夫，竇娥嫁到蔡家也完全是出於抵債的原因。竇天章自己也說：「這個那裡是做媳婦，分明是賣與他一般。」〔註 8〕指出了買賣婚姻的性質。而正是這種家長包辦的買賣婚姻制度，使竇娥遭遇了年輕守寡的不幸。

其二，高利貸盤剝之禍

竇娥人生的兩大不幸都是由高利貸引起的，首先是高利貸逼她進蔡家做童養媳，導致她年輕守寡。在竇娥七歲的時候，父親竇天章上年借蔡婆二十兩銀子，今年到期該還本息四十兩，他無錢還債，無奈只得將女兒抵債，並額外得到蔡婆的十兩銀子支助，上朝取應。其次是高利貸引來了竇娥的殺身之禍。竇娥到蔡家十三年後，已經守寡，蔡婆還在做高利貸生意，在她去賽盧醫家討債時，險遭暗算，被張驢兒父子救下，但以此爲導火索，讓竇娥背上了「毒死公公」的罪名，並被屈斬。雖然不是高利貸奪走了她的生命，但是這兩筆高利貸生意讓她失去了享有幸福人生的機會。

其三，無賴橫行

蔡婆討債雖然被張驢兒父子救下，但這對父子以勒死相要挾，強行讓蔡婆招贅他們父子。蔡婆無奈只好將他們帶回家。遭到竇娥的強烈反對後，張驢兒並不死心，反而想出更歹毒的計謀，欲毒死蔡婆使竇娥就範。結果毒死了自己的父親，張驢兒非但沒有就此罷手，反而更加無賴地提出「私休」的要求。竇娥不從，因此被告到官府。

其四，官吏昏庸導致竇娥無辜被斬

主事的官吏是一個「給告狀人下跪、把告狀人當做衣食父母」的昏官，在沒有詳推事實的情況下，濫用酷刑，見竇娥不屈服，便要對蔡婆用刑，竇娥不忍婆婆受苦，屈招了罪名。在臨刑前，竇娥呼天喚地，訴說自己遭遇的不公，並最後發下了三樁誓願。在六月暑天出現了「飛雪鳴冤」時，主事官也無動於衷，最後將竇娥屈斬。

竇娥原本是一個心地善良的普通女子，本應該享有幸福的人生，但她卻遭遇了少年被賣，年輕守寡、最終蒙冤被斬等一系列的人生不幸。她一再地受到壓迫和剝削，她對不幸的命運表現出強烈的反抗，但最終還是被黑暗的

〔註 8〕關漢卿《竇娥冤》,《全元戲曲》(第一卷)，人民文學出版社，1990 年 10 月版，第 182 頁。

封建社會所吞沒。買賣婚姻、家長專制、高利貸盤剝、無賴橫行、昏官主事等等，都是站在竇娥對立面並造成她不幸的重要因素。她的不幸一方面能喚起觀眾對她的同情，另一方面也會喚起觀眾對黑暗社會的關注和思考，作品具有非常深刻的批判現實意義。因此《竇娥冤》主題可以概括爲：通過竇娥的不幸遭遇，對黑暗的社會制度則予以了深刻的揭露和鞭撻。

《金鎖記》是由悲轉喜的結局，給竇娥帶來喜劇結局的原因主要有三個：

其一，竇娥的節孝行爲

竇娥在出嫁的當天，還未見過面的丈夫就「溺水而死」。竇娥守寡後，一心守節，不肯改嫁，並盡心伺候婆婆。她斷然拒絕張驢兒的糾纏，當張驢兒投毒陷害時，爲了不讓年老的婆婆受刑，她屈招了罪名，因此被判了斬刑。但在行刑的關鍵時刻，「上帝嘉其節孝，閔其無辜」，〔註 9〕降雪鳴冤，阻止了監斬官行刑。竇娥的節孝行爲，挽救了自己的生命。

其二，官吏們良知尚存

行刑時，監斬官見六月飛雪，認爲必有奇冤，於是將竇娥帶回收監。官吏的良知使竇娥免於一死。對官吏的這一改寫使作品的關注點發生了轉移，從而使主題也發生了變化。

其三，門當戶對的婚姻使她獲得幸福的結局

當年竇天章爲竇娥選中的這門親事是竇娥獲得幸福的關鍵所在。而這門親事最大的好處是蔡昌宗是個讀書之子，蔡婆是守節之人。雖然前面經歷了種種不幸，但最後蔡昌宗狀元得中，竇娥也當上了狀元妻，夫貴妻榮，應該說這是封建社會最美滿的婚姻了。前兩者保住了她的生命，後者使她享有了幸福的人生。

歷經「喪夫」、蒙冤、酷刑等種種不幸之後，最終父女重聚、夫妻團圓。這樣就使《金鎖記》的主題轉換爲：通過竇娥歷盡艱辛，守節守孝，最終獲得幸福團圓，表彰了至貞至孝的美德。從對封建統治的黑暗揭露轉移到對節孝行爲的表彰，使《金鎖記》和《竇娥冤》的價值取向和社會功能產生了差異。

二、《金鎖記》與《竇娥冤》價值取向和社會功能比較

「東海孝婦」侍奉婆婆不肯改嫁，但婆婆不忍拖累兒媳，自經而死，但

〔註 9〕袁于令著，李復波點校：《金鎖記》，中華書局，2000 年 11 月版，第 47 頁。

卻使孝婦被冤斬。天感奇冤，大旱三年。《東海孝婦》原本是宣揚孝婦「以孝感天」的故事，對孝婦以孝侍奉婆婆以及婆婆對孝婦的體諒都給予了褒揚。總體上看，《竇娥冤》已經掙脫了《東海孝婦》的窠臼，成爲一部揭露和控訴封建黑暗統治的宣言書。在《金鎖記》中，則又回歸到節孝的主題，以竇娥的節孝感動上蒼，最後免於一死，並最終得到了幸福美滿的婚姻。竇娥的人生由悲劇變爲喜劇不是由故事的原型所能左右的，東海孝婦的故事在漢代被記載下來之後，在中國的文學史上沉睡了千餘年。當元雜劇興起，關漢卿的一部《竇娥冤》讓這個故事成爲極有震撼力和轟動效果的舞臺劇，並且樹立了竇娥這樣一個不朽的舞臺形象。

從根本上講，《東海孝婦》這個故事的主題本身並不很複雜，元雜劇《竇娥冤》中重點突出了竇娥所受的壓迫以及她不屈的反抗。《金鎖記》的主要差別在於發掘人物身上的傳統美德，對原作《竇娥冤》中偏離傳統禮教的言行進行了適當的改造，使人物形象更符合儒家文化的人格追求和審美理想。

首先，在竇娥的形象處理上，突出了她的「節」與「孝」

《金鎖記》中，竇娥嫁到蔡家做童養媳時只有十三歲，她與丈夫蔡昌宗還未曾謀面，丈夫就溺水「身亡」。她小小年紀居然能說出「我生是蔡家人，死是蔡家鬼」這樣的豪言壯語，並表明守節之志：「願居孀，終身守節，青史姓名香，」〔註 10〕這種青史留名的思想不應該是一個十三歲孩子的思想，這裡表現的是作者的價值觀念。大概從漢代劉向的《烈女傳》開始，對婦女的節烈行爲就記入史冊了。在《烈女傳・貞順傳》中記錄了一個與《金鎖記》中竇娥的身世極爲相似的衛宣夫人的故事：

> 夫人者，齊侯之女也。嫁於衛，至城門而衛君死。保母曰：「可以還矣。」女不聽，遂入，持三年之喪，畢，弟立，請曰：「衛小國也，不容二庖，願請同庖。」夫人曰：「唯夫婦同庖。」終不聽。衛君使人訴於齊兄弟，齊兄弟皆欲與後君，使人告女，女終不聽……
>
> 頌曰：齊女嫁衛，厥至城門，公薨不返，遂入三年，後君欲同，女終不渾，作詩譏刺，卒守死君。〔註 11〕

此後歷代見於史傳的「烈女」、「節婦」不勝枚舉。正因爲有儒家禮教的積極提倡，所以才會有竇娥「青史留名」的想法。

〔註 10〕袁于令著，李復波點校：《金鎖記》，中華書局，2000 年 11 月版，第 20 頁。
〔註 11〕張濤：《烈女傳譯注》，山東大學出版社，1990 年 8 月版，第 135 頁。

在《金鎖記》「私奠」一齣中，還安排竇娥在無人時偷偷地祭奠未曾見面的丈夫：

> 孤星早照，矢志存節孝。可奈婆婆已老，悲無限敢聲高。奴家丈夫，適遭水厄，心中豈不痛傷？只爲未曾婚配，從無半面，不好放聲啼哭，恐外人譏誚。今日幸喜婆婆睡熟後房，奴家到廚下，整治一碗涼漿水飯，到廂房中祭奠一番，以盡夫婦之情。〔註12〕

蔡婆聽到後，一方面覺得淒涼，另一方面又感到高興：「喜得你事姑如母，守夫不二，甘此寂寥。」〔註13〕一個十三歲的少女，應該還是個孩子。從竇天章告知要把她嫁到蔡家開始，到守寡也不過幾天的時間，丈夫對她來講還是個陌生人。很顯然作者在這裡誇大了竇娥的悲傷，以突出她從一而終的守節思想。竇娥的節操還體現在對張驢兒的反抗上。她罵張驢兒：「心歪意歹眞禽獸！」表白自己：「張驢兒，你不要認差了人。我把堅貞守，我把堅貞守，休差頭，還不疾走。……寧可斷我頭，決難喪吾守。」〔註14〕張驢兒投毒栽贓，要挾竇娥，竇娥道：「奸謀暗藏，怎奈奴身，潔似冰霜。」〔註15〕反覆強調自己的貞節。

《竇娥冤》中竇娥對守寡的態度卻頗不相同，她很眞誠地表白了守寡生活的淒苦：

> 滿腹閒愁，數年禁受，天知否？天若是知我情由，怕不待和天瘦。則問那黃昏白晝，兩般兒忘餐廢寢幾時休，大都來昨宵夢裏，和著這今日心頭。催人淚的是錦爛熳花枝橫繡闥，斷人腸的是剔團圞月色掛妝樓。長則是急煎煎按不住意中焦，悶沉沉展不徹眉尖皺，越覺的情懷冗冗，心緒悠悠。似這等憂愁，不知幾時是了也呵！

這段唱詞傾訴了年輕守寡的淒涼與不幸，沒有甘當節婦的那種榮耀。她雖然也反抗張驢兒的糾纏，但並不能完全說明這就是出於「守節」的觀念，因爲張驢兒是一個品德極壞的無賴，無法與竇娥善良的品德相提並論。因而在貞節觀念上，《金鎖記》表現得非常突出，將竇娥這個形象塑造成一個堅貞守節的典型。

〔註12〕袁于令著，李復波點校：《金鎖記》，中華書局，2000年11月版，第21頁。
〔註13〕袁于令著，李復波點校：《金鎖記》，中華書局，2000年11月版，第22頁。
〔註14〕袁于令著，李復波點校：《金鎖記》，中華書局，2000年11月版，第31頁。
〔註15〕袁于令著，李復波點校：《金鎖記》，中華書局，2000年11月版，第38頁。

《東海孝婦》原本就是一個表彰婦女孝行的筆記小說，在《竇娥冤》中繼承了這一主題，而《金鎖記》中則更加突出了這一主題。

《竇娥冤》中竇娥的孝行主要表現在婆婆身上。她在嚴刑拷打面前沒有屈服，但一聽說要拷打年邁的婆婆，她馬上招認了罪名。她知道一但認罪，不僅要被處死，而且還要永久地背上殺人的罪名。儘管此前竇娥對婆婆的許婚行爲不滿，但她甘願犧牲自己的生命和名譽，以使年老的婆婆不受皮肉之苦。後來她的靈魂懇求父親收養孤苦無依的婆婆，此處竇娥的孝行遠遠超過了東海孝婦的孝道。竇娥的孝也可以歸於她的善良本心，正如母進炎先生所言：「竇娥屈招藥死公公，在很大程度上出於孝的原因，但也包含著憐憫老人之情以及篤信爲善得好報的宗教性動機。關漢卿還對孝的境界進行了美的昇華，如劇的最後寫竇娥要求父親收養蔡婆，代她盡養生送死之禮，這和愚孝有本質的區別，已經昇華到社會美德的境界。因爲對於竇天章來說，沒有贍養蔡婆的義務。」〔註 16〕

竇娥孝敬婆婆的行爲與傳統意義上的「事姑如母」、「順者爲孝」是有區別的。因爲在《竇娥冤》中還有幾處表現出竇娥對婆婆的反抗和指責。當她聽說蔡婆答應招贅張老頭，馬上就說「這個怕不中麼？……」當得知婆婆把自己也許給了張驢兒時，她斷然拒絕：「婆婆，你要招你自招，我並不要女婿。」〔註 17〕竇娥表現出來的不是順從，而是反抗。不僅如此，竇娥還對蔡婆的一些行爲進行了批評。當蔡婆欲招張老頭爲「接腳」時，竇娥道：

> 俺家裏又不是沒有飯吃，沒有衣穿，又不是少欠錢債，被人催逼不過，況你年紀高大，六十外的人，怎生又招丈夫那？梳著個雪霜般白鬏髻，怎將這雲霞般錦帕兜？怪不的女大不中留，你如今六旬左右，可不道到中年萬事休，舊恩愛一筆勾，新夫妻兩意投，枉教人笑破口。〔註 18〕
>
> ……
>
> 婆婆也，你豈不知羞！俺公公撞府衝州，掙揣的銅斗兒家緣百

〔註 16〕母進炎《接受·揚棄·創造——〈竇娥冤〉與〈金鎖記〉戲曲藝術經驗傳承比較研究》《貴洲師範大學學報》2002 年第 6 期，第 72 頁。

〔註 17〕關漢卿《竇娥冤》，《全元戲曲》（第一卷），人民文學出版社，1990 年 10 月版，第 187 頁。

〔註 18〕關漢卿《竇娥冤》，《全元戲曲》（第一卷），人民文學出版社，1990 年 10 月版，第 187 頁。

事有，想著俺公公置就，怎忍教張驢兒情受？〔註19〕

當聽到張老頭與蔡婆謙讓喝羊肚湯時，竇娥生氣地唱道：

> 一個道你請吃，一個道婆先吃，這言語聽也難聽，我可是氣也不氣！想他家與咱家，有甚的親和戚？怎不記舊日夫妻情意，也曾有百縱千隨？婆婆也，你莫不爲「黃金浮世寶，白髮故人稀」，因此上把舊恩情，全不比新知契？則待要百年同墓穴，那裡肯千里送寒衣。〔註20〕

以上這些指責和頂撞都是有失尊敬的。在封建禮教中，兒媳要順從，不能與婆婆爭論是非曲直。〔註21〕竇娥的這些頂撞之詞是不符合封建「孝道」的。么書儀先生在《元人雜劇與元代社會》中指出：「她（竇娥）始終沒有對婆婆的昏庸行爲表示過『服從』『順從』和原諒。實際上，竇娥的形象，不是以她的『孝順』打動讀者或觀眾，卻是以她的善良、隱忍、責任心和犧牲精神昭示於人。」〔註22〕在《金鎖記》中對竇娥對婆婆的頂撞和指責都進行了刪改，突出了竇娥身上封建孝道。

由於《金鎖記》中把張驢兒的父親改成了母親，因而蔡婆許親的情節也就沒有了，這樣竇娥對婆婆的嚴厲批評自然也就不存在了，竇娥的言詞也因此溫和了許多。竇娥事姑不敬的嫌疑也被解除了，同時又增加了竇娥對蔡婆體貼關懷的情節。在「私奠」中，竇娥祭奠未見過面的丈夫時，被蔡婆聽到後引起一陣悲傷，竇娥於是想到：「婆婆是年老之人，他若悲傷，當以勸慰。我不合反將悲怨挑，那些個愛彼年高。婆婆，你須住哭停號。若還因我倍添焦，這的是奴家罪了；」〔註23〕當蔡婆因驚嚇生病，竇娥不僅殷勤服侍，而且到祠堂前禱告：「但願減克奴年，添作婆壽。望先靈保祐，保祐他旦夕病瘳，康寧勝如舊；」〔註24〕竇娥被定了罪名，蔡婆去探監，竇娥道：「我罹此極刑，

〔註19〕關漢卿《竇娥冤》，《全元戲曲》（第一卷），人民文學出版社，1990年10月版，第188頁。

〔註20〕關漢卿《竇娥冤》，《全元戲曲》（第一卷），人民文學出版社，1990年10月版，第193頁。

〔註21〕張福清編注：《中國傳統訓誨勸誡輯要 女誡——婦女的枷鎖》：「姑云不爾而是，因宜從令；姑士爾而非，猶且順命。勿得違戾是非，爭分曲直。」前引書，第3頁。

〔註22〕么書儀：《元人雜劇與元代社會》，北京大學出版社，1997年6月版，第117頁。

〔註23〕袁于令著，李復波點校：《金鎖記》，中華書局，2000年11月版，第22頁。

〔註24〕袁于令著，李復波點校：《金鎖記》，中華書局，2000年11月版，第30頁。

定因往業，阿呀，婆婆嗄，只苦你老去無依，見茲慘烈」；〔註25〕在行刑前，又對蔡婆說：「渺渺冥途我佔先，不能個伴你衰年。霎時間身首不全，伊休見，恐見了倍熬煎。你是個老年人加餐強笑方爲善，休得想後思前。」〔註26〕此處的竇娥處處都在爲婆婆的生活著想，對待婆婆像對待親生母親一樣，充分顯露出竇娥的「事姑如母」。

竇娥的孝還表現在對父親竇天章的態度上。在《竇娥冤》中，由於竇娥離開父親時年紀尚幼，竇天章將她送到蔡家時，她哭訴到：「爹爹，你直下的撇了我孩兒去也！」〔註27〕飽含著對父親無情拋棄的批評。十六年後竇天章回來時，竇娥已經被斬三年了。面對父親的不理不採，她的冤魂直呼道：「你個竇天章直恁的威風大，且受你孩兒竇娥這一拜。」〔註28〕在中原的傳統文化習俗中，是忌諱晚輩對尊長直呼其名的。這是對長輩的不敬，是無禮的表現。《竇娥冤》沒有交待端雲改稱竇娥的原因，而在《金鎖記》中，則是蔡婆讓她避諱公公的名字（本端）而改的。最後竇娥的冤魂還要求父親收留蔡婆：「爹爹，俺婆婆年紀高大，無人侍養，你可收恤家中，替你孩兒盡養生送死之禮，我便九泉之下，可也瞑目。」竇天章肯定她說：「好孝順的兒也。」〔註29〕在《金鎖記》中，竇娥離開父親時已經十三歲，已經很懂事了。她得知爹爹要將自己送到蔡家做童養媳時，說道：「爹爹，你衰年又無人相依。」〔註30〕竇天章即將登程，竇娥又叮囑：「……獨自向長途，早夜風霜可愼諸。未知何日到京畿？家書，早寄回來，免我憂虞。」〔註31〕表達了對父親的關心和惦念。在行刑前，還叮囑婆婆：「爹爹嗄，他（竇天章）定要尋兒見，恐聞言驚顫，且莫便與他言。」〔註32〕自己的生命都快結束了，還在擔心父親會因失去女兒而悲傷。在案情眞相大白之後，要去見父親時，

〔註25〕袁于令著，李復波點校：《金鎖記》，中華書局，2000年11月版，第46頁。
〔註26〕袁于令著，李復波點校：《金鎖記》，中華書局，2000年11月版，第51頁。
〔註27〕關漢卿《竇娥冤》，《全元戲曲》（第一卷），人民文學出版社，1990年10月版，第183頁。
〔註28〕關漢卿《竇娥冤》，《全元戲曲》（第一卷），人民文學出版社，1990年10月版，第204頁。
〔註29〕關漢卿《竇娥冤》，《全元戲曲》（第一卷），人民文學出版社，1990年10月版，第210頁。
〔註30〕袁于令著，李復波點校：《金鎖記》，中華書局，2000年11月版，第7頁。
〔註31〕袁于令著，李復波點校：《金鎖記》，中華書局，2000年11月版，第13頁。
〔註32〕袁于令著，李復波點校：《金鎖記》，中華書局，2000年11月版，第51頁。

竇娥還擔心「我破衣衫愁面目，恐他一見添悲楚。」〔註33〕同樣是不盡職的父親，在《金鎖記》中卻得到了竇娥格外的敬孝。對婆婆和父親的孝道，顯示了竇娥孝順的品格，也突出了作品的主題。

其次，爲了配合竇娥的變化，蔡婆的形象也向慈母節婦轉變

按照儒家傳統的道德標準來觀察，《竇娥冤》中的蔡婆有很多缺陷：放高利貸、索債逼親、許婚張驢兒父子等。這些行爲缺乏儒家傳統的敦厚仁義之美，這與竇娥的自我犧牲構成了不和諧關係。在《金鎖記》中對蔡婆這一人物也進行了改造。首先蔡婆的兩筆債務的性質發生了變化，這兩筆債是蔡婆丈夫生前出於好心助人而借出的，沒有了高利貸性質，蔡婆也沒有向竇家索要。而是竇天章要去應舉，家中無人。把竇娥嫁到蔡家是因爲「蔡婆是守節之人」，「鎖兒（蔡昌宗）是讀書之子」。同樣，蔡婆去賽盧醫處討債也不是債務到期該還，而是「家中無錢使用，……到賽盧醫家討些舊債」。〔註34〕賽盧醫欲勒死蔡婆，也不是因爲她數次逼債，而是因爲她講出了賽盧醫當年醫死人命這件事。如此一改，蔡婆的行爲非但不是放貸謀利，反而成了救人貧難、助人爲樂的高尚行爲。其次，將張驢兒的父親換成了母親，蔡婆的許婚情節也就自然不存在了，並且也沒有勸竇娥嫁給張驢兒。請張驢兒母子到家，是出於蔡婆的知恩圖報。第三，蔡婆身上又增加了慈母節婦的特徵：她含辛茹苦將兒子養大，並教導他讀書做人。當蔡昌宗溺水之後，蔡婆關心竇娥將來的生活：「你年紀幼小，如花蕊未開，況與我兒，未曾一面，何忍誤你終身。待你父親回來，別尋配偶。我向庵院修行，或作街坊乞丐，大家顧不得了。」〔註35〕竇娥表示「我生是蔡家人，死是蔡家鬼，決無他志的口虐　。願居孀，終身守節，青史姓名香。」〔註36〕蔡婆聽後說道：「好，難得你這般貞烈，我此後更加愛敬你了。」〔註 37〕蔡婆偷聽到竇娥對蔡昌宗的祭奠之後，進一步確認了竇娥的守節之心，悲喜交加地唱道：「喜得你事姑如母，守夫不二，甘此寂寥。」〔註 38〕先是同情竇娥少年守寡勸她改嫁，竇娥表白了自己的守節之志後，又成就了她的貞節操守。蔡婆在《竇娥冤》中曾將竇娥許給張驢兒，

〔註33〕袁于令著，李復波點校：《金鎖記》，中華書局，2000年11月版，第61頁。
〔註34〕袁于令著，李復波點校：《金鎖記》，中華書局，2000年11月版，第23頁。
〔註35〕袁于令著，李復波點校：《金鎖記》，中華書局，2000年11月版，第20頁。
〔註36〕袁于令著，李復波點校：《金鎖記》，中華書局，2000年11月版，第20頁。
〔註37〕袁于令著，李復波點校：《金鎖記》，中華書局，2000年11月版，第20頁。
〔註38〕袁于令著，李復波點校：《金鎖記》，中華書局，2000年11月版，第22頁。

並兩次勸她屈從，在《金鎖記》中則對竇娥的守節行為大加讚賞，從蔡婆的這些變化可以看出明傳奇在傳統禮教上向儒家傳統的回歸。

改寫之後的蔡婆具有了儒家思想中所提倡的婦女的傳統美德。她心地善良，恪守婦道，勤儉持家，教子有方，知恩圖報。她的艱辛體現了傳統婦女堅貞、頑強的美德。她的行為樹立了賢良母親的典範，同時也為竇娥的自我犧牲行為找到了依據。讓她最終享有幸福是對這種行為的褒獎和鼓勵，是對婦女傳統美德的倡導。可以說蔡婆的形象改變為大團圓的結局做了鋪墊工作。

在《金鎖記》中，竇娥和蔡婆的節孝行為相得益彰，並且與主題保持了一致。竇娥原有的反抗精神被減弱，強化了她的「節」與「孝」，並且在最終取得幸福的過程中，發揮了絕定性的作用，即上帝嘉其節孝而改變了她的屈死命運。無論竇娥的結局是悲劇還是喜劇，都會引起觀眾的思考。竇娥的悲劇會引起人們對社會黑暗的關注；竇娥的喜劇結局會讓人們敬重她的節孝品格。「節」和「孝」的觀念在《金鎖記》中得到了不同程度的強化，從而使作品在價值取向上，向儒家傳統的「貞節」、「孝道」更加靠近。這是作家個人價值觀的體現，同時也是時代精神的弘揚。

在《竇娥冤》這個悲劇中，作者譴責了黑暗的封建社會制度；而在《金鎖記》這個喜劇中，作者重點表彰了節孝行為。同是一個題材，作者對作品所寄託的思想發生了明顯的變化，這些變化也可以反映出元雜劇和明傳奇的社會功能的差異。

從戲劇的社會功能來看，《竇娥冤》的舞臺效果比較強烈，劇中激烈的矛盾衝突給觀眾以震撼，使觀眾在對竇娥的不幸寄予同情的同時，內心也會產生強烈的愛憎和不平，尤其是第三折對竇娥行刑的場面，很容易引起群情激奮。《金鎖記》先是用淒婉的筆調刻畫了竇娥的貞節和善良，當她經歷了一次次的不幸之後，最終獲得了幸福的人生，這會引導觀眾從中能領悟到婦女節孝的重要性，從而在娛樂的同時接受了美德教育。

元明兩代戲劇的社會功能總體上是有差別的。元代的戲劇主要是以大眾娛樂的方式興盛起來的，作家和觀眾也以平民居多，因而它的民間性比較突出。官方對雜劇創作和演出的限制也很少，元雜劇的社會功能主要體現在大眾娛樂方面，因而元雜劇作品通常較注重戲劇的舞臺效果。王利器先生的《元明清三代禁燬小說戲曲史料》是中國古代戲曲焚毀材料的集大成者，其中所載關於元代戲曲的禁令極為稀少，僅有的幾條也只是對戲曲的演出地點、演出成員構成的限制，其根本原因應當是防犯借戲曲演出之機聚眾鬧事，而對戲曲的內容卻很少加以限制。只是到了元代後期，在伯顏做丞相時，提出了禁演戲曲的建議，下令禁止演出雜劇等。據《家田餘話》載：「後至元丙子（1336年），丞相伯顏禁戲文雜劇評話等項。」〔註39〕明代開國之初，朝廷對戲劇的管理就開始加強，加上中原傳統的對教育教化的重視，戲劇的教化功能提升。明代在洪武六年二月朱元璋曾下詔：「禮部申禁教坊司及天下樂人，毋得以古先聖帝明王、忠臣義士為優戲，違者罪之。先是，胡元之俗，往往以先聖賢衣冠為伶人笑侮之飾，以侑燕樂，甚為瀆慢，故命禁之。」〔註40〕後來這一聖旨被寫進了《大明律》，而且又將內容增補為：「凡樂人搬做雜劇戲文，不許妝扮歷代帝王、后妃、忠臣、烈士、先聖、先賢、神像，違者，杖一百。官民之家，容令妝扮者，與同罪；其神仙、道扮及義夫、節婦、孝子、順孫、勸人為善者，不在禁限。」〔註41〕「忠臣、義士、孝子、順孫、義夫、節婦」都是當時積極倡導的舞臺形象，這也正是儒家傳統觀念的人格追求。所謂的「胡元之俗，往往以先聖賢衣冠為伶人笑侮之飾，以侑燕樂，甚為瀆慢，故命禁之」。恰恰說明元雜劇不拘禮法的娛樂功能，因而在明代對這樣的表演予以禁止。在明代的戲曲中，也多次提到戲曲的「諷動」作用，比如在邱濬《伍倫全備記》就寫道：

> 書會誰將雜劇編，南腔北曲兩皆全。若於倫理無關緊，縱是新奇不足傳。……近世以來，做成南北戲文，用人搬演，雖非古禮，然人人觀看，皆能通曉，尤易感動人心，使人手舞足蹈，亦不自覺。但他作的多是淫詞豔曲，專說風情閨怨，非惟不足以感化人心，倒反被他敗壞了風俗。……近日小子新編出這場戲文，叫做《伍倫全備》，發乎性情，生乎義理，蓋因人所易曉者，以感動之。搬演出來，使世上為子的看了便孝，為臣的看了便忠，為弟的看了敬其兄，為兄的看了友其弟，為夫婦的看了相和順，為朋友的看了相敬信，為繼母的看了不管前子，為徒弟的看了必念其師，妻妾看了不相嫉妒，

〔註39〕王利器：《元明清三代禁燬小說戲曲史料》，上海古籍出版社，1981年2月版，第10頁。

〔註40〕《明太祖實錄》（卷79），臺灣中央研究院歷史語言研究所，1950年影印，第2頁，總1440頁。

〔註41〕懷效鋒點校：《大明律》（卷26，刑律九），遼瀋書社，1990年8月版，第202頁。

奴婢看了不相忌害，善者可以感發人之善心，惡者可以懲創人之逸志，勸化世人，使他有則改之，無則加勉。自古以來，轉音都沒這個樣子，雖是一場假託之言，實萬世綱常之理，其於齣齣教人，不無小補云。〔註42〕

當然，《伍倫全備記》的創作意圖很明顯是爲了迎合封建人倫教化。在明代有很多評論家對其都提出了批評，但這段開場詞充分闡述了戲曲的教化功能。在中國的傳統文化中歷來對「諷」、「諫」之法十分重視。在先秦時期，曾經有過「鄒忌諷齊王納諫」的故事，在西漢時期《毛詩序》在解釋《詩經．國風》的時候說：「風者，風（諷）也，風（諷）以動之，教以化之。」〔註43〕雖然不是對國風的正確理解，但卻體現了儒家經學者在文學中的訴求。在戲曲形成之前的俳優表演中，也多有這種諷喻性的故事，勸化當權者或世人。元雜劇中也存有勸世的功能，比如元雜劇的倫理道德劇，就是在元代禮教鬆弛的情況下，志士仁人出於社會責任呼喚傳統道德的回歸，但元雜劇更重視娛樂作用。元雜劇作家多數是書會才人，正如王國維所言：「元劇之作者，其人均非有名位學問也；其作劇也，非有藏之名山，傳之其人之意也。彼以意興之所至爲之，以自娛娛人。思想之卑陋，所不諱也。」劇作家的身份和地位使他們在創作時，不被功名所累，也不被禮教所拘，創作的主要目的是爲了舞臺表演。明代朝廷對戲曲演出內容的限制，封禁了不符合封建禮法的戲劇內容，但也鼓勵了符合封建傳統道德標準並對皇權統治有益的內容。明傳奇作家多數是文人士大夫，甚至皇族的成員也加入到戲劇創作的行列，如朱權、朱有燉等。他們的身份地位不僅比元雜劇的作家地位高，而且比中國古代小說家的地位也要高得多。他們大多數處於統治階級的中上層，他們的利益和審美與封建統治階級是一致的。戲曲創作是他們展示才華和宣揚思想的重要工具，而不完全是謀生的手段。明傳奇除了用於舞臺演出之外，案頭閱讀也是一個重要的欣賞方式，因此明傳奇漸漸又成爲文人手頭把玩的文學。一些作品的大眾娛樂性不很突出，有的語言過分奧深甚至無法在舞臺上傳演。因此，明傳奇在宣揚封建倫理道德和表現儒家傳統審美上，表現得比元雜劇更加突出。《金鎖記》對《竇娥冤》的改編，證實了明代儒家傳統禮教的回歸，從對人物的處理及主題的轉移都可以證明明傳奇教化功能的加強。

〔註42〕《古本戲曲叢刊》（初集），上海商務印書館1954影印。

〔註43〕唐．孔穎達：《毛詩正義》，上海古籍出版社，1990年12月版，第15頁。

三、對《竇娥冤》主題的再認識

首先，《竇娥冤》不僅僅是對元代統治的揭露和批判，它所指向的是黑暗的封建社會。關於《竇娥冤》悲劇的認識通常被理解爲對元代社會黑暗統治的批判，這是大家都認可的。但僅僅把它當作是對元代社會的批判是不夠的。《竇娥冤》所反抗和批判的應該是整個封建社會，竇娥悲劇的發生是對整個封建制度的揭露，而不僅僅是漢代或元代的黑暗統治。故事的源頭本來是在漢代，這種社會黑暗並不是元代的專利。封建社會是一個君權至上的社會，在皇權的周圍是各級官吏，他們共同構建了以皇帝爲核心的統治階級，而勞動人民則成爲社會的底層，他們是社會財富的創造者，但他們卻要被無償拿走他們勞動成果的人所統治。同時官吏的監察不力與執法不公使殘酷的封建法律成爲草菅人命的屠刀。在中國古代史上，有一個特殊的司法習慣，即每遇到災年、異常天象，如水災、旱災、地震，日蝕、彗星出現等，皇帝往往要大赦天下，即把已經判了罪的人赦免。這個習慣就是來自於天道思想，「古人認爲災異不是自生的自然現象，而是神靈對於人類行爲不悅的反應。政事不修是致災的原因，而政事中刑獄殺人最爲不祥，其中不免有冤枉不平之獄，其怨毒之氣可以上達雲霄激起神的忿怒」。〔註 44〕自然災害被看作是神靈在警示人間可能有冤情，封建皇帝爲鞏固統治、安撫人心，於是大赦天下。李白的那首著名的《朝發白帝城》就記錄了他被流放夜郎的途中，遇到大赦而得以赦免的喜悅。封建社會的階級壓迫性質是一樣的，沒有哪一個朝代沒有壓迫。《竇娥冤》的三樁誓願也恰好是借用這種觀念，在人間尋求不到公正的時候，質問天地不主持公道，使作品的主題具有了更廣闊深刻的批判意義。

相比較而言，《金鎖記》的喜劇結局雖然給觀眾以慰藉，但竇娥獲得幸福的途徑缺乏現實基礎。作者對現實弊病採取了迴避的態度，用神仙道化的手法，調和並掩蓋了社會矛盾，因而竇娥的幸福如同是精神安慰劑，麻痹人們對現實的警惕性。學者對此也曾做出過評價，金乃俊先生曾說：「作者把一齣具有深刻社會意義的悲劇改成一齣不合實際的大喜劇，片面強化了鬼神的形象，以神的意志來決定劇中人物的命運，這反映了改編者不敢面對現實的創作態度。」〔註 45〕王衛民先生也曾說道：「《金鎖記》卻把它改成落套的悲喜劇，讓竇娥得到夫妻榮貴和父女團圓。這種弄巧成拙的改編，既削弱了對封

〔註 44〕瞿同祖：《中國法律與中國社會》，上海書店，1989 年 10 月版，第 201 頁。
〔註 45〕金乃俊：《論〈竇娥冤〉改編中的幾個問題》，《戲曲研究》第 21 輯，第 86 頁。

建專制的血淚控訴，又降低了藝術感染力。應該說這是戲曲創作上的一種倒退。」〔註 46〕這些評論都對《金鎖記》迴避社會矛盾的做法予以了批評。但必須指出，《金鎖記》同《竇娥冤》的這些差異不是由作家的寫作技巧造成的，而是由時代文化差異造成的。

其次，《竇娥冤》之所以在元雜劇中能得以展現，並不是因爲元代社會比其他時代更加黑暗，而是因爲元代社會給雜劇作家們提供了自由的創作空間，這樣才敢於創作揭露社會陰暗面的作品。

竇娥的冤案本來發生在漢代，在漢代的強權統治下，卻是眞正的「百姓有口難言」。因爲漢代的法律是異常嚴酷的，漢代曾經有一條罪狀叫「腹誹罪」，也就是內心的「不法」思想活動也要被定罪。司農大臣嚴異因爲與別人談論政令時，只是動了一下嘴唇，便被人以「見令不便，不入言而腹誹」參奏漢武帝，而這個開明的漢武帝便讓嚴異身首異處了。與元代鄰近的宋代也常常以做詩「諷謗朝廷」、「吟詠抗戰」等爲藉口，對朝臣們也進行革職查辦，一代文豪蘇軾就曾因「烏臺詩案」被貶黃州，從而人生走向低谷；明朝時期封禁過《水滸傳》、《西廂記》。清代也出現過戴名世的「南山」事件等等。和其他朝代相比，元代的禁書行爲和文字獄案件是比較少的，其原因應歸於元代統治的寬鬆。明太祖朱元璋曾評價說：「元氏以戎狄入主中國，大抵多用夷法，典章疏闊，上下無等。」〔註 47〕朱元璋站在國家統治的角度，批評了元代政治的「疏闊」。元代的「疏闊」是游牧民族的生產方式造成的。疏散的社會組織結構使游牧民族不可能產生完整的統治思想，入主中原之後的確會造成很多管理上的空白，這種空白意外地給文人創作提供了自由的空間。元代孔齊《至正直記》中記載宋遺民梁棟曾做詩云：「大君上天寶劍化，小龍入海明珠沈。……安得長松撐日月，華陽世界收層陰。」結果被仇家誣告，說他「訕謗朝廷，有思宋之心」，最後禮部裁決說：「詩人吟詠情性，不可誣以謗訕，倘使是謗訕，亦非堂堂天朝所不能容者。」〔註 48〕孔齊是儒家傳統文化的維護者，他還收集了梁棟的其他幾句詩，並且肯定了梁棟的「悲宋」之心。在該書中，明確表示了對色目人及上層統治者的不滿，因而這條記錄的眞實

〔註 46〕王衛民：《〈竇娥冤〉與歷代改本之比較》，《華中理工大學學報》（哲社版），1994 年第 3 期，第 95 頁。

〔註 47〕《明太祖實錄》（卷 176），臺灣中央研究院歷史語言研究所，1950 年影印，第 1 頁，總 2665 頁。

〔註 48〕孔齊：《至正直記》，上海古籍出版社，1987 年 4 月版，第 64 頁。

性應該是可信的。梁棟的詩所表達的意思的確很朦朧，製造一樁文字獄是完全有可能的。但由於元代統治者對意識形態的統治觀念很淡泊，因而不覺得幾句詩會對朝廷構成什麼威脅。在游牧文化傳統中，沒有強烈的意識形態統治觀念，這給文人創作提供了寬鬆的環境。《竇娥冤》能夠把「東海孝婦」加工成抨擊社會黑暗的現實主義作品，與元代文化環境的寬鬆有很大的關係。

《竇娥冤》和《金鎖記》都是時代生活的反映，它們都帶有時代文化的特徵。從《竇娥冤》發展到《金鎖記》，價值取向和主題思想都發生了改變，這些改變折射出了元明兩個時代文化的變遷。

首先，《金鎖記》作者以儒家傳統文化的視角審視《竇娥冤》，在改寫過程中，按照封建道德標準對人物進行了改造，使人物更符合當時的社會生活和價值取向。這種改造突出了竇娥的節孝行爲，並因此感動上蒼而挽救了生命；蔡婆也變成了慈母節婦，並且樂於助人。最終讓符合時代審美理想的竇娥和蔡婆都獲得了幸福的結局，使作品具有一定宣揚封建禮教的作用。

其次，在主題的更改上，體現了時代的精神追求。《竇娥冤》中竇娥敢於直面社會矛盾，大膽批判黑暗的社會現實，這是元代寬鬆的文化環境爲作家提供了抨擊時弊的自由和勇氣。相反在明傳奇《金鎖記》中，作家對黑暗現實的揭露和批判力度下降，作品用調和、轉嫁社會矛盾的辦法，爲竇娥找到了生存和獲得幸福的出路，但這條出路在現實中又是不可行的，所以作者用「浪漫主義」的手法，滿足了人們追求美好生活的願望，但這個結局卻帶有一定的欺騙性。

但必須看到，從元雜劇到明傳奇是戲劇史上的進步，從《竇娥冤》到《金鎖記》也是一個藝術形式走向完善的過程。無論在人物關係的合理性上、情節發展的邏輯上，還是在主題思想的豐富性上，《金鎖記》都大大地前進了一步。在中國的傳統接受心理上，人們往往喜歡看到美滿的結局，而這種美滿的結局使人們對生活充滿希望和勇氣。《金鎖記》在這一點上，更能撫慰大眾的善良心理。對故事結局的改寫，也正體現了元明兩個時代觀眾在接受心理上的不同。

第五章　其他作品比較

第一節　《青衫淚》與《青衫記》之比較

《青衫淚》全稱《江州司馬青衫淚》，是元雜劇作家馬致遠〔註 1〕的代表作品之一。《青衫淚》取材於唐代詩人白居易的長篇敘事詩《琵琶行》。以原作爲引線，又敷衍出很多情節，使之成爲一部悲歡離合的愛情喜劇。《青衫記》是明代傳奇作家顧大典〔註 2〕根據《青衫淚》改寫的傳奇劇本。

《青衫淚》共四折，主要情節如下：第一折：白居易與賈浪仙、孟浩然在公廨中悶倦，便來到官妓裴興奴家玩賞，白居易有心留下，席間賈孟二人稱醉，執意要同走，於是只得說改日再來。楔子：唐憲宗因文臣中多尚浮華，

〔註 1〕馬致遠（約 1250～1321 至 1324 間），元代戲曲作家，號東籬，一說字千里。大都（今北京）人。曾任江浙行省務官（一作江浙省務提舉）。又曾加入過「書會」，並與書會才人合編過雜劇。生平未詳，著有雜劇 15 種，今存有：《破幽夢孤雁漢宮秋》、《江州司馬青衫淚》、《西華山陳摶高臥》、《呂洞賓三醉岳陽樓》、《馬丹陽三度任風子》、《半夜雷轟薦福碑》6 種，以及和李時中、紅字李二、花李郎合寫的《邯鄲道省悟黃粱夢》一種（馬著第一折），明代呂天成、清代張大復還說馬致遠作過南戲《蘇武持節北海牧羊記》等。馬致遠還作有散曲，現存 120 多首。

〔註 2〕顧大典（1541～1596），明代戲曲作家，字道行，又字衡宇。江蘇吳江人。明穆宗隆慶二年（1568）進士，歷官南京刑部、兵部主事，山東、福建按察副使、提督學政。顧氏爲吳江派重要作家，家有諧賞園、清音閣，蓄家樂，自教之戲曲爲樂。著有《清音閣集》、《園居集》等。戲曲有《清音閣傳奇》四種：《青衫記》、《葛衣記》、《義乳記》、《風教編》。前兩種今存。其所撰戲曲，由家樂演出，間亦攜至蘇州爲友人演出。

以詩酒相勝，不肯盡心守職，因白居易、劉禹錫、柳宗元等尤以做詩做文，誤卻政事，將白居易貶爲江州司馬。白居易與裴興奴已來往半年，感情甚篤，得知要外任，白居易來與裴興奴道別，臨別二人盟誓守志不移。第二折：裴興奴在白居易走後拒不接客，茶商劉一郎聽說裴興奴才色出眾，懷重金來訪，裴母貪錢與茶客定計，稱白居易已死，讓興奴放棄等白居易的念頭。興奴聞知白居易的「死訊」，異常悲痛，但被裴母逼迫不過，祭奠白居易之後，隨茶客上船。第三折，白居易來到江州一年之後，聽說好友元稹來至江州，在船上設酒宴招待元稹。裴興奴嫁給茶客已有半年光景，這一日也隨船來到江州，茶客去朋友處吃請，興奴知道這裡就是江州，心情鬱悶，於是拿出琵琶彈奏，白居易聽出是裴興奴的指撥，邀出相見，興奴與白居易相見，說明原委，二人百感交集，白作《琵琶行》。茶客醉酒歸來，興奴待其睡熟，隨白居易逃走。茶客找新婦告到州衙。第四折，元稹歸京，奏請白居易無罪遠謫，當召回。憲宗召回，白居易謝恩，並奏請興奴之事，請皇上發落茶客劉一郎。皇上讓裴興奴出面述說始末，判白居易與裴興奴重歸舊好，並讓裴母和茶客得到懲處。

《青衫記》共三十齣，用青衫作爲線索串起故事。白居易進京趕考，帶上青衫，告別了家中的侍妾小蠻和樊素，白居易與元稹雙雙考中「同進士出身」，遊街後與劉禹錫一同訪裴興奴，席間白居易不慎將酒打翻，興奴欲當掉金釵換酒，白居易阻止，並脫下青衫讓人當了換酒，興奴酒醉，白居易也稱醉留宿裴家，二人互相表達了愛慕之情。朱克融叛亂，朝廷出兵不利，白居易諫議，觸怒皇上，被貶江州司馬。裴興奴贖回青衫，以期白居易歸來，永結同好。興奴遇亂攜青衫避難，碰巧來到了白家，被小蠻和樊素好心收留，當興奴得知這便是白居易家，將青衫交還，並說明事情原委，二人非但不妒，反而認作一家人。白居易與裴興奴辭行不遇，很是傷感。茶客劉一郎聽說裴興奴很出眾，便來訪，興奴拒不陪侍。白居易上任後派人迎蠻素，蠻素邀請興奴同去，興奴欲往，被鴇母阻擋。興奴被鴇母賣給了茶客，只得隨行，但不讓茶客近前，並立下誓死守節之志。蠻素來到江州，將青衫交與白居易，白居易派人請興奴，知已嫁茶客。元稹來江州看望劉禹錫、白居易，江中賞月宴飲。興奴隨茶客的船也來到江州，茶客與朋友飲酒去了，興奴知道是江州，想起白居易，便取出琵琶訴懷。白居易聽出是興奴的指撥，請出來相見。茶客酒醉溺水身亡。二人終於團聚，蠻素知趣避讓。皇帝醒悟，白居易被召回京城，官復原職。

從內容上看，二者的文化差異主要體現在以下幾個方面：

一、從戲劇中白居易被貶的原因看元代文人心態

白居易是歷史上實有的人物。馬致遠抓住《琵琶行》中的關鍵情節，將白居易被貶與裴興奴之間的悲歡離合緊密結合起來。正史記載白居易被貶江州司馬經過是這樣的：

> （元和）十年七月，盜殺宰相武元衡，居易首上疏論其冤，急請捕賊以雪國恥。宰相以宮官非諫職，不當先諫官言事。會有素惡居易者，掎摭居易，言浮華無行，其母因看花墮井而死，而居易作《賞花》及《新井》詩，甚傷名教，不宜置彼周行。執政方惡其言事，奏貶爲江表刺史。詔出，中書舍人王涯上疏論之，言居易所犯狀跡，不宜治郡，追詔授江州司馬。〔註3〕

宰相武元衡力主削藩，結果得罪割據勢力，被平盧節度使李師道派人暗殺了。白居易主張討賊，因而以「越職奏事」被參。另外指責白居易「言浮華無行」，是針對他說大話而沒有付諸行動；「做詩不孝」只是處分白居易的藉口，眞正的原因是割據勢力對白居易的詔害。

在《青衫淚》中，沒有完全依照史實。皇上不滿「文臣中多尙浮華，各以詩酒相勝，不肯盡心守職。其中白居易、劉禹錫、柳宗元等，尤以做詩做文，誤卻政事，若不加以譴責，則士風日瀉矣。」〔註4〕於是白居易便被貶爲江州司馬。白居易回去對裴興奴說道：「目今主上圖治心切，不尙浮藻，將某左遷江州司馬。」裴興奴也表示出不滿：「人說白侍郎吟詩吃酒誤了政事，前人也有這等的。只那長安市李謫仙，他向酒裏臥酒裏眠，尙古自得貴妃捧硯，常走馬在五鳳樓前，偏教他江州迭配三千里。可不道『吏部文章二百年』，甚些的納士招賢。」〔註5〕指出歷來文才都是受到皇上重視的，白居易也不算過

〔註3〕劉昫：《舊唐書・列傳116》，中華書局，1975年5月版，第4344頁。

〔註4〕馬致遠：《青衫淚》，《全元戲曲》（第二卷），人民文學出版社，1999年11月版，第134頁。

〔註5〕馬致遠：《青衫淚》，《全元戲曲》（第二卷），人民文學出版社，1999年11月版，第137頁。「吏部文章二百年」是出自歐陽修詩《寄荊公》：「翰林風月三千首，吏部文章二百年。」吏部是指南朝時的謝朓，他曾在宋明帝時任吏部尚書郎，擅長五言詩，是歐陽修用謝朓來比喻王安石的詩才。在雜劇中，則是用來說明自古以來，做官的都需要有幾分詩才，白居易做詩也並不過分，不應該被貶職。

分，這樣處置他，朝廷怎麼樣吸引人才？

事實上貶謫白居易不像是唐朝皇上的做法，更像是元朝皇上之所爲。把「做詩做文」說成是浮華，這完全是元代統治者的視角，因爲元代的皇帝不諳熟漢文詩詞，他不太會欣賞，因而也去不提倡。在《通制條格》中記載：

> 皇慶二年（1313）十月，中書省奏：爲科舉的上頭前的日奏呵，開讀詔書行者，麼道聖旨有來，俺與翰林院官人每一同商量立定檢目來聽讀過。又奏爲立科舉的俺文卷裏照呵，世祖皇帝、裕宗皇帝幾遍教行的聖旨有來，成宗皇帝、武宗皇帝時分貢舉的法度也交行來，上位根底合明白題說。如今不說呵，後頭言語的人有去也。學秀才的經學詞賦是兩等，經學的是說修身齊家治國平天下的勾當，詞賦的是吟詩課賦作文字的勾當。自隋唐以來，取人專尚詞賦，人都習學的浮華了。罷去詞賦的言語，前賢也多曾說來。爲這上頭。翰林院、集賢院、禮部先擬德行明經爲本，不用詞賦來。俺如今將律賦省，題詩、小義等都不用，止存留詔誥章表，專立德行明經科。明經內四書五經，以程子、朱晦庵注解爲主，是格物致知修己治人之學。這般取人呵，國家後頭得人材去也。〔註6〕

這是用蒙語語法、漢語詞彙撰寫的元代行政文書，記錄的是元代恢復科舉的過程。其中「隋唐以來，取人專尚詩賦」的確是一個事實，元朝皇帝所說的「浮華」即指「吟詩課賦」，在科舉考試中取消了這方面的能力測試。這自然有蒙古皇帝對漢語詩賦無法欣賞的原因，在蒙古皇帝的眼中，經學是能夠修、齊、治、平的，而詩賦是「文字」的勾當，會讓人變得浮華。

馬致遠的生平事蹟不詳，但通常認爲他應該是 1324 年以前在世。他親歷了元代恢復科舉的過程，但把文人一向所自恃清高的詩才說成是浮華，顯然會帶來懷才不遇的失落。《青衫淚》的這個情節，應當與這段歷史有關。科舉取士自隋代產生以來，在唐宋都得到了進一步完善。漢化程度較高的女眞族傚仿中原，也推行科舉取士制度。可以說科舉不僅是一種得到公認的選拔人才方式，而且在某種程度上，也是中原地區完美人格和治世能力的體現。科舉在幾百年間已經成爲讀書人的仕宦橋梁，也是中原文人改變自己命運並參與國家管理的重要途徑。但到了元代卻發生了變化，蒙古族信服武力而輕視文治，其對儒家的治國理念、方法和作用的不理解，導致對文臣和科

〔註6〕黃時鑒點校：《通制條格》，浙江古籍出版社，1986 年 3 月版，第 69 頁。

舉的漠視。唐代的科舉考試要考查士子在詩賦、史傳和議論幾個方面的才能，因而通常唐代的文人要在這幾個方面都有一定的造詣。〔註 7〕在後代的科考中，詩賦都是一項重要的考試內容。但元代的蒙古族統治者由於語言上的障礙，不能完全欣賞漢文詩詞作品，文人以往引以爲自豪的詩才，如今卻得不到統治者的賞識。在《青衫淚》中把白居易被貶的原因歸於皇帝不喜歡浮華的詩詞，這也充分展現了元代文人的心裏積怨。在這一點上，作品雖然不符合歷史眞實，但卻與生活眞實相吻合，這也正體現了文學作品創作中的藝術眞實。

在《青衫記》中，白居易被貶的原因發生了變化，朱克融反叛朝廷，朝廷因無人可用，派宦官吐突承璀領兵出征，大敗而歸。叛軍進軍長安，百姓紛紛逃難。白居易在上朝的時候建議皇上要賞罰分明，並要合理調兵，結果觸怒皇上，因而被貶。《青衫記》是在《青衫淚》的基礎上進行創作的，從對戲劇中白居易被貶原因的修改上，可以看出元代文化的特徵。

二、借蠻素之賢宣揚封建婦德

在雜劇《青衫淚》中，沒有表現蠻素的情節，只是在最後裴興奴要見皇上時，猜測皇帝的意圖，「他教我與樊素齊肩，受小蠻節制，聖機難察。」〔註8〕僅此一處提到了蠻素，而且主要是牽掛皇上如何處置她與蠻素的關係。在《青衫記》中，作者用大量的筆墨，展現小蠻和樊素的性格及生活，不僅二人之間異常和睦，而且在裴興奴的問題上，二人絲毫沒有嫉妒之心。得知興奴與白居易的情意，蠻素都表現出親如一家的熱情：「原來是與我相公曾有情，便是一家了。一向有失關照，卻是多罪了。……正好與我並頭花做連理枝，你眞情我已知，想夫君也念伊。」〔註9〕並且打算相公來接時與興奴同去。得知鴇母要將她以千金高價賣給茶客，二人又要賣釵鈿爲興奴贖身，只是數額太大力不從心才作罷。蠻素南下江州時，興奴想與她們同去，二人欣然同意，但由於鴇母的阻攔沒有成行。最後在裴興奴與白居易團圓之後，她們還好心迴避，使他們二人單獨相處。裴興奴也曾擔心蠻素得知她與白居易交好後會

〔註 7〕陳寅恪：《陳寅恪史學論文選集》，上海古籍出版社，1992 年 7 月版。書中《元白詩箋證稿·長恨歌》中，論及了唐代科舉與「史才」、「詩筆」和「議論」的關係。

〔註 8〕馬致遠：《青衫淚》，《全元戲曲》（第二卷），人民文學出版社，1999 年 11 月版，第 152 頁。

〔註 9〕顧大典《青衫記》，《六十種曲》（第七卷），中華書局，1958 年版，第 36 頁。

產生嫉妒之心，但她也猜想「他未必生嫉妒」。〔註 10〕猜到蠻素應當有「不妒」的美德修養。果然「不妒」的美德在蠻素身上得到了充分的體現。「不妒」是一夫多妻制對妻妾關係的要求。在古代一夫多妻的環境中，妻妾關係難以協調是在所難免的。這種關係的複雜性不僅關係到婦女在家庭中的地位，同時也涉及到子嗣繼位和家產繼承問題，因此妻妾之爭往往是很多地位顯赫的男人都疲於應負的。爲了維護家庭的安寧，在儒家傳統禮教中，很早就將「不妒」納入到女德修養的範疇，如「七出」之一就是「嫉妒」。在歷史上，也有很多因婦女相互嫉妒而引發的家庭矛盾、宮廷鬥爭，有的甚至關係到國家的局勢、皇位的傳承。歷史上的鄭袖、驪姬、呂稚、武則天等等都是身居要位並與朝廷命運息息相關的妒婦，她們由於嫉妒而引發的宮廷鬥爭是後代帝王所盡力避免的，也是被社會極力批判的。在封建婦德修養中，要求妻妾之間「不妒」是非常有利於維護多妻家庭的和睦的。明清時代，傳統文化得到提升，而這種「不妒」的要求更加嚴酷。在一些文學作品中，甚至出現了大量的正妻主動爲丈夫納妾的情節。如《紅樓夢》中的邢夫人，雖然作品對邢夫人持否定態度，但她的行爲應該說是具有一定代表性的。

三、從裴興奴的地位變化看明代作家對女藝人的看法

裴興奴雖爲風塵女子，但在元雜劇和明傳奇中，表現出來的自主權和社會地位卻有很大差異。從自主權上講，元雜劇中她能夠和白居易平等地盟誓。得知白居易「死訊」後，雖有鴇母的催逼，但最終還是她自己決定隨茶客去了。而在明傳奇中，她想見蠻素把青衫的事情說清楚，連個自由的時機都很難找。白居易派家人接蠻素去江州時，她一心想同往，但鴇母的阻撓她又無法衝破，最後又在鴇母的逼迫下跟茶客走了，她能做到的只有以死捍衛自己的節操。可見鴇母對她有絕對的支配權。從地位上講，元雜劇中的裴興奴受到了皇上的接見，並且敢於在皇上的面前講清來龍去脈，並在滿朝文武之中穿行，找出白居易、賈浪仙和孟浩然。還批評白居易：「這白侍郎正是我生死的冤家，從頭認，都不差，可怎生裝聾作啞。」〔註 11〕一個樂妓通常只有當眾表演的機會，在朝廷這種嚴肅的環境中，是不太可能的。所以在明傳奇《青衫記》中，沒有皇上召見裴興奴的情節，白居易與茶客的紛爭因茶客溺水而

〔註 10〕顧大典《青衫記》，《六十種曲》（第七卷），中華書局，1958 年版，第 35 頁。

〔註 11〕馬致遠：《青衫淚》，《全元戲曲》（第二卷），人民文學出版社，1999 年 11 月版，第 155 頁。

化解。在中國古代，女藝人被稱爲倡優、娼妓或戲子，地位通常很低下。相比較而言，元代女藝人的社會地位是比較高的。元代夏庭芝的《青樓集》就是專門爲女藝人立傳的著作，書中不僅保留了元代女藝人的珍貴資料，而且對當時的女演員給予了很高的評價。元代與明代相比，女藝人的地位有很大差異，這個問題在扎拉嘎先生的《游牧文化影響下的中國文學在元代發生的歷史變遷》〔註 12〕一文中，有很充分的論證。無論從元代女藝人教坊的品級，還是人身自由來考察，元代女藝人的社會地位都高於明代。這也是元代戲劇繁榮的原因之一，而這一現象的背後則體現出游牧文化與農耕文化對婦女及女藝人態度的差異。在農耕文化體系中，男尊女卑思想根深蒂固，女藝人是以自身的技藝取悅男人、謀求生計的一個群體，她們往往集倡優和娼妓於一身，故而她們的身份是下賤的同義詞，這在農耕文化中早已形成了共識。但在游牧民族的生活中，男男女女都是歌手，他們都同樣熱情奔放，能歌善舞，加之游牧民族本身男尊女卑的觀念不重，因而對女藝人也很少欺視。元雜劇的興盛使人們在文化娛樂上對這一伎藝產生依賴，女藝人是快樂的使者，而不僅僅是取樂的玩偶。鑒於元代女藝人的特殊地位，裴興奴受到皇上的召見也不足爲奇。但明代在傳統文化提升的情況下，女藝人社會地位的下降，使作家認爲其受到皇上的召見不眞實，於是在《青衫記》中我們看不到這一情節。

四、茶客劉一郎的結局變化與理學思想

在白居易與裴興奴喜得重逢的過程中，茶客劉一郎是一個集敗事與成事於一身的人物。是他造成了二人的分離，但又是他使二人得以在江州重逢。但他的再一次出現使問題複雜化了。劉一郎花重金將裴興奴從鴇母處買來，他便合法地擁有了對裴興奴的所有權，所以白居易與裴興奴的重逢又蒙上了一層陰影。在解決這兩個問題時，元雜劇《青衫淚》與明傳奇的處理方式完全不同。《青衫淚》中，白居易與裴興奴重逢之後，劉一郎酒醉歸來，裴興奴將其安頓睡著後，與白居易逃走。白居易官復原職之後，奏請皇上裁決。依照法律，裴興奴仍歸本夫白居易，劉一郎誆騙人妾，被判「流竄遐方」，最終人財兩空。《青衫記》中，劉一郎酒醉歸來，不愼溺水身亡，與白居易爭妾的矛盾自然也就不存在了。

〔註 12〕扎拉嘎：《比較文學——文學平行本質的比較研究》，內蒙古教育出版社，2002 年 12 月版，第 316—321 頁。

元雜劇《青衫淚》是用現實主義的手法解決了矛盾紛爭。而明傳奇《青衫記》中則用巧合的辦法，使矛盾化有爲無。而這個過程中，有「天理」思想的痕跡。「天理」是宋明理學在儒學的基礎上提出來的，天理帶有自然之德或自然規律的含義。但宋明理學的「天理」所支持的善惡標準其實就是儒家傳統的倫理道德。茶客劉一郎的溺水也正是「惡有惡報」的結果，這是天理主持的公道。這一點類似於《金鎖記》中張驢兒遭雷霹的結局處理，天報比人報更能體現人們對懲惡揚善的主張。

元雜劇《青衫淚》是在元代社會現實的基礎上構想出來的，它與元代的歷史有諸多的吻合之處，也映射出了元代的思想文化特徵。《青衫記》同樣是虛構的歷史故事，但由於社會生活和思想文化的不同，使作品更多地體現了中原的傳統文化和思想。兩部作品雖然沒有眞實地再現歷史，但作者的虛構過程，實際上是再現了作者所處時代的社會生活。儘管作品與史實大相徑庭，不足爲信。但在其藝術的創作過程中，體現了文藝源於生活，高於生活的基本規律。

第二節　《伍員吹簫》、《疏者下船》與《二胥記》之比較

元雜劇《說鱄諸伍員吹簫》〔註 13〕（簡稱《伍員吹簫》）和《楚昭王疏者下船》〔註 14〕是兩部集中展現伍子胥復仇事件的戲劇作品。《二胥記》〔註 15〕是加工上述作品並吸收歷史素材而創作的明傳奇作品。伍子胥是歷史上實有

〔註 13〕《說鱄諸伍員吹簫》，作者鄭廷玉，元代戲曲作家，彰德（今河南安陽市）人。生卒年及生平事蹟均不詳。作有雜劇 23 種，今僅存 5 種：《看錢奴買冤家債主》、《包待制智勘後庭花》、《楚昭王疏者下船》、《布袋和尚忍字記》、《宋上皇御斷金鳳釵》。另有一種《崔府君斷冤家債主》，但一說爲無名氏作。

〔註 14〕《楚昭王疏者下船》，作者李壽卿，太原人，曾任將仕郎，後除縣丞。作有雜劇十種，今存《伍員吹簫》、《度柳翠》兩種。賈仲明爲其所作的《淩波仙》弔詞謂其「播閻浮，四百州，姓名香，贏得青樓」。說明他的劇作在當時廣爲流傳，到了青樓藝人們的尊敬。

〔註 15〕《二胥記》，作者孟稱舜（約 1600～1655 前後），明末清初戲曲作家，字子塞，又作子若，號臥雲子。浙江紹興人。仕途坎坷，屢試不第。崇禎二年（1629），與其兄稱堯同入復社。入清，順治六年（1649）舉爲貢生，任松陽訓導。作有雜劇、傳奇各 5 種，今存雜劇《桃花人面》、《英雄成敗》、《眼兒媚》，傳奇《嬌紅記》、《二胥記》、《貞文記》。

的人物，史傳資料也比較豐富，但三部作品與史傳均有出入。在元雜劇和明傳奇中，對伍子胥復仇滅楚及申包胥盡忠復楚這一歷史事件，從不同的角度和立場進行了敘述。

《伍員吹簫》，李壽卿撰，全劇四折一楔子。主要講述楚平王聽信費無忌的讒言，將伍奢的全家三百口屠害，楚太子芈建報信，伍子胥走脫。費無忌又派養由基追殺，養用無頭箭三射子胥，子胥知其有意放生。逃至鄭國，鄭國又不安全，又逃往吳國。路遇浣紗女饁飯，乞食並囑其勿外泄，浣紗女抱石沉江，以釋其疑。又遇原楚大夫閭丘亮，隱漁間，以身世相告，渡之，子胥又囑勿外泄，丘亮自刎以明其心。子胥逃至吳國，淹留十八年，多次向吳王借兵，吳王藉故推脫。子胥流落街頭，在牛王廟賽社時吹簫乞食，遭打，被壯士鱄諸解圍，來至其家，鱄諸是孝子，母逝後，每惹是非，其妻代母教之。子胥壯其爲人，結爲兄弟，欲使鱄諸跟從並助其復仇。鱄諸妻田氏不允。子胥以絕交相要挾，鱄諸允諾，田氏見賢孝不能兩全，自刎身亡。吳王借兵十萬，伐楚，擒殺費無忌。平王已卒，掘墓鞭屍三百。子胥復仇，終養浣紗女之母，並應閭丘亮之子村廝兒之求，招降鄭國。

《楚昭王疏者下船》，鄭廷玉撰，共四折一楔子。寫吳王闔盧有三口寶劍，其中一口飛到了楚國，楚昭公不肯歸還，吳王問對策，伍子胥爲報父仇，力主伐楚。楚大夫申包胥與子胥係故交，當年子胥出逃，二人相遇，子胥誓必覆楚，包胥言其必復楚。包胥知吳兵銳不可當，往秦國求救，誡昭王堅守不出。昭王聽費無忌之言，與子胥交戰，費無忌被擒，郢陷楚亡。昭王攜妻兒與弟旋出逃，乘舟行至江心，風大浪高，舟小人多，艄公讓疏者下船，旋欲下船，昭王不允，昭王夫人說：「這兄弟同胞共乳，一體而分，妾身乃是別姓不親，理當下水，於是夫人先下船。風浪越大，艄公再讓一人下水，公子下水，霎時風平浪靜，兄弟渡江，分頭逃命。申包胥至秦，秦王不肯借兵，包胥倚牆而哭七晝夜，將郵亭哭倒，感動秦王，發兵救楚，伍子胥不忘舊交，成就包胥復楚之諾，班師回吳。包胥復楚，楚昭王歸郢，後芈旋也歸來（昭王夫人及公子得龍神搭救，也聞訊歸來，一家團圓〔註16〕）。

〔註16〕在《元刊雜劇三十種》中，沒有王后和王子被龍神搭救的情節，只寫到昭王又娶妻生子，並「近山村建所墳圍，蓋座賢妻碣，立個孝子碑，交後代人知」。爲溺水而死的妻兒建廟立碑，使之名傳千古。見寧希元校點：《元刊雜劇三十種新校》，蘭州大學出版社，1988年4月版。

《二胥記》共三十齣，明代孟稱舜撰。主要情節如下：楚平王無道，重用姦佞小人費無忌，費進讒，平王將伍奢、伍尚父子及全家三百口殺害，伍子胥出逃，楚下大夫申包胥與子胥爲至交，上書諫阻，被貶歸鄉里，與子胥相遇，子胥誓必亡楚，包胥誓必復楚。子胥逃到吳國，乞食市中，枕戈席上，感動吳王，授以行人之職，又任孫武爲軍師，以子胥爲帥，伯嚭爲先鋒，興兵伐楚。擒費無忌，昭王出逃雲夢，子胥掘平王之墓，鞭屍歷數其罪，將費無忌剜心祭父兄。楚昭王與王后、王子及胞弟同舟逃難到洞庭湖，船到湖心，風浪大作，船家讓疏者下船。王子主動下水，但風浪更大，再讓疏者下船，昭王云：「妻子乃衣服，壞時可補；兄弟乃手足，論手足斷時難再。這就裏親疏有辨。」讓王后下船，楚昭王與弟脫險。申包胥被解往郢都，被吳兵所阻，包胥返鄉，妻鍾離氏已被亂兵擄去，又聞楚國已亡。包胥請張阿公勸子胥收兵，張阿公責怪子胥復仇過甚，子胥仍不肯退兵。包胥到秦國求救，秦王不肯出兵，包胥痛哭秦庭七晝夜，感動秦王，命大將子滿帥兵救楚，吳國撤兵，包胥復楚，迎王返國，又到秦國相謝。楚王到湘皇廟上香，追薦妻兒，恰遇被龍神搭救的王后及寓居於此的鍾離氏，回宮團聚。

元雜劇《伍員吹簫》和《疏者下船》雖非出自一人之手，但內容上有互補性，是一部生動記述楚國興亡、伍子胥復仇的歷史劇。《二胥記》則用傳奇的形式將二劇內容合而爲一，在一部戲中完整地敘述了覆楚和復楚的過程。《二胥記》在再加工的過程中，將內容進行了增刪和改寫，在改寫過程中，也融注了作者的審美追求和時代的精神風貌。

一、從覆楚與復楚看忠與孝的關係

忠與孝是傳統儒家思想所積極倡導的兩種美德，在很多民族中也都有對這兩種品德的追求。自古就有「事君猶事父」的說法，但是當忠與孝發生衝突時，常常遭遇「忠孝不能兩全」的尷尬。從統治者的角度，往往強調君爲天之子，事君如事天，當以忠爲先；當站在骨肉親情的角度，則孝爲先。而儒家傳統上所倡導的「以義爲先」，捨小義，顧大義，也是鼓勵以忠爲首。

《伍員吹簫》是以伍子胥歷盡艱辛，爲父兄報仇的經歷爲主要內容，其核心主旨是宣揚子胥的「孝」。在敘述過程中，強調了伍奢與費無忌的忠奸對立。由於楚平王昏庸，聽信讒言，害死了伍奢一家。忠奸對立，自古有之，但昏君無道，使忠良無辜遭戮，常常使人恨之切膚。因而伍子胥將全家的死沒有僅僅歸罪於姦佞小人費無忌，而是將楚平王也作爲復仇的對象，於是他在復仇的時候不僅要清算費無忌，而且還要對楚平王掘墓，並鞭屍三百。顯然在忠與孝之間，伍子胥是以孝爲先。

《二胥記》中對伍子胥過激的復仇行爲和只孝不忠給予了批評，同時也肯定了申包胥的忠心。在第十六齣「悼亡」中申包胥說道：「伍胥覆楚非胥之能，天實怒楚故也，今報怨過甚，人之怒楚者，轉而憐之。伍胥雖能其能，違天乎！」〔註17〕指出伍子胥報仇過甚，有違天意。

作品通過張阿公之口，闡明了事君與事父的關係：

> 君雖無道，做臣子的怎可言怨，今元帥撻其父，逐其子，於理已悖，於事已畢，今可轉兵歸國，全其宗社，在元帥不失故君之義，在包胥得全復楚之志，君臣朋友，於道豈不兩全？……伍胥你意果欲滅楚才罷，獨不念伍家世世受誰人之爵，食誰人之祿，你的父親爲何人而死，你今日做出恁般事來，非惟無君，抑且無父，個好忍心人也……你道是有仇不報非男子，卻不道恩怨分明大丈夫，只記得冤仇，把恩義負，眞個是狠如蠍、凶似虎。……當時伍奢奉命召汝，汝私奔不往，臨行不聽親爺召，眞乃是不孝不忠伍子胥。〔註18〕

這段話可以分三個層次，第一，君無道臣，臣不可怨君，臣對君忠是無條件的；第二，父子同朝爲臣，子事君不忠，就等於對父不孝；第三，順者爲孝，父有命，子必聽，否則即是不孝。在第三條中，實際上是用孝的理念來攻擊子胥對父親的不順，進而否定子胥的孝。子胥原本就是爲盡孝而復仇滅楚，盡孝而不盡忠，同樣失去了孝的支撐，他也就不能立身爲人。在《孝經・開宗明義章》中寫道：「夫孝，始於事親，中於事君，終於立身。」〔註19〕否定了子胥的孝，就等於否定了他立身爲人的根本。

原本在《疏者下船》中包胥借兵歸來，子胥引兵而退，昭王道：「這兩個誰是誰非，眞乃是忠孝完備。」〔註20〕儘管伍子胥的孝對他來講就是不忠，但此時的昭王對雙方的忠和孝都給予了肯定。

〔註17〕孟稱舜：《二胥記》（下），《古本戲曲叢刊》（第三集），文學古籍刊行社，1957年影印，第7頁。
〔註18〕孟稱舜：《二胥記》（下），《古本戲曲叢刊》（第三集），文學古籍刊行社，1957年影印，第23頁。
〔註19〕劉浩主編：《老學堂——孝經》，延邊大學出版社，2001年6月版，第2頁。
〔註20〕鄭廷玉：《楚昭公疏者下船》，《全元戲曲》（第四卷），人民文學出版社，1999年2月版，第111頁。

值得注意的是：爲了配合對伍子胥的批評，《二胥記》中，對他的形象也作了改造。原本是踐諾而退的伍子胥，這裡變得蠻橫無理。如在第二十齣「復楚」中，包胥責怪子胥報仇過甚，子胥道：

你道俺甚了，以俺視之，尚還欠哩。……兄弟，你道俺報一人之仇，累千人之命，也事由無奈，料他們也怨不得我，如今楚王一家倒還完全如故，教俺怎生放得過他。〔註21〕

因此，申包胥說他是「倒行逆施」，天道定不相容。此外在《二胥記》中還表現了以子胥爲帥、伯嚭爲先鋒的吳軍搶掠姦淫，濫殺無辜的惡行，從而達到對伍子胥只孝不忠行爲的批判目的。

《二胥記》中，一方面通過申包胥的行爲表達了對「忠」的肯定。如在第十六齣中，申包胥懷著失去美妻的巨大痛苦，幾番乞食，狼狽不堪地來到秦國求救，在秦國又哭庭七日七夜，秦王感動地說道：「楚雖無道，有臣如此，可無存乎？」〔註22〕於是發兵攻吳復楚。應該說是包胥對楚國的忠誠挽救了楚國。在作者孟稱舜的《自序》中寫到：「爲子胥易，爲包胥難。」〔註23〕難而能爲之，足見作者對包胥的獨具匠心之筆。在謝秦時，秦王嘉其忠義，封其爲秦國左丞相，封關內侯，後又讓其並相秦楚二國；楚王也說：「寡人復國皆卿盡節效忠之功也。」〔註24〕兩國國君對申包胥的認可和嘉獎，實際也就是對忠君行爲的肯定。

另一方面，在人物對話中，也對忠與孝的關係進行了闡述。忠和孝在人倫關係上，也就是事君和事父的區別，孝本來是人之常情，與生俱來的。但儒家往往把忠和孝等同起來，認爲事君如事父，父讓子死，子不得不死，君讓臣亡，臣必得亡。在《漢書・蘇武傳》中記載李陵勸蘇武投降匈奴，蘇武說道：「臣事君，猶子事父也；子爲父死，亡所恨。」〔註25〕把君臣關係等同於父子關係，從而把忠君思想和「孝」的本性聯繫起來。《二胥記》中，申包

〔註21〕孟稱舜：《二胥記》（下），《古本戲曲叢刊》（第三集），文學古籍刊行社，1957年影印，第52頁。

〔註22〕孟稱舜：《二胥記》（下），《古本戲曲叢刊》（第三集），文學古籍刊行社，1957年影印，第41頁。

〔註23〕孟稱舜：《二胥記》（下），《古本戲曲叢刊》（第三集），文學古籍刊行社，1957年影印，前引書。

〔註24〕孟稱舜：《二胥記》（下），《古本戲曲叢刊》（第三集），文學古籍刊行社，1957年影印，第74頁。

〔註25〕班固：《漢書選・蘇武傳》，中華書局，1962年12月版，第168頁。

胥讓張阿公規勸伍子胥時說：「他則道是恩怨分明，君不義，臣不善，我不賢，卻不道父子君臣，恩同似天。」〔註26〕張阿公對伍子胥說：「自古君殺其臣，其君不必非仁君，父殺其子，其父不必非慈父，……君父之分，與天相等。雨露滋培，天不任德，雷霆震擊，天不任怨。」〔註27〕這一推理的最終結論是：「忠」即是「孝」，不忠就是不孝。故而，伍子胥的只孝不忠的行爲在《二胥記》中被否定了。

二、從龍神相救的原因看人倫觀念的差異

前面一個問題主要是在討論作品中「君臣」和「父子」的關係，這是五倫關係的兩個重要方面。在《疏者下船》和《二胥記》同樣也觸及到了另一對人倫關係的矛盾，即兄弟和妻子。楚昭王一家四口乘船逃難，行至江心，風大浪高，舟小而人多，艄工讓疏者下船。一個是昭王的親兄弟，一個是愛妻，一個是愛子，都是人間的至愛親情，這的確是一個艱難的選擇。兩個作品在昭王認定親疏上基本是相同的，即妻子是衣服，兄弟是手足。論衣服，壞時可補；論手足，斷時難再續。但在龍神搭救的原因卻是有區別的。

在《疏者下船》中，鬼力龍神在搭救時說道：

> 有楚昭王弟兄妻子四口兒，明日到此，駕著漁船一隻，過江逃難。明日正是四耗力醜之日，合起大風，眼見得都該淹死了的。吾神奉上帝敕令，但有下水者，救護上岸。〔註28〕

對落水人的搭救是沒有條件的。

但在《二胥記》中，這樣描述：洞庭湖龍君道：

> 上帝符命，今日午下，楚王經過湖心，須索作起風浪，試其善惡。……他得志住雲天，失勢走荒煙。……看浩浩無邊岸，堪憐。俺待渡迷人上蓮葉船。〔註29〕

待風平浪靜，昭王與弟平安上岸，這時艄公說道：

〔註26〕孟稱舜：《二胥記》（下），《古本戲曲叢刊》（第三集），文學古籍刊行社，1957年影印，第6頁。

〔註27〕孟稱舜：《二胥記》（下），《古本戲曲叢刊》（第三集），文學古籍刊行社，1957年影印，第21頁。

〔註28〕鄭廷玉：《楚昭公疏者下船》，《全元戲曲》（第四卷），人民文學出版社，1999年2月版，第101頁。

〔註29〕孟稱舜：《二胥記》（下），《古本戲曲叢刊》（第三集），文學古籍刊行社，1957年影印，第8頁。

> 古云「人有善念，天必祐之」，如今世上人那個不親妻子，疏兄弟的。客觀似你這等好心，老天定然相祐了。

龍神鬼力也道：

> 楚王捐捨妻兒，保全弟命，一點善念，感動天庭，上帝許之復國。只可惜太子祿命已盡，著小神牧養龍宮之內，王后陽壽未終，可送往湘皇廟，後日再與楚王相會者。〔註30〕

可以看出，在《疏者下船》中，讓疏者下船是一場磨難，本來就是風浪大起的天氣，無論誰是疏者，都是不幸的，所以鬼力出於憐憫之心，「但有落水者，救護上岸。」在《二胥記》中，讓疏者下船則是上帝考察楚昭王人格的手段。他讓水神故意興風作浪，檢驗昭公的親疏觀念是否符合「善念」。最後因爲他善念尚存，得到上帝嘉獎，最後幫其復國。當王后在湘皇廟與申包胥夫人鍾離氏相逢，並講了這個經過時，鍾離氏道：「世人親的是妻子，疏的是兄弟，似大王這樣一片好心，諒皇天必然垂祐。重整楚室，只在旦暮了。」〔註 31〕身爲女性，也對昭王的這種選擇表現贊同。作品從不同人物身上驗證了楚昭王「善念」的正確性，這是作者有意融注其中的人生理念。在這一情節中，作品把「親兄弟，疏妻子」說成是善念，這是不符合人之常情的，但在儒家的人倫觀念中，的確有「兄弟是手足，妻子是衣服」的觀念，因而作品帶有明顯的勸化世人「親兄弟，疏妻子」的目的，這也正是《二胥記》教化功能的又一個體現。

此外，我們現在看到的元雜劇多數是明代刊行的，眞正的元代刊行本不僅數量很少，而且說白大都不完整，但能留下來也已經十分難得。在《元刊雜劇三十種》裏，也有《楚昭王疏者下船》雜劇，只有唱詞，沒有說白，且唱詞也與明刊本有很大差異。但故事情節還可見一斑，在結局上有一個明顯的不同：即王后和王子並沒有得到鬼力龍神相救生還，而是雙雙溺水而死，昭王還爲他們母子建廟立碑，並且又娶了新的王后。這表明元雜劇的教化功能不如明傳奇突出。

《二胥記》通過對「覆楚」與「復楚」這一題材的加工，充分展示了人倫關係的複雜性，並且在矛盾衝突中，闡明了君臣、父子、夫妻、兄弟、朋

〔註30〕孟稱舜：《二胥記》（下），《古本戲曲叢刊》（第三集），文學古籍刊行社，1957年影印，第13頁。

〔註31〕孟稱舜：《二胥記》（下），《古本戲曲叢刊》（第三集），文學古籍刊行社，1957年影印，第35頁。

友這些人倫關係的不同地位和順序。儒家傳統觀念中，當以君臣爲先，忠孝同理，事君如事父，對申包胥的肯定充分說明了這一點。同時對孝也進行了適度的張揚。子胥覆楚，當是盡孝之舉，但復仇過甚，有違于忠，所以遭到批評。因此，伍子胥也成了被批判的對象。但在昭王公子投水的那一刻，孝的主張又一次突顯出來。在夫妻與兄弟之間的關係中，傳統禮教以「親兄弟，遠妻子」爲「善念」，得到不同人物的認可，而且感動了上帝。作品通過複雜的人倫關係，宣揚了儒家的傳統人倫觀念。一部《二胥記》包含著多重人倫思想，可以稱得上是一部「五倫全備」記了。

第三節　《裴度還帶》與《還帶記》之比較〔註 32〕

元雜劇《裴度還帶》（全稱《香山廟裴度還帶》或《晉國公裴度還帶》）是關漢卿的作品〔註 33〕，是以唐代名臣裴度的早期生活經歷爲素材而創作的。《還帶記》（全稱《裴度香山還帶記》）是明代沈采的傳奇作品，是在關劇的基礎上，參照正史及筆記小說改寫的。

《裴度還帶》共四折一楔子，主要內容是：裴度家道貧困，在山神廟居住，每天往白馬寺趕齋，其姨父王榮欲接濟其經商營生，但裴度以才華自負，態度傲慢，被姨母逐出門去。王榮知裴度前程遠大，託白馬寺長老暗中資助其進京趕考。裴度來到白馬寺，相士趙野鶴言其將於明日午前在亂磚瓦之下僵屍而死，裴度認爲趙欺其貧寒，大怒而去。洛陽太守韓廷乾清廉，未行賄國舅傅彬，國舅懷恨。國舅吞官錢一萬貫，案發後指派給韓三千貫，韓因此獲罪下獄。韓家清貧，韓女瓊英百般營措，還差一千貫，瓊英聽說使臣李文俊來察訪，到郵亭提詩與其相見，俱言其父之冤，李賞其詩才，贈玉帶兩條相助，並言上奏朝廷。韓瓊英歸途在山神廟避雪，遺帶廟中。裴度來山神廟

〔註 32〕《還帶記》沈采作，沈采生卒年月不詳，但通常認爲他是嘉定（今上海市）人，嘉定這一稱乎在明代才有，所以可以肯定沈采是明代的劇作家。關於《還帶記》到底是南戲還是傳奇，由於當前學術界關於二者的界定標準還沒有統一，所以按照不同的標準來衡量，可以得出不同的結論。這一點與本書的關係並不大，因爲本書所關照的作品的思想內容，形式上《還帶記》是南方的聲腔系統，同時又是文人的長篇作品，具有可導可演的特點，更重要的是具有可讀性，這應該是明傳奇的重要特徵之一。因而可以作爲明傳奇作品來看待，與元雜劇相比照研究。

〔註 33〕一說賈仲明作。

過夜，拾得玉帶，擬歸失主。第二天瓊英與母親尋帶不見，一家絕望，欲自盡。裴度見之，問明詳情，還其玉帶。韓家母女萬分感激，裴度送其出廟，廟隨即倒塌，裴度安然無恙，始信趙野鶴之相術。來到白馬寺，趙驚異，言其相與前日不同，必有救三四條人命之陰德，日後必位及宰相，裴度道出原委。韓夫人來到白馬寺，將女兒瓊英許給裴度。科期臨近，趙野鶴贈馬，長老贈金，送裴度趕考。裴度考中狀元，遊街時韓家搭彩樓招婿，繡球打中裴度，裴言已有妻室，不肯招親，官媒稱是聖旨，成親時見是韓家，一家團聚。親友都來祝賀，裴度不理姨夫王榮，長老告知當年盤費是王榮所給，裴感激萬分。

《還帶記》共四十一齣。劇寫裴度飽讀詩書，卻屢試不第，遭到其妻弟劉二郎的嘲笑。裴找相士孫秋壑問前程，孫言其無福作官，且必餓死。周方正被無賴張宗一誣陷下獄，周女寡居，爲救父命，上街求乞，得退休鄒尚書和彭、竇大人所贈的玉帶一條犀帶兩條，以買通津要，爲父贖罪。周女到香山寺祈禱，遺帶寺中。裴度到香山寺閒遊，見一女子禱告，其走後，裴拾得其所遺玉帶一條犀帶兩條，追還未果，帶回家中。妻責其貪不義之財，裴言欲第二天一早到香山寺等候失主，將帶還給女子。土地爺報知玉帝，玉帝賜裴度富貴福祿。周女贖出父親，父女登門道謝。裴度進京趕考無盤費，劉二郎非但不幫，反將其欲當的舊衣扣下，家人裴旺妻拿出銀釵及布裙，當了錢爲裴度做盤費。周家父女關照裴妻，送來米肉。裴度第一名及第，劉二郎態度大轉，護送姐姐進京。淮西節度使吳元濟謀反，宰相李逢吉主張休兵養卒，裴請戰，聖旨命其領兵，並加官。李逢吉怕裴取勝立功，派刺客暗殺裴妻及劉二郎，使裴度分心，家人裴旺夫婦代死，李逢吉又讓辯士以鄰居身份向裴度報告噩耗，裴繼續全心抗敵。裴妻與劉二郎趕去找裴度，遇周方正父女逃難，又得知裴度死訊。劉二郎丟下裴妻，獨自回去。裴度生擒吳元濟，班師回朝，周方正得消息，將裴妻護送軍中，夫妻團聚。裴度被封晉國公，請求歸田。

可以看出《還帶記》的內容更加豐富，情節更加曲折。粗略比較，內容差異主要體現在以下幾個方面：

一、作品的主題有所不同

雖然元雜劇《裴度還帶》和明傳奇《還帶記》都屬倫理道德劇，但兩部作品的主題卻有所不同。《裴度還帶》僅僅敘述了裴度見利思義、拾金不昧並因此而改變命運的生活片段，沒有對裴度的其他經歷做更多的描寫。

在《裴度還帶》中，裴度的生活異常貧困，他的姨父王榮是一個從事商業活動、頗有資財的生意人，被人尊稱爲「王員外」。裴度雖飽讀詩書，卻一貧如洗，但卻抱定書本，態度傲慢，不肯通過做買賣去改變生活狀況。從這一點可以看出：是作者在有意刻畫裴度專心儒業，不爲金錢所動的美德，爲他後來的拾金不昧奠定了人格基礎，從而更能突出他尊奉儒家的「見利思義」之德操。《裴度還帶》的主題非常鮮明，這也適合元雜劇篇幅結構的特點。

而《還帶記》的主題比較複雜，在裴度的身上，除了拾金不昧，還有很多優秀品質。他才華出眾：科場作賦，壓倒對手，勇奪第一；他爲國效忠：力主討伐叛賊吳元濟，並親自領兵上陣，生擒吳元濟；他先公後私：李逢吉因嫉妒而派刺客刺殺裴妻及劉二郎，又讓辯士去給裴度報信，以便使裴度分心，最終不能取得戰功。裴度接到消息後，雖然很痛苦，但仍然一心殺敵，終於取得了勝利。勝利之後，他聽說妻子沒死，也沒有急於見妻子，而是先回京復命；他功成身退：平吳元濟之亂後，裴度沒有邀功請賞，而是告老還鄉，解甲歸田；他寬宏大度，不計前嫌：妻弟劉二郎幾次在關鍵時刻袖手旁觀，甚至落井下石。最後裴度都不予以計較，依然認作兄弟。裴度的這些品質都是儒家所謂「修身」的重要內容，而他修身的直接結果是免於餓死，間接結果是既能「齊家」，又能「治國平天下」。正如《遠山堂曲品》中所評《還帶記》：「裴晉公生平事功，表表唐史，還帶其末節耳。」〔註 34〕這些正是儒家傳統人格教育的重要內容，也正是《還帶記》的主題之所在。

《還帶記》還通過其他人物的正反對比，表達了「善有善報」的思想。《還帶記》中的人物可以鮮明地分爲兩類，即正面人物和反面人物。正面人物除了裴度外，還有裴妻劉一娘：她是賢妻的典範，鼓勵裴度安心學業，勸裴度見利思義；家人裴旺夫婦：當掉釵裙，助裴度趕考，後又替劉一娘姐弟被害；周方正：勸張宗一行善積德，對裴度知恩圖報，裴度趕考和討賊期間，照顧劉一娘；周方正的女兒：她孝敬父親，不顧「羞恥」，沿街苦求，乞得玉帶犀帶，救出父親；鄒、彭、竇三位大人：救人危難，慷慨解囊；此外還有逃難時的村民，同甘共苦，互相救助。這些人構成了一個良善的群體，代表著時代的人格審美標準。反面人物則構成一個惡人集團，如無賴張宗一：因討厭

〔註 34〕祁彪佳：《遠山堂曲品》，《中國古典戲曲論著集成》（六），中國戲劇出版社，1959 年 7 月版，第 32 頁。

周方正的規勸，而設計將其送入監牢；勢利小人劉二郎：唯利是圖，見利忘義；反賊吳元濟：背叛朝廷，興兵作亂；宰相李逢吉：妒賢嫉能，殘害忠良；獄吏（禁子）：魚肉人民；刺客：見利忘義，圖財害命；辯士：信口雌黃，不辨是非。這一類人是與良善爲敵的黑惡勢力，是作品所否定的人格。

描寫忠奸對立是中原傳統敘事文學的常見題材，通常是以文武失和爲主要內容。文武之爭古已有之，早在先秦時期就有廉頗和藺相如的對立，這場文武鬥爭以藺相如胸襟大度而化解，最後二人合力，鞏固了江山社稷。封建傳統文化中，理想的國家是文能治國，武能安邦。但往往因文武爭功而失和，尤其從宋代開始，文武失和已經成爲封建統治中的一塊「頑疾」。在中原的文化心理上，在文武對立中，常常是武將在前線保家衛國，文臣在朝廷進讒陷害。比如，岳飛和秦檜的對立就是非常有代表性的。在《還帶記》中，裴度的一生功業中也加入了文武鬥爭。裴度一心爲公，他力主討賊，並親自請纓。但宰相李逢吉出於嫉妒，怕裴度立功後自己失寵，於是在暗中派刺客行刺裴度妻子和妻弟，又派辯士以謊言使裴度分心。但裴度憑自己對國家的忠心和家人裴旺夫婦對主人的忠心，使奸臣的陷害不解自破。通過這場忠奸鬥爭，作者表達了「邪不壓正」的觀點，使作品帶有「揚善」的目的和作用。

二、商人的人格不同

儒家傳統觀念中，「無奸不商」是對商業經營活動的基本認識。商人往往是唯利是圖、見利忘義的同義詞。但元代統治者在政策和觀念上都與中原傳統有很大的差異，因而商人的生活狀況和社會地位較以前提高了，這無疑給沉抑下潦的知識分子以極大的衝擊。但在「萬般皆下品，唯有讀書高」的傳統理念中，讀書人的清高和自尊是很難一時放下來的。王榮作爲一個商人，以正面的形象出現，並且在暗中資助裴度科考，這裡有親情的成份，同樣也有人格的因素。元雜劇作品中商人形象的改變是時代生活的一個反映。相反，明代的商業應該比元代繁榮，但由於傳統文化的影響，在文學作品中商人的形象通常都是反面的。《還帶記》中，裴度的妻弟劉二郎就是一個只肯錦上添花、不肯雪中送炭的勢利小人。他是聞喜城中的首富，又是劉一娘的親弟弟，他非但不幫助裴度趕考，反而將裴家拿來典當的兩件舊衣服扣下，抵了以前未贖回物品的利息。他稱裴度是「敗家子」，原因就是裴度將拾到的腰帶還給了失主，把到手的財富又拱手送出去。在他身上體現的就是傳統觀念中商人的特徵。

三、還帶方式的差異

《裴度還帶》中遺失腰帶的是洛陽太守韓廷幹的女兒韓瓊英。她身爲千金小姐，四處寫詩求告，籌措到二千貫，爲湊足剩下的一千貫，她到郵亭去找欽差李文俊求助。李對瓊英的詩才大加讚賞，贈兩條玉帶相助。她不僅在山神廟中避雪，而且還在裏面睡了一覺，在生活小節上表現得很隨便。

《還帶記》中遺失腰帶的是市民周方正寡居在家的女兒，周女的社會地位要比韓瓊英低得多，但她多次強調自己是「不顧差恥」，乞得玉帶犀帶。「不顧羞恥」意即拋頭露面，有違婦道。

相比較而言，韓瓊英爲父伸冤過程是落落大方，周女則羞羞搭搭。猶其是「還帶」這個細節的差異非常富有特色。在《裴度還帶》中，裴度是直接把玉帶交還到韓瓊英的手上：

（正末做取帶科，云）娘子，兀的不是帶，還你！

（旦兒接科，云）兀的不正是此帶！索是謝了先生。〔註 35〕

在《還帶記》中，裴度把帶放在了地上，周女自己去拾：

（生）我就交還是你原帶。（放地下介）

（貼）天，此非相公度量寬洪，那得肯付還奴家，似此深恩，殺身難報。〔註 36〕

顯然這個細節的變化非常能說明問題。在中原的傳統婦女教育中，在女孩子很小的時候，就強調「男女有別，授受不親」，意思是在男女之間傳遞物品的時候，不能互相接觸對方身體。早在《禮記》中就出現過這樣的訓誡：「好德如好色。諸侯不下漁色。故君子遠色以爲民紀，故男女授受不親。」〔註 37〕元雜劇的這個細節固然不能說明元代的男女之間已經沒有「授受不親」這一界線，但至少可以看出男女界線的寬鬆。相對而言，明代則加強了。《還帶記》中的修改是有意識地將這個細節糾正過來，因爲裴度和周女都是傳統禮教下優秀的典範，這種細節上的改變表明明代在婦女教育上向傳統的回歸。

《還帶記》更多地吸收了《新（舊）唐書》和《太平廣記》的內容。但在細節上也能看到《裴度還帶》中的字句，如「投之以木桃，報之以瓊瑤」，

〔註 35〕關漢卿：《裴度還帶》，《全元戲曲》（第一卷），人民文學出版社，1990 年 1 月版，第 279 頁。

〔註 36〕沈采：《還帶記》，《古本戲曲叢刊》（初集），上海商務印書館，1954 影印，第 28 頁。

〔註 37〕張文修：《禮記》，北京燕山出版社，1995 年 4 月版，368 頁。

雖是出自《詩經》的典故，但用法和使用場合在兩個作品中並沒差別。《裴度還帶》僅是取其人生的一個片段，《還帶記》從更大的人倫關係著手，關照了裴度的一生功績和德操，幾乎在每一個角色身上都有所寄託，具有更加廣泛的教化意義。

第四節　《抱妝盒》與《金丸記》之比較

《金水橋陳琳抱妝盒》(簡稱《抱妝盒》)是元代佚名作者的雜劇作品，《金丸記》是明代佚名作者根據《抱妝盒》改編的明傳奇劇本。二者在內容上有很多相似之處，《金丸記》基本上繼承了《抱妝盒》的情節，只是作了部分增加和細小的改動，但從這些細小的改動中，可以看到元明兩代文化差異的蛛絲馬蹟。

元雜劇《抱妝盒》主要敘述了宋仁宗的身世經歷，重點刻劃了宦官陳琳和宮女寇承御冒險保護皇太子的故事，與正史的記載出入很大，通常被認爲吸收民間加工的成份較多。作品共四折二楔子：楔子一：宋眞宗乏嗣，太史官夜觀天象，有成胎結子之候，於是讓皇上打造金丸一枚射出，六宮妃嬪尋得者，必得子嗣。第一折：金丸落在西宮李美人身邊，李得寵幸。第二折：李妃果生太子。劉皇后嫉妒，讓寇承御誆出太子，刺死後抛到金水橋河下，寇見太子紅光紫霧罩定，不敢下手，恰宦官陳琳採辦果品給楚王上壽禮，二人商量將太子放入盒中帶出宮，送到楚王家撫養。劉皇后不信寇已辦停當的話，親自去金水橋邊查看，見陳琳懷抱妝盒而生疑，百般盤問糾纏，並要打開看，這時寇承御趕來稱皇上駕到，皇后忙於接駕，陳琳、太子脫險。楔子二：陳琳將太子送到楚王南清宮，楚王收養在宮中。第三折：十年後，楚王帶太子入皇宮，欲向皇上陳舊就裏，但被皇后敷衍過去。皇后疑心，找來寇承御拷問，寇不承認，皇后找來陳琳拷打寇，寇撞階而死，皇上宣陳琳，陳琳得脫。第四折：仁宗即位，楚王告之其身世，仁宗找來陳琳問詢詳情，對一干人等作出處理，爲掩先帝之過，置劉皇后不理；封李美人爲純聖皇太后，每日問安視膳；追封寇承御爲忠烈夫人，建墓置田守冢；封陳琳爲保定公，賜宅第年俸，並選族中賢者繼其後。

《金丸記》在情節上大體繼承了《抱妝盒》，但又增加了一些內容，如選李美人進宮、劉皇后設計阻止李妃見駕、契丹犯邊、李妃墜釵、皇上要御駕親征，李妃阻駕，劉后進讒，李妃被打入冷宮等。結尾處也多有不同，眞宗將劉后打入冷宮，重賞寇承御的後人，封李美人爲皇后等。

在人物形象和主題思想上，兩部作品都極爲相似。都是以忠奸對立爲核心，對忠義行爲進行了表彰，對宮廷中的鬥爭進行了揭露，同時對妒婦進行了批判。但在細微之處也能見到差異。

一、《金丸記》對妒婦形象進行了更深刻的揭露和批判

《抱妝盒》中劉皇后就是一個典型的妒婦形象。在中國封建社會中，由於后妃之間互相嫉妒而引發的宮廷鬥爭不勝枚舉。在《抱妝盒》和《金丸記》中，都點到了呂后當年「鴆了如意，彘了戚氏」〔註 38〕。因此，后妃之間的爭風吃醋歷來是皇家的大忌，但由於她們的地位都高高在上，無法可治，因而這種現象又不可避免，但往往鬥爭中的勝利者都成爲道德倫理的批判對象。

在《金丸記》中，劉皇后的嫉妒本性表現得更加突出。首先在第四齣「獻圖」中，李美人剛剛選進皇宮，中宮內監趙升就提到：「君王雖喜娥眉好，爭奈中宮妒殺人。」〔註 39〕果然皇后一聽說選到了絕世美人，馬上與趙升商議，點破美人圖，阻止皇上召見新人。這個情節有明顯模仿《漢宮秋》的痕跡，只是這裡把內監索賄不成的報復和皇后的嫉妒疊加在一些。在第六齣「宮怨」中，李美人在冷宮中倍感淒涼，不免埋怨劉皇后：「我自入宮來，每被劉后嫉妒，聖上將奴貶入冷宮習禮，不得親近主人。」〔註 40〕李妃得寵之後有孕，恰巧在皇上與眾妃嬪登臨砌臺時，李妃墜釵，劉皇后趕緊奏本：「李妃駕前墜釵，好生不敬，合當取罪。」〔註 41〕幸好皇上卜得將生太子，李妃才免於治罪。後來終於在「阻駕」中找到機會，李妃聽說皇上要御駕親征，奏到：

> 妾聞千金之子尚不遠行，吾主當以祖宗宗廟爲重，且邊塞乃不毛之地，豈宜聖駕遠行？萬一犬戎有驚聖體，臣妾等不安。不若在朝揀選能練大臣，加以重爵，令彼征討，必成大功。如蒙准奏，萬民幸甚。

劉皇后聽完，馬上奏本：

〔註 38〕《金水橋陳琳抱妝盒》，《全元戲曲》（第六卷），人民文學出版社，1999 年 2 月版，第 549 頁。及《金丸記》，中華書局，2000 年 11 月版，第 75 頁。

〔註 39〕《金丸記》第 9 頁。

〔註 40〕《金丸記》，中華書局，2000 年 11 月版，第 13 頁。

〔註 41〕《金丸記》，中華書局，2000 年 11 月版，第 28 頁。

> 李妃既知此事，何不早奏？且聖旨已出，六軍已動，李妃有慢君心，請旨定奪。〔註42〕

於是李妃被眞宗貶到了冷宮。

以上這些情節都是《金丸記》中增加的部分，而這些情節更加突出了劉皇后嫉妒的本性特徵，爲她下一步謀害太子奠定了人格基礎。

劉皇后的做法一方面是怕李妃奪了自己在皇帝面前的寵愛，另一方面也怕動搖自己皇后的位置。在第十八齣《謀儲》中劉皇后表達了這種擔憂：「我叵耐李妃懷孕，誰想果生太子，則我劉氏絕矣。……我鎮日裏心緒縈，爲此事悶積悉增。教人抑鬱，常懷悲耿，他若生男，我無顏居正。」〔註 43〕中國古代婦女的地位很低，她們要依附於丈夫而生存。在三宮六院中，她們往往要依附於皇子，因而歷來有母以子貴的說法。劉皇后的嫉妒不僅使李妃遭遇冷宮的淒涼和失子之痛，更嚴重的後果是使皇家斷絕香火。由此更加透視出劉皇后的居心險惡。正如二十二齣「搜盒」中陳琳所言：「黑蟒口中舌，黃蜂尾上針，兩般猶未毒，最毒婦人心。」〔註 44〕這是對妒婦的揭露和鞭撻，更是對這種人格的否定，這與儒家的傳統道德是一致的。

二、更加彰顯了陳琳與寇承御的忠義精神

陳琳和寇承御是皇宮中的小人物，但他們卻以自己對皇上的忠心成就了一樁大事：爲皇帝保嗣，保證了大宋江山後繼有人。在《抱妝盒》中對此也進行了一番細緻的描寫。比如，在陳琳抱妝盒上場時就表白道：「我雖是一個內官，倒比那眾文武有報國的忠心也呵！」〔註45〕

在《抱妝盒》中，二人救太子帶有很多的偶然因素，也就是說，是意外的原因，使他們爲朝廷建立了功勳。

但在《金丸記》中，卻突出了他們在本質上的忠與義。如在第十八齣「謀儲」中這樣寫道：

> （老——劉后）我叵耐李妃懷孕，誰想果生太子，則我劉氏絕矣。（占——寇承御）嚇，娘娘，須看萬歲爺金面，望娘娘寬宥。（老）

〔註42〕《金丸記》，中華書局，2000 年 11 月版，第 38 頁。
〔註43〕《金丸記》，中華書局，2000 年 11 月版，第 44 頁。
〔註44〕《金丸記》，中華書局，2000 年 11 月版，第 58 頁。
〔註45〕《金水橋陳琳抱妝盒》，《全元戲曲》（第六卷），人民文學出版社，1999 年 2 月版，第 537 頁。

起來，你那知我的就裏，且聽我道【柰子花】**我鎮日裏心緒縈，爲此事悶積愁增。教人抑鬱，常懷悲耿，他若生男，我無顏居正。**(合)**反省、管教他命歸泉境。**【前腔】(占)**勸娘娘不必勞形，母后貴誰敢欺凌？何須苦苦心求勝？若生太子，八方歡慶。**(老)你如今到冷宮中去，只說聖上見生太子，十分歡喜，差我來要取太子一看。騙出宮來，你可抱到金水橋邊，將裙刀刺死，撇在金水橋河内。事情停妥，我自另眼看顧你。(占)阿呀，娘娘！事關重大，奴婢做不來。(老)嚇，你做不來麼？(占)是。(老)唔，我就處死你這賤婢！(占)娘娘不必著惱，待奴婢捨命前去便了。(老)這才便是，莫當兒戲，可速回報。(占)領旨。(老)不施萬丈深潭計，怎得驪龍頷下珠。(下)(占)嚇，阿呀，劉娘娘嚇，你好狠心也！那李娘娘生了太子，左右是一般的，何必如此？我若不應承，倘使別人去了，太子性命必然難保。咳，娘娘嚇，你暗裏謀人，不知老天在上可容欺？善惡到頭終有報，只爭來早與來遲。[註46]

寇承御先是勸劉皇后寬厚地對待太子，但劉皇后不聽，寇又採取抵制的態度。劉皇后以處死她來威脅，寇只得暫時應承下來，並尋機保護太子。可以看出，寇承御的目的非常明確，從騙太子出宮開始就打算救太子。這裡表現出了寇對皇上的忠心，在她眼裏，太子不管是誰生的，左右都是一般，是皇上的血脈就行了。

在《抱妝盒》第二折中卻有不同的描寫：

(旦扮劉皇后上云)子童乃劉皇后是也。雖無絕色，幸掌中宮，奉九重之歡，享萬年之福。近日聞得西宮李美人生下一子，我想他久後在天子跟前可不奪了我的寵愛？則除是這般。寇承御那裡？(旦兒扮寇承御上云)有。(做叩頭科)(劉皇后云)寇承御，我問你，你吃的是誰的？(承御云)是娘娘的。(劉皇后云)你穿的是誰的？(承御云)是娘娘的。(劉皇后云)我東使著你，去麼？(承御云)就東去。(劉皇后云)我西使著你，去麼？(承御云)就西去。(劉皇后云)我不使你呢？(承御云)我則守著娘娘立著。(劉皇后云)既然如此，你是我心腹之人。我有一件緊要的事，要你替我做去。(承御云)是那一件事？(劉皇后云)如今西宮李美人生下一子，你可

[註46]《金丸記》，中華書局，2000年11月版，第44頁。

> 到他宮中去，詐傳萬歲爺要看，誆出宮來，將那孩子或是裙刀兒刺死，或是摟帶兒勒死，丟在金水橋河下。務要幹成了這件事，來回我話者。（承御云）謹領懿旨。我出的這宮門，直至西宮見李美人走一曹去來。……（承御抱太子上云）幸喜太子已誆出西宮了也。奉劉娘娘的懿旨，本待把裙刀將太子刺死，丟於金水橋河下，則見紅光紫霧罩定太子身上，怎敢下得手？天那若宋朝不當乏嗣，得遇一個人來，同救太子性命。久後也顯我這點忠心，可也好也。

寇承御本來是要完成劉皇后賦予的使命的，但見太子不凡，下不得手，才想找個人幫助，救出太子。這與《金丸記》中原本就對皇上忠心是有區別的，這樣修改之後，寇承御的忠君思想得到了更充分的體現。

在《金丸記》中還有一個細節的修改更加突出了寇承御的忠心，那就是當劉皇后與陳琳糾纏，想打開妝盒驗看，寇承御趕到，說萬歲駕到，請皇后回宮接駕。原本在《抱妝盒》中，是皇上眞的駕到中宮，但《金丸記》中，皇上卻沒有來。後來皇后想起此事，對寇產生懷疑，並對其拷打。寇承御說謊的目的就是想支開皇后，讓陳琳脫身，救太子出宮。

在劉皇后發現了馬腳，讓陳琳拷打寇承御時，陳琳小聲對寇說：「寇承御，莫若我招認了，出脫了你罷？」寇說：「陳琳哥，我是個女流，一死何惜。莫若一棍打死了我，倒也乾淨。」在生的機會面前，兩個人的互相兼讓，更加突出他們品格的高尚。

營救太子的過程與《趙氏孤兒》的「保孤救孤」極爲相似。自古以來，「忠」和「義」是中原傳統文化中所提倡的人格修養，捨命爲皇家保嗣也正是傳統文化中所提倡的「忠君」和「大義」。《金丸記》繼承了《抱妝盒》這一精神內核，並將其發揚光大。

三、從皇帝對功臣的褒獎看作品的價值取向

在忠奸對立的鬥爭中，善與惡、美與丑、正與邪等總要分出高低上下。戲曲所具有的懲惡揚善的功能是通過對立雙方較量的結果來實現的，也就是善有善報，惡有惡報，美戰勝醜，正義戰勝邪惡，最終實現對眞、善、美的弘揚，對假、惡、丑的鞭撻。

在人物結局的處理上，《金丸記》較《抱妝盒》更能充分體現了這一點。第一個懲治的對象就是內監趙升，他花錢買來這個差使，並想藉此搜刮更多

的財物。到李美人家里選妃時，他曾經索要好處，但李美人的父親由於爲官清廉，拿不出錢物，因此得罪了趙升，趙升惱怒，回朝後，與劉皇后商量點破美人圖，使李美人在宮中倍受冷落。在李美拾到金丸之後，皇上見到臉上無痣，問明原委，傳旨陳琳把趙升拿問。

另外，在對劉皇后的處理也有不同。在《抱妝盒》中是仁宗即位之後，才眞相大白。仁宗道：「只是劉太后懷嫉妒心腸，做這等逆天悖理的勾當，寡人若究起前事，又怕傷損我先帝盛德，如今姑置之不理。」〔註 47〕劉皇后的行爲沒有遭到應有的報應，觀眾心中未免會產生不平，也達不到「懲惡」的效果。而在《金丸記》第二十九齣「酬忠」裏，眞宗下旨：「朕方萬機之暇，博覽經傳，忠臣孝子，賢女義夫，無不獎勵，以勉將來。……劉后嫉妒，剝去衣冠，貶入冷宮。……」使邪惡得到了應有的懲處。

在對忠臣義士的褒獎方式上，兩部作品也有所不同。在《抱妝盒》仁宗詔曰：

> 楚王撫養功多，加賜田莊萬頃。寇承御與他起建墳墓，封爲忠烈夫人，置守冢三十家，祭田千畝。陳琳封爲保定公，賜城中甲第一區，歲支俸銀萬兩，祿米三千石，選宗族賢能者承繼其後，世奉國恩。〔註 48〕

《金丸記》中對楚王、陳琳和寇承御都給予了加封：

> 加楚王元佐天策上將軍，加祿米萬石，少酬太子養育之恩，贈宮人寇承御爲聖母夫人，仍立廟宇，春秋祭祀配享，以答保全儲君之德。其父寇安贈禮部尚書，兼太子太師。宦官陳琳，忠誠報主，不二其心，升授司禮監太監，仍蔭一弟，授錦衣衛世襲指揮。〔註 49〕

很顯然，《抱妝盒》突出的是經濟上的獎勵，帶有元代商品社會的價值取向；而《金丸記》則更突出政治地位上的獎勵，這與儒家傳統的官本位思想是相一致的。對良善的獎勵是對這種行爲的激勵。這是戲曲的重要教化功能之一，而元代對經濟的側重和明代對政治地位的側重都是當時人生追求的重要體現。

〔註 47〕《金水橋陳琳抱妝盒》，《全元戲曲》（第六卷），人民文學出版社，1999 年 2 月版，第 558 頁。

〔註 48〕《金水橋陳琳抱妝盒》，《全元戲曲》（第六卷），人民文學出版社，1999 年 2 月版，第 558 頁。

〔註 49〕《金丸記》，中華書局，2000 年 11 月版，第 82 頁。

《金水橋陳琳抱妝盒》是元代典型的倫理道德劇之一，是具有一定的教化意義和作用的。明傳奇《金丸記》充分繼承和光大了《抱妝盒》的主題，通過正與邪的較量，最終使正義戰勝邪惡，並對正義者給予獎勵，給邪惡以懲處，最終達到勸人為善的目的。從作品的善惡表現程度上，《金丸記》更加鮮明的塑造了人物的性格特徵，人物結局的處理上，則分別帶有不同時代的價值取向。

結　語

元雜劇誕生的社會環境是在游牧文化影響下的中原社會，明傳奇則是誕生在重新回到儒家傳統文化的中原社會。文化語境的差異使二者有著不同的文化特徵。游牧文化與元雜劇之間是影響關係，而明傳奇對元雜劇的改寫則是接受者重新創作的過程，這個過程則反映了明傳奇作家的審美理想和價值判斷。

在前面幾個章節中，通過幾組作品的比較分析，可以看到元雜劇與其明傳奇改寫本之間，的確有這種明顯的文化差異。簡單歸納起來，這些差異主要體現在以下幾個方面：

一、在人物形象上，明傳奇按照儒家傳統的審美標準進行了人格重塑

從元雜劇與其明傳奇改寫本的比較中，可以看出，同一個人物形象在兩部作品中，表現出的性格特徵是有區別的。相比較而言，明傳奇在重新改寫的過程中，按照儒家傳統的人格標準，對人物形象進行了重新塑造。比如，在《南西廂》中，崔鶯鶯身上帶有更多的大家閨秀的氣質和修養，張生的身上也更多地體現了詩書禮義的儒生特徵；在《金鎖記》對《竇娥冤》的改寫中，竇娥原有的潑辣和頑強被削弱，突出她的節孝和溫順。蔡婆也變成了一個賢德母親的典範，等等。明傳奇在對諸多人物形象進行重新塑造的過程中，對元雜劇中人物身上所帶有的不符合儒家傳統禮教的特徵進行了改造，使改寫後的人物形象基本上符合明代的生活眞實和審美標準。

二、在情節處理上，體現出兩種文化的差異

元雜劇是在多元文化語境中生成的，其中不免有違背封建禮教的情節，在明傳奇中很多情節都得到了修改。比如，在元雜劇《裴度還帶》中，裴度還帶時將玉帶直接交給了韓瓊英；但在沈采改寫的《還帶記》中，裴度將玉帶放在地上，讓周女自己拾起。這個細節的變化極爲形象而生動地詮釋了中原傳統禮教中的「男女有別，授受不親」。《竇娥冤》中，蔡婆爲了活命，不得不答應張驢兒父子進門，不僅遭到竇娥的指責，而且給竇娥帶來了殺身之禍。蔡婆的這一行爲與竇娥後來的舍生相救構成了不和諧。因此在《金鎖記》對相關的情節進行了修改：把張驢兒的父親替換母親，從而蔡婆也沒有了「許親和勸嫁」的行爲。這樣《金鎖記》中的這些情節都歸順了儒家的倫理道德。在《青衫記》中，作者把白居易被貶職的原因歸於皇上不喜歡詩詞，也反映出元代蒙古族統治者不懂欣賞漢語詩詞的事實，因此帶來了文人的精神失落。從明傳奇對元雜劇舊有情節的改寫中，可以看出明傳奇向儒家禮教的回歸。在明傳奇的回歸中，可以看出元雜劇中儒家傳統禮教的偏離，以及游牧文化在元代社會生活中的影響。

三、在主題思想上，明傳奇對元雜劇的原有主題進行了豐富和轉移，體現了儒家文化的忠孝仁義思想

元雜劇通常只是四折一楔子，篇幅較短，容量也很有限。一般都截取生活中的一個片段展開故事情節，因此元雜劇的主題通常都比較單一。明傳奇的篇幅通常都在二十出以上，有的多達五十多出，篇幅遠遠長於元雜劇，容量也大大地增加了。因此明傳奇表現內容的空間很大，情節也更加複雜，這樣作品的主題也更加豐富。在明傳奇對元雜劇的改寫中，對主題的豐富主要體現在儒家傳統的忠孝仁義觀念上。比如，在《二胥記》對《伍員吹簫》的修改中，站在「忠」的立場批評了伍子胥只「孝」不「忠」的做法，並用儒家傳統的「事君如事父」的觀念，說明「不忠也就是不孝」。通過對伍子胥的批評，宣揚了忠君思想。明傳奇在對一些作品的改寫中，豐富了思想內容，同時使作品的主題發生了轉移。如《竇娥冤》原本是通過竇娥的悲劇命運揭露和鞭撻了封建社會的黑暗統治。在《金鎖記》中，不僅竇娥從法場上生還，而且最終獲得了幸福的人生。作品把這一切歸因於竇娥的節孝行爲感動了上帝，鬼神幫她成就了幸福。這樣就使作品的主題轉向對婦女節孝行爲的倡導。

四、在社會功能上，明傳奇的教化功能突出

元雜劇興起於民間，作品的娛樂功能較強。明傳奇大多是正統文人和士大夫的作品，明傳奇作者的立場往往是與統治階級的正統思想一致的。明代的文化環境與元代頗不相同，明太祖登基後，一方面多次下令清理蒙元的遺風，另一方面積極倡導儒家的倫理道德，並且規範了戲曲演出的內容，發揚中原文學傳統「文以載道」的精神，鼓勵以義夫節婦、忠臣烈士、孝子順孫等勸人為善為內容的戲曲。這樣，在幾個方面的作用下，明代的戲曲則承載了更多的儒家傳統道德理念，因而戲曲的教化功能加強了。就如同《琵琶記》開場中所言：「不關風化體，縱好了也枉然。」〔註 1〕在上述參與比較的明傳奇作品中，教化功能都不同程度地得到了強化。比如，《二胥記》中把楚昭王「親兄弟遠妻子」說成是善念，並因此得到了上帝的幫助恢復了楚國。《金鎖記》中，誇大了竇娥的節孝行為，並因此感動上帝，使她免於一死，並且最後還獲得了幸福的生活。而作惡多端的張驢兒雖然逃出牢獄，但最終遭到「天極」，雷霹而死。裴度偶因一次還帶，不僅改變了「餓死」命運結局，而且為他帶來了一生赫赫功勳和榮華富貴。這些人物通過「積善成德」，最終得到了美好的結局。這些作品的教化目的和作用是非常明顯的，比較而言元雜劇在這方面要弱得很多。

從藝術成就上講，元雜劇與明傳奇各有千秋，如果從先入為主的角度來看明傳奇改寫本，可能會有「續貂添足」之嫌。但必須看到，無論在情節發展的邏輯性上，還是在演述形式的多樣性上，明傳奇都是更加完善和成熟的戲曲藝術。

〔註 1〕高明：《琵琶記》，見《六十種曲》（第一卷），中華書局，1958 年 5 月版，第 1 頁。

下　篇

元明同題雜劇的跨文化比較研究

馬婧如

第一章　元明雜劇的創作面貌

中國戲曲，源遠流長。國學大師王國維在《宋元戲曲史》中概括：「我國戲劇，漢魏以來，與百戲合，至唐而分爲歌舞戲及滑稽戲二種；宋時滑稽戲尤盛，又漸藉歌舞以緣飾故事，於是向之歌舞戲，不以歌舞爲主，而以故事爲主；至元雜劇出而體制遂定，南戲出而變化更多。於是我國始有純粹之戲曲。」〔註1〕可見，元代是中國戲曲發展的黃金時期。

元雜劇的成熟標誌著中國戲曲的第一個鼎盛時期的到來。作爲元曲的主體，元雜劇與楚辭、漢賦、唐詩、宋詞分庭抗禮。但是，正如詩詞不僅限於唐宋一樣，雜劇也非元代所獨有。明雜劇雖不像元雜劇那樣盛行，但其創作並不沉寂，並且獨具特色。

同一文體，由於時代社會因素和文化背景的相異，呈現出異樣的創作面貌。對元明同題材雜劇進行比較研究，瞭解兩個時代的社會歷史背景和政治文化因素是非常必要的環節。

第一節　元明雜劇作品創作情況

雜劇是一種「活」文學，因爲它不僅存在於文本中，更活躍於舞臺上。同時，雜劇的發展演變也是一個動態的過程。從最早誕生於唐代相似於「百戲」的萌芽，到宋雜劇和金院本初具規模的發展階段，至元成熟並達到了一個鼎盛時期。元雜劇的輝煌有目共睹，但並非將卓越定格於一個時代，明代以後仍有大量的雜劇作品湧現，並且，由於南北文化的交流，以及受明傳奇的影響，明雜劇呈現出了新的面貌。

〔註1〕王國維：《宋元戲曲史》，上海古籍出版社，1998年版，第127頁。

一、元明雜劇的沿革

「雜劇」一詞最早出現在中唐，宋以後逐漸成爲一種表演技藝的通稱，在元代取得了輝煌的成就，成爲「一代之所勝」。元初至元大德年間（公元 1279 年~公元 1307 年），元雜劇發展到鼎盛時期，各地演出活躍，名作輩出。如關漢卿的《竇娥冤》、白樸的《梧桐雨》、王實甫的《西廂記》、馬致遠的《漢宮秋》等，這些優秀的作品取材豐富，寓意深刻，流傳千古。元雜劇一般都是一本四折，每折用一套曲，全劇通常由一人主唱，其他角色一般只有賓白。劇情發展的起、承、轉、合的展現都符合音樂和結構的規律，同時還有短小的具有開場或過場性質的楔子作爲劇情的補充，使作品更加完善。因而，可以說元雜劇在我國戲曲史中算是發展較爲成熟的階段。

明代時，雜劇與傳奇同時並存。由於元雜劇突出的藝術成就以及明傳奇的迅速發展，致使長期以來研究者往往將關注的目光多投於元雜劇和明傳奇，而忽略了雜劇在明代的發展演變，雜劇創作在明代呈現一種弱勢發展的狀態。雖然從思想藝術成就方面而言，不能與元雜劇相比，但也不可小覷。明雜劇既保存了元雜劇某些主要的藝術特點，同時受到傳奇的影響，在曲調、演唱和語言等方面做出了不少改革。結構較靈活，南北曲兼用，突破了一角演唱到底的程序，獨具特色。

朱權的《太和正音譜》記載，元雜劇作品名目爲五百三十五種，明代臧晉叔《元曲選》和今人隋樹森《元曲選外編》共輯錄現存元雜劇作品一百六十二種，另外還有四十餘種雜劇佚曲。明雜劇雖不像元雜劇那樣盛行，創作面貌不及元雜劇影響之大，但其創作並不沉寂，數量也很可觀。據傅惜華《明代雜劇全目》統計，明代雜劇有作家一百二十五人，作品五百二十三種，現存二百九十五種，其中大部分是現實劇或原創劇，也有部分是改編的同題材元雜劇作品。但是，隨著社會環境和文化語境的變遷，儘管不少雜劇作家試圖努力，但是明朝之後的雜劇失去了元代時得天獨厚的生存環境，同規模更爲宏大、曲調愈加豐富、角色分工更顯細緻的明傳奇並行，自身的色彩漸漸暗淡了下來。

二、同類題材雜劇作品創作概況

明代改編元雜劇的同題材作品在數量上較爲可觀，而且題材涉及較廣，涉及到的有歷史劇，神仙道化劇，愛情劇等等，遺憾的是存本較少。據筆者統計，元明存目同題材雜劇共二十五組，涉及元雜劇二十九部，明雜劇三十一部。具體篇目如下表所示：

序　號	元雜劇	作　者	明雜劇	作　者
1	升仙橋相如題柱（已佚） 升仙橋相如題柱（已佚）	關漢卿 屈恭之	漢相如獻賦題橋	無名氏
2	呂洞賓三醉岳陽樓	馬致遠	呂洞賓三度城南柳 紫陽仙三度常椿壽 呂洞賓桃柳升仙夢	谷子敬 朱有燉 賈仲明
3	張天師斷風花雪月	吳昌齡	張天師明斷辰勾月	朱有燉
4	鄭元和風雪打瓦罐（已佚） 李亞仙花酒曲江池	高文秀 石君寶	李亞仙花酒曲江池	朱有燉
5	關雲長千里獨行	無名氏	關雲長義勇辭金	朱有燉
6	搊燥判官釘一釘（已佚）	花李朗	搊搜判官喬斷鬼	朱有燉
7	楚襄王會巫娥女（已佚）	楊訥	楚襄王陽臺入夢	汪道昆
8	陶朱公蕩蠡歸湖 （僅存曲詞一折）	趙明道	陶朱公五湖泛舟	汪道昆
9	張敞畫眉（已佚）	高文秀	張京兆戲作遠山	汪道昆
10	破幽夢孤雁漢宮秋	馬致遠	昭君出塞	陳與郊
11	蔡琰還漢（已佚）	金志甫	文姬入塞	陳與郊
12	崔護謁漿（已佚）	白樸	桃花人面	孟稱舜
13	中郎將常何薦馬周（已佚）	庾天錫	醉新豐	茅維
14	劉阮誤入桃源洞 （僅存殘曲） 劉晨阮肇桃源洞	馬致遠 汪元亨	天台奇遇 劉晨阮肇誤入天台 晉劉阮誤入桃源	楊子炯 王子一 陳肅
15	孟浩然踏雪尋梅（已佚）	馬致遠	孟山人踏雪尋梅 孟浩然踏雪尋梅	鄧志漠 朱有燉
16	山神廟裴度還帶	關漢卿	山神廟裴度還帶（已佚）	賈仲明
17	李素蘭風月玉壺春	武漢臣	李素蘭風月玉壺春（已佚）	賈仲明
18	節婦牌（已佚）	喬吉	志列夫人節婦牌（已佚）	賈仲明
19	唐明皇秋夜梧桐雨	白樸	梧桐雨（已佚） 梧桐雨（已佚）	王湘 徐復祚
20	沉香太子劈華山 巨靈神劈華獄（已佚）	張時起 李好古	劈華山神香救母（已佚）	無名氏
21	劉玄德醉走黃鶴樓（已佚）	朱凱	黃鶴樓（已佚）	無名氏
22	黃粱夢	馬致遠	黃粱夢（已佚）	無名氏

23	陶賢母剪髮待賓	秦簡夫	截髮留賓（已佚）	無名氏
24	黑旋風借屍還魂（已佚）	高文秀	借屍還魂（已佚）	無名氏
25	布袋和尚忍字記（已佚）	鄭廷玉	忍字夢（已佚）	無名氏

下表所列五組作品，爲元明均有現存本的同題材雜劇，所涉及元雜劇五部，明雜劇七部。具體篇目如下表所列：

序　號	元雜劇	作　者	明雜劇	作　者
1	李亞仙花酒曲江池	石君寶	李亞仙花酒曲江池〔註 2〕	朱有燉
2	破幽夢孤雁漢宮秋	馬致遠	昭君出塞	陳與郊
3	張天師斷風花雪月	吳昌齡	張天師明斷辰勾月〔註 3〕	朱有燉
4	關雲長千里獨行	無名氏	關雲長義勇辭金	朱有燉
5	呂洞賓三醉岳陽樓	馬致遠	呂洞賓三度城南柳 紫陽仙三度常椿壽 呂洞賓桃柳升仙夢	谷子敬 朱有燉 賈仲明

關注這些同題材雜劇作品，我們不由心生疑問，既然元雜劇業已達到鼎盛，那麼明代劇作家爲何要去觸碰經典？儘管我們知道，戲曲同類題材的現象並不罕見，但是同題材雜劇的改編並不像是由雜劇到傳奇這樣，因兩種戲劇體制不同，將雜劇經典搬上傳奇的舞臺，必定要有改編的過程。儘管到了明代，受到傳奇的影響，雜劇的體制也有所變化，但是比照現存文本，我們發現元明同題材雜劇的改編，並不是拘於形式上的修整，結構、角色、唱腔上的差異屬於雜劇自身演變的範疇，而同題材雜劇的改編則主要是集中於精神層面和文化內涵上。

時代社會因素和文化背景的差異，使元明雜劇創作顯現出各自相應的特點。相同題材的作品由於所誕生朝代的不同而打上了時代的烙印。觀照元明同題材存在改編關係的雜劇，不難發現，明代雜劇作家由於身份、立場的不同，改編同題材元雜劇時，往往是由於不滿前代雜劇作品所表現的觀念、文化、思想、內容而進行的主觀人爲的、具有顛覆性的改寫再創作，所表達的是一種新的、印有時代特徵的思想內涵。

〔註 2〕本書所引朱有燉《李亞仙花酒曲江池》的戲文，均出自《古本戲曲叢刊》四集之三・脈望館鈔校本古今雜劇，因原文無句讀，引文均由筆者個人斷句，因學力有限，可能會有不當或舛誤之處。

〔註 3〕同上。

第二節　元明雜劇創作的整體差異

伴隨著時代的變遷，雜劇也從元代的輝煌走向了明代的弱勢發展。對比元明雜劇，可以看出很多的差異。然而造成這些差異的原因，並不能簡單地等同於某種輝煌的曇花一現。雜劇原本只是一種藝術形式。但是在劇作家的創作中卻帶上了生命，賦予了感情，在表演者和觀眾的互動中引發了共鳴，顯現出了現實的意義。經歷了改朝換代，不同的境遇、不同的心境下的創作主體和受眾群體將異樣的情感賦予了雜劇，導致元明兩代的雜劇有了明顯的差異。

一、創作主體：從市井文人到風雅貴族

對於富貴榮華和加官進爵的追求始終是中國文人的理想。「學而優則仕」在文人心目中理所應當。然而，元朝八十年不開科舉，破碎了絕大多數文人仕進的夢。身份地位的落差和心理的失落，使得眾多文人混跡於勾欄瓦肆，同藝伎爲伍，創作廣爲大眾市民喜愛的通俗文藝，用他們獨特的灑脫來詮釋讀書人胸中的憤懣。元朝特殊的時代特征將元代文人造就成爲浪子與儒士的結合體。相比封建社會歷朝歷代位居高官的儒士們的唯唯諾諾，元代那些身居市井的文人活得更爲灑脫。時代剝奪了他們科舉晉升的權利，朝廷不允許他們參政議政，特定的歷史背景卻激發了他們創作的靈感。底層的市井生活讓文學接上了地氣，豪邁的情懷讓作品的表現力張揚，人物形象鮮活淋漓。

「元代以前的中國文學屬於創作者欣賞者尚未分離的文人自足性文學，……寫作群體與接受群體都是同一個文人圈子」〔註4〕，到了元代，雜劇的創作不再是文人圈子中用以抒懷與賞析的對象。集結於書會的文人，往往要借文藝創作以謀生，書會才人的創作在抒發個人情懷的同時，要迎合的是廣大市民階層觀眾的審美口味，因而反映的往往是市民階層的心理，劇場性的演出形式令雜劇這種俗文學帶上了濃重的商業性質和娛樂大眾的功效。

而到了明代，雜劇創作從平民化轉向了貴族化，從世俗化轉向了文人化。明代雜劇作家不再是元朝時期郁郁不得志的底層文人，儒家傳統的復歸，令文人地位迅速回升。大部分文人躋身於社會上層，許多知識分子成爲宮廷御用作家，如賈仲明、楊景賢等，統治階層也出現了像朱權、朱有燉這樣的藩

〔註4〕扎拉嘎，《比較文學——文學平行本質的比較研究》，內蒙古教育出版社，2002年版，第300頁。

王直接參與創作。明雜劇的創作背景以及劇作家身份的轉變，使得雜劇作品映像出了不同的時代色彩。皇族士大夫階層的參與創作，使雜劇負載了新的內涵，封建禮教、等級觀念、忠君報國思想、婦女貞潔問題等被寄寓到了雜劇的創作內容中。明代後期雜劇作家身份同明初不同，從貴族中脫離出來，但也不同於元代混跡於勾欄瓦肆中的底層文人。他們往往是一些滿腹牢騷的失意文人，明後期科場和官場的黑暗使得這些人處處碰壁不得志，或是因宦海險惡而憤世嫉俗，「蓋才人韻士，其牢騷抑鬱呼號憤激之情，與夫慷慨流連，談諧笑謔之態，拂拂與指尖而津津於筆底，不能直寫而曲摹之，不能莊語而戲喻之者也。」〔註5〕於是借雜劇以泄憤。

「在我國文學發展過程中，由於『志』長期被解釋成合乎禮教規範的思想，『情』被視爲是與政教對立的『私情』，因而在詩論中常常出現『言志』和『緣情』的對立。」〔註6〕「詩言志」與「詩緣情」兩大重要的詩歌理論，在文論史上曾出現過爭論。事實上，作爲傳達心聲的文學作品，在「情」與「志」上也難分高下。「言志」與「緣情」是文學的兩個不同側重面，但絕非對立面。「志」本應皆有志向和情感兩個方面的，但是由於儒學正統思想的影響，對於倫理政教的看重，似乎減掉了情感的成分。而「情」則顧名思義，情由心生，發自內心的喜怒哀樂可以在作品中自由揮灑。對於詩，可以說「詩言志、志緣情」，對於雜劇，同樣可以借用「情」與「志」的理論加以分析。元代文人身份地位一落千丈，但是卻處於一個倫理道德約束相對寬鬆的氛圍中，他們心中不得志的憤懣和對自由的崇尚，在雜劇中得意以動情地抒發；而明代劇作家在創作時，卻受到了層層束縛。有來自官方的禁令，有來自倫理的制約，同時還有與生俱來的使命感，因而他們的作品中更加注重了「志」的層面。

總體來看，明代前後期雜劇創作主體身份地位雖有差異，但是對於儒家傳統文化的理解是一致的，對於封建正統文化皆是維護的。這同處於蒙古族統治下的元代文人是不同的。時代文化心理造就了雜劇作家不同的世界觀，因而創作的雜劇思想內涵和價值取向定有偏頗。

〔註5〕沈泰：《盛明雜劇·序》（初集），影印董氏誦芬室刻本仿明精刊本，中國書店，1918年版，第4頁。

〔註6〕郭紹虞：《中國歷代文論選》，上海古籍出版社，2001年版，第8頁。

二、服務對象：從勾欄瓦肆的全民藝術到官府朝廷的宮廷娛樂

雜劇在元代始終都是存在於世俗社會中的，商業性質的勾欄瓦肆、民間廟會一直是其主要的演出場所和理想舞臺。「元雜劇的觀眾包括帝王、達官、文人、下層官吏以及商、農百姓、引車賣漿者流」。〔註 7〕廣泛的受眾群體說明元雜劇在當時顯然已成爲全民性的藝術娛樂形式。而明代，隨著創作主體的貴族化、文人化，演出場所也由民間轉向了宮廷。雜劇逐漸從商業演出變成了宮廷娛樂，受眾群體也隨之縮小了範圍。

勾欄是中國古老的市俗演出場所，唐代時候就已出現。宋代時候，勾欄多同瓦肆有關，「瓦舍者，謂其來時瓦合，去時瓦解之義，易聚易散也。」〔註 8〕入元以後，北曲雜劇風行大江南北，「內而京師，外而郡邑，皆有所謂勾欄者。闢優萃而隸樂，觀者揮金與之。」〔註 9〕勾欄瓦肆遍及全國各地。在這些市俗的演出場所中，劇作家同藝妓及觀眾通過雜劇作品和戲劇精神融爲一體。

明代同樣也存在勾欄瓦肆，但規模不及前代。由於明代統治者加強思想控制，雜劇演出被加以嚴格控制。《大明律》規定：「凡樂人搬做雜劇戲文，不許妝扮歷代帝王后妃、忠臣、烈士、先聖、先賢、神像。違者，杖一百。官民之家容令妝扮者，與同罪。其神仙、道扮、義夫、節婦、孝子、順孫，勸人爲善者，不在禁限。」〔註 10〕對於雜劇內容規定的同時，朝廷也參與了演出場所的建設和管理。教坊司負責興建「御勾欄」，民間劇場逐漸減少，雜劇演出從民間進入宮廷、王府，供統治階級和貴族消遣娛樂。

從演出場所和受眾群體的改變也可以明顯看出雜劇在元明兩代的差異。根據演出的需要和針對觀眾的接受心理所創作的作品，在價值取向和精神實質上必定要指向相應的受眾群體，以求引起共鳴，獲得創作的價值。

元朝的誕生，並不是以草原游牧文化來替代中原農耕文化，並非將儒家傳統文化徹底掃蕩根除。蒙古統治者力主實施漢制，儒家文化的社會地位也是很高的。在元朝，孔孟等歷代名儒獲得了崇高的封號；在中國歷史上首次

〔註 7〕幺書儀，《銅琵鐵琶與紅牙板——元雜劇與明傳奇比較》，大象出版社，1997 年版，第 54 頁。
〔註 8〕吳自牧，《夢梁錄・瓦舍》（卷 19），影印知不足齋本，第 6 頁。
〔註 9〕夏庭芝，《青樓集志》《中國古典戲曲論著集成》（二），中國戲劇出版社，1959 年版，第 7 頁。
〔註 10〕懷效鋒，《大明律・刑律雜犯》（卷 26），法律出版社，1999 年版，第 204 頁。

專門設立「儒戶」階層；民眾教育的普及也非常廣泛，書院達到 400 餘所，州縣學校最多時達到 24400 餘所。但是，由於骨子裏的民族精神和文化心理是不可泯滅的，「蒙古統治者雖然看重個別儒生文字算學、方技術數的本領，但沒有材料可以證明儒學本身已成了他們從某種觀念去加以認識的客體對象。」〔註 11〕對於中原儒學的接受帶有一定的局限性，因而元代文化呈現了多元的社會氛圍。在這樣的多元文化背景下，元雜劇中所體現出來的文化精神呈現出多層次性，有如石君寶那樣的少數民族文人，帶著自由原始的天性進行創作，表達出對於愛情和人性的大膽追求；同時還有如馬致遠那樣的漢族底層文人，懷揣著仕途夢想卻忍受著失路之悲，創作中表達著對個人仕途受阻的慨歎和民族危亡的痛心。因而，元雜劇也體現著多元性。明代社會背景不同於元代，重新統治中原的漢民族有意地剔除了已融入中原的蒙古文化的成分，在朝臣貴族、上層文人創作的明雜劇中，他們有意避開了元代文化的影響，將禮教的宣揚置於重要地位。雖然到了明朝中後期，資本主義萌芽，思想文化逐漸開放，但是並不同於與蒙古文化的碰撞。一個是民族文化的互滲，一個是中西方文化的融會，本質上是有區別的。

元明同題材雜劇，在人物塑造、情節設置、價值觀的導向等方面均展示了相異的時代文化和劇作家的創作理想，置身於不同的時代背景之下，承載著相異的時代使命和社會責任，反映著所處時代的主流文化。

〔註 11〕姚大力：《蒙古人最初怎樣看待儒學》.《元史及北方民族史集刊》(第 7 輯)，1983 年版，第 64 頁。

第二章　元明同題材雜劇《曲江池》比較研究

李亞仙的故事起自唐朝，最初的原型爲李娃。唐代文人元稹爲《酬翰林白學士代書一百韻》詩中「翰墨題名盡，光陰聽話移」，附注道：「樂天每與余遊從，無不書名屋壁，又嘗於新昌宅說『一枝花話』，自寅至巳，猶未畢詞也。」〔註1〕這裡的「一枝花話」就是專講李娃故事的說話。白居易的弟弟白行簡以此爲原型，創作了唐傳奇《李娃傳》，使得李娃故事在後世廣爲流傳，成爲後世李鄭愛情故事再創作的藍本。

之後，李娃的故事受到歷代文人的廣泛關注，文人競相改寫李娃故事，不斷完善李娃的形象與李鄭美好的愛情。多數作者借題發揮，將自身的情感與意圖附著到李氏女子身上，豐富故事的同時，展示了時代風貌和個體的社會理想。

取材於《李娃傳》的作品很多。宋金時期，有話本《李亞仙不負鄭元和》、《李娃使鄭子登科》，官本雜劇《病鄭逍遙樂》，院本《病鄭逍遙樂》；元代，有高文秀的雜劇《鄭元和風雪打瓦罐》（已佚），石君寶的雜劇《李亞仙花酒曲江池》，無名氏戲文《李亞仙》；明代，有朱有燉的雜劇《李亞仙花酒曲江池》，徐霖的傳奇《繡襦記》，話本《李亞仙記》、《鄭元和嫖遇李亞仙記》；清代到近現代，還有很多劇種以此爲題材進行改編。

元明雜劇作品中，高文秀的作品已經無處可尋，那麼就石君寶和朱有燉的同題材作品《李亞仙花酒曲江池》（下文簡稱《曲江池》）來進行分析，不

〔註1〕元稹：《元稹集》，中華書局，1982年版，第116頁。

難看出李鄭愛情故事在不同時代的情感側重，故事本身演變的背後自然有其蘊涵深刻的社會文化原因。

第一節　作者及創作背景比較

一、石君寶：北方民族本眞性情

石君寶生於金章宗明昌二年（公元 1191 年），卒於元世祖至元十三年（公元 1276 年），享年 85 歲。其籍貫歷有爭議：鍾嗣成的《錄鬼簿》將其列爲「前輩才人」，記載其爲平陽（今山西臨汾）人；而王惲《秋澗集》中則記載其爲遼東蓋州人；孫楷第在《元曲家考略》中考證，石君寶爲女眞人，姓石琖，諱德玉，字君寶，屬遼東蓋州人。

至於石君寶的姓氏，孫楷第認爲：

> 君寶姓石盞不姓石，而余以爲即《錄鬼簿》之石君寶者：女眞氏族皆複姓，譯爲漢姓，則皆單姓。而元人於女眞人每不稱其漢姓，但取女眞複姓之一字呼。〔註 2〕

元代王惲的《秋澗集》中，有兩篇文記載了石君寶的生平事蹟。一篇是卷五十九，《碑陰先友記》。文中記載：

> 石盞德玉，字君寶，蓋州人。性至孝，與人交，愷悌篤信義。嘗與友共事，惡其不直，遂絕而不較。〔註 3〕

寥寥數語，展現出了石君寶的眞實性情與爲人處世的態度。

另一篇是卷六十《共嵒老人石琖公墓碣銘並序》。該文記載石君寶事蹟比較詳細：

> 公姓石琖氏，諱德玉，字君寶，遼東蓋州人。踈髯炯目，氣骨臞清，超超然如萬里之鶴。貞祐初，以良家子從軍，敓夏折橋功得官，積勞至武德將軍。北渡後，□居相衛間，母杜氏，唐相如晦後。公天性能孝，愉色婉容，班衣垂白，朝夕孺慕。雖菽水無餘，有南陵白華之志。時杜壽登八秩，清修絕葷茹。素日庭除間，生白菌百餘本，掇去復茁者數月。人以爲孝感所致，時名公贈詩，有「似憐甘旨闕，春風玉芝香」之句。……嘗種竹當户，或謂太迫，曰：「侍

〔註 2〕孫楷第：《元曲家考略》，上海古籍出版社，1981 年版，第 12 頁。
〔註 3〕李修生：《全元文》（六），江蘇古籍出版社，1999 年版，第 526 頁。

其蘗茂秋霽月之時，俾清樾透簾，爲此君寫眞耳。」故終日悠然對之，揮灑爲樂，其清澹如此。晚年遊心命書。人有問，必以修己安分爲答。「能此不待孤虛相旺，吾言自有徵矣。」歲丙子，公年八十有五。嘗繪《共山歸隱圖》以自歌其所樂，因自號共嵒老人。是歲冬，灑然而逝，若委蜕焉。孺人劉氏，能遂公初心，主治中饋，不知其爲貧家也。生女子二人。長適御史康天英，次適河東道提刑按察使姜彧。家府與公交款曲，篤世契三十年，一別終天，有恨何如！尋步入街西故里，眄睞竹樹，慨然有聞，遂懷人之愴，老淚濡毫，而有斯作。〔註4〕

這段記載雖短，但對石君寶的生平記載比較詳細，從軍的經歷，孝順的行爲以及灑脫的品行等等。石君寶平生著有雜劇十種，現僅存三種：《魯大夫秋胡戲妻》、《李亞仙花酒曲江池》、《諸宮調風月紫雲亭》，另外七種皆已散佚。

作爲金朝的女眞族遺民，在蒙古族統治的元朝生活，石君寶的世界觀和價值取向都有異於中原傳統。他骨子裏滲透的是少數民族的那種原始自由的天性，少受儒學禮教的束縛，性情豪邁，思想開放，創作具有反抗意識和叛逆精神。當他以中原的傳奇故事爲底本，開始進行雜劇創作時，不可避免地添加了民族風味的作料，體現出了時代的特色。

這位性情豪放、行爲灑脫的劇作家所創作的《曲江池》，取材於李娃故事，但取於斯並非拘與斯。原本，唐傳奇的文化視角立足於男權社會。《李娃傳》的思想核心展現的是唐代科舉制度下文人在功名與情欲間的矛盾。雖爲仕妓之戀，但側重的則是對李娃的表彰，頌的是李娃的節行，重的是科舉仕途、家世門第觀念的深入人心。

石君寶在自己的審美創作平臺上，勾勒出一個性格鮮明，敢愛敢恨的李亞仙，描繪了一段圓滿的仕妓戀。將故事的思想意義向人性向愛情方向大膽靠近。戲劇增加了人情的分量，突出了李亞仙對愛的熱烈主動，對情的忠貞不貳。他筆下的李亞仙有著閉月羞花的絕代風姿，有著敢愛敢恨的剛強性格，有著通情達理的賢良品質。石君寶以雜劇這種形式來展示李鄭故事，說唱念白的表達形式使人物形象更加立體豐滿，故事情節環環相扣，緊湊嚴密。

〔註 4〕李修生：《全元文》（六），江蘇古籍出版社，1999 年版，第 541 頁。

二、朱有燉：皇族作家教化至上

朱有燉作爲一名位居統治階層的劇作家，他的身體力行都浸染著皇家貴族的氣息。儘管他也有人生的不如意，他也有憤懣與不滿，但他的創作意圖絕不是簡簡單單的娛樂普通大眾。深入骨髓的統治階級思想令他的作品更多了一些封建統治層面上的教化意義，其創作意圖正如他作品中所言，「捕風教知音共賞」〔註 5〕。

朱有燉，號誠齋，別署全陽子，全陽翁，全陽道人，梁園客，老狂生，錦窠老人等。生於明洪武十二年（公元 1379 年），卒於明英宗正統四年（公元 1439 年）。他是明太祖朱元璋之五子周定王朱橚的長子，襲封周王，在位近 14 年。因其滿腹才華，博學多能而謚爲「憲」，故世稱「周憲王」。

> 憲王諱有燉，定王第一子。性警拔，嗜學不倦。建文時爲世子，父定王被鞫，世子不忍非辜，乃自誣伏，故定王得未滅，遷雲南蒙化，而留王京師，已復安置臨安。及復國，文皇爲《純孝歌》以旌之。章皇故與王同舍而學，極蒙知眷，至是恩禮視諸王有加，顧不以貴寵廢學。進退周旋，雅有儒者氣象。日與劉醇、鄭義諸詞臣剖析經義，多發前賢所未發。復喜吟詠，工法書兼精繪事，詞曲種種，皆臻妙品。人得片紙只，至今珍藏。正統四年薨，葬祥符城南之棗林莊。〔註 6〕

朱有燉自幼天資聰慧，在皇家優越的條件下，接受著良好的文化薰陶和儒賢教育，博學多才，並以仁孝著稱。幼時，政治才華初露鋒芒。洪熙元年，他繼立爲周王，奉藩尤謹，不越雷池。然而置身皇室鬥爭的漩渦中，風波依舊平地而起。據《金梁夢影錄》記載： 朱有燉居藩邸，「甚著聲譽，朝廷忌之。會有希旨謂開封有王者氣，詔毀城南繁塔七層以厭之。王懼，乃溺情聲伎以自晦云。」〔註 7〕朝廷的警惕防範，不斷鎮壓，不免使朱有燉心生恐懼，不敢隨意施展政治才華，只好整天與翰墨、聲伎爲伴，終日沉緬於音律和文學創

〔註 5〕朱有燉：《李亞仙花酒曲江池》，《古本戲曲叢刊》四集之三．脈望館鈔校本古今雜劇（第 39 冊），影印本，商務印書館，1958 年版，第 6 頁。

〔註 6〕清管竭忠《開封府志》卷七，任遵時的研究指明，實際上管竭忠《開封府志》卷七並沒有這一記載，而在明朱睦㮮的《開封府志》卷六可以找到這一資料，任遵時認爲：「日人八木澤元乃誤以爲出自清人管竭忠之《開封府志》，不知何據，而國內人士乃有以訛傳訛者」。

〔註 7〕趙曉紅：《天潢貴胄 北曲大家——明初皇室戲曲家朱有燉》，戲劇研究網，2004 年 10 月 27 日。

作裏來韜光養晦，藉以避禍。皇族的身份給他帶來的並不單單是世人想像的那種華貴的生活，奢華的背後暗伏著危機，朱有燉往往是無意地就被捲入宮廷內部的爭鬥中去，因而也是更加無奈地於文藝殿堂中去脫身。正因如此，反而成就了他在文學藝術上的造詣。

朱有燉善爲詩賦，工書法，尤長於填詞。詩文集有《誠齋錄》、《誠齋新錄》、《誠齋牡丹百詠》等等，而其最出色的還是散曲和雜劇作品。散曲集有《誠齋樂府》。雜劇共 31 種，由於朱有燉皇族的特殊身份，使得他的雜劇作品都在其在世時就得以刊刻，而且將初刻本也一直保留至今。因此，對於朱有燉的研究，具體的文本都可得以再現。

儘管朱有燉極力用聲色來掩飾自己的政治抱負，但是由於特殊的身份和時代的局限，決定其一生的文學風格和藝術傾向必定是爲特定的政治歷史時期和統治階級的需要而服務的。

《曲江池》創作於公元 1409 年，朱有燉認爲石君寶的同題材雜劇：

> 詞雖清婉，敘事不明，鄙俚尤甚，止可付之俳優供歡獻笑而已，略無發揚其行操使人感歎而欣羨也。〔註 8〕

因而，他的劇作是在不滿石劇的基礎上創作的。他將故事的整體脈絡回歸到《李娃傳》，是對唐傳奇的完整改編。從兩部作品中，我們可以看出，基於《李娃傳》這個創作藍本，石劇重在刪節，以突出典型人物的典型性格；朱劇則重在增加完善，以實現統治階級在某種意義上的宣傳與教化。

綜上所述，石君寶是生活在元代蒙古族統治下的女眞族作家，朱有燉身上則流淌著正統的漢家皇族血脈；石君寶尚武，朱有燉則喜文；石君寶清貧一世，朱有燉則錦衣玉食；石君寶以良家身份從軍，朱有燉則是正統皇孫襲位。二者出身不同，地位不同，接觸社會層面不同，所思所想也然不同。石劇的受眾對象是普通大眾，而朱劇則是高高在上的貴族階層。因而即使是同樣的題材，也流露著不同的思想，延承著不同的軌跡。

第二節　情節比較

石劇採用標準的元雜劇結構模式，且本雜劇，四折一楔子。劇情大致如下：意氣風發的鄭元和帶著光宗耀祖的使命上京赴選，於某一春日同名妓李

〔註 8〕吳毓華：《中國古代戲曲序跋集》，中國戲劇出版社，1990 年版，第 38 頁。

亞仙曲江池畔偶遇，二人一見鍾情，迅速墜入愛河。鄭元和溫柔鄉里失了志氣，不曾進取功名，只將錢財揮霍殆盡，終被虔婆趕將出來，與人送殯唱輓歌以謀生。李亞仙重情意，元和被趕走後，不思茶飯，更不肯接客賺錢。虔婆明知鄭元和送殯唱挽，故意帶亞仙去看他的窮身潑命，以求其死心。不料亞仙據理與虔婆爭辯，指出其醜惡行徑，大膽爭取愛情。在元和因辱沒家門被父痛打丟棄後，收留並與虔婆爭執，毅然贖身與元和另尋房屋居住，鼓勵其用心溫習經書，以待再赴選場。鄭元和一舉考中，攜妻走馬上任。李亞仙勸其禮遇舊識趙牛筋，接濟當年惡虔婆，更動之以情、曉之以理，以死逼其認父。最終，劇本以父子相認，闔家團圓而告結。

朱劇同樣取材於《李娃傳》，情節設置上更加接近唐傳奇，較為完整，同時又增加了很多情節。劇中，鄭元和領父命上朝取應，受歹人編排與奉母命外出尋覓有錢子弟以貼補家用的李亞仙相遇，原本因由他人的謀利行為驅使，卻成就了一段完美愛情。鄭元和試圖另置房舍、娶妻成婚，怎奈虔婆不允，與其一處，錢財揮霍一空。見利忘義的虔婆使「倒宅記」強將二人拆散。淪為乞丐的鄭元和與因「酒色財氣」而落魄的眾乞丐混跡一處，被鄭父發現後痛打並遺棄。李鄭相遇後，亞仙堅持贖身護讀，元和考場出色發揮，一舉高中。赴任後，父子相認，在鄭父主持下，堅持「風塵匪妓不可以與品官相配」〔註 9〕的李亞仙同功成名就的鄭元和有情人終成了眷屬。

相比較石劇的理想主義而言，朱劇在情節構思上重點突出了教化的意圖。

一、從個性張揚的愛到禮教規範的情

二劇均以李鄭二人愛情為主線，但在身處元代的女真族劇作家石君寶眼中，追求真摯的愛情是人的天性；而皇室傳人朱有燉卻時刻不忘禮教，即使成就於煙花柳巷的愛情也同樣會受到傳統觀念的束縛。通過劇作的故事情節，凸顯了二劇所分別側重的人性與禮教。

石劇僅用一折來描繪李鄭從相遇、相識到相知的全過程。陽春三月，李鄭二人一見鍾情。互訴了傾慕之感，亞仙形容了自家虔婆的貪婪與醜惡，但元和也表明了其無懼的心理，於是雙雙墜入愛河，愛得大膽率真。

而朱劇卻不似這般隨性，兩折的篇幅，不僅僅道出了李鄭間的情真意

〔註 9〕朱有燉：《李亞仙花酒曲江池》，《古本戲曲叢刊》四集之三・脈望館鈔校本古今雜劇（第 39 冊），影印本，商務印書館，1958 年版，第 33 頁。

切，更附著了朱有燉作爲一個深受儒家傳統思想薰陶的劇作家所附加的教化成分。二人郊外相遇，是歹人安排的騙局，目的是詐取錢財，成就的卻是堅貞的愛情。朱劇沒有像石劇中那樣，李鄭相互間大膽表達愛意，當即同席而宴。而是通過絲鞭〔註 10〕這樣一個堪比信物的道具，來傳情達意。通過「墜鞭——拾鞭」，一來試探，二來留情。一見鍾情後，元和正式登門拜訪，並奉上重金以求禮聘，眞心求娶。雖虔婆未應另置門戶，但元和鄭重提出了：

【紅繡鞋】子我是新女婿初成繾綣，你將那舊姨夫再莫留連，玉粳牙休兜上野狐涎，我爲甚緊栽連理樹，子要你同長並頭蓮，休道是你緣薄咱分淺。〔註 11〕

由此可見經明代劇作家再創作後，本該自由萌發的愛情罩上了很多婚姻禮數、道德節操的外衣。鄭元和此舉，雖未經「父母之命，媒妁之言」〔註 12〕，這是由於受唐傳奇故事本身所限，但從本意來講，登門拜訪，重金禮聘，顯然就是明媒正娶的架勢。在以儒家思想爲主導的中國封建社會，「男女授受不親」〔註 13〕，婚姻的締結，必須是「父母之命，媒妁之言」，正統的思想竭力排斥自主的愛情。「昏禮者，將合二姓之好，上以事宗廟，而下以繼後世也」〔註 14〕，並非愛情所致。正經人家的女子久居深閨，男女間的眞情是被扼殺的。似李亞仙這樣的娼妓，只應該是男子的玩物，也不存在眞正的感情。然而，愛情是一種自然流露的感情，禮教的遏制是淩駕於人性自由之上的。石君寶通過對李鄭愛情的描述，大膽地張揚人性、謳歌愛情，同封建倫理背道而馳。而朱有燉則努力將二者的愛情拉回到合乎封建倫理的道路上來。

二、從人性至上到父爲子綱

當鄭元和功成名就之後，面對前來相認的鄭父，二劇情節上背道而馳。石劇將人性置於首位，朱劇則遵從著「父爲子綱」的教條。

〔註 10〕絲鞭在古代用作締結婚姻的信物。

〔註 11〕朱有燉：《李亞仙花酒曲江池》，《古本戲曲叢刊》四集之三・脈望館鈔校本古今雜劇（第 39 冊），影印本，商務印書館，1958 年版，第 12 頁。

〔註 12〕孟子：《孟子・滕文公下》（經書正文五），影印奎章閣本，第 51 頁。

〔註 13〕孟子：《孟子・離婁上》（經書正文五），影印奎章閣本，第 40 頁。

〔註 14〕楊天宇：《禮記譯注》，上海古籍出版社，2004 年版，第 815 頁。

石劇中，當鄭父妄求認子時，元和表現出了決絕的態度。

（末云）吾聞父子之親，出自天性，子雖不孝，爲父者未嘗失其顧復之恩；父雖不慈，爲子者豈敢廢其晨昏之禮？是以虎狼至惡，不食其子，亦性然也。我元和當輓歌送殯之時，被父親打死，這本自取其辱，有何仇恨？但已失手，豈無悔心？也該著人照覷，希圖再活。縱然死了，也該備些衣棺，埋葬骸骨。豈可委之荒野，任憑暴露，全無一點休戚相關之意？（歎科）嗨，何其忍也！我想元和此身，豈不是父親生的？然父親殺之矣。從今以後皆託天地之蔽祐，仗夫人之餘生，與父親有何干屬，而欲相認乎？恩已斷矣，義已絕矣，請夫人勿復再言。〔註 15〕

而朱劇中，父子相認順理成章，沒有絲毫衝突可言。

（做與末相見相認科，末云）不想是父親到此，想當日曲江池邊棄置之時，尊親太嚴，豈知今日再得會面。（老孤）當原一時之失父子天性，豈可有絕，即當父子如初。〔註 16〕

來自草原的少數民族有著不同於中原的倫理觀，「韃人賤老而喜壯」〔註 17〕，只求人性的自由，對於儒家傳統的父子綱常不是非常重視。以至於石君寶筆下的鄭元和，敢於對憑藉父權虐殺親子的父親進行血淚控訴，拒絕相認。這在封建時代具有相當大的思想性突破。如此編排，並非說是石君寶的意識中沒有孝道觀念的存在，作品中這樣表現，顯然是將人性大膽地擺在了綱常之上，這一點是朱有燉難以超越的。身份的限制，思想的禁錮，注定朱有燉的作品在追求藝術審美之餘不忘封建倫理的教化與宣傳。

三、從婚戀自由到門第束縛

當鄭元和功成名就、領銜赴任之時，石君寶刻意刪掉了唐傳奇中劍門送別的情節，而直接寫成鄭元和不告而娶，爲李鄭二人掃除了門第這層障礙。同時，對於李鄭的結合，封建家長鄭父也毫無芥蒂，欣然接受這一「賢惠媳婦兒」。而

〔註 15〕石君寶：《李亞仙花酒曲江池》，王季思：《全元戲曲》（第三卷），人民文學出版社，1999 年版，第 522 頁。

〔註 16〕朱有燉：《李亞仙花酒曲江池》，《古本戲曲叢刊》四集之三・脈望館鈔校本古今雜劇（第 39 冊），影印本，商務印書館，1958 年版，第 34 頁。

〔註 17〕趙珙：《蒙韃備錄》，陶宗儀：《說郛》（卷 54），中國書店，1986 年版，第 20 頁。

朱有燉卻在劇本中刻意強調了門第之別，「姻緣不甚門廝當」〔註18〕，「念妾身所出微賤，風塵匪妓不可以與品官相配」〔註19〕，「終始如一起豈可以，妾又玷污夫人之位」〔註20〕，再一次流露他作為一個藩王的寫作立場和視角。

元朝雖然等級制度森嚴，但體現的是民族間的對立與排斥，在本民族內部的層次觀念相對弱化，婚戀比較自由，不受門當戶對之說限制。但是明代則不同，門第觀念深入人心，高門大戶以門第為標榜，互相攀比，著重表現在大戶聯姻，以鞏固社會政治地位，然而由門第觀念所造成的愛情悲劇數不勝數。

如果說石君寶接近下層百姓，表達的是追求平等自由的愛戀的市民理想，那麼朱有燉則完全是統治者的視角。他所關注的是女子如何以貞潔來侍夫，臣子如何以赤誠來效國。劇作的結局雖然是依據題材起源設計為大團圓的結局，但是門第觀念不得忽視。千百年來所形成的尊卑觀念在朱有燉心裏紮根，有意無意地始終在維護著正統權威意識。

四、朱劇獨創情節突顯教化意圖

朱劇中獨創情節的旨向也是教化意圖。一二折中，增加了劉員外這個人物，借其落魄後耍賴、索要鹽引時與鄭元和的對話，寫出他對嫖妓下場的認識。朱劇別後的故事主要置於三、四折中，而三、四折多處情節又為作者的創新。

第三折中，增加了寒冬臘月鄭元和淪為乞丐的細節，細數了導致周遭數人淪落的酒色財氣之禍。

> **【醋葫蘆】酒呵，助豪吟詩百篇，放踈狂醉一席。這酒泛玻璃，斟琥珀，小槽邊，深巷裏，碧澄澄香馥馥的潑春醅。你道是釣詩鈎，掃愁帚，旋添綿，增和氣，暖融融的紅了面皮。酌葡萄銀甕裏，飲羊羔金帳下，歎談一會，下場頭只落得臥槽丘唱醉水。這的是得便宜番做了落便宜。**

〔註18〕朱有燉：《李亞仙花酒曲江池》，《古本戲曲叢刊》四集之三．脈望館鈔校本古今雜劇（第39冊），影印本，商務印書館，1958年版，第33頁。

〔註19〕朱有燉：《李亞仙花酒曲江池》，《古本戲曲叢刊》四集之三．脈望館鈔校本古今雜劇（第39冊），影印本，商務印書館，1958年版，第33頁。

〔註20〕朱有燉：《李亞仙花酒曲江池》，《古本戲曲叢刊》四集之三．脈望館鈔校本古今雜劇（第39冊），影印本，商務印書館，1958年版，第34頁。

【醋葫蘆】色呵，歌玉樹彩雲低，舞霓裳翠袖垂。只因他柳眉踈，星眼秀，點櫻唇，迎杏臉，美甘甘嬌滴滴好東西。更有等蹓花街，踏陣馬，錦纏頭，金買笑，喜孜孜的成了配匹。受用些，被兒中，枕兒上，臉兒偎，腿兒厭，雲雨歡會，下場頭只落得守孤燈捱長夜。這的是得便宜番做了落便宜。

【醋葫蘆】財呵，聚青蚨百萬堆，列珊瑚十數圍。端的是物之魁，人之膽，失之貧，得之富，通神的個好相識。你便待販南商，爲圵客，慣經營，能積攢，把金銀直堆到圵斗齊。你便賽石崇過郿塢，腰纏著十萬貫敢誇那豪貴。下場頭只落得披羊皮蓋稿薦。這的是得便宜番了落便宜。

【醋葫蘆】氣呵，逞䨴豪猛力威志，衝霄氣蓋世勢蓋世。勢昂昂，雄赳赳，吐虹霓，搏天漢，觀著星斗恨雲低。你子待伴游俠，同惡少，學會拳，打會棒，爭鬥鼓腦的尋對敵。你待似孟施舍不膚撓，不目逃挫一毫，若鞭撻的浩然之氣。下場頭只落得叫爹爹呼妳妳。這的是得便宜番做了落便宜。〔註21〕

第四折裏，又增加了元和考試的情節，插入了鄭元和與歪秀才、假秀才一起參加考試的過程，歪、假二人沒有眞才實學，洋相百出。幽默之餘諷刺了其他不學無術考生的無知。既襯托鄭元和的眞才實學，又增添了舞臺效果。

這些增設的內容恰是劇作家故意展現的內容，可見其用心良苦。酒色財氣誤人不淺，唯有眞才實學方可晉身仕途光宗耀祖。明顯的教化意圖體現得淋漓盡致。

多處情節內容的相異，恰好證明了作者立意的不同。

第三節　人物比較

雜劇是一種舞臺藝術，主題思想、故事情節、藝術內涵都是通過人物表現來展示的。儘管兩部雜劇中的重要人物皆來自於唐傳奇，但同一模型經過不同藝術家的雕琢，顯然會呈現出不同的風采。不同時代精神風貌浸染過後的人物身上，折射出了兩位劇作家的人生理想和審美追求的差異。

〔註21〕朱有燉：《李亞仙花酒曲江池》，《古本戲曲叢刊》四集之三‧脈望館鈔校本古今雜劇（第39冊），影印本，商務印書館，1958年版，第22～23頁。

一、李亞仙

李亞仙是整個故事的主角，二位劇作家都在她的身上傾注了心血，賦予了深刻的內涵。石劇中，李亞仙性格率直、剛烈、敢作敢爲，對愛情主動、熱情，對醜惡行徑敢於據理抗爭；朱劇中，李亞仙雖對愛情堅貞、執著，但卻透露著被禮教制約的被動成分，謹守婦道，遵從倫理，有著封建時代女子的幽怨與無可奈何。

（一）對待禮教：從自我覺醒到理性回歸

從石劇中的李亞仙身上，我們可以看到一種女子的自信自強、自主自立精神，一種愛情意識的覺醒。石劇是旦本戲，所有的唱詞底氣十足，透露著一種自信與智慧。劇中，李亞仙身上有著風塵女子的潑辣與不拘小節，但也正因如此，造就了她對眞愛的大膽。面對心上人，絲毫沒有封建社會閨閣女子的扭捏羞澀，敢於直白地表達所思所想。如：

> 【鵲踏枝】**牆花也甚芳鮮，路柳也不飛綿。忙殺遊蜂，恨殺啼鵑，沒亂殺鳴珂巷亞仙。兜的又引起頑涎。**〔註 22〕

與鄭元和一見鍾情後，毫無遮掩地表達愛意，主動示好。在二人相互表白之後，即刻表態，「準備著從良棄賤」〔註 23〕：

> 往常我回雪態舞按柳腰肢，遏雲聲歌盡桃花扇，從今後席上尊前靦腆。〔註 24〕

但是，劇中的亞仙並非是盲目地追求愛情，她有著理性的一面。如下是她與劉桃花的一段對話：

> （正旦云）妹子，我想你除了我呵，便是個第一第二的行首，你與那村廝兩個作伴，與他說甚麼的是？（外旦云）姐姐，我瞎漢跳渠，則是看前面便了。（正旦云）這的怕不是那，（唱）
>
> 【油葫蘆】**則你那癆病損的身軀難過遣，可怎生添上喘？央及殺粉骷髏也吐不出野狐涎。折倒的額顱破便似間道皮腰線，折倒的胸脯瘦便似減骨芭蕉扇。**（帶云）妹子，（唱）**如今那統鏝的郎漢又**

〔註 22〕石君寶：《李亞仙花酒曲江池》，王季思：《全元戲曲》（第三卷），人民文學出版社，1999 年版，第 506 頁。

〔註 23〕石君寶：《李亞仙花酒曲江池》，王季思：《全元戲曲》（第三卷），人民文學出版社，1999 年版，第 508 頁。

〔註 24〕石君寶：《李亞仙花酒曲江池》，王季思：《全元戲曲》（第三卷），人民文學出版社，1999 年版，第 508 頁。

村，謁槳的崔護又蹇，他來到謝家莊幾曾見桃花面？酩子裏揣與些柳青錢。〔註 25〕

雖然沒有明確提出自己的人生規劃，但是在勸誡好姐妹劉桃花的言語中，看得出她對自己身爲妓女所處境地的理性認識。

正如么書儀先生所言：「元人愛情劇中，女子地位的提高，她們性格、心理上的自信和行動上頑強追求的出現，傳統的『男尊女卑』觀念在劇中顯示出來的某種程度上的削弱甚至『顛倒』，產生的原因是複雜的、多方面的。這個問題，可以分兩個方面來進行考察。一是由於社會情況的變異，以及由此引起的社會觀念、習俗標準的變化，二是由於創作者的社會地位的改變而產生創作心理上的不同狀態。」〔註 26〕

劇中亞仙性格中的自信與自知，得益於石君寶對社會底層妓女群體的認識態度，既有讚賞，亦有同情，給予她們自主權，而並非將其完全籠罩在男權話語狀態之下。元代科舉制度的廢止，令大批文人混跡於勾欄瓦肆，同娼妓、優伶爲伍。「八娼九儒十丐」的身份定位，使得他們對與底層的這些娼妓、優伶報以眞誠的同情、理解和尊重，體現在作品中，往往賦予女性自主的覺醒意識和反抗精神，如石君寶的另外一部雜劇《秋胡戲妻》就前所未有地大膽提出了「整頓妻綱」這樣的概念，體現出女性對自我的肯定。

而朱劇則不然。風月場合的男歡女愛僅僅是被迫無奈，她對於自己的未來有著明確的規劃。以美色賺錢是應付虔婆的生活手段，眞正嚮往的是中規中矩的婚姻生活。

【端正好】我子待立清名，伴一個多才秀有文章學業儒流，等得他青霄一舉成名後，匹配上鳳鸞儔，將煙月恁時收撇罷了，浪包婁打迭起鬼胡由，那其間再不被您這閒雲雨相迤逗。〔註 27〕

雖然李亞仙頗爲倔強地堅持著自己的愛情憧憬和擇偶標準，卻依舊不得不聽命於虔婆，以美色爲其獲利。能夠遇到鄭元和，也屬於謀劃中的偶然。面對意中人，李亞仙拾鞭留情，雖心下已然待嫁，卻不似石劇中主動邀請，而是

〔註 25〕石君寶：《李亞仙花酒曲江池》，王季思：《全元戲曲》（第三卷），人民文學出版社，1999 年版，第 505 頁。

〔註 26〕么書儀：《元代文人與元代社會》，北京大學出版社，1997 年版，第 45 頁。

〔註 27〕朱有燉：《李亞仙花酒曲江池》，《古本戲曲叢刊》四集之三・脈望館鈔校本古今雜劇（第 39 冊），影印本，商務印書館，1958 年版，第 3 頁。

等候鄭元和來行禮聘之禮。

> （正旦引卜梅香上）妾身李亞仙，自從昨日郊外見了那鄭秀才，生的外才內才表裏相稱，又且無婚。我一心待嫁與他爲妻，他心中也動，故墜絲鞭。今日已將劉員外趕出去了，梅香打掃了房子，安排下酒食，秀才必定來也。〔註28〕

雖爲妓女，卻不逾禮。雖處煙花柳陌，卻不失小家碧玉的嬌羞女兒姿態。由此可見朱有燉對於傳統禮數的中規中矩。他的身份地位決定了他創作的使命，他所要宣揚的是女子如何守節，貞操如何重要，愛情在禮教面前顯得微不足道。而且在作品中一再以功利性的目的來掩飾愛情意識自由萌發的眞相。

在中國以男性爲中心的封建男權社會中，女性的生存狀況歷來是卑躬屈膝、逆來順受，沒有獨立的人格，更沒有自我的意識。回顧中國漫漫歷史，不難發現傳統禮教文化對中國古代婦女的禁錮。人類歷史自母系氏族之後，男性就作爲主導者上昇了從社會、經濟、政治各個方面的支配地位，封建社會的女性完全是男權的附庸。封建意義上的女性只能囿於家務，嚴守著三從四德，封建的倫理綱常滲入骨髓，控制著靈魂。傳統的女性文化以男權的立場爲女性帶上了枷鎖。以至於官方正史中記載歌頌的都是那些所謂的貞潔烈女，而乏見具有眞性情的女子出現。明代對於女子操守格外看重，強調「夫爲妻綱」，倡導婦女守節，旌表節婦烈女。朱有燉站在一個藩王的立場上，理所當然地鼓吹著夫權和倫理對女性的限制，劇中的李亞仙在這種大的背景環境下中規中矩地沿著禮教的規範而行事。

（二）對待愛情阻力：從決然反抗到屈從隱忍

二劇遵從唐傳奇《李娃傳》的故事情節，皆希望李亞仙從良、過上幸福生活，但爭取的方式卻不相同。二劇中女主角在理想的愛情面前，內心嚮往、渴求，但表達的方式卻大相徑庭。面對愛情阻撓，石劇中亞仙表現的是努力爭取，大膽反抗；朱劇中則強調對愛的堅貞與操守。石劇賦予女主角這種反抗精神在封建時代具有理想色彩，體現著劇作家自身的鬥爭意識；朱有燉則是作爲禮教的衛道士極力地在作品中展現倫理道德、儒家傳統的強大鉗制力量。

石劇中，因鄭元和被趕走後，李亞仙「茶不茶、飯不飯，又不肯覓錢」

〔註28〕朱有燉：《李亞仙花酒曲江池》，《古本戲曲叢刊》四集之三・脈望館鈔校本古今雜劇（第39冊），影印本，商務印書館，1958年版，第9頁。

〔註 29〕，於是，虔婆採用心理戰術，帶亞仙去看鄭元和窮酸落魄的境地，企圖用殘酷的世態來打擊純潔的愛情。不料，亞仙卻毫不客氣地與其辯論，給予庸俗的世情一記沉重的打擊。同時，更加嚴厲地譴責了虔婆的醜惡行徑。

【牧羊關】常言道「街死巷不樂」，（卜兒云）你只看他穿著那一套衣服，（正旦唱）可顯他身貧志不貧。（卜兒云）他緊靠定那棺函兒哩。（正旦云）誰不道他是鄭府尹的孩兒？（唱）他正是倚官挾勢的郎君。（卜兒云）他與人搖鈴兒哩。（正旦唱）他搖鈴子當世當權。（卜兒云）他與人家唱輓歌兒哩。（正旦唱）唱輓歌也是他一遭一運。（卜兒云）他舉著影神樓兒哩。（正旦唱）他面前稱大漢，只待背後立高門。送殯呵須是仵作風流種，唱挽呵也則歌吟詩賦人。（虛下）〔註 30〕

從二人的對答中，首先看得出李亞仙對虔婆唯錢是瞻的醜態的厭惡，其次也明確地表達了對鄭元和的愛慕與欣賞，即使窮酸落魄，情人眼裏依舊光彩熠熠。

為了愛情，李亞仙敢於爭取。

【黃鍾煞】則是個悶番子弟粗桑棍。（云）繫著這條舞旋旋的裙兒，也不是裙兒，（唱）則是個纏殺郎君濕布裩。接郎君分外勤，趕郎君何太狠？常言道娘慈悲，女孝順，你不仁，我生忿。到家裏決撒噴，你看我尋個自盡，覓個自刎。官司知決然問，問一番，拷一頓。官人行怎親近？令史每無投奔。我著你哭啼啼帶著鎖，披著枷，恁時分，（云）走到衙門前，古堆邦坐的。有人問，媽媽你為甚麼來送了這孤寒的老身？媽媽道：這都是俺那生忿的小賤人送了我也。（唱）我直著你夢撒了撩丁倒折了本。〔註 31〕

……

【二煞】我和他埋時一處埋，生時一處生。任憑你惡叉白賴尋爭競。常拚個同歸青冢拋金縷。更休想重上紅樓理玉箏。非是我誇

〔註 29〕石君寶：《李亞仙花酒曲江池》，王季思：《全元戲曲》（第三卷），人民文學出版社，1999 年版，第 510 頁。

〔註 30〕石君寶：《李亞仙花酒曲江池》，王季思：《全元戲曲》（第三卷），人民文學出版社，1999 年版，第 512 頁。

〔註 31〕石君寶：《李亞仙花酒曲江池》，王季思：《全元戲曲》（第三卷），人民文學出版社，1999 年版，第 513 頁。

> **清正，只爲他星前月下，親曾設海誓山盟。**〔註 32〕

段段鏗鏘有力的唱詞，使得亞仙形象豐滿，剛烈的性格躍然而現。

朱劇裏的亞仙卻不似這般潑辣，敢於反抗。明明有著自己高潔的志向：

> 我子待立清名，伴一個多才秀有文章學業儒流，等得他青霄一舉成名後，匹配上鳳鸞儔，將煙月恁時收撇罷了，浪包婁打迭起鬼胡由，那其間再不被您這閒雲雨相迤逗。〔註 33〕

卻不得不委屈自己被迫去尋找有錢的子弟，以犧牲自己的色相爲貪婪的虔婆賺錢。

石劇中，惡虔婆因元和錢財盡空而將其趕將出去，沒有設計倒宅計的情節，也就省略掉了李亞仙此時的態度；而朱劇則不然。當鄭元和錢財盡空之時，李亞仙仍不離不棄，雖堅守著愛情，卻不敢似石劇中那樣大膽、潑辣地爭取。

> **【黃鍾醉花陰】好教我怨綠愁紅自傷感，沒端的情堅意慘，寬掩過越羅衫，雲鬢鬖髿恁的腰圍減。**〔註 34〕

一段唱詞，令封建時代女子的幽怨與壓抑不予言表。爲了刻畫李亞仙的「守志不肯棄舊憐新」〔註 35〕，朱有燉故意將倒宅計的情節展開鋪敘，並且劇作家還獨具匠心地將《李娃傳》中李娃是倒宅計謀的知情與參與者改爲雜劇中的虔婆詭計的受害人，由此突出了劇中李亞仙對愛情的忠貞不渝，同時也反映了她的軟弱與隱忍。

在贖身伴讀，元和一舉及第欲將赴任時，二劇中亞仙的表現又是南轅北轍。石劇中，夫妻舉案齊眉、相攜赴任。石君寶把李亞仙塑造成一個識大體、明事理的得力賢內助。雖沒有授予她「汧國夫人」這樣在元代根本不切實際的榮譽，但通過輔助夫君周濟貧人、普度慈悲的善舉，以及以死相逼勸鄭認父團圓的行爲，展現出她善良、智慧的一面。

而朱劇繼承了《李娃傳》送至劍門而別的情節，突出了門第等級觀念在

〔註 32〕石君寶：《李亞仙花酒曲江池》，王季思：《全元戲曲》（第三卷），人民文學出版社，1999 年版，第 517 頁。

〔註 33〕朱有燉：《李亞仙花酒曲江池》，《古本戲曲叢刊》四集之三．脈望館鈔校本古今雜劇（第 39 冊），影印本，商務印書館，1958 年版，第 3 頁。

〔註 34〕朱有燉：《李亞仙花酒曲江池》，《古本戲曲叢刊》四集之三．脈望館鈔校本古今雜劇（第 39 冊），影印本，商務印書館，1958 年版，第 17 頁。

〔註 35〕朱有燉：《李亞仙花酒曲江池》，《古本戲曲叢刊》四集之三．脈望館鈔校本古今雜劇（第 39 冊），影印本，商務印書館，1958 年版，第 16 頁。

李亞仙心中的根深蒂固。

> （旦）念妾身所出微賤，風塵匪妓不可以與品官相配。今妾已盡所願答報官人之恩，終始如一起豈可以，妾又玷污夫人之位，今即欲告別。然南行千里，途中無人奉侍，妾謹當送官人至劍門，官人自去到任，別擇鼎族以繼良姻，妾即當還家以侍老母，守志終身。豈不孝義雙美也。〔註36〕

朱有燉筆下的李亞仙，寧可委屈自己退守貞潔，也不願「玷污夫人之位」〔註37〕，情願犧牲自己的愛情與幸福，來成全鄭元和完成光耀門楣的使命。

綜觀兩部雜劇中的李亞仙，石劇中潑辣、熱情、大膽、重情又仗義，具有反抗精神和鬥爭意識；朱劇中則是善良、堅貞、謹守婦道。唐傳奇中的李娃，雖爲倡女，但節行瑰奇，她有著少女懷春的心理，有著風月場合的世故，有著實施陰謀後的懺悔，有著佐君成器的智慧，有著身份地位的自知，有著嚴謹治家的節行。從戲走情場的風塵女子到謹守婦道的汧國夫人，這樣的形象塑造，既符合唐朝開放的時代氛圍，同時又不脫離傳統禮教的規範。這樣一個人物原型，石、朱二人塑造出來的人物卻擁有不同的性格，朱劇將石劇已經改造的形象復原，這種復原實際上是傳統禮教的恢復。究其原因，還當歸結到不同朝代不同階級的二位劇作家價值立場的差異上來。

從時代的審美來考察，兩個李亞仙都是完美的。之所以形象差異如此之大，是因爲時代的審美標準發生了變化。從眾多的元雜劇作品中我們可以看出，元雜劇作家筆下的女性形象往往極具反抗精神，無論是《西廂記》中的崔鶯鶯，《竇娥冤》中的竇娥，還是《秋胡戲妻》中的羅梅英，她們來自不同的階層，但是具有共同的特點——自我意識和鬥爭精神。這也說明了元代文人身處市井，接近百姓，如此創作既表明了時代的審美特徵，又表達了作者的思想傾向。而明代，尤其是明前期，程朱理學「存天理滅人欲」的虛僞和殘酷爲女子帶上了沉重的枷鎖，禮教規範下的女子嚴守著三從四德，不敢越矩半步，節婦烈女輩出。《明史・列女傳》中實收308人，但從現象來看，遠不止此。明代所立貞節牌坊史上最多，而這些牌坊鎮壓著的，正是無數貞節女性的斑斑血淚和不堪的苦痛。這樣的時代背景下，位列統治階級的朱有燉

〔註36〕朱有燉：《李亞仙花酒曲江池》，《古本戲曲叢刊》四集之三・脈望館鈔校本古今雜劇（第39冊），影印本，商務印書館，1958年版，第33～34頁。

〔註37〕朱有燉：《李亞仙花酒曲江池》，《古本戲曲叢刊》四集之三・脈望館鈔校本古今雜劇（第39冊），影印本，商務印書館，1958年版，第34頁。

的作品中所流露出的必定是時代精神所在。因而用禮教來規範李亞仙這個樂坊出身的妓女，也就不足爲怪了。

二、鄭元和

石劇是旦本戲，鄭元和除了楔子，基本沒有唱詞，僅通過說白和科範來塑造其形象。相較李亞仙而言，石劇中鄭元和形象顯得較爲薄弱。

而朱有燉借助明雜劇形式活泛的特點，在唱腔上採用旦、末、淨多人對唱、輪唱等形式，從正面表現、側面烘托來增加鄭元和戲份的權重，令其形象得以強化。由朱有燉獨創，增加出來的情節，基本上都是與鄭元和有關的。由此也看得出劇作家男權思想所佔的分量。通過鄭元和的一系列言行實現其儒家傳統的教化意圖。

（一）面對愛情：從感性到理性

石劇中的鄭元和，是一個較爲單純的形象，遇事比較感性。遵父命上京赴選，趾高氣昂。作詩云：「萬丈龍門則一跳，青霄有路終須到。去時荷葉小如錢，回來必定蓮花落。」〔註 38〕雖氣勢十足，但末句「回來必定蓮花落」似乎一語成讖。當曲江池邊偶遇亞仙，爲其美貌吸引，從其情不自禁三墜絲鞭的癡態，到意欲在「亞仙姐姐家使一把鈔」〔註 39〕，再到對亞仙以虔婆的劣跡擺明利害時的不管不顧，皆流露出一個初歷世事的富家子弟的輕浮、青澀與莽撞，比較率性，而且缺乏對李亞仙的尊重，實際上是對李亞仙形象的損害。

朱劇中，鄭元和時常以受害人的形象出現，時時受人謀劃，被人算計。由此也表現了他自身的善良、忠厚、心無邪念。但面對愛情，他則顯得更爲理智一些，考慮更爲愼重、周全。雖已深陷情網，但仍不忘要求亞仙的操守。

> **【紅繡鞋】子我是新女婿初成繾綣，你將那舊姨夫再莫留連，玉粳牙休兜上野狐涎，我爲甚緊栽連理樹，子要你同長並頭蓮，休道是你緣薄咱分淺。**〔註 40〕

他所追求的是眞正的愛情、切實的婚姻，而不似石劇起先只爲「使一把鈔」

〔註 38〕石君寶：《李亞仙花酒曲江池》，王季思：《全元戲曲》（第三卷），人民文學出版社，1999 年版，第 503 頁。

〔註 39〕石君寶：《李亞仙花酒曲江池》，王季思：《全元戲曲》（第三卷），人民文學出版社，1999 年版，第 507 頁。

〔註 40〕朱有燉：《李亞仙花酒曲江池》，《古本戲曲叢刊》四集之三・脈望館鈔校本古今雜劇（第 39 冊），影印本，商務印書館，1958 年版，第 12 頁。

的遊戲行爲、狎妓心理。

他與劉員外的一番對唱，是朱有燉的獨創。通過有異於劉員外對愛情和風塵女子的認識，來表現鄭元和對愛情的執著和其讀書人的清高。在他眼裏，劉員外的墮落不成器是與其自身身份修養有關，並非受女色影響。

【耍孩兒】想這花門柳戶君休戀，你便有賽陸賈的機謀怎展，你道有花星正照二十年，單注著郎君每赤手空拳，起初時能推房內頑石磨間深裏賣了城南金谷園。聽咱勸，做虔婆的把千斤斧劈開腦袋，做女娘的講九股索套住喉咽。

（末）你自不成器，使的窮了，不關女娘每事，你聽我說。（唱）【八煞】我和他身如比目魚，情同錦水鴛，百年和美成姻眷，閒開東閣看歌舞，悶向西樓列管絃，貪歡宴受用些金釵十二紅粉三千。

（外）秀才你初到是不知。（唱）【七煞】他那陷人坑埋伏的深，迷魂陣擺佈的圓，他響玎璫放幾雙連珠箭，他白奪鐵鷂三千引，贏得青蚨十萬錢，做子弟的子索把降旗展，輸的你有家難逩有口難言。

（末）我不信者等，利害我自理會得。（唱）【六煞】同歸霧，帳中雙欹月枕眠，氷肌玉骨芙蓉面，準備著金冠霞帔升三品，寶馬香車直萬錢，怎比你身微賤，憑著我一生壯志滿腹韋編。

（外）那做子弟的，（唱）【五煞】那一個不聰明，不十全，不多財，不有權，下場頭少不得成哀怨。送了些他鄉鹽客和茶客，都只爲每日花錢共酒錢。我也親曾見送的人爻椎瓦罐，只因是品行調弦。

（末）你說的差了，有幾個古人也都是鳴珂巷女娘每陪伴著秀才，那女娘每盡節守制，雖良家婦女倒不如他。你聽我說幾句。（唱）【四煞】有一個王妙妙死哭秦少游。（外）秦少遊學士貶死南荒。女娘王妙妙與之有情 ，聽訃音一命遂終，是好個烈女。（末唱）有一個裴興奴重逢白樂天。（外）白樂天學士當，原有女娘裴興奴做伴，後來樂天遭貶去江州到潯陽，江上月夜，聽得興奴琵琶之聲，重歡再會不忘舊情，是也難得。（末唱）有一個燕子樓許盼盼思張建。（外）是有個歌舞者許盼盼嫁與張建封節制，張建封無了，盼盼不再嫁人。有詩云，樓上殘燈伴曉霜，獨眠人起合歡床，相思一夜情多少，地角天涯不是長。這也是個守志的。（末唱）他都曾芳心恨寄青鸞鏡，抵多少嘓血染成紅杜鵑，你道是娼優賤，怎生也，夫妻情重節義心

堅。〔註 41〕

儘管劉員外屢屢列舉風塵女子的不是，但鄭元和並不覺風塵女子情愛無義。由此，表現出他對愛情信念的堅定，相信「夫妻情重節義心堅」〔註 42〕。這大段的唱詞充分利用了明雜劇演唱靈活的特點，用舞臺人物的對話方式，展示了鄭元和的內心世界。一方面能夠體現雜劇藝術形式的發展爲塑造人物提供了更加廣闊的藝術空間，另一方面也更突出地展示鄭元和理性的性格特徵。

二劇所塑造的兩個鄭元和形象，面對愛情，前者是感性的，後者是理性的。前者的感情由心而發，面對美如天仙的李亞仙，他無所顧忌地追求。而後者雖然也是一見鍾情，但是考慮得較爲周全，愛情的衝動並沒有淹沒他儒生的正統思想。從兩個鄭元和的身上，我們可以看得出元明文人婚戀觀的異同。元代，由於某些少數民族文化融入，儒家禮教中的倫理道德觀念在愛情面前往往黯然失色。來自草原的少數民族較少受到中原倫理的束縛，他們對愛情的追求完全是基於人情人性的。而立志恢復中原正統的明代，文人作爲社會精神的主要代表，對於愛情的主張立足於傳統倫理規範之內。面對人類永恆的愛情主題，「發乎情止乎禮義」是明人愛情發生的必然軌跡。

（二）面對父權：從叛逆到順從

封建社會中，父權、夫權、君權，三者都在各自的層面上實行著權威專制。在中國長達兩千多年的封建統治中，父權在家族倫理關係中享有絕對權威。儒家傳統文化中，父權掌握著幾大權利——生殺大權、財產大權、婚姻大權。

蒙古大軍入主中原，有學者提出「征服王朝論」。元代崇尚武力，貴強賤弱，在倫理綱常面前，元人更加看重的是征服的力量。明朝則不然，興盛的理學時刻強調著倫理的規範以及權威力量的震懾力。這個差異在二劇中的鄭元和身上體現得淋漓盡致。

石劇中，鄭元和的行爲對封建倫理綱常來說具有反抗性和叛逆性。婚姻上，他敢於自主決定，在其爲官的腳色上正式寫上「妻李氏」。與亞仙夫唱婦隨、恩愛圓滿。更爲重要的是在「父爲子綱」的父權社會他敢於說不。當鄭

〔註 41〕朱有燉：《李亞仙花酒曲江池》，《古本戲曲叢刊》四集之三・脈望館鈔校本古今雜劇（第 39 冊），影印本，商務印書館，1958 年版，第 14～15 頁。

〔註 42〕朱有燉：《李亞仙花酒曲江池》，《古本戲曲叢刊》四集之三・脈望館鈔校本古今雜劇（第 39 冊），影印本，商務印書館，1958 年版，第 15 頁。

父聞知元和功成名就想要相認時，鄭元和嚴詞拒絕。

> （末云）吾聞父子之親，出自天性，子雖不孝，爲父者未嘗失其顧復之恩；父雖不慈，爲子者豈敢廢其晨昏之禮？是以虎狼至惡，不食其子，亦性然也。我元和當輓歌送殯之時，被父親打死，這本自取其辱，有何仇恨？但已失手，豈無悔心？也該著人照覷，希圖再活。縱然死了，也該備些衣棺，埋葬骸骨。豈可委之荒野，任憑暴露，全無一點休戚相關之意？（歎科）嗨，何其忍也！我想元和此身，豈不是父親生的？然父親殺之矣。從今以後皆託天地之蔽祐，仗夫人之餘生，與父親有何干屬，而欲相認乎？恩已斷矣，義已絕矣，請夫人勿復再言。〔註 43〕

這樣的舉動並非違逆孝道，因爲在虔婆尋上門來，他還顧念亞仙與虔婆的母女情分，更何況自己的親生父親。他如此決絕，完全是出於對人本身的肯定，從人性的角度來反抗迂腐的綱常倫理。

朱劇中的鄭元和則不然。面對前來認子的鄭父，他表現的竟有幾分的欣喜與慚愧。

> （做與末相見相認科，末云）不想是父親到此，想當日曲江池邊棄置之時，尊親太嚴，豈知今日再得會面。〔註 44〕

在問及亞仙之時，他竟陳詞：

> 彼自知微賤之軀，不敢見大人之面，送至劍門之地，便欲回也。〔註 45〕

若非鄭父堅持，結果不可料想。

由此可見，二位劇作家在鄭元和身上寄予的情感，一個是對禮教的反叛，一個則是對禮教的復歸。確切地說，是對待父權的態度迥異。中國傳統封建社會中，父權和君權在不同的範疇內其威懾力是可以劃等號的。在中國古代封建統治下，家國同構的觀念深植人心，體現人性的孝被淩駕到了倫理綱常之上，「移孝作忠」便成了中國古代封建統治的一大特色，「君子之事親孝，

〔註 43〕石君寶：《李亞仙花酒曲江池》，王季思：《全元戲曲》（第三卷），人民文學出版社，1999 年版，第 522 頁。

〔註 44〕朱有燉：《李亞仙花酒曲江池》，《古本戲曲叢刊》四集之三．脈望館鈔校本古今雜劇（第 39 冊），影印本，商務印書館，1958 年版，第 34 頁。

〔註 45〕朱有燉：《李亞仙花酒曲江池》，《古本戲曲叢刊》四集之三．脈望館鈔校本古今雜劇（第 39 冊），影印本，商務印書館，1958 年版，第 35 頁。

故忠可移於君；事兄悌，故順可移於長；居家理，故治可移於官。」〔註 46〕孝於親者必忠於君。南宋朱熹提出「君臣父子，定位不移之長，父有不慈，子不可以不孝順，君有不明，臣不可以不忠」〔註 47〕。很顯然，附加了封建倫理綱常的孝在父權社會中儼然已經成爲封建統治者用以收攏人心鞏固統治的手段。朱有燉作爲大明的一位藩王，他的忠孝觀念與生俱來，並且出於統治階級的責任，他的作品中也必定會帶有教化宣傳的功效。而元代少數民族身上的那種原始的生命氣息，帶來的是對個體的肯定。弱肉強食、適者生存是草原民族的生存法則。儘管統治階級層層壓迫，但是他們在作品中流露出來的仍是對封建倫理的反抗和自我實現的欲望，即使不切實際，石君寶筆下的鄭元和依舊是立足於人性之上的。由此，在兩個鄭元和身上，我們可以看得到人性與綱常的抗衡。

三、其他人物

在石劇中，出現的人物角色不多，主要人物性格鮮明突出，次要人物也不容忽視。通過人物的言行可以看得出激烈的戲劇衝突。二劇在《李娃傳》的基礎上，又根據各自的需要創造性地增加了一些人物。這些小人物在劇中，或穿針引線，或側面烘托主人公，或點綴劇情，作用不可小覷。

（一）鄭父：從封建家長意識的淡化到增強

石君寶塑造的鄭父，有滑稽的成分，劇作家對其虛僞面孔充滿了無盡的嘲諷和戲謔。劇中，鄭父遣派鄭元和上京赴考，其目的是「博的一舉及第，也與老夫增多少光彩」〔註 48〕。然而其子並不爭氣，溫柔鄉里度過了兩年，終墮落至唱輓歌謀生。看到有辱家門，鄭父便狠心「打死這辱子」〔註 49〕，並要「將他屍骸丟在千人坑裏」〔註 50〕。但是當得知兒子榮歸故里，他又主動相認，遭到拒絕也不惜懇請李亞仙前來相助，這與當初「本爲求名遣入都，

〔註 46〕胡平生：《孝經譯注・廣揚名》，中華書局，1999 年版，第 31 頁。
〔註 47〕黎靖德：《朱子語類》（卷 79），中華書局，1986 年版，第 2038 頁。
〔註 48〕石君寶：《李亞仙花酒曲江池》，王季思：《全元戲曲》（第三卷），人民文學出版社，1999 年版，第 503 頁。
〔註 49〕石君寶：《李亞仙花酒曲江池》，王季思：《全元戲曲》（第三卷），人民文學出版社，1999 年版，第 512 頁。
〔註 50〕石君寶：《李亞仙花酒曲江池》，王季思：《全元戲曲》（第三卷），人民文學出版社，1999 年版，第 512 頁。

豈知做出恁卑污。這等辱門敗戶羞人甚，倒也不若無兒一世孤」〔註 51〕顯然判若兩人，見利忘義的虛僞嘴臉被石君寶無情地揭露了出來。也正因如此，遭到鄭元和拒認也就不足爲怪了。

朱劇中鄭父出場兩次，一次是怒打元和，一次是父子相認。光宗耀祖是封建家長對子弟進行嚴格教育的首要目的。面對「不成器不肖子弟」〔註 52〕玷辱門楣的辱子，鄭父當即怒髮衝冠，痛打並棄之於曲江池邊；元和登科父子相見後，他又立刻擺出了家長的姿態，「當原一時之失父子天性，豈可有絕，即當父子如初」〔註 53〕；當得知是亞仙助元和一舉登科，便親自主持婚事，「擇今吉日良辰，謹備六禮以成親迎」〔註 54〕，封建家長的權威意識被朱有燉表現得淋漓盡致。在家國同構的封建時代，家長的權威代表著國家統治者的權威，尤其是位居統治階層的朱有燉，對於父權的認識不僅僅局限於家庭的範圍，這種父權的提升亦即君權的提升。

（二）虔婆：從醜惡的唯利是圖到更加醜惡的陰險狡詐

虔婆與妓女，歷來對立，是剝削與被剝削的關係。虔婆像寄生蟲一樣，控制著妓女的身心，吸收著妓女的心血。

石劇爲了突出李亞仙的剛烈性格和反抗精神，對虔婆著墨比較多，主要用其與亞仙之間發生的一些衝突來突出亞仙。同時，在對亞仙的形容和與其爭執的對白中也呈現了虔婆唯利是圖的醜惡嘴臉。即使登科後李鄭二人夫唱婦隨之時，她仍然力勸亞仙重操舊業，可見其貪得無厭。

> 【金盞兒】**他見兔兒颼鷹顫，啃羊骨不嫌膻；常則是肉弔窗放下遮他面，動不動便抓錢。只怕你腦門邊著痛箭，胳膊上惹空拳。那其間羞歸明月渡，懶上載花船。**〔註 55〕
>
> ……

〔註 51〕石君寶：《李亞仙花酒曲江池》，王季思：《全元戲曲》（第三卷），人民文學出版社，1999 年版，第 512 頁。

〔註 52〕朱有燉：《李亞仙花酒曲江池》，《古本戲曲叢刊》四集之三·脈望館鈔校本古今雜劇（第 39 冊），影印本，商務印書館，1958 年版，第 26 頁。

〔註 53〕朱有燉：《李亞仙花酒曲江池》，《古本戲曲叢刊》四集之三·脈望館鈔校本古今雜劇（第 39 冊），影印本，商務印書館，1958 年版，第 34 頁。

〔註 54〕朱有燉：《李亞仙花酒曲江池》，《古本戲曲叢刊》四集之三·脈望館鈔校本古今雜劇（第 39 冊），影印本，商務印書館，1958 年版，第 34 頁。

〔註 55〕石君寶：《李亞仙花酒曲江池》，王季思：《全元戲曲》（第三卷），人民文學出版社，1999 年版，第 507 頁。

【青哥兒】俺娘呵外相兒十分十分慈善，就地裏百般百般機變。那怕你堆積黃金到北斗邊，他自有錦套兒騰掀，甜唾兒黏連，俏泛兒勾牽，假意兒熬煎，轆軸兒盤旋，鋼鑽兒鑽研，不消得追歡買笑幾多年，早下翻了你個窮原憲。〔註 56〕

朱有燉塑造的虔婆，不僅唯利是圖，而且心狠手辣，詭計多端。她迫使亞仙違心地去找有錢人家子弟，來津貼家用。劉員外就是她以亞仙美色騙取錢財的活見證。當元和對亞仙傾慕，登門拜訪時，她又與趙牛筋和錢馬力二人勾結，騙其錢財。雖口中言要成全良緣，但卻不放亞仙與元和另置房舍：

這事官人未可輕易想，老身生的孩兒，不是一盆兒水洗的，他長大了，官人走來便要取去，卻怎地中。如今官人且將行李都搬來老身家中安放，做一回子弟，過一年半載，官人也見我孩兒心性，俺也要看官人一個行藏，慢慢的商議這事未遲。〔註 57〕

話雖似爲亞仙著想，貌似一個母親對女兒的終身大事在操心，在考驗姑爺。爲了女兒的幸福，仔細斟酌，精挑細選。但實際恰是其心存詭計的表露。元和錢財散盡之時，當即變換了嘴臉：

（旦同卜上，旦云）秀才你雖是無錢了，我不棄嫌你，只是你不肯攻書以圖後舉。你這韮鹽連限，幾時熬得出去，後年科舉必能稱心。（卜）舉舉舉，他娘七代先靈。家中米也都沒有，柴也都沒有，養著個窮秀才不如養豬狗，你不趕了他，我不和你干罷手。（旦）妳妳休雜嗽他。秀才是讀書人，知道今古。（卜）今古今古是他娘屁骨。（旦）秀才多聞廣記（卜）廣記廣記放他娘的臭屁。（旦）妳妳這等樣板障，好是煩惱人也。〔註 58〕

全然沒有了先前要成全良緣時的客氣，只認財不認人。而且大使陰謀，用倒宅記拆散了有情人，使元和淪落街頭乞討爲生。

李鄭二人再次相遇，亞仙立志從良伴讀時，虔婆堅決不肯，元和以刀相逼，還再三反悔，可見其根本就是用亞仙來獲利，絲毫不爲其幸福著想，言

〔註 56〕石君寶：《李亞仙花酒曲江池》，王季思：《全元戲曲》（第三卷），人民文學出版社，1999 年版，第 508 頁。

〔註 57〕朱有燉：《李亞仙花酒曲江池》，《古本戲曲叢刊》四集之三．脈望館鈔校本古今雜劇（第 39 冊），影印本，商務印書館，1958 年版，第 11 頁。

〔註 58〕朱有燉：《李亞仙花酒曲江池》，《古本戲曲叢刊》四集之三．脈望館鈔校本古今雜劇（第 39 冊），影印本，商務印書館，1958 年版，第 17 頁。

行不一，老奸巨猾。

通過二劇中的演繹，讓我們看到了封建社會虔婆的醜惡嘴臉，同時，從虔婆的變化也能夠反襯出煙花女子在元明兩代社會地位的差異。儘管都是淪落花街柳巷，石劇中，李亞仙敢於同虔婆大肆爭執。而朱劇中雖爲親生，卻不得不以出賣色相爲其謀利。兩個時代社會風氣的不同致使婦女地位的差異，在虔婆對煙花女子的壓迫程度上也有相應的體現。

縱觀二劇人物塑造，參照故事情節，我們可以發現，人物形象並沒有隨著時間的前進而進步，相反出現了向封建禮教回退的現象。究其原因，我們可以從時代變遷上來追尋。元明兩朝前後誕生於封建社會的中期，而且是兩個相接的朝代，從封建主義社會延承的角度上看，對於封建禮教傳統文化本應是一脈相承的。然而來自草原的蒙古民族建立了元朝，將草原文化同時帶入了中原大地。事實上，元朝的建立對於封建禮教的傳承存在一種干擾因素，少數民族對於自然的崇尚，對於人性的尊重同封建傳統禮教之間產生了衝突碰撞。雜劇作爲該時期典型的文藝形式，無可迴避地將這種矛盾展示出來。正如王國維所言:「元曲之佳處何在？一言以蔽之，曰:自然而已矣。」〔註 59〕到了明朝，爲了恢復正統，統治者有意地加強了思想的控制，禮教呈現了回歸的態勢。文人作爲社會精神的主要代表，對於愛情的主張立足於傳統倫理規範之內，「發乎情止乎禮義」是明人愛情發生的必然軌跡，人物的言行舉止也必然是在禮教規範之內中規中矩。顯然，石劇中李亞仙的反抗精神和對人性的肯定來自於元代對於自然本性的追求，而朱劇則是刻意地向禮教方向引導以達到其「捕風教知音共賞〔註 60〕」的創作初衷。因而，雖然二劇出現的朝代有先後，但人物身上所反映的進步性並沒有與時間同步，而是突出了時代特徵。石劇中突出的是一種反抗精神，鬥爭的矛頭所指是一種階級壓迫、社會制度，各色人物往往是某一階級的代表和象徵。作品通過人物的情緒和行爲來展示了一種反抗情緒，引起時代的共鳴。對人的自然本性的彰顯，從中暴露了深層的社會矛盾——禮教和婚姻制度對人生的摧殘；而朱劇卻並沒有認識到此，朱有燉作爲統治階級制度的維護者，他的作品所指向的是人物自身的品行，宣揚的是

〔註 59〕王國維：《宋元戲曲史》，上海古籍出版社，1998 年版，第 98 頁。

〔註 60〕朱有燉：《李亞仙花酒曲江池》，《古本戲曲叢刊》四集之三·脈望館鈔校本古今雜劇（第 39 冊），影印本，商務印書館，1958 年版，第 36 頁。

道德，是行善，目的是爲雜劇的受眾指明一條合乎倫理綱常和道德規範的路。

第四節　價值取向比較

石朱二劇源自同樣的故事，但所傳遞的信息卻不盡相同。不同的時代背景、不同的人生境遇造就了不同作者的創作心態。縱觀石君寶、朱有燉二人的同題材雜劇《曲江池》，並不是簡單的改寫版本問題，而是不同文化下相異價值取向在文學中的體現。作家借助於典型人物的塑造，表明其時代與個人的價值取向，透視整個社會民族的文化現象。

分析兩部作品，同一個題材，劇作家表現的側重不同。石君寶重在塑造人物，通過段段唱詞和對白，將人物的性格展示得活靈活現。從主人公的身上，可以感受到一種對於人性和自我的肯定，對於禮教和壓迫的反抗；而朱有燉的側重點，明顯看出是放在「捕風教知音共賞」〔註 61〕這一層面上。他的作品中傳達出的是在禮教規範下，男女青年對待愛情、親情、仕途、婚姻的態度。

對於傳統的禮教，石君寶無情地嘲諷，朱有燉則極力地維護。

石君寶將故事潛在的生活背景置換到元代，反映的是元代的精神風貌和時代特徵。元代蒙古大軍入主中原，馬背上的民族以其慣有的生活方式和思維模式漠視了中原以儒家思想、倫理道德爲主導的文化體系。而且，元代殘酷的民族壓迫、階級壓迫、文人地位的驟降，迫使知識分子在仕途無路、報國無門的境遇下，在賴以生存的雜劇創作中宣洩內心的不滿，使作品被賦予更多的鬥爭性和叛逆性。

而朱有燉遵照明代的審美規範，在明代的社會背景下再創作《曲江池》，所體現的是大明皇族統治階級的價值判斷。回歸以漢族爲統治中心的明代，對元代文化往往帶有一種鄙薄和排斥的心理。儒教理學的復歸，統治階級開始「撥亂反正」，對民眾思想文化的鉗制加強，很多在元代被打破的中原傳統和思想體系再次佔據主體地位。明代正統文化的回歸勢必在戲劇的改寫過程中得以彰顯，元雜劇中對於中原漢家傳統文化的大膽偏離在有明一代勢必得

〔註 61〕朱有燉：《李亞仙花酒曲江池》，《古本戲曲叢刊》四集之三．脈望館鈔校本古今雜劇（第 39 冊），影印本，商務印書館，1958 年版，第 36 頁。

以矯正。

朱有燉的《李亞仙花酒曲江池·引》中提出：

> 嘗觀《青鎖高議》、《羅燁紀聞》互載李娃之事，予乃歎其雖爲妾婦者，亦皆有天理人心之不可泯焉。人之性本善，因習而相遠，始有善惡高下之分，此物欲蔽之也。李娃爲狹斜之伎女，而能勉其夫爲學，以取仕進，始終行止，不違於名教，可謂貞潔能守者也。近元人石君寶爲作傳奇，詞雖清婉，敘事不明，鄙俚尤甚，止可付之俳優供歡獻笑而已，略無發揚其行操使人感歎而欣羨也。予因陳跡，復繼新聲，製作傳奇以佳其行，就用書中所載李娃事實備錄於右云。〔註62〕

這段序文不僅指明了石劇的不足——「詞雖清婉，敘事不明，鄙俚尤甚」，同時，也表明了朱劇再創作的意圖，他讚賞李亞仙「狹斜之伎女，而能勉其夫爲學，以取仕進，始終行止，不違於名教，可謂貞潔能守者也。」寫作的目的重在教化。由此可見，石劇是「付之俳優供歡獻笑」，而朱劇則「發揚其行操使人感歎而欣羨」，這也代表了明代雜劇作家改編元雜劇的普遍立場。

石、朱二劇均以愛情故事爲主線，又側重反映時代特徵。從上文的比較中可以看出如下幾個層面的差異。

首先，作品的創作時代背景和劇作家身份不同。石劇誕生在禮教約束較爲鬆弛的元朝，來自草原的蒙古民族崇尚自然，看重人的本眞力量。石君寶作爲生活在元朝的女眞人，他以草原民族的視角來詮釋這段愛情故事；朱劇則是禮教回歸正統的大明時期的產物。朱有燉以其皇族藩王的身份定位了這部雜劇作品的現實意義，因而宣禮說教成了愛情故事的延展。

其次，情節的展示上二劇有明顯的差異。兩相比較，二劇主要差異是：從個性張揚的愛到禮教規範的情；從人性至上到父爲子綱；從自由戀愛結合到門第觀念束縛。石劇主要以人情人性的展示爲主，朱劇則以禮教道德的宣揚著重。

再次，人物的性格塑造也不同。從愛情故事的男女主角，到作品涉及的各色人物，其性格及行爲都圍繞著二劇各自的中心主題。而且並沒有因爲時間的推進而使人物進步，反而出現了由思想較爲自由轉向了禮教回歸的倒退現象。

〔註62〕吳毓華：中國古代戲曲序跋集，中國戲劇出版社，1990年版，第38頁。

還有，在價值取向上，分別突出了時代價值觀和作者個人世界觀的不同。石劇是自下而上的反抗，朱劇則是自上而下的說教。石劇代表了從作者到讀者一眾人的叛逆情緒，而朱劇代表的則是統治階級對於禮教規範的努力維護。

綜上所述，可以見得，相同的愛情故事在不同社會文化背景之下，承載的思想意義和擔負的社會功能都有著明顯的差異。由此，不難看出石、朱二劇同題異旨的原因所在。元代多元的大氛圍賦予石君寶大膽無懼的鬥爭精神，創作中具有理想主義色彩。而身處收復中原大範圍「撥亂反正」的明朝，位居統治階層的朱有燉卻是時刻不忘教化的使命，劇作雖幽默詼諧，卻表現得相對保守，在娛樂性的劇作中不乏著力灌注統治者的政治思想。兩部雜劇完美地展現了元明文化的差異，同時也體現了不同階級的立場和視域。

第三章　《漢宮秋》與《昭君出塞》比較研究

王昭君的事蹟從漢朝一直流傳至今，一個歷史人物經過了歷代文人的渲染，從《漢書》中的史實記載，到後世詩、詞、變文、戲曲、小說的文學演繹，直至今日的熒幕昭君，從同一個母題衍生出來的意蘊豐富的昭君形象讓人們看到了不同社會背景黏貼在王昭君身上的時代標簽。

關於昭君的記載，最早出自《漢書》。

《漢書・元帝紀》記載：

> 竟寧元年春正月，匈奴呼韓邪單于來朝。詔曰：「匈奴郅支單于背叛禮義，既伏其辜，呼韓邪單于不忘恩德，鄉慕禮義，復修朝賀之禮，願保塞傳之無窮，邊垂長無兵革之事。其改元爲竟寧，賜單于待詔掖庭王嬙爲閼氏。」〔註1〕

《漢書・匈奴傳》記載更爲詳細：

> 竟寧元年，單于復入朝，禮賜如初，加衣服錦帛絮，皆倍於黃龍時。單于自言願婿漢氏以自親。元帝以後宮良家子王牆（嬙）字昭君賜單于。單于歡喜，上書願保塞上谷以西至敦煌，傳之無窮，請罷邊備塞吏卒，以休天子人民。天子令下有司議，議者皆以爲便。郎中侯應習邊事，以爲不可許。……王昭君號寧呼閼氏，生一男伊屠智牙師，爲右日逐王。呼韓邪立二十八年，建始二年死。〔註2〕

史書對於歷史事件的簡短記載，給後世文人提供了無比廣闊的想像空間。之

〔註1〕班固：《漢書・元帝紀》（卷9），中華書局，1962年版，第297頁。
〔註2〕班固：《漢書・匈奴傳》（卷94），中華書局，1962年版，第3803頁。

後的歷代文人以昭君故事爲題材創作了大量的文學作品，其體裁涵蓋了詩、詞、變文、散曲、雜劇、傳奇、小說等各種文學樣式。騷客們抓住昭君出塞這樣一個母題，利用這樣一個原本很常見的和親現象，添加時代內涵與個人因素，對故事進行生發演繹，通過日益鮮活豐滿的昭君形象和多義的和親過程，折射出不同歷史時期的文化心理。

《破幽夢孤雁漢宮秋》（下文簡稱《漢宮秋》）是元曲大家馬致遠的代表作，作爲元代四大悲劇之一，素有元劇之冠的美譽。馬致遠的創作不落窠臼於正史，將民間傳說與自身獨創結合，令《漢宮秋》成就非凡。清代焦循在《劇說》中提到：「馬東籬《漢宮秋》一劇，可稱絕調。臧晉叔《元曲選》取爲第一，良非虛美。」〔註 3〕鹽谷溫在《元曲概說》中講：「演王昭君嫁胡的故事。根據史實，更加粉飾，寫昭君投身於胡漢交界的黑龍江而死，以使昭君得免失節之謗；這大概是諷刺漢人之降元者吧。臧晉叔列此劇於《元曲選》之首無論就曲詞、情節說，都堪稱傑作。」〔註 4〕

劇作取材於昭君出塞的事蹟，但是經過劇作家的藝術創作，演繹成一段絕美的帝妃之戀。劇作題目：沉黑江明妃青冢恨，正名：破幽夢孤雁漢宮秋。《漢宮秋》是末本戲，以漢元帝爲核心，書寫了昭君出塞之前帝妃之間的纏綿愛戀和昭君離去之後元帝在漢宮中的種種淒涼回憶。劇情大致如下：貌美如花的王昭君心高氣傲，因當年不肯賄賂畫工毛延壽而被點破美人圖，獨守空閨十餘載，只以琵琶訴其孤寂。某日，漢元帝緣琴聲而尋來，聞知緣由，冊封昭君爲明妃，並下旨要將毛延壽斬首。從此，帝妃百般恩愛，而毛延壽潛逃至匈奴向意欲同漢朝索親的單于獻上昭君美人圖，並添油加醋使和親問題變成了挑起戰爭事端的由頭。面對匈奴大軍壓境的威脅，滿朝文武以女色誤國爲由逼迫元帝遣送昭君和親以求安定，昭君毅然領命和番以解救國家之憂患。霸陵橋元帝親自送行，黑龍江昭君壯烈投江。姦佞小人挑撥離間，引發戰爭矛盾；剛烈女子以身報國，成就兩國友好。昭君離去後，元帝獨自在漢宮中，?物思人，甚是淒涼。

《昭君出塞》是明代文人陳與郊創作的單折旦本戲，該劇並見於劇作家創作的明傳奇《麒麟罽》，作爲戲中的串戲。作品著力開掘了昭君被迫遠嫁的

〔註 3〕焦循：《劇說》，《中國古典戲曲論著集成》（八），中國戲劇出版社，，1980 年版，第 190 頁。

〔註 4〕鹽谷溫（日）：《元曲概說》，隋樹森譯，商務印書館，1947 年版，第 79 頁。

痛苦。明代祁彪佳在《遠山堂劇品》中將其列入「雅品」。清代焦循評價：「惟陳玉陽《昭君出塞》一折，一本《西京雜記》，不言其死，亦不言其嫁，寫至出玉門關即止，最爲高妙」〔註5〕。陳與郊編纂的《古名家雜劇》中，輯錄了馬致遠的《漢宮秋》，他自己創作的同題材雜劇《昭君出塞》在藝術上顯然受到了前代大家的影響，如明代祁彪佳《遠山堂劇品》中所言：「此劇僅一齣，便覺無限低回。內有一二語，取之元人《漢宮秋》劇」〔註6〕，陳與郊在《昭君出塞》中，大量地沿用了《漢宮秋》中的唱詞，如下表所示：

《漢宮秋》〔註7〕	《昭君出塞》〔註8〕
【雙調・新水令】錦貂裘生改盡漢宮妝，我則索看昭君畫圖模樣。舊恩金勒短，新恨玉鞭長。本是對金殿鴛鴦，分飛翼怎承望。	【北雙調新水令】征袍生改漢宮妝，看昭君可是畫圖模樣。舊恩金勒短，新恨玉鞭長。迤逗春光，旆旌下，塞垣上。
【駐馬聽】宰相每商量，大國使還朝多賜賞。早是俺夫妻悒怏，小家兒出外也搖裝。尚兀自渭城衰柳助凄涼，共那灞橋流水添惆悵。偏您不斷腸。想娘娘那一天愁都撮在琵琶上。	【南江兒水】（二貼）燈下茱萸帳，車前苜蓿鄉。常言道：言語傳情不如手，傷情併入琵琶唱。那更這灞橋流水傷來往，渭城新柳添悽愴。娘娘，著甚支吾鞅掌。女兒每呵，轉向長門，兩地一般情況。
【雁兒落】我做了別虞姬楚霸王，全不見守玉關征西將。那裡取保親的李左車，送女客的蕭丞相？	【北雁兒落帶得勝令】（旦）宮人，那裡是哭虞姬別了楚霸王，端的是送嬌娃替了山西將。保親的像李左車，送女的一似蕭丞相。
【梅花酒】呀！俺向著這迥野悲涼：草已添黃，兔早迎霜；犬褪得毛蒼，人搠起纓槍；馬負著行裝，車運著餱糧，打獵起圍場。他、他、他傷心辭漢主，我、我、我攜手上河梁。他部從入窮荒，我鑾輿返咸陽。返咸陽，過宮牆；過宮牆，繞迴廊；繞迴廊，近椒房；近椒房，月昏黃；月昏黃，夜生涼；夜生涼，泣寒螿，綠紗窗；綠紗窗，不量思。	【南僥僥令】（外末）娘娘，傷心懷漢壤。眾官員呵，攜手上河梁。你有一日蒲桃春釀賞，又只怕鴻雁秋來斷八行。 …… 【南園林好】（二貼）謫青鸞冤生畫郎。今日呵，辭丹鳳愁生故鄉。娘娘，雖未度關，想這一片心呵，先向李陵臺上。憐歲月，伴凄涼，還遣夢到椒房。

〔註5〕焦循：《劇說》，《中國古典戲曲論著集成》（八），中國戲劇出版社，1980年版，第190頁。

〔註6〕祁彪佳：《遠山堂劇品》，《中國古典戲曲論著集成》（六），中國戲劇出版社，1980年版，第156頁。

〔註7〕馬致遠：《破幽夢孤雁漢宮秋》，王季思：《全元戲曲》（第二卷），人民文學出版社，1999年版。

〔註8〕陳與郊：《昭君出塞》，沈泰：《盛明雜劇》（初集、卷9），影印董氏誦芬室刻本仿明精刊本，中國書店，1918年。

從兩部劇作整體來看，陳與郊確實在曲詞、藝術方面對馬劇有所借鑒，但是在思想內容上卻沒有順應，而是另闢了蹊徑。

《昭君出塞》篇幅不長，開篇即有女官上場宣旨遣送昭君出塞和番。王昭君與女官抱怨，訴說獨守冷宮之苦，從女官處得知全因當年自恃國色天香，不送黃金，導致喬點畫圖，如今按圖遣嫁，於是頓生悔意。當漢元帝親見昭君，洛浦仙姿，藍橋豔質，心中難免一驚，但一代帝王國事爲重，爲不失信單于而作罷獨佔之心，只以嫁公主之禮送昭君出關。昭君滿心不情願，泣涕漣漣，「似仙姝投鬼方，如天女付魔王」〔註9〕。全篇委屈，滿紙幽怨。

可見，在藝術構思方面，主題的偏向可以看得出歷史題材在劇作家筆下古爲今用的特點。馬致遠和陳與郊面對相同的史實，他們的立場不同，出發角度也不同。因而創作的同題材雜劇《漢宮秋》和《昭君出塞》在主題、人物、精神內涵等方面各有千秋。

第一節　和親背景比較

中國自古就是一個多民族的國家，漢族與各少數民族的關係歷來都是統治政治中一項重要的議題。大漢民族作爲統治核心，久居中原，各少數民族地處邊疆，地域和文化有很大差異，異族間的矛盾一直不斷，和親政策作爲協調民族關係、穩定邊疆的一種手段，在歷史上很受統治者重視。

一、和親背景史實

和親是中原王朝與邊疆少數民族首領締結的一種聯姻關係，屬於一種政治行爲。自漢高祖與匈奴和親始，後世歷代廣泛運用這種方式來處理民族關係。西漢初年的和親，其目的是通過聯姻的關係和財物的饋贈來促成中原同匈奴的友好，使匈奴停止對中原邊境地帶的騷擾，從而使漢王朝贏得休養生息的機會。此時的漢王朝國力尙弱，處於一種被動地位。然而到了昭君和番的時候，事態已經完全扭轉。《漢書・匈奴傳》載：

> 周、秦以來，匈奴暴桀，寇侵邊境，漢興，尤被其害。……今聖德廣被，天覆匈奴，匈奴得蒙全活之恩，稽首來臣。〔註10〕

〔註9〕陳與郊：《昭君出塞》，沈泰：《盛明雜劇》（初集、卷9），影印董氏誦芬室刻本仿明精刊本，中國書店，1918年版，第6頁。

〔註10〕班固：《漢書・匈奴傳》（卷94），中華書局，1962年版，第3804頁。

西漢國力已經強盛起來，而此時的匈奴卻在遭受數次打擊後，勢單力薄，懾於漢王朝強大的政治、經濟、軍事實力，爲求自保，主動向漢王朝臣服，請求和親。漢王朝以高傲的姿態賜漢室宮女於匈奴單于。其目的是要恩威並施，使匈奴永久地俯首稱臣。

所以，昭君出塞的眞實背景是西漢經過了數年的休養生息，國力日漸強盛，而匈奴因內部發生矛盾，連年戰亂，出現了南北匈奴分裂對立的局面，以呼韓邪單于爲首的南匈奴歸附漢朝。漢元帝爲了宣揚大漢王朝的威德，才同意了呼韓邪單于的幾次和親請求，「以後宮良家子王嬙字昭君賜予單于」〔註11〕。

二、和親背景在兩部作品中的表現

不同的時代特徵和政治背景下，和親的意義往往不盡相同。和親或是一種屈辱妥協、投降賣國的政策，或是封建社會維持民族友好、穩定邊疆的一種外交手段，應將和親放在具體的歷史條件和社會環境下加以考察。元明兩個朝代政治環境、民族文化精神的差異致使文人對於和親政策的認識心理有所不同。

（一）《漢宮秋》：漢弱胡強體現元代文人思漢的心理

元朝是第一個由少數民族爲中原最高統治者的特殊時期。13 世紀的中國，剽悍的蒙古民族利用他們的鐵騎踏碎了北方游牧地區一個個分裂的少數民族統治的王朝，統一了北方，繼而又揮師南下，滅掉南宋，統一了中原。「元代是一個政治現實嚴峻的時代，文明程度較高的漢族被處於較低社會發展階段的游牧民族所征服。人們習以爲常的傳統信念受到空前的挑戰，國破家亡的巨大痛苦，使漢族產生了漢代以來最爲深沉的鬱悶。」〔註12〕

馬致遠立足於如此一個民族壓迫的社會大背景下，以古喻今，將史料與現實進行巧妙的藝術統一。以昭君和親爲題材，借離合之情，寫興亡之感。將和親這樣一個史實演繹爲一段生動感人的帝妃之戀，塑造了幾個性格鮮明的典型人物，表達了強烈的民族精神，使《漢宮秋》成爲昭君題材作品中最爲璀璨的一朵奇葩。《漢宮秋》取材於史實，但馬致遠卻大膽地將胡漢勢力

〔註11〕班固：《漢書・匈奴傳》（卷94），中華書局，1962年版，第3803頁。
〔註12〕馮天瑜，楊華：《中國文化發展軌跡》，上海人民出版社，2000 年版。第 262 頁。

進行了對調，使作品的主題和史實完全背離，從而使得劇作的現實意義得以體現，進一步表達元代文人思漢的一種心態。和親的背景不再是強盛的西漢王朝出於耀武揚威賜婚予匈奴單于了，劇作家將此番和親的緣由改爲匈奴兵臨城下的一種威脅。劇中的匈奴雖「稱藩漢室」〔註 13〕，但「有甲士十萬，南移近塞」〔註 14〕，西漢皇帝以公主尚幼不宜和親爲由稍有推辭，匈奴單于便「欲待起兵南侵」〔註 15〕，當呼韓邪單于看到毛延壽獻上的美人圖後，更是氣勢洶洶，「率領部從，寫書與漢天子，求索王昭君與俺和親。若不肯與，不日南侵，江山難保。就一壁廂引控甲士，隨地打獵，延入塞內，偵候動靜，多少是好。」〔註 16〕劇中的西漢朝廷則是國勢積弱，姦佞當道，像毛延壽這等朝臣，位居中大夫的高職，不在朝政功業上輔佐皇帝，卻爲了收斂金銀慫恿皇帝遍行天下，篩選美女，以充後宮。當匈奴遣使前來索要明妃以配單于之時，滿朝文武皆不敢反抗，而是力勸皇帝遣昭君出塞和番，致使漢元帝悲歎「我呵空掌著文武三千隊，中原四百州，只待要割鴻溝。陡恁的千軍易得，一將難求！」〔註 17〕面臨揮戈南下的匈奴大軍，漢元帝束手無策，滿朝文武迂腐無能，最終只能靠佳人獻身以平定天下。如此創作主題，雖有悖歷史，卻恰好藉以喻今，正是「借他人酒杯，澆自己塊壘」。

馬致遠生活的年代大約在至元（公元 1264 年）到泰定元年（公元 1324 年）之間，他親歷了外族入侵國破家亡，目睹了民族歧視等級壓迫，個人的政治抱負又不得施展，作爲一個處於異族統治下的漢族文人，他將自己的民族情結和懷才不遇的苦悶借助於昭君故事這樣一個介質表達出來。他完全是站在一個漢族文人的立場去審視蒙古少數民族的入侵。

作爲一個漢族文人，馬致遠縱使對軟弱至亡國的南宋王朝充滿了失望，但仍舊懷有一種思念漢家統治的情緒。千百年來中原皆由漢家王朝一統天

〔註 13〕馬致遠：《破幽夢孤雁漢宮秋》，王季思：《全元戲曲》（第二卷），人民文學出版社，1999 年版，第 107 頁。

〔註 14〕馬致遠：《破幽夢孤雁漢宮秋》，王季思：《全元戲曲》（第二卷），人民文學出版社，1999 年版，第 107 頁。

〔註 15〕馬致遠：《破幽夢孤雁漢宮秋》，王季思：《全元戲曲》（第二卷），人民文學出版社，1999 年版，第 113 頁。

〔註 16〕馬致遠：《破幽夢孤雁漢宮秋》，王季思：《全元戲曲》（第二卷），人民文學出版社，1999 年版，第 114 頁。

〔註 17〕馬致遠：《破幽夢孤雁漢宮秋》，王季思：《全元戲曲》（第二卷），人民文學出版社，1999 年版，第 117 頁。

下，以漢室爲正統的思想在封建社會人們心里根深蒂固。加之，進入元朝之後，嚴酷的民族歧視令漢族文人遭遇了人生失路之悲。文人從學而優則仕的觀念中猛然驚醒，尤其經歷了宋朝這個重視文臣的朝代，元代文人地位身份的驟降不可避免地導致心理上的失落與不平衡，九儒十丐的身份定位讓漢族文人對仕途徹底失望。像馬致遠這樣早年就混跡於勾欄瓦肆、與藝人爲伍來體驗人生的文人不在少數。畢竟蒙古人問鼎中原所帶來的草原原始豪爽的氣息感染了漢族文人，馬致遠借助於雜劇形式，將民族之恨、個人之悲表達得酣暢淋漓。

（二）《昭君出塞》：漢強胡弱彰顯漢室威嚴

明朝上承元、下啓清，是夾在兩個由少數民族爲最高統治者的朝代之間的一個時期。明朝朱姓統治者一心「撥亂反正」、恢復中原漢家正統，並且非常重視與邊疆少數民族關係的處理，從而維護漢家勢力的絕對權威。

《昭君出塞》的作者陳與郊（公元 1544 年~公元 1611 年），原姓高，字廣野，號禺陽，玉陽仙史，是萬曆二年進士，累官至太常寺少卿，後上疏歸鄉，專心創作。陳與郊所處的正是萬曆時期，雖然皇帝縱情聲色、不勤於政事，朝綱廢弛，政局混亂但尚屬於積弊時期，不至於亡國。漢族一統中原的時候，民族壓迫顯然不是時代強音。因而，文人心中的民族情結並不是很強烈。劇作家選此題材，依史創作。作品中並未摻雜太多的政治因素，著力開掘的是昭君被迫遠嫁的痛苦，他所延續的是「昭君怨」的主題。「不言其死，亦不言其嫁，寫至玉門關即止，最爲高妙」。〔註 18〕劇作家站在漢族統治爲主體的立場上環視周邊，依舊以一種高高在上的姿態來看待和親政策，此時的王昭君，如同禮物般作爲政治犧牲品被遣送匈奴。雖「似仙姝投鬼方，如天女討魔王」〔註 19〕，卻也只能領旨謝恩，延承和親史上女性遠赴異鄉之悲哀。

雖然元雜劇《漢宮秋》已廣有影響，但陳與郊並沒有延用這一創作思路，將民族矛盾的主題輕輕放下，或許「昭君怨」此時更具有現實意義。不同的時代背景使得劇作家將昭君和番的背景和意義進行了多義的詮釋，通過同一

〔註 18〕焦循：《劇說》，中國古典戲曲論著集成（八），中國戲劇出版社，1980 年版，第 190 頁。

〔註 19〕陳與郊：《昭君出塞》，沈泰，《盛明雜劇》（初集、卷 9），影印董氏誦芬室刻本仿明精刊本，中國書店，1918 年版，第 6 頁。

個母題抒發了不同的情懷。

第二節　人物形象比較

由於和親背景相異，表現的主題不同，因此二劇中人物形象大相徑庭。

一、王昭君：從大義淩然到怨氣重重

王昭君是和番故事的中心人物，歷代文人借題發揮，在其身上附上了某某製造或某朝製造的標簽，使昭君形象豐富多彩。悲戚型的，幽怨型的，和平友好型的，思家戀國型的，各種形象生動的王昭君在不同時代的文學殿堂中輪番登場，讓讀者欣賞藝術的同時，產生了心靈感受。

馬致遠獨樹一幟，將美豔的昭君塑造成了大義淩然的巾幗英雄。為國家大義不惜放棄個人愛情，卻以誓死不屈的血性與剛強毅然投入了黑龍江，為歷史上的昭君增添了新的光輝性格。

陳與郊則延續了昭君怨的主題，以悲戚哀怨為作品主調，儘管劇本只有一折，卻處處充斥著哀怨與悲歎。同一個人物在性格上有著鮮明的反差。

《漢宮秋》中的王昭君「一日承宣入上陽，十年未得見君王」〔註 20〕，懷著對恩寵的憧憬，在深宮中獨守著冷寂空閨。雖孤寂，卻不悲戚。琵琶曲引來元帝恩寵，帝妃之間情意綿綿，享受人間眞摯的愛情；而《昭君出塞》中卻是成日裏，「愁容鏡裏，春心弦上，戶牖恩光猶妄想」〔註 21〕，見君日即是遣嫁時，這無疑不是獨守深閨的宮人之悲哀。兩相比照，元劇中的昭君要比明劇中幸運得多，雖同受深宮業障，元劇中的昭君卻切實體味了人間眞情與歡愛，不似明劇中，完全就是犧牲品的代言。

《漢宮秋》中，王昭君性格獨立、倔強，堅持著正義的操守。她雖然沒有能力伸張正義，卻能以自身行動來作出反抗，雖委屈了自己，卻堅決不在醜惡面前低頭。面對毛延壽索賄，「他一則說家道貧窮，二則倚著他容貌出眾，全然不肯」〔註 22〕；而《昭君出塞》中的昭君個性氣焰則弱了許多。當宮女

〔註 20〕馬致遠：《破幽夢孤雁漢宮秋》，王季思：《全元戲曲》（第二卷），人民文學出版社，1999 年版，第 109 頁。

〔註 21〕陳與郊：《昭君出塞》，沈泰，《盛明雜劇》（初集、卷 9），影印董氏誦芬室刻本仿明精刊本，中國書店，1918 年版，第 2 頁。

〔註 22〕馬致遠：《破幽夢孤雁漢宮秋》，王季思：《全元戲曲》（第二卷），人民文學出版社，1999 年版，第 109 頁。

指出全因當年拒送黃金致使美人圖被污，遮掩了珠玉，而官家按圖遣嫁，致使昭君被迫和親時，王昭君竟然有了後悔當年拒送黃金之意，顯然與《漢宮秋》中性格背道而馳。

《漢宮秋》中，在國難當頭，滿朝文武膽怯退縮之時，昭君深明大義，挺身而出，擔負起了救國於危難的使命。

> （旦云）妾既蒙陛下厚恩，當效一死，以報陛下。妾情願和番，得息刀兵，亦可留名青史。但妾與陛下閫房之情，怎生拋捨也！〔註 23〕

和親隊伍行至番漢交界黑龍江處：

> （旦云）大王，借一杯酒，望南澆奠；辭了漢家，長行去罷。（做奠酒科，云）漢朝皇帝，妾身今生已矣，尚待來生也。（做跳江科）（番王驚救不及。）〔註 24〕

一介女流以大無畏的精神挽救國家於危難之中，卻以犧牲自我換來對漢皇的忠貞。這是女子對夫君的貞，是臣子對皇帝的忠，也是個人對民族對國家的熱愛與信守。馬致遠將王昭君成功塑造成爲國犧牲的巾幗英雄，不僅弘揚了這種大無畏的精神，更是藉以諷刺滿朝的迂腐懦弱之徒。

《昭君出塞》沒有元代的創作時代背景，人物身上顯然不會呈現那種針對性較強的性格。作品沿襲了中原文學中的宮怨主題，爲深宮女子的青春空逝而痛苦悲哀。劇中的昭君處於一種附庸的地位。不似元劇中個性十足，始終是幽怨的狀態。

> 【北折桂令】**聽了些鼓角笙簧，氣結愁雲，淚灑明琅。守宮砂點臂猶紅，襯階苔履痕空綠，闢寒金照腕徒黃。關幾重，山幾疊，遮攔仙掌。雲一攜，雨一握，奚落巫陽。**〔註 25〕

她的離去，是出於皇威的無奈，考慮更多的可能是：

> 單則爲名下關氏，耽誤了紙上王嬙。〔註 26〕

〔註 23〕馬致遠：《破幽夢孤雁漢宮秋》，王季思：《全元戲曲》（第二卷），人民文學出版社，1999 年版，第 117 頁。

〔註 24〕馬致遠：《破幽夢孤雁漢宮秋》，王季思：《全元戲曲》（第二卷），人民文學出版社，1999 年版，第 123 頁。

〔註 25〕陳與郊：《昭君出塞》，沈泰：《盛明雜劇》（初集、卷 9），影印董氏誦芬室刻本仿明精刊本，中國書店，，1918 年版，第 4 頁。

〔註 26〕陳與郊：《昭君出塞》，沈泰：《盛明雜劇》（初集、卷 9），影印董氏誦芬室刻本仿明精刊本，中國書店，，1918 年版，第 4 頁。

該劇中昭君沒有慨然的氣勢，面對故土，依依不捨，「淚痕不學君恩斷，拭卻千行更萬行」〔註27〕，「傷心懷漢壞」〔註28〕。

對比二劇，《漢宮秋》中的王昭君又既有後宮嬌妾的溫柔嫵媚，又有巾幗英雄的剛毅堅強；《昭君出塞》中的王昭君則是一個毫無主動權，只能淒悽楚楚地接受朝廷命運安排的薄命紅顏。從這樣的創作傾向上，看得出二位劇作家對於女子身份價值的認識心態。從馬致遠的昭君身上，看得出作者心目中對於女性地位的定義較為公允，女性完全可以承擔起國家使命，這一點應該與作家長期行走於勾欄瓦肆，與下層藝妓、百姓接觸頻繁，少受傳統男尊女卑觀念束縛有關。而陳與郊筆下的昭君，則盡顯了明代儒家傳統觀念復歸之後，男尊女卑觀念的深入人心。從二者筆下的昭君身上，能夠折射出兩個時代婦女社會角色和地位的差異。

二、漢元帝：從忍辱屈從到言出即行

在中國古代長達兩千多年的封建主義制度統治的歷史上，皇帝一直處於一個至高無上、唯我獨尊的地位。朝堂之上享有至尊威嚴，後宮之內擁有佳麗三千。封建帝王享有的是一種絕對特權，掌握著他人的生殺命運。封建社會的政治體制下，君主集權。然而，不同的時代背景也會有出現不同的現實。盛世下傑出的帝王盡顯威嚴，而在衰世狀態下，帝王也平添幾許哀怨與無奈。

《漢書・元帝紀》載：

> 元帝多材藝，善史書。鼓琴瑟，吹洞簫，自度曲，被歌聲，分節度，窮極幼眇。少而好儒，及即位，徵用儒生，委之以政，貢、薛、韋、匡迭為宰相。而上牽制文義，優游不斷，孝宣之業衰焉。然寬弘盡下，出於恭儉，號令溫雅，有古之風烈。〔註29〕

如此一個溫文爾雅、柔仁好儒的皇帝，被歷代文人藝術加工，附著了不同的時代色彩。歷史上，昭君和番時的漢朝，國家經歷了多年的休養生息，國力強盛。漢元帝為了維護邊境的和平而遣嫁昭君，執行了帝王在民族關係上的政治使命。在歷代以昭君出塞為題材的諸多文學作品中，在美化昭君的同時，

〔註27〕陳與郊：《昭君出塞》，沈泰：《盛明雜劇》（初集、卷9），影印董氏誦芬室刻本仿明精刊本，中國書店，，1918年版，第6頁。

〔註28〕陳與郊：《昭君出塞》，沈泰：《盛明雜劇》（初集、卷9），影印董氏誦芬室刻本仿明精刊本，中國書店，，1918年版，第5頁。

〔註29〕班固：《漢書・元帝紀》（卷9），中華書局，1962年版，第297頁。

往往將漢元帝塑造成一個不盡人情的斥責對象。馬致遠和陳與郊是分處於元明兩代的雜劇作家，不同的社會背景、人生經歷造就他們各自塑造出來的漢元帝身上附帶上了不同的時代特色。

身處異族統治，倍感民族壓迫的馬致遠獨具匠心，在他的末本戲《漢宮秋》中，塑造了一個有血有肉、有情有愛，卻無權又無奈的帝王形象。《漢宮秋》共四折，每一折表現出漢元帝不同層面的性格特徵。作品中，元帝充當的是兩個重要的角色，一個是維護國家的帝王，一個是憐惜妻子的丈夫。兩個身份並不矛盾，但是特殊的歷史條件和現實情況卻將一代帝王陷入了痛苦與無奈之中。

馬致遠的筆下，漢元帝有著普通人的真摯情感，唱詞中流露著對王昭君的深深愛戀。

【梁州第七】我雖是見宰相似文王施禮，一頭地離明妃早宋玉悲秋。怎禁他帶天香著莫定龍衣袖。他諸餘可愛，所事兒相投；消磨人幽悶，陪伴我閒遊；偏宜向梨花月底登樓，芙蓉燭下藏鬮。體態是二十年挑剔就的溫柔，姻緣是五百載該撥下的配偶，臉兒有一千般說不盡的風流。寡人乞求他左右，他比那落伽山觀自在無楊柳，見一面得長壽。情繫人心早晚休，則除是雨歇雲收。〔註 30〕

但是，滿朝文武面對匈奴大軍來襲紛紛退縮，漢元帝可悲地歎道：

【牧羊關】興廢從來有，干戈不肯休。可不食君祿命懸君口。太平時賣你宰相功勞，有事處把俺佳人遞流。你們干請了皇家俸，著甚的分破帝王憂？那壁廂鎖樹的怕彎著手，這壁廂攀欄的怕攧打打破了頭。〔註 31〕

作爲一個保護不了自己妻子的丈夫，是元帝作爲男人的失敗。然而，外侵和內患的威逼下，忍辱屈從則是他作爲皇帝的悲哀。

【鬥蝦蟆】當日個誰展英雄手，能梟項羽頭，把江山屬俺炎劉？全虧韓元帥九里山前戰鬥，十大功勞成就。您也丹墀裏頭，枉被金章紫綬；您也朱門裏頭，都寵著歌衫舞袖。恐怕邊關透漏，央及家人奔驟。似箭穿著雁口，沒個人敢咳嗽。吾當僝僽，他也、他也紅

〔註 30〕馬致遠：《破幽夢孤雁漢宮秋》，王季思：《全元戲曲》（第二卷），人民文學出版社，1999 年版，第 115 頁。

〔註 31〕馬致遠：《破幽夢孤雁漢宮秋》，王季思：《全元戲曲》（第二卷），人民文學出版社，1999 年版，第 116 頁。

妝年幼無人搭救。昭君共你每有甚麼殺父母寃仇？休、休，少不的滿朝中都做了毛延壽！我呵空掌著文武三千隊，中原四百州，只待要割鴻溝。陡恁的千軍易得，一將難求！〔註 32〕

唱詞中的無奈給人可恨又可憐的感受。

而陳與郊的《昭君出塞》則不同，沒有了民族壓迫層面上的內涵，作品中的漢元帝理直氣壯，言出必行。陳劇中的元帝，只有皇帝這一個身份。

初次面對即將遠行的昭君，雖爲美色傾倒，但更多重視的是漢朝的聲譽。

（生作驚介）呀！怎生與畫圖中模樣，相去天淵？分明是洛浦仙姿，藍橋豔質。壓到三千粉黛，驚回十二金釵。毛延壽這廝，好生誤事！著武士將毛延壽斬了！（眾應介）（生）我便別銓淑女，遠賜單于。省得埋沒了這照乘明珠，連城美玉，也由得我。只一件，姓名已去，若寡人失信單于，眼見得和親不志誠也。罷罷罷！〔註 33〕

雖滿心不捨，但大局爲重，只重江山，不惜美人，表現出一個帝王一言九鼎的威嚴。

（生）看你雲鬟斂怨辭仙仗。宮恩虜信，勢不兩全。今日裏恩和信，怎地商量？天公醞釀，千般痛盡在這去留一晌。謾匆忙。美人，少留一刻呵！強如別後，空尋履跡衣香。〔註 34〕

旦本戲的作品，加之篇幅有限，可以表現元帝的僅僅寥寥幾語。但如此的刻畫，恰好將一個強有力的形象呈現給觀眾。

對比二劇中的漢元帝，一個忍辱屈從，一個一言九鼎。個性的強弱與所潑筆墨多少無關，有關係的是時代精神在人物身上留下的歷史印記。

《漢宮秋》是一部融歷史厚重感與時代針對性爲一體的優秀作品。漢朝的故事被劇作家演繹，運用詠史的筆法以喻今，借助漢朝來隱喻漢家王朝。馬致遠約生於宋理宗淳祐十年（公元 1250 年），他親歷了蒙古族入侵、南宋滅亡的國恥，作爲一個異族統治下的漢族文人，目睹了漢家王朝的一步步敗亡，他內心痛苦、憤懣，借古諷今，他借助於對懦弱無能的漢元帝的譏諷來

〔註 32〕馬致遠：《破幽夢孤雁漢宮秋》，王季思：《全元戲曲》（第二卷），人民文學出版社，1999 年版，第 116 頁。

〔註 33〕陳與郊：《昭君出塞》，沈泰：《盛明雜劇》（初集、卷 9），影印董氏誦芬室刻本仿明精刊本，中國書店，1918 年版，第 3 頁。

〔註 34〕陳與郊：《昭君出塞》，沈泰：《盛明雜劇》（初集、卷 9），影印董氏誦芬室刻本仿明精刊本，中國書店，1918 年版，第 3 頁。

表達對南宋末世朝廷的不滿情緒。然而作爲一個儒學修養深厚、年輕時熱衷功名、懷揣著「佐國心，拿雲手」政治抱負的漢族文人，他的忠君思想又是異常地強烈。因而作品中看得出矛盾的情緒。譏諷的同時，他不忍將其塑造得昏庸無能，而將責任歸咎於滿朝文武的腐敗無能。《漢宮秋》中，漢元帝以一個力不從心的形象出現。馬致遠藝術地改變了歷史。在他所處的時代，《漢宮秋》中，馬致遠將後宮待詔王昭君的身份提升到了「明妃」，突出了漢元帝的悲哀，明妃、明君的稱謂雖在過去的昭君題材作品中也有出現。西晉時候，石崇的《王明君辭（並序）》中寫道：「王明君，本爲王昭君，因觸文帝（司馬昭）諱，改焉。」〔註 35〕後來詩詞中所現，均是對昭君的愛戴之稱，正式的冊封，馬致遠當屬首創。這樣的身份定位，不僅僅是給了身負和親重任的昭君一個名分，一個行嫁的規格，更是對元帝將愛妃拱手相讓時的無奈、無助的一種諷刺和憐憫。

陳與郊生活在明朝衰亡之始的萬曆朝，長達 28 年未曾上朝的記錄令神宗皇帝在歷史上創下了「記錄」，儘管《明史・神宗本紀》也明確提出：「故論考謂：明之亡，實亡於神宗。」〔註 36〕但是表面依舊四海生平。陳與郊生活在此時，國力尚盛，民族問題不是重點，因而，他所塑造的漢元帝並沒有《漢宮秋》中的忍氣吞聲，簡短的篇幅呈現的始終是一言九鼎的強勢形象。對於渴望君恩、獨守深宮的昭君，他可能是一個摸不到夠不著的憧憬，但對於三宮六院中的眾多妃嬪來說，他又何止是一個人的夢。昭君的一句唱詞：「思量！愁容鏡裏，春心弦上。戶牖恩光猶妄想。」〔註 37〕點出了眾深宮女子的悲哀。陳劇中沒有設計二者的情感戲份，元帝的驚豔、遺憾無關愛情。雖然他對遣派美豔的昭君和番後悔惋惜，但是出於國家的威嚴和信譽，他以大局爲重。由作品中的形象可以看出明代帝王至高無上的權威。

同一個人物，在不同作品中呈現的是大相徑庭的性格和地位。不論是作者的刻意設計，還是作品的無意流露，歸根到底都刻上了時代背景和社會文化的烙印。

〔註 35〕呂晴飛：《漢魏六朝詩歌鑒賞辭典》，中國和平出版社，1990 年版，第 372 頁。
〔註 36〕張廷玉：《明史・神宗本紀》，中華書局，1974 年版，第 295 頁。
〔註 37〕陳與郊，《昭君出塞》，沈泰：《盛明雜劇》（初集、卷 9）〔M〕，影印董氏誦芬室刻本仿明精刊本， 1918 年版，第 1 頁。

第三節　王昭君與漢元帝關係比較

《漢宮秋》是一部意蘊豐富的雜劇，它作爲一部歷史題材的劇作體現了巾幗英雄的忠、逆子賊臣的奸，以及弱勢之下漢元帝的無奈與苦痛，反映了作者的民族意識。但是也可以將其視爲一部壯烈的演繹帝妃之戀的愛情悲劇。作品中展示了王昭君與漢元帝從相遇、熱戀到生死離別的過程，感人肺腑。

而《昭君出塞》卻是忠於史實。只寫到漢元帝看到王昭君絕色仙姿後的驚訝神色，悔不該差遣昭君，痛責毛延壽賊子誤事，著武士將其斬首，但始終未見二人之間有何戀情可言。

愛情是文學藝術一直以來熱衷表現的主題，這種發自肺腑的眞實情感最具表現力。昭君與元帝的關係從史實中一路演繹而來，儘管已有詩文中稱昭君爲「明妃」，但是眞正涉及到愛情的微乎其微。直至唐代《王昭君變文》中昭君對漢帝的思戀裏隱約看到了二人曾經的兒女私情。

> 如今以暮（慕）單于德，昔日還（承）漢帝恩。
>
> ……
>
> 假使邊庭突厥寵，終歸不及漢王憐。〔註38〕

到了馬致遠的《漢宮秋》才將愛情發展到了極致。如果說漢弱胡強是大的歷史背景，匈奴大軍壓境、單于索親是故事的誘因，那麼漢元帝與王昭君的愛情則就是《漢宮秋》的一條主脈線。馬致遠出奇制勝地將王昭君和漢元帝的關係進行了有力渲染，生動演繹了他們從相識開始的歡情：

> 【梁州第七】我雖是見宰相似文王施禮，一頭地離明妃早宋玉悲秋。怎禁他帶天香著莫定龍衣袖。他諸餘可愛，所事兒相投；消磨人幽悶，陪伴我閒遊；偏宜向梨花月底登樓，芙蓉燭下藏鬮。體態是二十年挑剔就的溫柔，姻緣是五百載該撥下的配偶，臉兒有一千般說不盡的風流。寡人乞求他左右，他比那落伽山觀自在無楊柳，見一面得長壽。情繫人心早晚休，則除是雨歇雲收。〔註39〕

被迫無奈的離情：

> 【黃鍾尾】怕娘娘覺饑時吃一塊淡淡鹽燒肉，害渴時喝一杓兒酪和粥。我索折一枝斷腸柳，餞一杯送路酒。眼見得趕程途趁宿頭，

〔註38〕潘重規：《敦煌變文集新書》，文津出版社，1994年，第272頁。

〔註39〕馬致遠：《破幽夢孤雁漢宮秋》，王季思：《全元戲曲》（第二卷），人民文學出版社，1999年版，第115頁。

痛傷心重回首。則怕他望不見鳳閣龍樓，今夜且則向灞陵橋畔宿。〔註40〕

直至生死別離之後的悲情：

【么篇】傷感似替昭君思漢主，哀怨似作薤露哭田橫，悽愴似和半夜夢歌聲，悲切似唱三疊陽關令。〔註41〕

以愛情的悲劇來引出朝廷的悲劇、民族的悲劇。通過對帝妃愛戀的深化，來表現更深層次的意義。愛情越眞摯，別離越痛苦，而滿朝文武的腐朽無能令至尊的皇帝深感悲哀，悲劇的氣氛自然聚攏了起來，使作品所表達的愛情、朝廷、民族的悲哀情緒更加入木三分。離合之間，我們看到的是婉轉纏綿的愛，生生分割的情。更深意義上講，我們看到的是弱勢民族的被動，腐敗朝廷的無能。愛情的悲劇人物是元帝和昭君二人，然，劇作所展示的悲劇何止愛情。家國的不幸，民族的悲劇才是劇作家眞正要表現的。

而陳與郊的作品顯然也是訴說悲劇，且本劇作《昭君出塞》延續了文學史上「昭君怨」的主題，久居深宮不得臨幸，終又被遠遣他鄉，昭君的悲劇在作品中展現得淋漓盡致。但是，由於時代不同，陳與郊所表現的主題是母題自身可以衍伸出來的，而非馬致遠般「借他人之酒杯，澆自己胸中之塊壘」。因而，《昭君出塞》的悲劇屬於個人，悲劇人物只有昭君。

該劇一開始，昭君聽女官宣詔上場，空歡喜一場，「歎韶年受深宮業障」〔註42〕，好容易「驚傳詔奉清光」〔註43〕，不料詔見原因卻是和親。通過與貼扮宮女的對白，訴盡了昭君空守深閨的哀怨。「愁容鏡裏，春心弦上，戶牖恩光猶妄想。」〔註44〕該劇中帝妃相遇，完全是爲著和親一事而來，儘管面對「洛浦仙姿，藍橋豔質。壓到三千粉黛，驚回十二金釵」〔註45〕的昭君，

〔註40〕馬致遠：《破幽夢孤雁漢宮秋》，王季思：《全元戲曲》（第二卷），人民文學出版社，1999年版，第119頁。

〔註41〕馬致遠：《破幽夢孤雁漢宮秋》，王季思：《全元戲曲》（第二卷），人民文學出版社，1999年版，第126頁。

〔註42〕陳與郊：《昭君出塞》，沈泰：《盛明雜劇》（初集、卷9），影印董氏誦芬室刻本仿明精刊本，中國書店，1918年版，第1頁。

〔註43〕陳與郊：《昭君出塞》，沈泰：《盛明雜劇》（初集、卷9），影印董氏誦芬室刻本仿明精刊本，中國書店，1918年版，第1頁。

〔註44〕陳與郊：《昭君出塞》，沈泰：《盛明雜劇》（初集、卷9），影印董氏誦芬室刻本仿明精刊本，中國書店，1918年版，第2頁。

〔註45〕陳與郊：《昭君出塞》，沈泰：《盛明雜劇》（初集、卷9），影印董氏誦芬室刻本仿明精刊本，中國書店，1918年版，第3頁。

漢元帝好生後悔，但爲了彰顯和親志誠，不失大國信譽，並未毀約。漢元帝悔的是「照乘明珠，連城美玉」〔註 46〕沒有歸己所有，完全是帝王那種高高在上唯我獨尊的君主思想在作祟，帝妃之間並未摻雜兒女私情。

綜上所述，二劇故事涉及人物雖然都是漢元帝和王昭君，但是人物關係卻顯然相異。《漢宮秋》爲展現民族悲劇，將悲劇人物設定爲元帝和昭君，二者是相愛的伴侶，被強拆的鴛鴦；《昭君出塞》展示的則是深宮內院中紅顏的委屈與哀怨，悲劇人物是昭君個人。昭君同元帝，可以說一個是高高在上，一個望而興歎。

可見，由於所處時代的不同，二者的創作旨向是不同的。《漢宮秋》以愛情爲基調來抒發亡國之恨、民族悲情，雖取材於史實，卻似一部滿含心酸血淚的現實劇；《昭君出塞》則是遵照歷史創作的歷史劇目，歎詠的也僅僅是古人的悲哀。在愛情悲劇的基礎上，展示王朝的悲劇、民族的悲劇，作品的可觀賞性顯然要大得多，時代性和現實感也就更加強烈。而摺子戲《昭君出塞》所展示的是個人悲劇，主要看點可能要依靠演員高超的表演技藝來吸引觀眾的視線。可見，兩部作品的舞臺效果亦會有所不同。

元曲大家馬致遠的《漢宮秋》被後人稱作元曲的最佳傑作，從歷史使命和時代意義層面上，陳與郊的《昭君出塞》顯然遙不可及，從陳劇對馬劇曲詞的借鑒上，也可看得出陳與郊對馬致遠創作的肯定。然而，從文本的平行比較而言，由於所處時代背景的不同，創作所依附的心理有所差異，因而兩部作品各有千秋。

首先，時代背景的不同是同一歷史題材展示不同主題的關鍵。《漢宮秋》誕生於蒙古大軍統治的元朝，漢人、南人分別位於四等人中的三、四等。強烈的民族壓迫感充斥著每一個漢族人的心，馬致遠將時代背景偷換，將和親時雙方的力量懸殊加以調換，藉此以表達內心的憤懣；陳與郊由於沒有國破家亡的經歷，而且所處時代中民族矛盾也並不強烈，所以所創之作並沒有融入家仇國恨。和親的背景依史而設，感慨昭君不幸的同時不忘大漢朝的耀武揚威。

其次，人物形象也隨主題的差異展現了不同的層面。兩個主要人物，王昭君在《漢宮秋》中，既有小女兒的涓涓情愛，又有巾幗英雄的深明大義；

〔註 46〕陳與郊：《昭君出塞》，沈泰：《盛明雜劇》（初集、卷 9），影印董氏誦芬室刻本仿明精刊本，中國書店，1918 年版，第 3 頁。

在《昭君出塞》中，則是以一個久居深宮渴慕君恩的幽怨女子形象示人。漢元帝在《漢宮秋》中既是喪權辱國的敗君，又是拱手讓妻的弱夫；在《昭君出塞》中則是愛江山不愛美人的九五之尊。

再次，人物關係也有所差異。《漢宮秋》展示了帝妃之間纏綿悱惻的愛戀和感人至深的生死離別，元帝同昭君是一對悲情的愛侶；《昭君出塞》則一個是高高在上的帝王，一個是久居深宮的怨女，二者素未見面。若說關係，只能說漢元帝是王昭君日夜思念的一個遙不可及的夢。

綜上所述，通過兩部作品的比較研究，展現給我們的是歷史和現實對於文學作品的影響，或者也可以說文學作品承載了歷史內蘊和時代使命。德國哲學家伽達默爾說過：「從史學的角度看歷史，和從文學的角度看歷史，其異同是顯而易見的。史學家關心的是歷史因果關係和時事變遷，文學家所要展示的，是特定的環境下的人，是人的命運和情感，是直接創造一個可以讓讀者介入、參與、體驗的心靈世界。」〔註 47〕正因如此，文學的魅力才得以體現，才有了馬致遠「借他人酒杯，澆自己塊壘」，也才有了陳與郊筆下深深的「昭君怨」。

〔註 47〕伽達默爾：《眞理與方法》，上海譯文出版社，1992 年版，第 274～275 頁。

第四章　其他作品比較

第一節　《千里獨行》與《義勇辭金》比較研究

元雜劇《關雲長千里獨行》（下文簡稱《千里獨行》）和明雜劇《關雲長義勇辭金》（下文簡稱《義勇辭金》）演繹的都是關於三國時期關雲長掛印封金、辭曹歸漢的故事，所反映的本事見於西晉史學家陳壽所撰《三國志》：

> 建安五年，曹公東征，先主奔袁紹。曹公禽羽以歸，拜爲偏將軍，禮之甚厚。紹遣大將（軍）顏良攻東郡太守劉延於白馬，曹公使張遼及羽爲先鋒擊之。羽望見良麾蓋，策馬刺良於萬眾之中，斬其首還，紹諸將莫能當者，遂解白馬圍。曹公即表封羽爲漢壽亭侯。初，曹公壯羽爲人，而察其心神無久留之意，謂張遼曰：「卿試以情問之。」既而遼以問羽，羽歎曰：「吾極知曹公待我厚，然吾受劉將軍厚恩，誓以共死，不可背之。吾終不留，吾要當立效以報曹公乃去。」遼以羽言報曹公，曹公義之。及羽殺顏良，曹公知其必去，重加賞賜。羽盡封其所賜，拜書告辭，而奔先主於袁軍。左右欲追之，曹公曰：「彼各爲其主，勿追也。」〔註 1〕

這段正史記載的三國故事經過歷代文學演繹，帶有了不同的時代特徵和感情色彩。關雲長歷來是被廣大民眾所熱情謳歌的人物，從英雄崇拜到將其神化，忠良義勇素來是其典型性格。《千里獨行》和《義勇辭金》均採關雲長掛印封金、辭曹歸漢這段歷史爲題材，但因立足點的不同，使其各具風采。

〔註 1〕陳壽：《三國志》（卷 36），裴松之注，中華書局，1959 年版，第 939～940 頁。

元雜劇《千里獨行》作者生平事蹟不詳。作品古拙樸茂，從關雲長降曹、辭曹寫到與劉備、張飛古城相會，敘事詳盡完整，人物刻畫立體生動。劇本雖重在表現關雲長，但四折一楔子，皆由飾演甘夫人的旦角演唱。主要內容如下：劉、關、張三兄弟破呂布後，不服奸雄曹操調遣，暗出許都後襲了車胄，鎮守徐州。曹操率大勢軍馬來襲，在清風嶺安營紮寨。劉、關、張商議對策，關雲長提出長蛇陣，張飛提議熱奔陣。最終關雲長率小部隊前往下邳，劉、張領三房頭家小留守徐州。劉、張率兵夜襲曹營，然而因商議計策時，張飛怒責並重打了提出質疑的衙門將張虎，其記仇叛逃至曹操處洩密，致使劉、張夜襲大敗，卸甲而逃。曹操以三房頭家小爲人質，在答應關雲長提出的降漢不降曹、與嫂嫂家小一宅分兩院、一旦打聽到兄弟消息便要尋去等三個條件後，將其收爲己用，封壽亭侯〔註 2〕並重金美女禮遇。然而關雲長身在曹營心在漢，雖刺顏良、誅文醜建功立業，但聽到劉、張消息，馬上掛印封金，擺脫曹操所設層層障礙，辭曹歸漢。面對兄弟的責問，關雲長以殺蔡陽表明心跡，劉、關、張三人古城歡聚。

明雜劇《義勇辭金》出自藩王作家朱有燉之手，同樣取材於此，但是側重點不同。全劇爲末本戲，但其間存在末角的轉換現象。原本，末扮關雲長擔任主唱，但是第三折中出現末扮探子向外扮曹操彙報關雲長戰績的情節。由此，看得出明雜劇在唱角設置上的演進。作品中沒有交代原由，直接描寫關雲長身在曹營心在漢、義勇辭金的事蹟，突出展示關雲長的義勇。劇中，張遼奉曹操之命給偏將軍關雲長送來美女黃金，關雲長拒不接受，推脫不過只將黃金收下。二人暢飲相談，關表明其忠臣不事二主，暫不離去全因要立功報答曹操恩德。袁紹軍中大將顏良率兵搦戰，建武將軍夏侯惇戰敗，關雲長披掛上陣，威風大顯，斬殺顏良，解了白馬之圍，並得知了劉備下落，掛印封金，攜劉備妻小留書追尋而去，曹操聞之，贈絳紅袍、白玉帶、遠遊冠、乾皀靴，派張遼、夏侯惇爲其踐行。小酒館中，夏侯惇謀害未遂，關雲長感慨作別。

《千里獨行》故事敘述詳盡，交代了前因後果。而《義勇辭金》則僅取關鍵片段，進行生動的舞臺演繹。二者取材同一，但側重相異。可見同類題材雜劇的創作意旨和時代觀念具有不同傾向。

〔註 2〕關於「漢壽亭侯」歷來有觀點不同：一說是「漢」爲朝代名；一說是「漢壽」爲地名。學界考證，認可「漢壽」爲亭名說。因此，「漢壽亭侯」即關羽被封爲「漢壽」這個地方的「亭侯」。而《千里獨行》中採用「壽亭侯」，可見是將「漢」誤認爲了朝代名。

一、關雲長：從智勇雙全到忠肝義膽

三國題材是戲曲創作中極爲重要的一類，而關雲長一直是三國戲中的重要人物之一。關雲長的形象在歷代文學作品中日益豐滿，人們對他的崇拜遠遠超越了史實。他或是理想人格的化身，或是忠義勇武的代言，或代表了英雄主義的彰顯，或接受了平民百姓的膜拜。從人到神，從臣到君，關雲長的形象在中國歷史上似乎已然超越了一個歷史人物的定位，而是代表了一種文化，一種信仰。

《千里獨行》和《義勇辭金》取材相同，但在關雲長形象的塑造上各有偏重。前者重智重忠，後者重義重勇。

（一）《千里獨行》：重智重忠

元雜劇《千里獨行》中，關雲長智勇雙全。不僅僅展現了其一貫的忠肝義膽，更多的情節將其智慧的一面展現得淋漓盡致，呈現給觀眾一個有勇有謀的人物形象。

例一：

面臨曹操十萬軍兵，劉、關、張商議對策。關雲長獻計：一字長蛇陣。

> 咱如今分軍在三處，哥哥領著三房頭家小，並大小軍將，守著這徐州；我領著五百校刀手，守著這下邳；兄弟你領著你那十八騎烏馬長槍，守著這小沛。……假若那曹操的軍兵，來圍這小沛，哥哥這徐州軍兵，我這下郡的軍兵，都來救小沛；若圍著下邳，這徐州、小沛兵，可來救這下邳；若是他圍了這徐州城，我和你下邳、小沛的軍兵，可來救這徐州。便比喻這徐州似個蛇身，俺這兩處便如那蛇頭蛇尾，似這般呵，方可與曹操拒敵。〔註3〕

此計不僅劉備大贊，曹操聽說之後也滿心恐懼「將軍分三處，俺是難與他拒敵」。可見關雲長懂兵法，極其具備軍事頭腦，有勇有謀。只可惜劉備採用了莽張飛的「熱奔陣」，導致兵敗而逃。

例二：

爲了三房頭妻小，關雲長暫降。但身在曹營心在漢。在筵宴上看到舊時劉備部下張虎時，雲長並未衝動上前質問，而是推醉探聽：

> （淨云）丞相著張虎在古城，不想近日間有劉玄德和張飛走將

〔註 3〕無名氏：《關雲長千里獨行》，《孤本元明雜劇》（一），中國戲劇出版社，1958 年版，第 873 頁。

來，將我殺退了，奪了俺古城也。〔註 4〕

從而得知兄弟下落，喜出望外。但是並不直接告知甘、糜夫人，而是試探一番：

（正旦云）妹子，你看俺二叔叔好快活也。（關末云）我怎麼不快活？我如今封官爲壽亭侯，每日筵宴管待，正好受用也。（正旦云）叔叔你的是也。（唱）

【紅芍藥】你道是近新來加你做壽亭侯。（關末云）我上馬一提金，下馬一提銀。（正旦唱）枉受了些肥馬輕裘。這的是你桃園結義下場頭，枉了宰白馬、殺烏牛。（關末云）我三日一小宴，五日一大宴。（正旦唱）你每日吃堂食飲御酒，你全不記往日的冤仇。想著您同行同坐數年秋，到如今一筆哎都勾！（關末云）我如今官封爲壽亭侯哩。（正旦唱）

【菩薩梁州】今日個你建節來封侯，登時間忘舊。知書的小叔，你可便枉看了些《左傳》《春秋》。我這裡聽言說罷淚交流，弟兄今日難相守，甚日個得完就。誰想你結義賓朋不到頭，則他這歲月淹留。（關末云）我將這條凳椅桌都打碎了，幔帳紗櫥都扯掉了。（正旦云）叔叔煩惱了也。妹子，咱與叔叔陪話去來。（唱）

【罵玉郎】則我這心中負屈應難受，不由我便撲簌簌淚交的流，我見他撲登忿怒難收救。他那裡踢翻椅桌，扯了幔幕，緊揎起那征袍袖。（小旦云）姐姐，二叔叔不知爲何至怒也。（正旦唱）

【感皇恩】呀，我見他並不回頭，怒氣難收。我這裡自躊躕自埋怨，我這裡自僝僽。您嫂嫂言語的是緊，叔叔你惱怒無休。我陪有十分笑，叔叔你千般恨，我懷著九分憂。

【採茶歌】叔叔你早則麼皺著眉頭，休記冤仇，叔叔你與我停嗔息怒。壽亭侯，則你那失散了的哥哥不知道無共有，方通道知心的這相識可也到頭休。

（雲）妹子，俺跪著。二叔叔，可憐見俺姊妹二人。（正旦、小旦都做跪科）（關末云）嫂嫂請起。你休煩惱，你歡喜者。（二旦云）我有什麼歡喜。（關末云）嫂嫂，你不知道俺哥哥兄弟見在

〔註 4〕無名氏：《關雲長千里獨行》，《孤本元明雜劇》（一），中國戲劇出版社，1958 年版，第 886 頁。

古城有哩。〔註 5〕

對話中，先是假意流露自己貪圖安逸、樂享富貴，以探其嫂之意；見嫂嫂言之切切，以兄弟之禮質問，便詳怒；直到甘夫人不得不委曲下跪，求其息怒，才著實瞭解了嫂夫人的眞心，遂將眞相托盤而出。幾次三番的不同方式的試探，可見其頗有心計。

例三：

當關雲長掛印封金，引一眾家小投奔劉備而去時，與前來計擒的曹操交鋒，雲長鬥智鬥勇，將張遼所獻三計，逐一破解。

第一計：

丞相領兵趕上雲長，則推與他送行。丞相若見雲長，丞相先下馬，關雲長見丞相下馬，他必然也下馬來。若是雲長下馬來，叫許褚上前抱住雲長，著眾將下手。〔註 6〕

對策：

（關末云）丞相勿罪，我不下馬來也。〔註 7〕

第二計：

丞相與雲長遞一杯酒，酒裏面下上毒藥。〔註 8〕

對策：

（關末云）難得丞相好心，丞相先飲過，關羽吃。〔註 9〕

第三計：

丞相把那西川錦征袍，著許褚托在盤中。丞相贈與雲長。雲長見了，必然下馬來穿這袍。可叫許褚向前抱住，眾將下手。恁的方可擒的雲長。〔註 10〕

〔註 5〕無名氏：《關雲長千里獨行》，《孤本元明雜劇》（一），中國戲劇出版社，1958 年版，第 888～890 頁。

〔註 6〕無名氏：《關雲長千里獨行》，《孤本元明雜劇》（一），中國戲劇出版社，1958 年版，第 891 頁。

〔註 7〕無名氏：《關雲長千里獨行》，《孤本元明雜劇》（一），中國戲劇出版社，1958 年版，第 893 頁。

〔註 8〕無名氏：《關雲長千里獨行》，《孤本元明雜劇》（一），中國戲劇出版社，1958 年版，第 892 頁。

〔註 9〕無名氏：《關雲長千里獨行》，《孤本元明雜劇》（一），中國戲劇出版社，1958 年版，第 893 頁。

〔註 10〕無名氏：《關雲長千里獨行》，《孤本元明雜劇》（一），中國戲劇出版社，1958 年版，第 892 頁。

對策：

（關末云）我待下馬去，則怕中他的計策；我待不下馬去，可惜了一領錦征袍。你聽者，關羽從來性粗豪，哎！你個賢達嫂嫂莫心焦。上告孟德休心困，刀尖斜挑錦征袍。〔註 11〕

張遼所獻三計雖妙，但於關雲長皆不濟。見招拆招更見其心細、理智、不焦躁，能夠化險爲夷。

以上三例，皆表明關雲長並非一介莽撞武夫，而是足智多謀、智勇雙全。元雜劇中著重對此進行展開描寫，令讀者眼中的關雲長更加完美。不僅僅是智慧盡顯，更重要的是其忠心可表。迫於要照料三房頭老小，歸順曹操，但他明確提出三樁要求：

（關末云）我頭一樁，我雖然投降，我可不降你丞相，我是降漢不降曹；第二樁，我和俺哥哥兄弟家屬，一宅分兩院；第三樁，我若打聽的俺哥哥兄弟信息，我便尋去，可不許您攔當。〔註 12〕

雖然身在曹營，但心隨舊主。

當投奔劉備後，劉、張誤解，不肯信任時，關雲長立斬蔡陽，以表忠心。

作品中，劉備在文末評價道：

你雖身居重職，你不改其志，此爲仁也；你不遠千里而來，被張飛與某百般發忿，兄弟你口不出怨恨之語，此爲義也；你棄印封金，辭曹歸漢，此爲禮也；不一時立斬蔡陽，此爲智也；你曾與曹操言定三事，聽的某在此，你將領家小前來，不忘桃園結義之心，此爲信也。〔註 13〕

由此可見，這樣的形象的塑造，證明了一個尚武時代對於英雄的定位。這個時代對於英雄的定義、百姓對於關雲長的膜拜，在於其仁義禮智信俱全。三國以來，關雲長的英雄事蹟家喻戶曉，溫酒斬華雄、斬顏良誅文丑、千里走單騎、過五關斬六將、刀劈蔡陽、單刀赴會，樁樁件件都足以讓世人讚不絕

〔註 11〕無名氏：《關雲長千里獨行》，《孤本元明雜劇》（一），中國戲劇出版社，1958 年版，第 894 頁。

〔註 12〕無名氏：《關雲長千里獨行》，《孤本元明雜劇》（一），中國戲劇出版社，1958 年版，第 882 頁。

〔註 13〕無名氏：《關雲長千里獨行》，《孤本元明雜劇》（一），中國戲劇出版社，1958 年版，第 899 頁。

口。《千里獨行》側重其有勇有謀，有忠有義，可見元代對英雄的渴慕，對仁義禮智信的認同。

（二）《義勇辭金》：重義重勇

《義勇辭金》側重的則不同。祁彪佳《遠山堂劇品》將此劇歸於「雅品」，並評論說：「不但關公之義勇，千古如見，即阿瞞籠絡英雄之伎倆，亦現之當場矣。每恨關公未有佳傳，得此大暢。」〔註14〕

關雲長之義勇在作品中表現十足。該劇中，關雲長之義，表現在兩個方面：對於劉備，關雲長忠心耿耿，義薄雲天。與劉、張失散，滿心愁苦。

【醉扶歸】自結義平原相，誰承望有參商！子俺生死之交不可忘。盟誓在，難虛誑。空教我望斷愁雲故鄉，都撮在雙眉上。〔註15〕

另一方面，他的義不僅僅表現在對於兄弟手足之間，於曹操亦「大丈夫行事當轟轟烈烈，明如日月」〔註16〕，「今日受了曹公深恩，大丈夫以義氣相許」〔註17〕，雖說「守誠心思故主」〔註18〕，「歎孤忠隨日落，悲離恨與天長」〔註19〕，然而因「多受曹公之恩」，「必要立功相報」〔註20〕。

漢偏將軍關羽拜上！漢袞州牧丞相曹公府下。竊以日在天之上，心在人之內。日在天之上，普照萬方；心在人之內，以表丹誠。丹誠者，信義也。羽昔受降之日有言曰：「主亡則輔，主存則歸。」丞相新恩，劉公舊義。恩有所報，義無所斷。今主之耗，羽已知之。刺顏良於白馬，誅文醜於南坡。丞相新恩，滿有所報。劉公舊義，終不能忘。每留所賜之資，盡封府庫之內。伏望臺慈，俯垂昭鑒！

〔註14〕祁彪佳：《遠山堂劇品・雅品》，《中國古典戲曲論著集成》（六），中國戲劇出版社，1959年版，第147頁。

〔註15〕朱有燉：《關雲長義勇辭金》，中國古代戲曲經典叢書・明清雜劇卷，華夏出版社，2000年版，第10頁。

〔註16〕朱有燉：《關雲長義勇辭金》，中國古代戲曲經典叢書・明清雜劇卷，華夏出版社，2000年版，第8頁。

〔註17〕朱有燉：《關雲長義勇辭金》，中國古代戲曲經典叢書・明清雜劇卷，華夏出版社，2000年版，第10頁。

〔註18〕朱有燉：《關雲長義勇辭金》，中國古代戲曲經典叢書・明清雜劇卷，華夏出版社，2000年版，第10頁。

〔註19〕朱有燉：《關雲長義勇辭金》，中國古代戲曲經典叢書・明清雜劇卷，華夏出版社，2000年版，第10頁。

〔註20〕朱有燉：《關雲長義勇辭金》，中國古代戲曲經典叢書・明清雜劇卷，華夏出版社，2000版，第10頁。

羽頓首再拜！〔註21〕

一紙辭書，令「義絕」形象躍然紙上。

同時，該劇在其「義」的重點描寫外，還突出了關雲長之勇。《義勇辭金》中二、三折，用了大量的筆墨來展現其英勇。

通過正面描寫：

【沽美酒】入袁軍陣隊裏，刺顏良若兒嬉。我將這帶血兜鍪手內提。只一人一騎，回到俺大營內。

【太平令】殺的他敗殘軍，明幌幌槍刀滿地。丟棄的亂紛紛衣甲成堆。逃命的俏沒促林中藏避。投降的戰篤速馬前齊跪。快疾忙說知就裏，向軍中慶喜。早報了曹公恩義。〔註22〕

側面描寫：

【紫花兒序】憑著他一人勇猛撞入那萬隊軍營，到強如十面埋伏。看了他氣昂昂施呈武藝，雄赳赳斡運機謨。暗嗚，半坐雕鞍探虎軀，把敵軍輕覷，他那裡忙拂金鞭，急驟龍駒。

……

【金蕉葉】把這柄青龍刀連忙便舉。撞入那七里圍中軍帳去。吼一聲威風似虎。將一個血淋淋的人頭便取。〔註23〕

大段的唱詞將其英武盡顯。同時通過與夏侯淳率領「千百萬軍尚且被他殺敗」〔註24〕的對照，更顯出關雲長單槍匹馬的驍勇善戰。

兩部雜劇表現的關雲長形象雖有差異，但並不衝突。只能說不同的時代人們對於關雲長的認識不同。更準確一點說，是不同時代所賦予以關雲長爲理想的這類英雄人物的歷史使命不同。《千里獨行》中的關雲長，一心忠於劉備忠於漢室。可見誕生於異族統治下的元代的雜劇作品中，字裏行間流露著對於漢室統治的懷念。《義勇辭金》中關雲長「義絕」形象的突出，看得出身爲統治階級的藩王作家朱有燉對於關雲長這樣英勇忠義之士的渴慕。同一個

〔註21〕朱有燉：《關雲長義勇辭金》，中國古代戲曲經典叢書・明清雜劇卷，華夏出版社，2000版，第30頁。

〔註22〕朱有燉：《關雲長義勇辭金》，中國古代戲曲經典叢書・明清雜劇卷，華夏出版社，2000年版，第17頁。

〔註23〕朱有燉：《關雲長義勇辭金》，中國古代戲曲經典叢書・明清雜劇卷，華夏出版社，2000年版，第22頁。

〔註24〕朱有燉：《關雲長義勇辭金》，中國古代戲曲經典叢書・明清雜劇卷，華夏出版社，2000年版，第17頁。

角色，在不同時代背景下，成爲時代所需求的英雄形象代表。關雲長的形象正是在一代又一代人們不同的審美情趣中日益豐滿、完美的。

二、曹操：從陰險狡詐到唯才是舉

雖說兩部雜劇對於關雲長形象的塑造各有偏重，但整體方向一致，將附加不同時代特徵的英雄形象疊加到一起，促使關雲長在歷史文化長廊中更加立體豐滿。而二劇中曹操的表現則非如此。二劇對於曹操的塑造，存在著明顯的差異。《千里獨行》中，突出了「奸雄」曹操的陰險狡詐，《義勇辭金》中卻展現了其唯才是舉、禮賢下士的一面。可見劇中曹操形象的展示也代表了作者一定的歷史認知和時代意識。

曹操（公元155年～公元200年），字孟德，小名阿瞞。沛國譙縣人。三國時期著名的軍事家、政治家、文學家。官至丞相，封魏王，謚武王，其長子曹丕稱帝後，追尊爲武皇帝，史稱魏武帝。

歷史上的曹操是一個備受爭議的人物。

《三國志》中陳壽評曹操：

> 太祖運籌演謀，鞭撻宇內，攬申、商之法術，該韓、白之奇策，官方授材，各因其器，矯情任算，不念舊惡，終能總御皇機，克成洪業者，惟其明略最優也。抑可謂非常之人，超世之傑矣。〔註25〕

可見曹操乃一代奇才。這個評價從正面較爲公允地展示了曹操這位「非常之人，超世之傑」。然而，在歷史發展進程中，對於曹劉孰爲正統的問題，素有爭議。對於曹操本人的看法，也就帶上了感情色彩。

袁行霈主編的《中國文學史》中，介紹《三國演義》的章節裏總結了歷史上「擁劉反曹」的原因。

> 在歷史上，曹、劉孰爲正統的問題，從來就有不同的看法。在正統的史學著作中，大致自朱熹的《通鑒綱目》起，一般都奉蜀國爲正統，以魏、吳爲僭國。至於在民間流傳的故事中，從來就有尊劉貶曹的傾向。究其原因，一是由於劉備是「帝室胄裔」，多少有點正統的血緣關係；二是劉備從來以「弘毅寬厚，知人待士」（陳壽《三國志·先主傳》）著稱，容易被接受。特別是在宋元以來民族矛盾尖銳的時候，「人心思漢」、「恢復漢室」，正是當時漢族人民共同的心

〔註25〕陳壽：《三國志》（卷36），裴松之注，中華書局，1959年版，第55頁。

> 願，因而將這位既是「漢室宗親」，又能「仁德及仁」的劉備數爲仁君，奉爲正統，是最能迎合大眾接受心理，符合廣大民眾的善良願望的。〔註26〕

由此可見，所謂的「擁劉反曹」更多的因素是民眾心理和社會價値取向的主導作用。曹操「奸雄」的形象深入人心，由於劉備的寬厚仁德的對照，讓人往往對其正面形象大打折扣，而將姦邪權詐的一面一再放大。

尤其到了社會矛盾及其尖銳複雜的元代，蒙古統治者統治殘暴，而且社會等級森嚴，百姓終日生活在水深火熱之中，然而他們的不滿與抗議於事無補，作爲一種大眾的平民的文藝形式在此時成爲他們宣洩憤怒的途徑。元雜劇《千里獨行》在歌頌關雲長英雄形象的同時，將代表北方勢力的奸雄曹操進行了醜化。與此相似的是，蒙古統治者同樣來自北方，二者雖不可同日而語，但是民間的愛恨情仇得以轉嫁，借助曹操的霸道、陰險、殘暴，諷喻了當朝統治者令人切齒的暴行。

明代，身爲藩王的劇作家朱有燉深諳用人之道，在他對曹操禮賢下士的描寫中，不失流露出統治階級對於賢才的渴慕。儘管朱有燉在《關雲長義勇辭金・序》中寫道：

> 予每讀史至關羽辭曹操而歸劉備，未嘗不掩卷三歎，以爲雲長忠義之誠通於神明、達乎天地焉。夫曹瞞之心，奸雄殘忍，又非與虜背之可比矣。然而雲長卒能遂其忠義之願而操不忍加害者，非操有英雄之量，若漢高祖唐太宗之爲也。乃雲長忠義之心精誠所致，若虎與虜輩自不能加害耳。宜乎後世載在祀典，爲神明，司災福，正直之氣長存於天地之間也。予嘉其行爲，作傳奇以揚其忠義之大節焉。〔註27〕

對曹操持貶損態度，認爲其奸詐殘忍，成就雲長忠義並非曹操有英雄之量，但我們從作品的字裏行間中可以看出朱有燉的言不由衷。他所展示的曹操並非一味地狡猾奸詐，他注重表現的是曹操禮賢下士、渴慕賢才的一面。也許正如《序》中所言，他「每讀史至關羽辭曹操而歸劉備，未嘗不掩卷三歎」，由此見得，也許正是因爲他對歷史中曹操的不滿，導致他的作品中出現這樣一個形象。以此表達其位居統治階級所擁有廣納賢才的胸懷，或者說更加希

〔註26〕袁行霈：《中國文學史》，高等教育出版社，1999年版，第26頁。
〔註27〕朱有燉：《新編關雲長義勇辭金・序》，15世紀明刻本，第2～3頁。

望統治階級掌權者能夠擁有這種胸懷和氣量。此時已經沒有了民族對立的大環境，自然曹劉之間的對立背景也被淡化，塑造理想的人物形象才更具現實意義。

《千里獨行》中，曹操霸氣登場，「手下軍有百萬，將有千員」〔註 28〕，統領十萬雄兵至徐州擒拿劉、關、張，立誓「拿住三人必殺壞，恁時方表報冤仇。」〔註 29〕顯然，曹操對待劉、關、張的態度是敵對的。而《義勇辭金》中曹操對於關雲長的賞識與渴慕溢於言表。《千里獨行》中當劉、張兵敗逃走，曹操使許騙得關雲長投降，因其文武雙全、英勇無比而收爲己用。但是儘管「上馬一提金，下馬一提銀」〔註 30〕相待甚厚，但從得知關雲長聞知兄弟音訊、攜家小離開曹營投奔而去時曹操的態度來看，說明他雖禮遇關雲長，但實則視之爲降將，收在帳下目的僅僅是爲曹氏集團服務，而不似《義勇辭金》中的出於對人才的賞識、對英雄的渴慕，對關雲長的歸順表現出格外地珍惜。

《千里獨行》中，曹操爲了讓關雲長受降，使許騙說劉備、張飛都已戰亡，同時以三房頭家小爲人質要挾關雲長，使重義的關雲長不得不爲了保全家小，在提出三則要求之後投降。

> （曹末云）雲長，你哥哥兄弟，都被我殺了也。你若肯投我呵，聖人跟前保奏過，我教你列坐諸官之右；你若不肯投降呵，你那三房頭家小，被我都拿在營中，你徐州城也被俺佔了。你不降呵，等到幾時敍〔註 31〕

威逼利誘，此中足見曹操之狡猾、陰險。

雖然應了關雲長三願，但全因「這其間知道他那哥哥兄弟有也無，都依的他。」〔註 32〕可見自信其籠絡權術，不同於《義勇辭金》中的仗義之行。

〔註 28〕無名氏，《關雲長千里獨行》，《孤本元明雜劇》（一），中國戲劇出版社，1958 年版，第 871 頁。
〔註 29〕無名氏，《關雲長千里獨行》，《孤本元明雜劇》（一），中國戲劇出版社，1958 年版，第 871 頁。
〔註 30〕無名氏，《關雲長千里獨行》，《孤本元明雜劇》（一），中國戲劇出版社，1958 年版，第 888 頁。
〔註 31〕無名氏：《關雲長千里獨行》，《孤本元明雜劇》（一），中國戲劇出版社，1958 年版，第 880 頁。
〔註 32〕無名氏：《關雲長千里獨行》，《孤本元明雜劇》（一），中國戲劇出版社，1958 年版，第 882 頁。

當降將張虎報信被赴宴中的關雲長知道了劉、張行蹤時，曹操不計其前功，將其斬首，心狠手辣暴露無疑。

當關雲長知道了兄弟的行蹤，掛印封金，投奔而去時，曹操的表現極不近人情。

> （曹末云）誰想雲長領著他家小，往古城尋劉玄德去了。我這般相待，他不辭我去了，更待幹罷。喚將九牛許褚來。……（曹末云）許褚，我喚你來，別無甚事。因爲關雲長背了某，將領著他三房頭老小，不辭我往古城去尋劉備去了。我今喚你來商議。（許褚云）丞相，俺如今領大勢軍兵趕上，活拿的雲長來。（張遼云）丞相，咱不可與他交鋒。想雲長在十萬軍中，刺了顏良，誅了文醜，俺如今領兵與他戰，丞相也，枉則損兵折將。（曹末云）似此怎生擒的雲長？（張遼云）丞相，俺如今則可智取。（曹末云）你有何智量？（張遼云）我有三條妙計，丞相領兵趕上雲長，則推與他送行。丞相若見雲長，丞相先下馬，關雲長見丞相下馬，他必然也下馬來。若是雲長下馬來，叫許褚上前抱住雲長，著眾將下手。第二計，丞相與雲長遞一杯酒，酒裏面下上毒藥。第三計，丞相把那西川錦征袍，著許褚托在盤中。丞相贈與雲長。雲長見了，必然下馬來穿這袍。可叫許褚向前抱住，眾將下手。恁的方可擒的雲長。（曹末云）張文遠此計大妙，料想雲長出不的我這三條計也。則今日領兵十萬趕雲長，走一遭去。我驅兵領將逞英豪，我這三條妙計他決難逃。擒住雲長必殺壞，方顯曹公智量高。（下）〔註33〕

這一大段的對白，曹操同張遼、許褚商議如何擒拿關雲長，顯然是對於叛將的處置，全然不顧之前的承諾，「擒住雲長必殺壞」，對於關雲長存在的只是害怕其英勇無比，擒拿時自己會損兵折將，全然沒有惺惺相惜。如此看來，該劇中的曹操霸道、狡猾、心狠手辣。

而《義勇辭金》中曹操，對於關雲長的態度可謂眞心可表。他將關雲長收歸帳下，時時表現出對其的賞識。而且，從關雲長的意欲報答的態度中也看得出曹操禮賢下士的眞誠。該劇不似《千里獨行》中封鎖劉、張消息，將關雲長困於曹營，爲其所用。劇中的曹操唯才是用，禮遇關雲長，雖求賢若

〔註33〕無名氏，《關雲長千里獨行》，《孤本元明雜劇》（一），中國戲劇出版社，1958年版，第891～892頁。

瀉，但也光明磊落。

當斬殺顏良的捷報傳來，曹操急切瞭解戰況，期間不乏對於關雲長的由衷讚譽。然而，賞識歸賞識，他理解關雲長的忠義之行，並且也表現得也非常仗義。

（外云）探子去了也！我想關雲長，今日解了白馬之圍，斬了他一員上將。立了偌大功勞，必然思他舊主，不肯久留在此。一發將金銀賞了他，憑他心意去留便了！〔註 34〕

夏侯淳煽風點火、進獻讒言，妄圖借刀殺人。然而曹操未受其左右，他並不拘於關雲長所效忠的勢力，賞識的是其俠肝義膽的英雄本質。

（外云）將軍不以孤爲不肖，勇立戰功。深入虜營，斬獲上將，遂解重圍。信義昭明，豈勝感佩！謹將黃金百斤，白銀千兩，封將軍爲關內侯爵。少酬厚德，幸勿見拒！〔註 35〕

……

（外扮曹公上云）爲因關雲長，建立了功名，此人必不肯在此久留。我今做了絳紅袍，白玉帶，遠遊冠，乾皀靴。等他臨行贈與他去也！〔註 36〕

曹操對於英雄的賞識與珍愛在作品中表現得很充分，同時，這樣的行爲也展示了他的智慧。關雲長的一段唱詞言明「曹公雖則譎詐，必不殘害忠良」〔註 37〕。

【正宮・端正好】憑智力將俊才收，假仁義把民心結。各施呈英武豪傑。亂紛紛據地圖功業。恰便似鬧穰穰蠅爭血。〔註 38〕

此評價不失公允。曹操雖野心勃勃，但假仁義也好，詭詐也罷，終究有著雄才大略，展示其足智多謀的一面。

綜上所述，可見二劇對曹操的態度截然不同。如果說《千里獨行》中採

〔註 34〕朱有燉，《關雲長義勇辭金》，中國古代戲曲經典叢書・明清雜劇卷，華夏出版社，2000 年版，第 24 頁。

〔註 35〕朱有燉：《關雲長義勇辭金》，中國古代戲曲經典叢書・明清雜劇卷，華夏出版社，2000 年版，第 27 頁。

〔註 36〕朱有燉：《關雲長義勇辭金》，中國古代戲曲經典叢書・明清雜劇卷，華夏出版社，2000 年版，第 30 頁。

〔註 37〕朱有燉：《關雲長義勇辭金》，中國古代戲曲經典叢書・明清雜劇卷，華夏出版社，2000 年版，第 29 頁。

〔註 38〕朱有燉：《關雲長義勇辭金》，中國古代戲曲經典叢書・明清雜劇卷，華夏出版社，2000 年版，第 29 頁。

用的是貶損的態度，那麼《義勇辭金》中至少較爲公允，對其唯才是用的舉動多了幾許欣賞和讚譽。《千里獨行》的貶損源於對漢室的尊崇。在人心思漢的元朝，關雲長降漢不降曹的作爲引發眾多的共鳴，對於曹操自然是深惡痛絕的；而在失去了民族對立大環境的明朝，從統治階級的角度出發，《義勇辭金》中流露出的是對人才的渴慕，表達了統治階級廣納賢士的意願。

三、甘夫人：從秀外慧中到賢淑溫婉

值得注意的是二劇中的旦角甘夫人。二劇皆可歸爲忠臣烈士劇〔註 39〕。關雲長是劇作塑造的中心。在這種展示英雄風采的劇中，旦角的出現往往使男性世界中略有了柔性的色彩，但並不佔據主位。而《千里獨行》卻恰恰是一部旦本戲，這一點值得關注。劇中出現了兩個女性角色，正旦甘夫人和小旦糜夫人，正旦主唱。此中，小旦糜夫人通過幾句對白表現出其對甘夫人的依賴，而正旦甘夫人在其唱詞和賓白中所展現出來的鮮明性格，更是這部忠臣烈士劇的一個閃光點。劇中，各個環節均有正旦參與。在出戰前定計之時，甘夫人參與戰事商議，並提出對張飛之計的質疑；被俘之後，她建議雲長歸曹，提出一壁廂統著士卒，一壁廂探著陣勢的主張；見關雲長受封受賞，又不知其眞心所向，她對其大加指責；辭曹歸漢途中曹操追來，她又謹愼小心地爲關雲長出謀劃策，以避曹操奸計；兄弟團聚，劉、張誤解雲長，她向劉備解釋來龍去脈，並嚴詞指責張飛當初莽撞，爲雲長的忠義作證。可以說，整部劇中，甘夫人是關雲長忠良義勇的見證，但又不是簡單的旁觀者姿態。旦角擔任主唱，從全劇的唱詞中，我們可以看到一個有見識、有主張、有性格，同時又謹愼小心的女子形象，在這樣一部以男性爲主的忠臣烈士劇中，甘夫人的秀外慧中讓我們感受到了女性的溫柔和智慧。同時，這樣創作也說明了作品的接受群體的視野裏，元代社會女性也是相對佔有一定地位的，並不完全就是男性世界的附庸，她們具有自己的主動性和發言權。

《義勇辭金》中，甘夫人的出現僅僅幾處，可以算是作爲串場人物登場。簡單的對白對塑造關雲長形象起到了一定的側面烘托作用。同時言行中流露出來的是對夫君的惦念：

〔註 39〕朱權太和正音譜一曰神仙道化、二曰隱居樂道、三曰披袍秉笏、四曰忠臣烈士、五曰孝義廉節、六曰叱奸罵讒、七曰逐臣孤子、八曰樸刀杆棒、九曰風花雪月、十曰悲歡離合、十一曰煙花粉黛、十二曰神頭鬼面。

叔叔！這幾日可曾打聽得劉皇叔在於何處？

……

聽得人說已亡故了！未知虛實。〔註 40〕

劉備不在身邊，全權聽從於關雲長：

叔叔既是知得劉皇叔實信時，我卻放心也！

……

曹公的人來了，俺回宅去也！〔註 41〕

寥寥數語展現了一個封建社會典型的賢淑溫婉的婦人形象。封建社會對婦女有著三從四德的要求，三從即「未嫁從父、既嫁從夫、夫死從子」〔註 42〕，四德即「婦德、婦言、婦容、婦功」〔註 43〕。甘夫人對於丈夫的惦念、依賴正是三從的一種體現。對小叔雲長的信任、聽從且不多語、婦人不參與男人之間的事情，皆是對四德的遵從。甘夫人以這樣的出場去迎合明朝觀眾心中封建女性形象，是非常符合生活眞實的。

綜上所述，《千里獨行》和《義勇辭金》二劇，由於所述事件階段和詳略不同，所以，本書主要從人物入手進行了比較研究。《千里獨行》中，關雲長展示的是他的智勇雙全；《義勇辭金》中則突出他的忠肝義膽。前者中曹操一副陰險狡詐的嘴臉；後者裏卻是唯才是舉，求賢若渴。甘夫人更是差異鮮明，從性格鮮明的主唱到一個普通的串場人物，這樣的差異足以見得人物的分量之差。

元代，由於異族入侵並主導朝政，社會從中原傳統的漢族統治一下子有了質的轉變，給中原人民的心理造成了重創。加之元朝統治的混亂、等級的森嚴，導致了民眾對於義士英雄的更加渴慕，智勇雙全的關雲長正是這個時代的呼喚。同時，對於北方強暴勢力的咬牙切齒，在作品中象徵性地表現了出來。曹操雖非異族，但是在尊漢室爲上的時代，也是北方的非正統勢力，元劇利用對曹操的醜化，來抒發對於本朝統治勢力的不滿。

明劇則有所不同，尤其該劇出自統治階級藩王作家朱有燉之手。民族對

〔註 40〕朱有燉：《關雲長義勇辭金》，中國古代戲曲經典叢書・明清雜劇卷，華夏出版社，2000 年版，第 8 頁。

〔註 41〕朱有燉：《關雲長義勇辭金》，中國古代戲曲經典叢書・明清雜劇卷，華夏出版社，2000 年版，第 9 頁。

〔註 42〕楊天宇：《儀禮譯注》，上海古籍出版社，2004 年，第 308 頁。

〔註 43〕李學勤：《十三經注疏・周禮注疏》，北京大學出版社，1992 年版，第 192 頁。

峙的局面消失了，塑造理想人物成為了劇作突出的現實意義。從朱有燉的立場來看，他更加看重的是忠義。關雲長的忠肝義膽正是統治者所需要的，對於關雲長「義絕」形象的塑造有利於為時代樹立楷模。同時，作品中曹操的禮賢下士進一步表達了這層意思。

由此，我們可以清晰地看出，元明在雜劇創作時的價值導向。雖然不能一葉障目，但是誕生於不同時代的兩部劇作著實代表了一定的時代特徵。

第二節　《風花雪月》和《辰勾月》比較研究

《張天師斷風花雪月》（下文簡稱《風花雪月》）是元朝吳昌齡所撰寫的（一說是無名氏）〔註 44〕，敘述的是嫦娥思凡與書生陳世英人神相戀，而張天師、長眉大仙強行拆散美好姻緣的故事。明朝朱有燉改編此劇，創作了《張天師明斷辰勾月》（下文簡稱《辰勾月》）。雖取材於此，但立意不同，該劇一改「嫦娥愛少年」〔註 45〕的元劇本意，為嫦娥立清名、討公道，塑造了一個高高在上的正統神界集團，而把思凡、勾引等塵世的凡愛俗情推將予桃花精去演繹，明顯的教化意圖躍然紙上。

《風花雪月》四折一楔子，主要情節如下：洛陽太守陳全忠之侄陳世英上朝取應，途經洛陽，因試期尚遠，於叔父家中安頓。正值中秋，陳世英散宴之後，獨自吟詩奏樂，恰巧一曲瑤琴感動了仙界婁宿，使得月宮桂花仙擺脫了羅睺計都纏擾，救了月宮一難。桂花仙認定彼此有宿緣仙契，於是去尋陳世英報恩，二人歡會一夜，約定來年佳期。陳世英患相思一病不起，一心癡望並不聽從嬤嬤勸說，病勢越來越重。張眞人因要回山修行，與陳太守前來作別，覺察陳世英因風花雪月之妖攪纏成病，於是設壇做法，押來梅、菊、荷、桃等眾仙興師問罪，桂花仙明人不做暗事，滿口承認思凡之心，並指出

〔註 44〕青木正兒在其《元人雜劇概說》中分析認為：「吳昌齡的《風花雪月》（元曲選中略稱張天師），在《錄鬼簿》中題為張天師夜祭辰勾月，在《正音譜》中略稱《辰勾月》王國維認為兩者是同一種（曲路卷二）。任訥曾以《元曲選》本沒有祭辰勾月的情節，疑為應係兩種（曲錄初補）。但是我以為王國維的論斷是正確的。」本書採取此觀點，認為《張天師斷風花雪月》為吳昌齡所作。（青木正兒著.隋樹森譯：《元人雜劇概說》，中國戲曲出版社，1957 版，第 73 頁。）

〔註 45〕朱有燉：《張天師明斷辰勾月》，《古本戲曲叢刊》四集之三・脈望館鈔校本古今雜劇（第 38 冊），影印本，商務印書館，1958 年版，第 5 頁。

眾仙皆有。於是一眾神仙都被張天師發往長眉仙處，斷送風花雪月。長眉仙審案，最終饒免了梅、菊、荷、桃，遣其重還本位，念桃花仙居月殿從無匹配，思凡下塵世亦有可矜，於是允許伴玉兔將功折罪。

清代梁廷楠對其評價頗高：「吳昌齡《風花雪月》一劇，雅馴中饒有韻致，吐屬亦清和婉約，帶白能使上下串聯，一無滲漏；布局排場，更能濃淡疏密相間而出。在元人雜劇中，最爲全璧，洵不多覯也。」〔註46〕

《辰勾月》改編自《風花雪月》，在故事情節上做了很大的改動。劇情如下：八月十五夜間月蝕，街上喧鬧敲鑼擊鼓，救月之災難。書生陳世英聞知昔日舊友婁大王原是上界二十八宿內婁金狗，於是求其解救月宮之難，霎時間辰月光復圓。月宮嫦娥欲度脫陳世英，但因其無仙分，於是爲他增些陽壽以報相救之恩。七百年的東園桃樹化作精靈，想要享受人間情愛。恰巧陳世英因救了月，一心惦念著嫦娥報答，夜夜對月奏曲。於是，桃花精便假著嫦娥之名勾引並夜夜與陳歡會。由此，陳世英患上了邪妖病症，奶母請來醫人均不見治癒，於是請了延生觀李法官設壇做法，由於桃花精作亂，連累了嫦娥被傳來審問，封十八姨前來作證，雪天王亦帶著嫦娥前去尋張天師討還公道。張天師明斷辰勾月，終於還了嫦娥清正之名。

《風花雪月》中，仙子思凡，書生鍾情，人神之間也嚮往著自由相愛、結合，而張天師與長眉仙似乎代表強力拆散美好姻緣的封建衛道勢力。而《辰鈎月》刪去了嫦娥愛少年之事，報恩只是採取了爲陳世英增陽壽的方式。該劇以張天師除妖爲主，月中仙子斷無思凡之理，只因妖精惑人，陳世英好色，才使嫦娥負屈銜冤，張天師明斷是非，使嫦娥萬古清光顯要。

顯然，二劇的立足點不同。《風花雪月》中從嫦娥思凡，人神相戀，到張天師斷案，傳喚眾仙，皆被嫦娥指出風花雪月之事，重在探討愛情。《辰勾月》則是重在維護一個正統的神界集團，爲嫦娥樹立清正之名。人世間的風花雪月之事皆爲神界大忌。對比二劇，內容上存在很大的差異，由此可以管窺到改編的立意所在，可以看到元明同題材雜劇對於情與理的不同定位。

一、報恩方式的改變體現元明情與理的側重傾向

二劇起因同爲書生陳世英救了月宮一難，嫦娥〔註47〕感恩前來相報。但

〔註46〕梁廷楠：《曲話》，《中國古典戲曲論著集成》（八），中國戲劇出版社，1959年版，第257頁。
〔註47〕《風花雪月》中的桂花仙實爲嫦娥。

是報恩的方式卻大相徑庭，一個基於情，一個基於理。

《風花雪月》中，凡世書生陳世英一曲瑤琴感動婁宿，救得月宮一難，桂花仙以身相許前來報恩，名爲報恩，實爲思凡的舉動。

> 【油葫蘆】**俺和您回首瑤臺隔幾重，早來到書院中，怕甚麼人間天上路難通！**（云）封家姨也，不則俺思凡。（封姨云）仙子，可再有何人思凡哩？（正旦唱）**想當日那天孫和董永曾把瓊梭弄。**（桃花仙云）可再有何人？（正旦唱）**想巫娥和宋玉曾做陽臺夢。**（封姨云）姐姐，你此一去報恩，可是如何？（正旦唱）**他若肯早近傍，我也肯緊過從。拚著個賺劉晨笑入桃源洞。**（桃花仙云）不知劉震別後，可曾得再會來？（正旦唱）**到後來天台山下再相逢。**〔註 48〕

桂花仙與封十八姨的此段對話，毫不掩飾地表達她對於人間愛情的嚮往。而《辰勾月》中則並非如此，她將人神的界線劃分得特別明確：

> （么）休恠我知恩不報恩，自爲你同塵不離塵，俺是天上女，他是世間人。想這仙凡不混，但願你千歲壽如椿。〔註 49〕

雖然中秋月夜，蒙陳世英下界苦告婁宿，使月宮脫難，月光得以復圓。但是嫦娥恪守仙規，遵循人神之理。報恩所採取的方式是：

> 我待將玉兔長生藥報那秀才恩，去想天仙凡人怎生有一同，說話的理若有仙分，我告一位神仙度脫他成仙，看了他又無有仙分，如今只分付東嶽一聲多與他些陽壽者。〔註 50〕

顯然，對比二劇中嫦娥的報恩方式，可以看得出元劇中對於情的執著，明劇中對於理的堅持。

元朝的少數民族統治者來自北方草原，天性崇尚原始、自然，儘管他們盡力地採取漢制，但相比中原封建傳統來說，倫理的束縛較少，感情的釋放比較自由，戀愛婚姻觀念也較中原開放，這些自然會帶來社會風尚的變化。因而，在元劇中，愛情題材的劇作很多，並且大多都是在積極地爭取。像《風花雪月》這樣的人神之戀在元劇中也展現得頗爲自然。

〔註 48〕吳昌齡：《張天師斷風花雪月》，王季思：《全元戲曲》（第三卷），人民文學出版社，1999 年版，第 376 頁。

〔註 49〕朱有燉：《張天師明斷辰勾月》，《古本戲曲叢刊》四集之三・脈望館鈔校本古今雜劇（第 38 冊），影印本，商務印書館，1958 年版，第 3 頁。

〔註 50〕朱有燉：《張天師明斷辰勾月》，《古本戲曲叢刊》四集之三・脈望館鈔校本古今雜劇（第 38 冊），影印本，商務印書館，1958 年版，第 3 頁。

而明朝則不然，作爲一個由於中途經歷元朝少數民族文化干擾，進而努力「撥亂反正」延承中原傳統封建禮教的朝代，明朝對於禮教格外重視，對於男女的感情之事更是要求嚴格。男女的結合併不是在相愛的基礎上，而是規矩在門第、禮教、道德，以及身份、修養等等一系列封建傳統所限制的框架之內，愛情受到封建禮教的強力壓制。民間所流傳的經典愛情故事的男女主人公往往最後盡成爲禮教的犧牲品，熾烈的情感總是被掩埋在封建禮教之下。因此，在明代反映愛情的作品中，感情的抒發往往比較畸形。如湯顯祖《牡丹亭》中深閨思春的杜麗娘，豆蔻年華春心萌動，卻在禮教的束縛中抑鬱而死，正常的男女愛情只能在夢中實現。身爲皇室成員的朱有燉注定是在極力地維護傳統禮教，因此，不難理解《辰勾月》中嫦娥報恩由思凡歡會到度脫或增壽的改變了。

二、陳世英形象：從單純的等愛到老成的逐利

陳世英作爲故事的男主角，從元劇到明劇，其性格有著明顯的顛覆性。元劇中的陳世英比較單純，而明劇中則顯得較爲老成。

《風花雪月》中，他起初只是一個一心求取功名的文弱書生，對於愛情懵懵懂懂，並沒有絲毫嚮往而言。搭救嫦娥，純屬巧合，並不似《辰勾月》中爲救月宮之難而苦苦哀求婁宿那般懇切。面對前來報恩的桂花仙，他謹慎待之。

> （陳世英云）這女人是從那裡來的？必然是妖精鬼怪。哇！你說的是，萬事全休；說的不是，你見我這床頭寶劍麼？我將你一劍揮之兩段。〔註51〕

不似《辰勾月》中，救了月宮之難，便一心期待嫦娥的報恩之舉。如：

> 今夜好天色也呵，這月明似水，正當玉宇澄清，露氣如氷，況值金風蕭瑟，小生每夜玩月，直至夜半方睡，今夜取琴對著月裏嫦娥操一曲孤鸞憶鳳之音。〔註52〕
>
> ……
>
> 前日有月兒蝕時，他勸婁大王救了月兒一難，這個秀才每夜見

〔註51〕吳昌齡：《張天師斷風花雪月》，王季思：《全元戲曲》（第三卷），人民文學出版社，1999年版，第377頁。

〔註52〕朱有燉：《張天師明斷辰勾月》，《古本戲曲叢刊》四集之三・脈望館鈔校本古今雜劇（第38冊），影印本，商務印書館，1958年版，第3頁。

月時心中便指望月裏嫦娥報答他。〔註 53〕

由此可見，《辰勾月》中，陳世英救月，目的性很強。正是因爲他的功利目的，才使得桃花精有機可趁。該劇中，陳世英表現得較爲老成，雖一心圖報，但是面對桃花精所扮嫦娥的勾引勸誘，他一番假意推脫，直到其要離開，才說：

嫦娥且住咱，既仙女有此堅心，小生敢不陪奉。〔註 54〕

另外，二劇中，男女主人公歡會之後，陳世英都生病了。但是病因卻不同。《風花雪月》中，初涉世事的陳世英與桂花仙把盞相談歡會一夜，雖約定來年相聚之期，但癡情種患相思，一病不起。而《辰勾月》中卻是全因與桃花精一處廝混，妖邪纏身所致。面對美貌仙子，《風花雪月》中陳世英異常本分，雖把酒言歡，但毫無色心，只重功名。致使桂花仙無奈而言「我本待鸞鳳配雌雄，你只想雕鶚起秋風」〔註 55〕。而《辰勾月》中卻一番假意推脫，但好色之心隱現。

從起初的正義推脫：

幽明之道非小子所敢求，況是年少之人，安有嫦娥屑就之理。〔註 56〕

到顧慮倫理：

雖然仙女有報恩之心，奈小生無父母之命媒妁之言，不敢從也。〔註 57〕

直到假扮嫦娥的桃花仙要離去時，才吐了眞實想法：

嫦娥且住咱，既仙女有此堅心，小生敢不陪奉。〔註 58〕

……

嫦娥仙女不棄小生菲薄之才成配姻緣，願仙女常以此心永如今

〔註 53〕朱有燉：《張天師明斷辰勾月》，《古本戲曲叢刊》四集之三·脈望館鈔校本古今雜劇（第 38 冊），影印本，商務印書館，1958 年版，第 3 頁。

〔註 54〕朱有燉：《張天師明斷辰勾月》，《古本戲曲叢刊》四集之三·脈望館鈔校本古今雜劇（第 38 冊），影印本，商務印書館，1958 年版，第 6 頁。

〔註 55〕吳昌齡：《張天師斷風花雪月》，王季思，《全元戲曲》（第三卷），人民文學出版社，1999 年版，第 378 頁。

〔註 56〕朱有燉：《張天師明斷辰勾月》，《古本戲曲叢刊》四集之三·脈望館鈔校本古今雜劇（第 38 冊），影印本，商務印書館，1958 年版，第 5 頁。

〔註 57〕朱有燉：《張天師明斷辰勾月》，《古本戲曲叢刊》四集之三·脈望館鈔校本古今雜劇（第 38 冊），影印本，商務印書館，1958 年版，第 6 頁。

〔註 58〕朱有燉：《張天師明斷辰勾月》，《古本戲曲叢刊》四集之三·脈望館鈔校本古今雜劇（第 38 冊），影印本，商務印書館，1958 年版，第 6 頁。

日。小生亦當終身不易其志。〔註59〕

幾次三番，逐一演進，可見其心計之深。

綜上所述，對比二劇中的陳世英，前者中規中矩，後者圓滑世故。

《風花雪月》中的陳世英，誕生於元代背景下，按常規理解，本應浪漫地熟諳風花雪月，但作品中表現的卻恰恰是其懵懂的一面，以此體現書生仙子對愛情的眞摯，並非戲謔的行爲，由此看得出元雜劇所表現的情眞意切。以此印證了王國維在《宋元戲曲史》中所提到的「元曲之佳處何在？一言以蔽之，曰：自然而已矣。古今之大文學，無不以自然勝，而莫著於元曲。蓋元劇之作者，其人均非有名位學問也。其作劇也，非有藏之名山，傳之其人之意也。彼以意興之所至爲之，以自娛娛人。關目之拙劣，所不問也；思想之卑陋，所不諱也；人物之矛盾，所不顧也。彼但摹寫其胸中之感想與時代之情狀，而眞摯之理與秀傑之氣，時流露於其間。故謂元曲爲中國最自然之文學，無不可也。若其文字之自然，則又爲其必然之結果，抑其次也。」〔註60〕人物自然情感的流露反映出元雜劇的這一大特點。同時，從另一層面講，劇中塑造書生柔弱的形象，恰恰是元代文人社會地位的一個映像。在元朝蒙古族統治之下，文人地位一落千丈。謝枋得在《送方伯載歸三山序》中說：「我大元制典，人有十等，一官二吏，先之者，貴之也。貴之者，謂有益於國也。七匠八娼，九儒十丐，後之者，賤之也。賤之者謂無益於國也。嗟乎！卑哉！介於娼之下丐之上者，今之儒也。」〔註61〕《風花雪月》中的陳世英正是這所謂的「臭老九」之流，因而劇中將他塑造成柔弱書生是具有一定現實意義的。

《辰勾月》中的陳世英比起以往明雜劇中的規矩書生來說，相反的卻大膽了起來。事實上，細緻分析，作品正是通過陳世英與桃花精的私會，來襯托嫦娥仙子的正派形象，來塑造神界的清正。陳世英雖不作爲反面人物出現，但他畢竟是用於烘托正統的綠葉。作品正是通過陳世英和桃花精的市儈俗情來烘托嫦娥仙子的正統做派，以此爲神界集團所象徵的社會上層階級樹立範本。嫦娥仙子這種正統形象的完美塑造，成功地將上層社會的高貴、自信體現了出來，同時也是將社會階層區分的更加明顯，突出上層社會的神聖不可

〔註59〕朱有燉：《張天師明斷辰勾月》，《古本戲曲叢刊》四集之三・脈望館鈔校本古今雜劇（第38冊），影印本，商務印書館，1958年，第6頁。

〔註60〕王國維：《宋元戲曲史》，上海古籍出版社，1998年，第98頁。

〔註61〕謝枋得：《謝疊山集》（卷2），影印福州正誼書院藏本，第3頁。

侵犯。由此，也可以看得出文人地位由元朝的「九儒十丐」到明朝社會上層的一個轉變。與其說作品中的陳世英是書生身份，倒不如嫦娥仙子所代表的正派形象更具有現實說服力。

三、明雜劇增設桃花精的現實意義

桃花精是朱劇中獨設的一個人物，她的出現爲嫦娥洗脫了思凡的罪名。莊一拂曾指出：「此劇係據吳作改編，痕跡顯然。以桃妖代嫦娥，蓋欲保全嫦娥之潔。」〔註62〕

桃花精本爲七百年東園桃樹，經歷了日月精華的沐浴終於幻化爲精靈，她嚮往俗世男女之情，恰逢陳世英救月後夜夜對月企盼嫦娥相報，於是假託嫦娥之名，以報恩爲由，勾引陳世英共用情愛。《辰勾月》中的桃花精從初化爲人形嚮往愛情，到與陳世英歡會後獨自相思，她的出現，將思凡的責任完全承擔了起來。

青木正兒在《元人雜劇概說》中評說：「桂花仙子和陳世英的事，據周憲王《辰勾月》雜劇『說道嫦娥思凡來，立名做辰勾月』（第四折正旦之白）的話來想，那麼好像是本於月蝕是因爲嫦娥思凡所致的俗說；張天師裁判風花雪月諸神的意趣，含有裁判戀愛的意思，『風花雪月』是指戀愛說的。」〔註63〕可見，該題材雖是以張天師斷案爲主的神仙道化劇，但實際上突出的是書生與仙子的風花雪月之事。

在《張天師明斷辰勾月・引》中，朱有燉寫到：

> 世人常以鬼神爲戲言，或馳騁於文章以爲傳記者，予每病其媟瀆之甚也。夫后土地祇上元夫人，河洛之英，太陰之神，若此者不一，是皆天地之間至精至靈，正直之氣，安可誣以荒淫，配之伉儷，播於人耳，聲於筆舌間也。暇日因見元人吳昌齡所撰《辰勾月》傳奇，予以爲幽冥會合之道，言之木石之妖，或有此理。若以陰陽至精之正氣，與天地而同行化育者，安可誣之若此耶。遂泚筆抽思亦製《辰勾月》傳奇一本，使付之歌喉，爲風月解嘲焉。〔註64〕

〔註62〕莊一拂：《古典戲曲存目彙考》，上海古籍出版社，1982年版，第412頁。

〔註63〕青木正兒：《元人雜劇概說》，隋樹森譯，中國戲曲出版社，1957年版，第74頁。

〔註64〕朱有燉：《張天師明斷辰勾月・引》，《古本戲曲叢刊》四集之三・脈望館鈔校本古今雜劇（第38冊），影印本，商務印書館，1958年版，第1頁。

可見，從朱有燉改編劇作增設人物的這一現象來看，劇作家認爲若是木石之妖的幽冥會合，尚可理解；但若是陰陽至精之正氣，則斷不可誣以荒誕。很顯然，在一個正統皇族的視野範圍內，神界集團亦爲上層統治階級的倒影，豈能容得下神聖被玷污。

分析朱劇，我們可以看得出，作品中的神界集團，實際上是現實社會中上層統治階級的一個倒影，劇作家所極力維護的神界集團的正統和秩序，事實上是對於統治階級正統觀念的維護。張天師明斷辰勾月，正是對於像桃花精這樣對於禮教傳統存在干擾的因素的肅清。因而，桃花精的刻畫，具有其一定的現實意義。從作品中，我們所看到的桃花精，本身其實並沒有可惡之處，暫且拋開她妖邪的身份，作爲一個嚮往凡世俗愛的女子，只能說她將對愛情的憧憬付諸了行動，然而此事正是有悖於傳統禮教中的婚戀觀念。文本中，桃花精勾引陳世英，使其誤入迷途，妖媚纏身一病不起，並且由於冒充嫦娥，使其蒙受不白之冤，最終張天師明斷辰勾月，制服桃花精，還了嫦娥清白。這一切，對於桃花精的審判與馴服，顯然是對其大膽追求愛情的行爲的遏制，更進一步是對這種有悖社會等級的結合行爲的抹殺。

《辰勾月》是朱有燉現存最早的雜劇作品，是其所創作的節令賀壽吉祥戲中的一種，該劇創作於明成祖永樂二年八月，以「救月」爲題材的劇目來爲節令增添樂趣，這正符合當時終日沉緬於音律和文學創作裏韜光養晦，藉以避禍的周憲王朱有燉的創作心態，但身份的局限，使其將取材於元雜劇《風花雪月》這樣有關節令的題材，以藩王的視野做了「翻案」的文章，令統治階級的正統形象得以維護。歷經了異族入侵、舉國「左衽」的元朝之後，剛剛恢復正統的明代，統治者對於正統權威的重視不容小覷。在漢族統治力量重建大一統局面後，統治者的皇權專制爲所謂的正統豎起了高牆，進行了標榜。因而，作品中借桃花精來洗脫嫦娥的罪名，爲其樹立正統形象的目的性就顯而易見了。

綜上所述，兩相比較，同樣以「救月——報恩」爲題材的作品，元雜劇用來展現愛情，明雜劇則藉以強調正統道德。通過朱有燉的序言可以明顯地看出，《辰勾月》之於《風花雪月》，並非係簡單的改編之作，而是思想上的一部翻案之作。吳昌齡的《風花雪月》，在元朝的社會背景和時代審美下，是很正常的一部花月神仙之作。但在明朝的藩王作家朱有燉眼裏則有傷風化。元雜劇創作氛圍之輕鬆、創作題材之廣泛是明雜劇遠不可及的。洪武二十五年（公元 1393 年）刊刻《御製大明律》中規定「凡樂人搬做雜劇戲文，不許妝扮歷代帝王后妃、忠臣烈士、先聖先賢神像，違者杖一百；官民之家，容令妝扮者同罪。其神仙道扮及義夫節婦、孝子順孫、勸人爲善者，不在禁限。」〔註 65〕明朝對於戲曲創作和演出的限制，使得雜劇作品或多或少帶上了道德化的取向。朱有燉借雜劇作品的創作來實現其「使人歌詠搬演，亦可少補於世教」〔註 66〕的目的，將等級觀念、道德風化融入到作品中來，這既是他作爲統治階級的主觀意識，又代表了一個時代文學創作的客觀氛圍。

〔註 65〕王利器：《元明清三代禁燬小說戲曲史料》，上海古籍出版社，1981 年版，第 11 頁。

〔註 66〕朱有燉：《新編搊搜判官喬斷鬼・引》，15 世紀明刻本，第 2 頁。

結　語

元雜劇興起於北方，與此同時，南戲盛行於南方。隨著社會歷史的變遷，元代中後期南北文化的交融，曲壇中的劇種也出現了相互滲透。雜劇由北方發展到南方，遍佈各地，南戲也逐步滲透到了北方。這種交流豐富了戲曲舞臺藝術，然而繁盛一時的雜劇一方面受到自身體制的局限，另一方面受到南戲的衝擊和影響，在元代後期開始衰落。入明以後，南戲崑山腔經歷了魏良輔的改革後，以傳奇的形式迅速發展，格律從自由趨於嚴整，語言由本色趨於文雅，規模更爲宏大、曲調愈加豐富、角色分工更顯細緻。當此之際，雜劇失去了元代時得天獨厚的生存環境，日漸衰微。儒家傳統文化的回歸使明雜劇在思想內容上承載了道德教化的社會功能，社會文化的變遷影響到了雜劇創作。創作主體漸趨貴族化、文人化，雜劇從娛樂大眾的全民性藝術形式逐漸轉變爲供上層社會賞玩、宣禮講道的功能性藝術形式。

社會背景和文化語境的不同使得元明同題材雜劇在文化內涵上有了明顯的差異。前面幾個章節對於具體文本的比較分析，可以明確看到這種差異的存在。簡單地歸納總結，差異大致體現在以下幾個方面：

一、人物形象：從個性化到道德化

詳細對比幾組同類題材的作品，同一個人物形象在元明雜劇中會呈現截然不同的人物性格。元明同題材雜劇《曲江池》中，李亞仙在石劇中潑辣、熱情、大膽、重情又仗義，具有反抗精神和鬥爭意識；朱劇中則是善良、堅貞、謹守婦道。顯然，朱劇置換了石劇中李亞仙熱情仗義的個性，將其引向了貞潔烈婦的行列。王昭君在馬致遠的《漢宮秋》中，既有小女兒的涓涓情愛，又有巾幗英雄的深明大義；而到了陳與郊的《昭君出塞》裏，則是以一個久居深宮渴慕君恩的幽怨女子形象示人。《漢宮秋》中的大義凜然在陳劇中被男尊女卑的觀念淹沒，陳與郊筆下的幽怨昭君，命運始終由他人主宰，自己卻敢怒不敢言。同一人物形象在元明兩個朝代不同的時代背景下，被賦予了具有時代特徵的性格元素。蒙古民族崇尚自然嚮往自由的天性令元雜劇中的人物個性鮮明。元代劇作家根據劇情的需要和所要表達的主題思想，自由地塑造人物。而在明雜劇中，我們則可以明顯地感受到儒家傳統道德的介入，也可以說是明代劇作家在有意地將元雜劇人物身上不符合倫理綱常的元素進行一一剔除。對於人物形象的重塑，體現了時代審美的變化。

二、情節設置：從偏離禮教到禮教回歸

在情節的設置上，同樣可以體現出兩種文化的差異。《風花雪月》和《辰勾月》中，關於報恩情節的處理就有了明顯的差異。《風花雪月》中，爲了突出桂花仙子對於愛情的嚮往，將報恩這一情節設計成了私自下凡以身相許；而《辰勾月》裏的嫦娥卻極力撇清情愛因素，恪守仙規，報恩時只是爲陳世英爭取陽壽的延長。元劇中仙子思凡，追求愛情的行爲顯然是有悖於封建禮教的。明劇努力將人神的距離拉開，將人神相戀的因素扼殺，這樣的情節設置，突出了等級觀念，同時使偏離的禮教得以復歸。再如《曲江池》中，鄭元和功成名就後，面對前來相認的父親，石劇中態度決絕，拒不相認；朱劇中則滿心的歡喜。相異的情節設置突出表現了鄭元和的變化：由元人筆下追求人性自由的個性張揚，轉變成了明人劇中尊崇父子綱常的墨守成規。明代劇作家或改編情節、或增設情節，始終都是在與元劇中的不合倫理的成分對抗，從而實現禮教的回歸。

三、社會功能：從抒發情感到突出教化

元朝文人地位的驟降是元雜劇繁榮不可忽視的前提。文人前所未有的落魄致使他們只能混跡於勾欄瓦肆，同藝妓戲子爲伍，創作的目的是娛樂大眾，藉以謀得生計。因而，輝煌一時的元雜劇，實質性的意義在於抒發情感和引起共鳴。黑暗社會下的奮起反抗，民族危亡時的義勇慷慨，愛情來臨時的大膽追求，種種情愫都在作品中得以展現。元代較爲寬鬆的社會環境使得雜劇能夠自由地表達情感。

而在恢復正統的明朝，對雜劇的內容進行了明確的限制。雜劇演出由民

間也逐漸走向宮廷。明雜劇的創作者集中為上層文士、達官貴人以及宮廷貴族，他們的價值取向是順應統治階級的，自然對元人背離禮教的思想嗤之以鼻。明雜劇發揚著「文以載道」的精神，承載著儒家倫理道德觀念，行使著道德教化的歷史使命。

僅僅幾部作品代表不了全貌，但窺斑見豹，我們至少可以從這幾組作品的對比中找到一些共同的因素。元明兩個朝代的更迭，除了改朝換代還存在異族文化的強烈差異。因此，從文化的層面上，我們可以看出同期作品的共性和兩種文化給作品帶來的巨大差異。 由此我們也看到，同樣一個故事題材，只因置身的文化土壤發生了變化，作品所承載的使命和宣揚的思想就發生了如此大的變化。由此可見，文學不僅屬於文人和欣賞者，它同樣屬於時代文化。

尾　聲

生活是文學創作的唯一源泉，這是早已被證實了的文學基本規律。元雜劇和其明代改寫本的創作也同樣遵循這一規律。元雜劇誕生於元代的北方，自 1127 年女眞人建立金朝開始，至蒙古族建立的元朝結束，北方大部分地區就處在游牧民族建立的政權統治之下，在社會生活的諸多方面都受到了游牧文化的衝擊，而這時的北方地區就是孕育元雜劇的溫床。1368 年，朱元璋率領的起義軍攻入大都，蒙古族統治者撤回草原。在明朝建立之初，開國皇帝朱元璋就曾經多次下令，要「撥亂反正」，消除游牧文化的影響。洪武十八年御製《大誥》，頒示天下：

> 初，元氏以戎狄入主中國，大抵多用夷法，典章疏闊，上下無等，政柄執於權臣，任官重於部族，斷獄迷於財賄，黜陟混於賢愚，奢而僭上者無罪，奸而犯倫者不問，辮髮左衽，將率而爲夷。至元天曆之時，雖稱富庶，而先王之制蕩然矣。至順帝荒淫昏弱，紀綱益廢，內之奸臣亂政，外之強將跋扈。典兵者崇空名，牧民者無善政，仕進者尚阿附而輕廉恥，讀書者重浮華而乏節行，庶績不凝，四民失序。加以舞文之吏玩法於上，豪強之家兼併於下，事無統紀，民無定志，一遇凶荒，而亂者四起，由法制不明而彝倫之道壞也。上嘗歎曰：「華風淪沒，彝道傾頹，自即位以來，制禮樂，定法制，改衣冠，別章服，正綱常，明上下，盡復先王之舊，使民曉然知有禮義，莫敢犯分而撓法。萬機之暇，著爲《大誥》，以昭示天下。且曰忠君孝親，治人修己，盡在此矣。能者養之以福，不能者敗以取禍。頒之臣民，永以爲訓。〔註 1〕

〔註 1〕《明太祖實錄》（卷 176），臺灣中央研究院歷史語言研究所，1950 年影印，第 1 頁，總 2665 頁。

這段話從一個側面證實了游牧文化在元代社會生活中的廣泛存在。朱元璋的這道政令旨在消除游牧文化在各個方面的影響。他力主「制禮樂，定法制，改衣冠，別章服，正綱常，明上下，盡復先王之舊，使民曉然知有禮義，莫敢犯分而撓法」，使社會意識形態逐漸回歸到儒家的傳統。與此同時，明代的理學得到進一步發展，當儒家的傳統禮教上昇爲「天理」的時候，它所具有的約束力要遠遠大於前代。

明傳奇就是在這樣一個文化氛圍中發展壯大起來的。明傳奇在演述形式、篇幅結構、聲腔系統等諸多方面與雜劇是不同的。爲了使人民喜聞樂見的藝術形象重新回到舞臺，明傳奇作家進行了大量的改寫工作，把舊有的元雜劇作品改寫成明傳奇劇本。元雜劇誕生的社會環境是在游牧文化影響下的中原社會，明傳奇則是誕生在重新回到儒家傳統文化的中原社會。文化語境的差異使二者有著不同的文化特徵。

不僅僅是傳奇，即便是從明代改編的幾部雜劇來看，儼然也可以看出，或爲翻案之作，或是摒棄元雜劇的內容直接取材於史，思想內容和價值取向對元雜劇的延承較少。由此可見，社會背景和文化語境的不同使元明同題材戲劇作品在文化內涵上有了明顯的差異。

游牧文化與元雜劇之間是影響關係，而明代劇作家對元雜劇進行的改寫則是接受者重新創作的過程，這個過程則反映了明代劇作家的審美理想和價值判斷。明代劇作家看元雜劇的視角基本是站在儒家傳統文化的立場，他們在改編中的取捨也就是儒家傳統文化對元雜劇中農耕文化的「取」、對游牧文化的「捨」。當然，游牧文化與農耕文化不是絕對對立的，有些方面還是一致的，但其中不相容的部分也就是明代劇作所要刪改的部分。元雜劇就好比是一個混血兒，它的身體裏帶有游牧和農耕兩種文化基因，而明代改寫本只是繼承並強化了其中的農耕文化基因，而它所試圖剔除的恰恰是體現了元雜劇的另外一部分基因——游牧文化，當然這在很大程度上是由改寫者無意中實現的。通過具體改寫作品的比較，可以發現和鑒別元雜劇中的兩種文化基因，並因此可以實證元雜劇接受了游牧文化的影響。

在中國文學史上，對舊有題材的吟詠和加工是一種非常普遍的創作方式，或者是對前面作品的不滿，或者有新的立意、寄託。文學改寫、續寫活動以明清的敘事文學最爲豐富，無論是在戲曲創作還是在小說創作上，各種改本、續本一時蜎興，對改本、續本的文學批評也一時雲起。但通常意義上，對改本、續本都是持批評態度。比如，在明代戲曲評論家李漁的《閒情偶記》中，就有過這樣的評論：

> 向有一人欲改《北西廂》，又有一人欲續《水滸傳》，同商於予。予曰：「《西廂》非不可改，《水滸》非不可續，然無奈二書已傳，萬口交贊，其高踞詞壇之座位，業如泰山之穩，磐石之固，欲遽叱之使起而讓席於予，此萬不可得之數也。無論所改之《西廂》、所續之《水滸》，未必可繼後塵，即使高出前人數倍，吾知舉世之人不約而同，皆以『續貂蛇足』四字，爲新作之定評矣。」二人唯唯而去。……《北西廂》不可改，《南西廂》則不可不翻。何也？世人喜觀此劇，非故嗜痂，因此劇之外別無善本，欲?崔張舊事，捨此無由。地乏朱砂，赤土爲佳，《南西廂》之得以浪傳，職是故也。使得一人焉，起而痛反其失，別出心裁，創爲南本，師實甫之意，而不必更襲其詞，祖漢卿之心，而不獨僅續其後，若與《北西廂》角勝爭雄，則可謂難之又難，若止與《南西廂》賭長較短，則猶恐屑而不屑。〔註2〕

這段話從讀者的接受心理上指出了改本難寫，續本難著的原因。

本書所比較的情況與此頗有不同。第一部分所提到的元雜劇與明傳奇的差異，是由於元明兩代的文化造成的，而不是由於作者的創作技巧造成的。明傳奇改寫元雜劇是出於形式上的需要。如李漁所講：「地乏朱砂，赤土爲佳。」把元雜劇作品重新搬上舞臺，是明傳奇作家改寫元雜劇的主要動力，因此在戲曲傳承和服務大眾方面，明傳奇功不可沒。明傳奇作家的改編活動是一個對元雜劇「揚棄」的過程。他們的「揚棄」過程，等於是對元雜劇的雙重文化屬性進行了一次「分揀」。因而根據時代生活的特徵和作家個人的審美進行增刪改寫是不可避免的。結閤第二部分的元明同題雜劇比較分析，可以看出本書所要比較的是元明的文化差異，比較的目的是找到元雜劇所受到的游牧文化影響，而其明代改寫本則更多體現中原傳統，並不是想分出高低上下，孰優孰劣。從藝術成就上講，雜劇與傳奇各有千秋；從文化上講，元明戲劇作品皆爲時代特徵的藝術標簽。

通過研究元明同題材戲劇作品的修改，我們反觀到了元雜劇中游牧文化的存在：或者是弱化的儒家的傳統禮教，或者是不符合農耕文化的傳統審美。

〔註 2〕李漁著，杜書瀛評點：《閒情偶記》，學苑出版社，1998 年 6 月，第 74～75 頁。

這種差異存在的根本原因當歸結爲元明兩代的社會生活差異。元代社會中游牧文化對中原文化的影響不單單表現在漢人「辮髮左衽」、講幾個蒙古語詞，游牧文化已經深入到意識形態深處，在世界觀、人生觀、價值觀上，已經影響了中原的傳統。現實生活的改變促成了元雜劇與其明代戲劇改寫本在人物、情節及主題的差異。

元雜劇與其明代戲劇改寫本書化差異的存在，證實了蒙古游牧文化在元雜劇中的影響，也證明了蒙古游牧文化對元代文學的影響，進而也證實了少數民族文化對中國古代文學的影響。

附表一：存本元雜劇與明傳奇改寫本對照表

	元雜劇	作　者	明傳奇	作　者
1	崔鶯鶯待月西廂記	王實甫	南西廂記	李日華
2	江州司馬青衫淚	馬致遠	青衫淚	顧大典
3	半夜雷轟薦福碑	馬致遠	雙魚記	沈璟
4	感天動地竇娥冤	關漢卿	金鎖記	袁于令
5	山神廟裴度還帶	關漢卿	裴度香山還帶記	沈采
6	晉陶母剪髮待賓	秦簡夫	運甓記	吾邱瑞
7	蘇子瞻醉寫赤壁賦 花間四友東坡夢	佚名 吳昌齡	金蓮記 獅吼記	陳汝元 汪廷訥
8	東堂老勸破家子弟	秦簡夫	錦蒲團	佚名
9	薩眞人夜斷碧桃花	佚　名	夢花酣	范文若
10	說鱄諸伍員吹簫 楚昭公疏者下船	李壽卿 鄭廷玉	二胥記	孟稱舜
11	蕭何月夜追韓信 韓元師暗渡陳倉	金仁傑 佚名	千金記	沈采
12	諸葛亮博望燒屯 兩軍師隔江鬥智	佚名 佚名	草廬記 錦囊記	佚名 佚名
13	金水橋陳琳抱妝盒	佚名	金丸記	佚名
14	莫離支飛刀對箭 薛仁貴衣錦還鄉	佚名 張國賓	金貂記 白袍記	佚名 佚名

附表二：存本同題元雜劇、南戲、明傳奇對照表

	元雜劇	作　者	宋元南戲	作　者	明傳奇	作　者
1	崔鶯鶯待月西廂記	王實甫			南西廂記 南西廂記	李日華 陸采
2	感天動地竇娥冤	關漢卿			金鎖記	袁于令
3	閨怨佳人拜月亭	關漢卿	幽閨記	施惠		
4	呂蒙正風雪破窯記	王實甫	破窯記	佚名	彩樓記	佚名
5	李亞仙花酒曲江池	石君寶			繡襦記	徐霖
6	溫太眞玉鏡臺	關漢卿			玉鏡臺 花筵賺	朱鼎 范文若
7	洞庭湖柳毅傳書	尙仲賢			橘浦記	許自昌
8	司馬相如題橋記 卓文君私奔相如	佚名 朱權			鳳求凰 琴心記	澹慧居士 孫柚
9	謝金蓮詩酒紅梨花	張壽卿			紅梨記 紅梨花記	徐復祚 王元壽 （或佚名）
10	玉簫女兩世姻緣	喬吉			玉環記	佚名
11	王月英元夜留鞋記	佚名			胭脂記	童養中
12	王翛然斷殺狗勸夫	蕭天瑞	楊賢德殺狗勸夫	徐昣		
13	半夜雷轟薦福碑	馬致遠			雙魚記	沈璟
14	江州司馬青衫淚	馬致遠			青衫記	顧大典

15	山神廟裴度還帶	關漢卿			裴度香山還帶記	沈采
16	趙氏孤兒大報仇	紀君祥	趙氏孤兒報冤記	佚名	八義記	徐元
17	晉陶母剪髮待賓	秦簡夫			運甓記	吾邱瑞
18	凍蘇秦衣錦還鄉	佚名	金印記	佚名	金印合縱記	高一葦
19	須賈大夫誶范雎	高文秀			范雎綈袍記	佚名
20	蘇子瞻醉寫赤壁賦 花間四友東坡夢	佚名 吳昌齡			金蓮記 獅吼記	陳汝元 汪廷訥
21	東堂老勸破家子弟	秦簡夫			錦蒲團	佚名
22	開壇闡教東坡夢	馬致遠			黃粱夢境記 邯鄲記	蘇漢英 湯顯祖
23	金童玉女嬌紅記	劉兌			鴛鴦冢嬌紅記	孟稱舜
24	薩眞人夜斷碧桃花	佚名			夢花酣	范文若
25	地藏王證東窗事犯	孔文卿	岳飛破虜東窗記	佚名	精忠記	佚名
26	包待制智勘後庭花	鄭廷玉			桃符記	沈璟
27	破幽夢孤雁漢宮秋	馬致遠			和戎記	佚名
28	說鱄諸伍員吹簫 楚昭公疏者下船	李壽卿 鄭廷玉			二胥記	孟稱舜
29	蕭何月夜追韓信 韓元帥暗渡陳倉	金仁傑 佚名			千金記	沈采
30	諸葛亮博望燒屯	佚名			草廬記	佚名
31	兩軍師隔江鬥智	佚名			錦囊記	佚名
32	莫離支飛刀對箭 薛仁貴衣錦還鄉	佚名 張國賓			金貂記 白袍記	佚名 佚名
33	錦雲堂美女連環記	佚名			連環記	王濟
34	龐涓夜走馬陵道	佚名			天書記	汪廷訥
35	金水橋陳琳抱妝盒	佚名			金丸記	佚名

附表三：同題元雜劇與南戲及明傳奇列表

序號	元雜劇	作者	宋元南戲	作者	明傳奇	作者
1	詐妮子調風月（存）	關漢卿	鶯燕爭春詐妮子調風月（佚）	佚名		
2	溫太眞玉鏡臺（存）	關漢卿	溫太眞（殘）	佚名	玉鏡臺（存） 玉鏡臺（佚） 玉鏡臺（佚） 花筵賺（存）	朱鼎 清阮堂 孫某 范文若
3	閨怨佳人拜月亭（存）	關漢卿	王瑞蘭閨怨拜月亭（殘）	佚名	幽閨記（存）	施惠
4	感天動地竇娥冤（存）	關漢卿			金鎖記（存）	袁于令
5	錢大尹智寵謝天香（存） 柳耆卿詩酒玩江樓（殘） 柳耆卿詩酒玩江樓（佚）	關漢卿 戴善甫 楊訥	柳耆卿詩酒玩江樓（殘） 花花柳柳清明祭柳七記（佚）	佚名 佚名	領春風（佚） 宮花記（佚）	王棫 周錫珪
6	錢大尹鬼報緋衣夢（存）	關漢卿	林昭得三負心（殘）	佚名		
7	孟良盜骨（殘） 放火孟良盜骨殖（存） 私下三關（佚） 謝金吾詐拆清風府（存）	關漢卿 朱凱 王仲文 佚名			三關記（殘） 金牌記（佚） 金鏡記（殘）	施鳳來 佚名 佚名
8	風雪狄梁公	關漢卿			望雲記（存）	金懷玉

	（佚） 狄梁公智斬武三思（佚）	 於伯淵			 望雲記（佚）	 程文修
9	漢元帝哭昭君（佚） 漢宮秋（存） 夜月走昭君（佚） 昭君出塞（佚）	關漢卿 馬致遠 吳昌齡 張時起	王昭君（殘）	佚名	寧胡記（殘） 紫召怨（佚） 和戎記（存）	陳宗爵 王域 佚名
10	劉盼盼鬧衡州（佚）	關漢卿	劉盼盼鬧衡州（殘）	佚名		
11	萱草堂玉簪記（佚）	關漢卿			玉簪記（存）	高濂
12	荒墳梅竹鬼團圓（佚）	關漢卿	梅竹姻緣（殘）	佚名		
13	風流郎君三負心（佚）	關漢卿	陳叔文三負心（佚）	佚名		
14	蘇氏進織錦迴文（佚）	關漢卿	織錦迴文（殘）	佚名		
15	介休縣敬德降唐（佚） 尉遲恭三奪搠（存） 老敬德鐵鞭打李煥（佚） 尉遲恭病立小秦王（佚） 敬德撲馬（佚） 敬德不伏老（存） 老敬德撾怨鼓（佚） 尉遲恭單鞭奪搠（存）	關漢卿 尚仲賢 鄭廷玉 於伯淵 屈恭之 楊梓 佚名 佚名			金貂記（存） 白袍記（存）	佚名 佚名
16	金谷園綠珠墜樓（佚）	關漢卿			竹葉舟（存）	畢魏

17	晉國公裴度還帶（佚）	關漢卿			裴度香山還帶記（存）	沈采
18	董解元醉走柳絲亭（佚）	關漢卿	董解元智奪金玉蘭傳（佚）	佚名		
19	薄太后走馬救周勃（佚）	關漢卿	周勃太尉（佚）	佚名	雙福壽（存）	佚名
20	呂蒙正風雪破窯記（佚）	關漢卿	呂蒙正風雪破窯記（存）	佚名	彩樓記（存）	佚名
	呂蒙正風雪破窯記（存）	王實甫				
	呂蒙正風雪齋後鐘（佚）	馬致遠				
21	姑蘇臺范蠡進西施（佚）	關漢卿			浮鴟記（佚）	羽中園生
	陶朱公范蠡歸湖（殘）	趙明道				
22	柳花亭李婉復落娼（佚）	關漢卿	李婉（殘）	佚名		
23	升仙橋相如題柱（佚）	關漢卿	司馬相如題橋記（殘）	佚名	題橋記（佚）	陸濟之
	升仙橋相如題柱（佚）	屈子敬			淩雲記（佚）	韓上桂
	鷫鸘裘（佚）	范居中	風月亭（殘）	佚名	琴心記（存）	孫柚
	卓文君白頭吟（佚）	孫仲章	卓氏女鴛鴦會（佚）	佚名	鳳求凰（存）	澹慧居士
	風月瑞仙亭（佚）	湯式	四喜俱全記（佚）	佚名	綠綺記（殘）	楊柔勝
	司馬相如題橋記（存）	佚名			當爐記（佚）	陳貞貽
	卓文君私奔相如（存）	朱權				
	卓文君駕車（佚）	佚名				
24	須賈誶范雎（存）	高文秀	綈袍記（殘）	佚名	范雎綈袍記（存）	
			蘇嫺嫺（殘）	佚名		

25	禹王廟霸王舉鼎（佚） 知漢興陵母伏劍（佚） 滎陽城火燒紀信（佚） 霸王垓下別虞姬（佚） 火燒阿房宮（殘）	高文秀 顧仲清 顧仲清 張時起 佚名			千金記（存）	沈采
26	忠義士班超投筆（佚）	高文秀			投筆記（存）	華山居士
27	五鳳樓潘安擲果（佚）	高文秀			金雀記（存）	佚名
28	相府門廉頗負荊（佚） 藺相如奪錦標名（佚）	高文秀			箱環記（殘） 完璧記（佚）	翁子忠 佚名
29	鄭元和風雪打瓦罐（佚） 李亞仙詩酒曲江池（存）	高文秀 石君寶	李亞仙詩酒曲江池（佚）	佚名	繡襦記（存）	徐霖 或薛近兗
30	楚昭王疏者下船（存）	鄭廷玉	楚昭王（殘）	佚名	二胥記（存）	
31	包待制智勘後庭花（存）	鄭廷玉	包待制智勘後庭花（佚）	佚名	桃符記（存）	沈璟
32	看錢奴冤家債主（存）	鄭廷玉	冤家債主（殘）	佚名	靈寶符（佚）	王元壽
33	曹伯明覆勘贓（佚） 曹伯明覆勘贓（佚） 曹伯明覆勘贓（佚）	鄭廷玉 武漢臣 紀君祥	曹伯明覆勘贓(殘)	佚名		
34	子父夢秋夜欒城驛（佚）	鄭廷玉	子父夢欒城驛(殘)	佚名		

35	孟姜女送寒衣（佚）	鄭廷玉	孟姜女送寒衣（殘）	佚名	長城記（殘）	佚名
36	裴少俊牆頭馬上（存）	白樸	裴少牆頭馬上目成記（殘）	佚名		
37	唐明皇秋夜梧桐雨（存） 楊太眞霓裳怨（佚） 楊太眞華清宮（佚） 羅公遠夢斷楊貴妃（殘）	白樸 庾天錫 庾天錫 岳伯川	馬踐楊妃（佚）	佚名	鈿合記（佚） 合釵記（佚） 合釵記（佚）	戴應鼇 吾邱瑞本
38	董秀英花月東牆記（存）	白樸	董秀英花月東牆記（殘）	史九敬先		
39	韓翠顰御水流紅葉（殘） 金水題紅怨（佚）	白樸 李文蔚			紅葉記（佚） 紅葉記（佚） 題紅記（存）	王爐 李長祚 王驥德
40	高祖歸莊（佚） 漢高祖衣錦還鄉（佚）	白樸 張國賓			歌風記（殘）	庚生子
41	十六曲崔護謁漿（佚） 崔護謁漿（佚）	白樸 尙仲賢	崔護謁漿記（殘）	佚名	桃花記（殘） 雙合記（佚） 題門記（佚） 登樓記（佚） 玉杵記（佚）	金懷玉 王澹 佚名 佚名 楊之迥
42	祝英臺死嫁梁山伯（佚）	白樸	祝英臺（殘）	佚名	牡丹記（佚） 英臺記（佚） 訪友記（同窗記）（殘）	朱從龍 朱少齋 佚名
43	楚莊王夜宴絕纓會（佚）	白樸			摘纓記（佚）	筆花主人

44	薛瓊瓊月夜銀箏怨（佚）	白樸			玉馬隧（佚）	王棫
	崔懷寶月夜聞箏（殘）	鄭光祖			天馬媒（存）	劉方
45	裴航遇雲英（佚）	庾天錫	杵藍田裴航遇仙（佚）	徐畛	藍橋記（佚）	龍膺
					藍橋記（佚）	呂天成
					玉杵記（佚）	楊之炯
					藍橋玉杵記（存）	雲水道人
46	列女青陵臺（佚）	庾天錫			韓朋十義記（存）	佚名
47	玉女琵琶怨（佚）	庾天錫	琵琶怨（佚）	佚名		
48	孟嘗君雞鳴度關（佚）	庾天錫			狐白裘記（殘）	謝天瑞
					四豪記（殘）	佚名
49	會稽山買臣負薪（佚）	庾天錫	朱買臣休妻記（殘）	佚名	佩印記（佚）	佚名
	朱太守風雪漁樵記（存）	佚名			露綬記（殘）	佚名
					負薪記（殘）	佚名
50	英烈士周處三害（佚）	庾天錫	周處風雲記（明改本存）	佚名	蛟虎記	黃伯羽
					躍劍記	潘××
51	江州司馬青衫淚（存）	馬致遠			青衫記（存）	顧大典
52	半夜雷轟薦福碑（存）	馬致遠			雙魚記（存）	沈璟
53	太華山陳摶高臥（存）	馬致遠			恩榮記（佚）	佚名
54	開壇闡教黃粱夢（存）	馬致遠	呂洞賓黃粱夢（佚）	佚名	黃粱夢境記（存）	蘇漢英
	邯鄲道盧生枕中記（佚）	谷子敬			邯鄲記（存）	湯顯祖

55	崔鶯鶯待月西廂記（存）	王實甫	崔鶯鶯西廂記（佚）	佚名	南西廂記（佚）	崔時佩
			崔鶯鶯西廂記（殘）	李景雲	南西廂記（存）	李日華
					南西廂記（存）	陸采
					王百戶南西廂記（佚）	王百戶？
					續西廂升仙記（存）	黃粹吾
					錦西廂（佚）	周公魯
					翻西廂（存）	研雪子
56	蘇小卿月夜販茶船（佚）	王實甫	蘇小卿月夜販茶船（殘）	佚名	茶船記（佚）	佚名
	信安王斷復販茶船（佚）	紀君祥	蘇小卿西湖柳記（佚）	佚名	三生記（殘）	馬湘蘭
	蘇小卿麗春園（佚）	庾天錫				
	豫章城人月兩團圓（佚）	佚名				
57	嬌紅記（佚）	王實甫	嬌紅記（殘）	宋梅洞	嬌紅記（殘）	沈齡
	金童玉女嬌紅記（存）	劉兌			鴛鴦冢嬌紅記（存）	孟稱舜
	死葬鴛鴦冢（殘）	郲經				
58	趙光普進梅諫（佚）	王實甫	趙普進梅諫（殘）	佚名		
	趙光普進梅諫（佚）	梁進之				
59	晉謝安東山高臥（佚）	李文蔚			謝安石東山記（佚）	沈采
60	花間四友東坡夢（存）	吳昌齡			赤壁記（佚）	黃瀾
	佛印燒豬待子瞻（佚）	楊訥			玉麟記（殘）	葉祖憲
	蘇子瞻風雪貶黃州（存）	費唐臣			金蓮記（存）	陳汝元

	蘇子瞻醉寫赤壁賦（存） 醉寫滿庭芳（佚） 蘇東坡夜宴西湖夢（佚）	佚名 趙善慶 金仁傑			獅吼記（存） 麟鳳記（佚）	汪廷訥或陳所聞 佚名
61	鬼子母揭缽記（佚）	吳昌齡	鬼子揭缽（殘）	佚名		
62	浣紗女抱石投江（佚）	吳昌齡	浣紗女（佚）	佚名		
63	張天師夜祭辰鈎月（佚） 張天師斷風花雪月（存）	吳昌齡 佚名			月桂記（佚）	佚名
64	窮韓信登壇拜將（佚） 蕭何月夜追韓信（存） 子房貨劍（佚） 江陰縣韓信乞食（佚） 韓信詆水斬陳餘（佚） 漢高祖詐遊雲夢（佚）	武漢臣 金仁傑 吳弘道 王仲文 鍾嗣成 鍾嗣成	韓信築壇拜將(佚) 十大功勞（佚） 淮陰記（佚）	佚名 佚名 佚名		
65	救孝子賢母不認屍（存）	王仲文	不認屍（殘）	佚名		
66	從赤松張良辭朝（佚）	王仲文			椎秦記（佚） 博浪椎（佚） 赤松記（存）	王萬幾 張公琬 佚名
67	感天地王祥臥冰（佚）	王仲文	王祥臥冰（殘）	佚名		
68	七星壇諸葛祭風（佚）	王仲文			赤壁記（殘）	佚名

69	孟月梅寫恨錦香亭（佚）	王仲文	孟月梅寫恨錦香亭（殘）	佚名		
70	說鱄諸伍員吹簫（存）	李壽卿			臨潼記（佚）	沈采
	申包胥興兵完楚（佚）	佚名			舉鼎記（殘）	佚名
					臨潼會（佚）	許自昌
					臨潼會（佚）	佚名
					昭關記（殘）	佚名
					興吳記（佚）	吳於東
					合襟記（佚）	王洙
					泣庭記（佚）	謝天祐
					二胥記（存）	孟稱舜
71	鼓盆歌莊子歎骷髏（殘）	李壽卿	蝴蝶夢（殘）	佚名	玉蝶記（佚）	謝惠
	破鶯燕蜂蝶蝴蝶夢（佚）	史樟			南華記（佚）	佚名
					蝴蝶夢（存）	謝國
72	司馬昭復奪受禪臺（佚）	李壽卿			青虹嘯（別名《簷頭水》）（存）	鄒玉卿
73	洞庭湖柳毅傳書（存）	尚仲賢	柳毅洞庭湖龍女（佚）	佚名	傳書記（佚）	周侍御
					龍綃記（佚）	黃維楫
					桔浦記（存）	許自昌
74	陶淵明歸去來兮（殘）	尚仲賢			賦歸記（存）	高濂
					賽四節記（殘）	佚名
75	鳳凰坡越娘背燈（殘）	尚仲賢	越娘背燈（佚）	佚名		
76	海神廟王魁負桂英（殘）	尚仲賢	王魁負桂英（殘）	佚名	焚香記（存）	王玉峰
			王俊民休書記（佚）	佚名		
			桂英誣王魁（佚）	佚名		

77	魯大夫秋胡戲妻（存）	石君寶	秋胡戲妻（佚）	佚名	採桑記（殘）	佚名
78	鄭孔目風雪酷寒亭（存）	楊顯之	酷寒亭（佚）	佚名		
79	劉泉進瓜（佚）	楊顯之			進瓜記（佚）	王昆玉
80	冤報冤趙氏孤兒（存）	紀君祥	趙氏孤兒報冤記（存）	佚名	八義記（佚） 八義記（存） 接纓記（佚）	徐元 佚名 佚名
81	白門斬呂布（佚） 錦雲堂美女連環記（存）	於伯淵 佚名	貂蟬女（殘）	佚名	連環記（存）	王濟
82	折擔兒武松打虎（佚）	紅字李二			義俠記（存）	李璟
83	陶學士醉寫風光好（存）	戴善甫	陶學士（佚）	佚名		
84	薛仁貴衣錦還鄉（存） 莫離支飛刀對箭（存）	張國賓 佚名			金貂記（存） 白袍記（存）	佚名 佚名
85	沉香太子劈華山（佚）	張時起	劉錫沉香太子（佚）	佚名		
86	渡孟津武王伐紂（佚）	趙文敬			熊羆夢（佚） 鹿臺記（佚）	東村學究 佚名
87	李太白貶夜郎（佚） 李太白醉寫秦月樓（佚）	王伯成 鄭光祖			彩毫記（存） 青蓮記（殘） 採石磯（佚） 沉香亭（佚） 李白宮錦袍記（佚）	屠隆 戴子晉 李岳 雪蓑漁隱 佚名

88	賈充宅韓壽偷香（佚）	李子中	賈充宅韓壽偷香（殘）	佚名	青瑣記（殘） 懷香記（存）	沈鯨 陸采
89	關盼盼春風燕子樓（佚）	侯克中	燕子樓（殘）	佚名	燕子樓（佚）	竹林逸士
90	晉文公火燒介子推（佚）	狄君厚			斬祛記（佚） 琨珸記（佚） 禁煙記（佚） 赤林記（佚）	汪景旦 兩宜居士 盧鶴江 蔣鼐
91	地藏王證東窗事犯（存）	孔文卿	岳飛破虜東窗記（存）	佚名	精忠記（存）	佚名
92	謝金蓮詩酒紅梨花（存）	張壽卿	詩酒紅梨花（殘）	佚名	紅梨記（存） 紅梨花記（存）	徐復祚 王元壽或佚名
93	濟饑民汲黯開倉（佚）	宮天挺			符節記（殘）	章大綸
94	迷青瑣倩女離魂（存）	鄭光祖	王文舉月夜追倩魂（佚）	徐畛	離魂記（佚）	佚名
95	蔡琰還朝（佚）	金仁傑			胡笳記（佚）	黃粹吾
96	曲江池杜甫遊春（佚） 杜秀才曲江池（佚）	范康 佚名			杜子美曲江記（佚） 眾僚友喜賞浣花溪（存） 午日吟（存）	沈采 佚名 許潮
97	歡喜冤家（佚）	沈和	歡喜冤家（佚）	佚名		
98	徐附馬樂昌分鏡記（佚）	沈和	樂昌分鏡（佚）	佚名	金鏡記（佚） 合鏡記（殘） 分鏡記（殘） 破鏡重圓（佚） 紅拂記（存）	佚名 佚名 佚名 佚名 張鳳翼

99	玉簫女兩世姻緣（存）	喬吉			玉簫兩世姻緣（存） 玉環記（存）	佚名 佚名
100	杜牧之詩酒揚州夢（存）	喬吉			氣毬記（殘）	卜世臣
101	燕樂毅黃金臺（佚）	喬吉			金臺記（殘）	佚名
102	鶯鶯牡丹記（佚）	睢景賢	張浩（殘）	佚名	宿香亭（佚）	顧苓
103	楚大夫屈原投江（佚） 屈大夫江潭行吟（佚）	睢景賢 佚名			汨羅記（佚） 汨羅記（佚）	徐應乾 袁晉
104	持漢節蘇武還鄉（殘）	周文質	席雪餐氈忠節蘇武傳（佚）	佚名	雁書記（佚） 金節記（佚）	曹大章 祁彪佳
105	孫武子教發兵（佚） 孫武子（或南戲，佚）	周文質 佚名			興吳記（佚）	吳於東
106	晉陶母剪髮待賓（存） 陶侃拿蘇峻（佚）	秦簡夫 佚名			運甓記（存） 八翼記（佚）	吾丘瑞 何斌臣
107	東堂老勸破家子弟（存）	秦簡夫			錦蒲團（存）	佚名
108	王翛然斷殺狗勸夫（存）	蕭天瑞	楊賢德婦殺狗勸夫（存）	徐畛		
109	犯押獄盆弔小孫屠（佚）	蕭天瑞	遭盆弔沒興小孫屠（存）	佚名		
110	劉玄德醉走黃鶴樓（存）	朱凱			草廬記（存）	佚名
111	馮驩燒券（佚）	鍾嗣成			彈鋏記（殘） 長鋏記（佚）	車任遠 龍門山人
112	寄情韓翃章臺柳（佚）	鍾嗣成	章臺柳（殘）	佚名	金魚記（佚）	吳鵬

					練囊記（殘）	張仲豫和吳大震
113	西湖三塔記（佚）	郑經			雷峰塔（佚）	黃六龍
114	西遊記（存） 唐三藏西天取經（殘） 鬼子母揭缽記（佚）	楊訥 吳昌齡 佚名			西遊記（佚） 唐僧西遊記（佚） 佛蓮記（佚）	夏均政 佚名 沈季彪
115	紅白蜘蛛(佚)	楊訥	鄭將軍紅白蜘蛛記（殘）	佚名		
116	磨勒盜紅綃（佚）	楊訥	磨勒盜紅綃（殘）	佚名	雙紅記	更生氏
117	楚襄王夢會巫娥女（佚）	楊訥			春蕪記（存） 神女記（佚） 雙棲記（佚）	王錂 呂天成 佚名
118	史教坊斷生死夫妻（佚）	楊訥	生死夫妻(蔣蘭英)（殘）	佚名		
119	龐居士誤放來生債（存）	高茂卿			靈寶符（佚）	王槭
120	石曼卿三喪不舉（佚）	高茂卿			麥舟記（佚）	謝天瑞
121	諸葛亮博望燒屯（存）	佚名			草廬記（存） 囊錦記（存）	佚名 佚名
122	玉清庵錯送鴛鴦被（存）	佚名	玉清庵（佚）	佚名	鴛鴦被（佚） 繡被記（佚）	王域 孟稱舜
123	金水橋陳琳抱妝盒（存）	佚名			金丸記（存）	佚名
124	管鮑分金(佚)	佚名			管鮑分金記（存）	葉良表

125	龐涓夜走馬陵道（存）	佚名	減竈記（殘）	佚名	天書記（存） 馬陵道（佚）	汪廷訥 佚名
126	凍蘇秦衣錦還鄉（存）	佚名	蘇秦衣錦還鄉(存)	佚名	金印合縱記（存） 白璧記（佚）	高一葦 黃廷俸
127	王月英元夜留鞋記（存）	佚名	王月英月下留鞋（殘）	佚名	留鞋記（佚） 胭脂記（存）	徐霖 童養中
128	神奴兒大鬧開封府（存）	佚名	佚名同題南戲(佚)	佚名		
129	包待制斷丁丁當當盆兒鬼（存）	佚名	包待制判盆兒鬼（佚）	佚名	瓦盆記（佚）	葉碧川
130	施仁義劉弘嫁婢（存）	佚名			空緘記（佚）	王棫
131	行孝道目連救母（佚）	佚名			目連救母勸善戲文（存）	鄭之珍
132	逞風流王煥百花亭（存）	佚名	風流王煥賀憐憐（佚）	佚名		
133	兩軍師隔江鬥智（存）	佚名			錦囊記（存） 試劍記（佚） 試劍記（佚）	
134	守貞節孟母三移（存）	佚名	孟母三移（佚）	佚名		

參考文獻

一、重要文集

1.《古本戲曲叢刊》（初～三集）上海商務印書館 1954，1955 年，上海文學古籍刊行社 1957 年影印。
2. 王季思：《全元戲曲》（1～12 卷），人民文學出版社，1999 年。
3. 毛晉：《六十種曲》（1～12 卷），中華書局，1958 年。
4. 袁于令：《金鎖記》，中華書局，2000 年。
5. 王實甫：《西廂記》，王季思校注，上海古籍出版社，1978 年。
6. 孟稱舜：《嬌紅記》，上海古籍出版社，1988 年。
7. 金聖歎批評，傅曉航校點：《貫華堂第六才子書西廂記》，甘肅人民出版社，1985 年。
8. 陶宗儀：《説郛》（卷五十四），北京市中國書店。
9. 劉向：《説苑》，天津古籍出版社，1988 年。
10. 干寶：《搜神記》，中華書局，1979 年。
11.《太平御覽》，中華書局，1960 年 2 月。
12. 寧希元點校：《元刊雜劇三十種新校》，蘭州大學出版社，1988 年。
13. 王季思、張人和：《集評校注西廂記》，上海古籍出版社，1987 年。
14. 李日華：《南西廂記》，張樹英點校，中華書局，2000 年。
15. 錢南揚輯錄：《宋元戲文輯佚》，上海古典文學出版社，1956 年。
16. 淩景埏校注：《董解元西廂記》，人民文學出版社，1962 年。
17. 劉方元：《孟子今譯》，江西人民出版社，1985。
18. 曹雪芹：《紅樓夢》，人民文學出版社，1973 年。
19. 鄭思肖：《鄭思肖集》，上海古籍出版社，1991 年。

20. 孔穎達：《毛詩正義》，上海古籍出版社，1990年。
21. 唐滿先：《論語今譯》江西人民出版社，1982年。
22.《毛詩正義》，上海古籍出版社，1990年。
23. 隋樹森選編：《全元散曲簡編》，上海古籍出版社，1984年。
24. 張濤：《烈女傳譯注》，山東大學出版社，1990年。
25. 劉浩主編：《老學堂——孝經》，延邊大學出版社，2001年。
26. 張文修：《禮記》北京燕山出版社，1995年。

二、文學史類

1. 鄧紹基等：《中華文學通史》，華藝出版社，1997年。
2. 游國恩：《中國文學史》，人民文學出版社，1963年。
3. 袁行霈：《中國文學史》，高等教育出版社，1999年。
4. 章培恒：《中國文學史》，復旦大學出版社，1996年。
5. 榮蘇赫等：《蒙古族文學史》（1～4卷），內蒙古人民出版社，2000年。
6. 鄭振鐸：《中國俗文學史》，東方出版社，1996年。
7. 雲峰：《蒙漢文學關係史》，新疆人民出版社，1997年。
8. 王國維：《宋元戲曲史》，葉長海導讀，上海古籍出版社，1998年。
9. 王易：《詞曲史》，東方出版社，1996年。
10. 李修生：《元雜劇史》，江蘇古籍出版社，2002年。
11. 尚學鋒等：《中國古典文學接受史》，山東教育出版社，2000年。
12. 許金榜：《中國戲曲文學史》，中國文學出版社，1994年。
13. 唐文標：《中國古代戲劇史》，中國戲劇出版社，1985年。
14. 鄧濤，劉立文：《中國古代戲劇文學史》，北京廣播學院出版社，1994年。
15. 趙義山：《元散曲通論》，上海古籍出版，社2004年。
16. 胡士瑩：《話本小説概論》，中華書局，1980年。
17. 許金榜：《元雜劇概論》，齊魯書社，1986年。
18. 譚帆：《中國古典戲劇理論史》，中國社會科學出版社，1993年。

三、文學理論批評著作

1.《中國古典戲曲論著集成》（1～10卷），中國戲劇出版社，1959年。
2. 蔡毅：《中國古典戲曲序跋彙編》（1～4卷），齊魯書社，1989年。
3. 吳毓華：《中國古典戲曲序跋集》，中國戲劇出版社，1990年。
4. 劉勰著，周振甫注：《文心雕龍注釋》，人民文學出版社，1981年。
5. 程炳達，王衛民：《中國歷代曲論釋評》，民族出版社，2000年。

6. 隗芾，吳毓華編：《古典戲曲美學資料集》，文化藝術出版社 1992 年 10 月。
7. 秦學人，侯作卿編著：《中國古典編劇理論資料彙輯》，中國戲劇出版社，1984 年。
8. 鍾嗣成：《錄鬼簿》，上海古籍出版社，1978 年。
9. 李漁著，杜書瀛點評：《閒情偶記》，北京學苑出版社，1998 年。
10. 扎拉嘎：《比較文學——文學平行本質的比較研究》，內蒙古教育出版社，2002 年。
11. 陳惇，劉象愚：《比較文學概論》，北京師範大學出版社，2000 年。
12. 樂黛云：《比較文學原理》，湖南文藝出版社，1988 年。
13. 程愛民：《跨文化語境中的比較文學》，南京譯林出版社，2003 年。
14. 敏澤，黨聖元：《文學價值論》，社會科學文獻出版社，1999 年。
15. 張岱年：《中國文化概論》，北京師範大學出版社，1994 年。
16. 何國瑞主編：《藝術生產原理》，人民文學出版社，1989 年。
17. 孫耀煜等：《文學理論教程》，人民文學出版社，1991 年。
18. 杜書瀛：《創作論》，人民文學出版社，2001 年。
19. 焦循：《劇說》，上海古典文學出版社，1957 年。

四、基本史料

1. 脫脫：《宋史》，中華書局，1977 年。
2. 脫脫：《金史》，中華書局，1975 年。
3. 宇文懋昭著：《大金國志校正》，崔文印校證，中華書局，1986 年。
4. 宋濂：《元史》，中華書局，1976 年。
5. 張廷玉：《明史》中華書局，1974 年。
6. 班固：《漢書選》，中華書局，1962 年。
7. 劉昫：《舊唐書》，中華書局，1975 年。
8.《明太祖實錄》，臺灣中央研究院歷史語言研究所，1950 年影印。
9. 道潤梯步：《新譯簡注蒙古秘史》，內蒙古人民出版社，1979 年。
10. 余大鈞：《蒙古秘史》，河北人民出版社，2001 年。
11. 黃時鑒點校：《通志條格》，浙江古籍出版社，1986 年。
12. 呂思勉：《中國民族史》，東方出版社，1996 年。
13. 內蒙古社會科學院歷史所編，《蒙古族通史》，民族出版社，2001 年。
14. 史衛民：《元代社會生活史》，中國社會科學出版社，1996 年。
15. 王利器：《元明清三代禁燬小說戲曲史料》（增訂本），上海古籍出版社，1981 年。

16. 車吉心主編：《中華野史 遼夏金元卷》，泰山出版社，2000 年。
17. 懷效鋒點校：《大明律》，遼瀋書社，1990 年。
18. 長孫無忌等：《唐律疏議》，劉俊文點校，中華書局，1983 年。
19. 盧明輝：《清代蒙古史》，天津古籍出版社，1990 年。
20. 羅布桑卻丹：《蒙古風俗鑒》，遼寧民族出版社，1988 年 11 月。
21. 顧起元：《客座贅語》，中華書局，1987 年 4 月。
22. 熊夢祥：《析津志輯佚》，北京古籍出版社，1983 年。
23. 陶宗儀：《輟耕錄》，文化藝術出版社，1998 年。
24. 孔齊：《至正直記》，上海古籍出版社，1987 年。
25. 李志常：《長春眞人西遊記》，黨寶海譯注，河北人民出版社，2001 年。

五、研究著述

1. 寧一宗等：《元雜劇研究概述》，天津教育出版社，1987 年。
2. 陳平原主編：《20 世紀中國學術文存——元雜劇研究》，湖北教育出版社，2003 年。
3. 查洪德，李軍：《元代文學文獻學》，社會科學文獻出版社，2002 年。
4. 褚斌傑：《中國古代文體概論》，北京大學出版社，1990 年。
5. 扎拉嘎：《〈一層樓〉〈泣紅亭〉與〈紅樓夢〉比較》，內蒙古人民出版社，1984 年。
6. 札奇斯欽：《蒙古文化與社會》，臺北，商務印書館，1987 年。
7. 邢莉：《游牧文化》，北京燕山出版社，1995 年。
8. 程國賦：《唐五代小說的文化闡釋》，人民文學出版社，2002 年。
9. 周少川：《元代史學思想研究》，社會科學文獻出版社，2001 年。
10. 陳寅恪：《陳寅恪史學論文選集》，上海古籍出版社，1992 年。
11. 孫少先：《英雄之死與美人遲暮》，社會科學文獻出版社，2000 年。
12. 朱義祿：《儒家理想人格與中國文化》，遼寧教育出版社，1991 年。
13. 王綱：《關漢卿研究資料彙考》，中國戲劇出版社，1988 年。
14. 張淑香：《元雜劇的愛情與社會》，臺北：長安出版社，1980 年。
15. 趙景深：《中國古典小說戲曲論集》，上海古籍出版社，1986 年。
16. 郭英德：《明清文人傳奇研究》，北京師範大學出版社，2001 年。
17. 李炳海：《民族融合與中國古代文學》，東北師範大學出版社，1997 年。
18. 白·特木爾巴根：《古代蒙古作家漢文創作考》，內蒙古教育出版社，2002 年。
19. 么書儀：《元人雜劇與元代社會》，北京大學出版社，1997 年。

20. 么書儀：《銅琵鐵琶與紅牙板》，大象出版社，1997 年。
21. 么書儀：《元代文人心態》，文化藝術出版社，1993 年。
22. 郭英德：《元雜劇與元代社會》，北京師範大學出版社，1996 年。
23. 季羨林：《比較文學與民間文學》，北京大學出版社，1991 年。
24. 孟馳北：《草原文化與人類歷史》，國際文化出版公司，1999 年。
25. 項英傑：《中亞——馬背上的文化》，浙江人民出版社 1993 年 10 月。
26. 孛爾只斤・吉爾格勒：《游牧文明史論》，內蒙古人民出版社，2002 年。
27. 孫崇濤：《南戲論叢》，中華書局，2001 年。
28. 胡適：《胡適說文學變遷》，上海古籍出版社，1999 年。
29. 夏咸淳：《情與理的碰撞——明代士林心史》，河北大學出版社，2001 年。
30. 陳衍：《中國古典戲曲理論初探》，湖北人民出版社，1984 年。
31. 陳平原：《元雜劇研究》，湖北教育出版社，2003 年。
32. 劉念茲：《南戲新證》，中華書局，1986 年。
33. 王道成：《科舉史話》，中華書局，1988 年。
34. 劉國忠，黃振萍：《中國思想史參考資料集・隋唐至清卷》，清華大學出版社，2004 年。
35. 《元代文化研究》（第一輯），北京師範大學出版社，2001 年。
36. 孔令紀等：《中國歷代官制》，齊魯書社，1993 年。
37. 史衛民：《都市中的游牧民》，湖南出版社，1996 年。
38. 寒聲：《西廂記新論》，中國戲劇出版社，1992 年。
39. 孫崇濤：《風月錦囊考釋》，中華書局，2000 年。
40. 蔣星煜：《西廂記的文獻學研究》，上海古籍出版社，1997 年。
41. 許並生：《中國古代小說戲曲關係論》，文化藝術出版社，2002 年。
42. 吳梅：《中國戲曲概論》，馮統一點校，中國人民大學出版社，2004 年。
43. 徐扶明：《〈紅樓夢〉與戲曲比較研究》，上海古籍出版社，1984 年。
44. 張燕謹：《西廂記淺說》，天津，百花文藝出版社，1986 年。
45. 瞿同祖：《中國法律與中國社會》，上海書店，1989 年。
46. 蔣星煜：《西廂記考證》，上海古籍出版社，1988 年。
47. 孫遜：《董西廂和王西廂》，上海古籍出版社，1983 年。
48. 段啓明：《西廂論稿》，四川人民出版社，1982 年。
49. 商韜：《論元代雜劇》，齊魯書社，1986 年。
50. 黃克：《關漢卿戲劇人物論》，人民文學出版社，1984 年。
51. 徐扶明：《元明清戲曲探索》，浙江古籍出版社，1986 年 7 月。

52. 曾永儀：《中國古典戲劇論集》，臺灣聯經出版事業公司，1975 年。
53. 朱承樸，曾慶會：《明清傳奇概説》，三聯書店香港分店，1985 年。
54. 張福清：《女誡——婦女的枷鎖》，中央民族大學出版社，1996 年。
55. 《元明清戲曲研究論文集》，作家出版社，1957 年。
56. 趙景深：《戲曲筆談》，上海古籍出版社，1980 年。
57. 王國維：《王國維戲曲論文集》，中國戲劇出版社，1984 年。

六、翻譯著作

1.〔日〕吉川幸次郎：《元雜劇研究》，鄭清茂譯，臺灣，藝文印書館 1960 年 1 月。
2.〔美〕西利爾・白之著：《白之比較文學論文集》，微周等譯，湖南文藝出版社，1987 年 8 月。
3.〔伊朗〕志費尼：《世界征服者史》，內蒙古人民出版社，1980 年 5 月。
4.〔日〕青木正兒：《元人雜劇概説》，隋樹森譯，中國戲劇出版社，1957。

七、工具書類

1. 莊一拂：《古代戲曲存目彙考》（上中下），上海古籍出版社，1982 年。
2. 傅惜華：《元代雜劇全目》，人民文學出版社，1957 年。
3. 傅惜華：《明代傳奇全目》，人民文學出版社，1959 年。
4. 趙景深：《元明北雜劇總目考略》，中州古籍出版社，1985 年。
5. 李修生：《古本戲曲劇目提要》，文化藝術出版社，1997 年 12 月。
6. 蘇日娜，額爾德尼主編：《蒙古學論文資料索引 1949～1985》，內蒙古大學出版社，1987 年。
7. 額爾德尼編：《蒙古學論著索引 1986～1995》，遼寧民族出版社，1997 年。
8. 方齡貴：《古典戲曲外來語考釋詞典》，漢語大詞典出版社，雲南大學出版社，2001 年 12 月。
9.《曲海總目提要》（上下），天津古籍書店，1992 年。
10. 陳光主編：《中國歷代帝王年號手冊》，北京燕山出版社，2000 年 1 月。

八、論述文章

1. 扎拉嘎：《游牧文化影響下中國文學在元代的歷史變遷》，《文學遺產》，2002 年第 5 期。
2. 李春祥：《元人雜劇反映元代民族關係的幾個問題》，《河南師大學報》，1980 年第 2 期。
3. 扎拉嘎：《北方少數民族對中國文學的貢獻》，《社會科學戰線》，2003 年第 3 期。

4. 楊義：《「北方文學」的宏觀價值與基本功能》，《民族文學研究》，2003 年第 1 期）
5. 周齊：《試論明太祖的佛教政策》，《世界宗教研究》，1998 年第 3 期。
6. 王衛民：《〈竇娥冤〉與歷代改本之比較》，《華中理工大學學報》（哲社版），1994 年第三期。
7. 席永傑：《元曲描寫中蒙古族民風被忽視的原因》，《民族文學研究》，1996 年第 1 期。
8. 雲峰：《論蒙古民族及其文化對元雜劇繁榮興盛之影響》，《內蒙古師範大學學報》，2003 年第 4 期。
9. 劉禎：《元大都雜劇勃盛論》，《文藝研究》，2001 年第 3 期。
10. 母進炎：《接受・揚棄・創造——〈竇娥冤〉與〈金鎖記〉戲曲藝術經驗傳承比較研究》，《貴洲師範大學學報》，2002 年第 6 期。
11. 葛根高娃，烏雲巴圖：《試論蒙古族傳統文化的基本要素》，《內蒙古社會科學》，1990 年 5 期。
12. 孟東風：《金代女眞人的漢化與民族融合》，《東北師範大學學報》，1994 年 6 期。
13. 金乃俊：《論〈竇娥冤〉改編中的幾個問題》，《戲曲研究》第 21 輯，文化藝術出版社，1986 年 12 月。
14. 吳雙：《明代戲曲的社會功能論》，《中國文化研究》，1994 年總第 6 期。
15. 葉蓓：《淺析蒙古族文化對元雜劇形成及發展的影響》，《民族文學研究》，1997 年 4 期。
16. 舒振邦，舒順華：《儒學在元代蒙古人中的影響》，《內蒙古社會科學》，1997 年 5 期。
17. 杜桂萍：《戲曲教化功能的失範——元雜劇衰微論之一》，《北方論叢》，1997 年 1 月。
18. 劉禎：《元大都雜劇勃盛論》，《文藝研究》，2001 年 3 期。
19. 秦新林：《元代蒙古族的婚姻習俗及其變化》，《殷都學刊》，1998 年 4 期。
20. 姜書閣：《從諸宮調到宋金元雜劇和南戲傳奇》，《中國韻文學刊》，1996 年 2 期。
21. 俞爲民：《南戲流變考述——兼談南戲與傳奇的界限》，《藝術百家》，2002 年 1 期。
22. 朱建明：《也談明傳奇的界定》，《藝術百家》，1998 年 1 期。
23. 陳多：《〈西樓記〉及其作者袁于令》，《藝術百家》，1999 年 1 期。
24. 張炳森：《〈西廂記諸宮調〉究竟創作於何時》，《河北學刊》，2002 年第 4 期。

25. 許彥政：《從〈西廂記〉看作者的愛情婚姻理想》，《延安教育學院學報》，1998 年 1 期。
26. 謝柏良：《從〈琵琶行〉到〈青衫淚〉》，《黃石師院學報》，1982 年 3 期。
27. 趙仲穎：《從桃杌、竇天章的形象塑造年〈竇娥冤〉反民族壓迫的思想意義》，《殷都學刊》，1988 年 1 期。
28. 黃克：《關漢卿雜劇中的婦女形象》，《信陽師範學院學報》，1984 年 3 期。
29. 蔣中崎：《孔子儒家思想對中國戲曲形成和發展的消極影響》，《杭州師範學院學報》，1993 年 3 期。
30. 李成：《略論女眞文學的民族文化特徵及對中國文學的貢獻》，《齊齊哈爾師範學院學報》，1994 年 2 期。
31. 楊立新：《滿族風俗文化概觀》，《吉林師範學院學報》，1996 年第 1 期。
32. 曾代偉：《試論金朝婚姻制度的二無制特色》，《西南民族學院學報》，1995 年 5 期。
33. 王文東：《試論金代女眞人對儒家倫理的吸收》，《滿族研究》，2003 年 1 期。
34. 李秀蓮：《試論金代女眞人開放的文化心態一其漢化》，《黑龍江農墾師專學報》，2002 年 4 期。
35. 縱麗娟：《試論清代內蒙古東部地區興起的戲劇熱》，《內蒙古大學學報》，2000 年 1 期。
36. 高雲萍：《伍子胥故事的歷史演變》，《棗莊師範專科學校學報》，2004 年 1 期。
37. 曾瑋：《西廂故事裏的鶯鶯們》，《伊犁教育學院學報》，2002 年 3 期。
38. 徐朔方：《袁于令年譜（1592～1674）》，《浙江社會科學》，2002 年 5 期。
39. 李令媛：《略論元雜劇中反傳統的婚姻價值觀》，《河北大學學報》，1993 年增刊。
40. 呂文麗：《元明戲曲舞臺上的伍子胥形象及其審美特徵》，《蘇州鐵道學院學報》，2001 年 1 期。
41. 張則桐：《元雜劇〈伍員吹簫〉論析》，《徐州教育學院學報》，1999 年 2 期。
42. 季國平：《元大都的戲劇文化》，《河北學刊》，1991 年 3 期。
43. 段庸生：《馬致遠心態與神仙道化劇》，《重慶師院學報》，1992 年 4 期。
44. 李修生：《元雜劇與蒙元文化》，《雁北師院學報》，1995 年 1 期。
45. 張雲生：《石君寶論》，《冀東學刊》，1997 年 2 期。
46. 徐子方：《明雜劇社會背景探源》，《東南大學學報》，1999 年 1 期。
47. 李姣玲：《元代前期神仙道化劇的憤世精神》，《阜陽師範學院學報》，2002 年 5 期。

48. 徐子方：《朱有燉及其雜劇考論》，《南京師範大學文學院學報》，2002 年 2 期。
49. 張正學：《從南戲、傳奇、元雜劇到明清南雜劇——試論南雜劇對南北戲曲文化的繼承和發展》，《 重慶師院學報》，2002 年 4 期。
50. 夏咸淳：《明代文人心態之律動》，《東南大學學報》（哲學社會科學版），2003 年 4 期。
51. 徐子方：《明初社會變革及其後果——明雜劇社會背景探源之二》，《鹽城師範學院學報》（人文社會科學版），2003 年 1 期。
52. 王麗娟：《新思路、大視野下的關羽研究——讀劉海燕〈從民間到經典——關羽形象與關羽崇拜的生成演變史論〉》，《福建師範大學學報》（哲學社會科學版），2005 年 4 期。
53. 劉紅豔：《從李亞仙、元和故事演變看時代變遷對戲劇創作的影響》，《戲劇文學》，2006 年 4 期。
54. 王成：《皇權政治背景下的奇特景觀：忠文化與關羽崇拜》，《山東大學學報》，2007 年 5 期。
55. 毛佩琦 ：《明教化厚風俗——朱元璋推行教化的幾個特點》，《學習與探索》，2007 年 5 期。
56. 吳曉紅：《〈漢宮秋〉與〈昭君出塞〉比較》，《太原城市職業技術學院學報》，2008 年 6 期。
57. 張澤洪：《元明時期道教道情的傳播及其影響——以元明雜劇小說中的唱道情為中心》，《四川大學學報》，2008 年 1 期。
58. 周志豔：《元代文人地位變遷與元雜劇中女性意識的突顯》，《荊楚理工學院學報》2010 年 4 期。
59. 趙紅：《「威人以法不若感人以心」——論元明間「辰鈎月」系列雜劇的道德化展衍趨向》，《西南交通大學學報》（社會科學版），2011 年 1 期。

九、主要咨詢網站

1. 國學網：http：//www.guoxue.com/
2. 中知網：http：//www.cnki.net/
3. 超星數字圖書館：http：//www.ssreader.com/
4. 臺灣中央研究院歷史語言研究所：http：//www.ihp.sinica.edu.tw/
5. 南京大學網站：http：//www.nju.edu.cn/
6. 中華詩歌網：http：//www.chinapoem.net/
7. 中國崑曲網：http：//www.kunqu.net/
8. 北方崑曲網：http：//www.beikun.com